WAIDLERTOD

Sonja Silberhorn, Jahrgang 1979, ist in Regensburg geboren und aufgewachsen. Sie arbeitete mehrere Jahre in der Hotellerie, unter anderem auf den Kanaren und in Berlin, doch dann überwog die Liebe zu ihrer Heimatstadt. Heute lebt sie dort mit ihrer Familie und schickt seit 2011 ihre Kriminalkommissare erbarmungslos durchs lokale Verbrecherdickicht.
www.sonja-silberhorn.de

SONJA SILBERHORN

WAIDLERTOD

Kriminalroman

emons:

Bibliografische Information der Deutschen Nationalbibliothek
Die Deutsche Nationalbibliothek verzeichnet diese Publikation
in der Deutschen Nationalbibliografie; detaillierte bibliografische
Daten sind im Internet über http://dnb.d-nb.de abrufbar.

© Emons Verlag GmbH
Alle Rechte vorbehalten
Umschlagmotiv: Stihl024/photocase.de
Umschlaggestaltung: Nina Schäfer, nach einem Konzept
von Leonardo Magrelli und Nina Schäfer
Umsetzung: Tobias Doetsch
Gestaltung Innenteil: César Satz & Grafik GmbH, Köln
Lektorat: Hilla Czinczoll
Druck und Bindung: CPI – Clausen & Bosse, Leck
Printed in Germany 2018
ISBN 978-3-7408-0400-8
Originalausgabe

Unser Newsletter informiert Sie
regelmäßig über Neues von emons:
Kostenlos bestellen unter
www.emons-verlag.de

Meinem lieben Onkel Gerd gewidmet,
dem ich diesen Roman nur zu gern persönlich überreicht hätte

Ich kann schon lang nichts mehr erzählen,
bin kalt und stumm und trist und leer.
Ich suche noch nach meinem Frieden,
ob er mir jemals ist beschieden?
Denn die Geschichte brennt so sehr.

Eine Geschichte von der Liebe
und Geistern, die in Wäldern ruhn,
und von der Angst in diesen Jahren
und von der Sehnsucht, zu bewahren,
und Dingen, die aus Furcht wir tun.

Doch falls ihr nach der Wahrheit sucht,
der Wald ganz leis die Worte spricht.
Wer ist es, der die Schuld muss tragen?
Wer ist es, den die Schatten plagen?
Ich schlafe, doch ich ruhe nicht.

EINS

»Warum schickt der eigentlich immer mich ins Niemandsland?«

Kriminalhauptkommissarin Lene Wagenbach drosselte das Tempo ihres Dienstwagens und versuchte mittels Hypnoseblick, dem schon seit einer Weile ratlos wirkenden Navigationsgerät auf die Sprünge zu helfen. Nach Schorndorf im Naturpark Oberer Bayerischer Wald hatte es sie noch zielsicher geführt, aber seit Erreichen des kleinen Ortes lotste es sie mit scheinbar zunehmender Verzweiflung durch die dünn besiedelte Umgebung, von Waldweg zu Gemeindegrenze zu Weiler und wieder zurück.

»Kein Wunder, dass du hier den Überblick verlierst«, murmelte sie, schaltete das Gerät nach einem verständnisvollen Tätscheln ab und drehte die Musik leiser. James Hetfield in voller Lautstärke hob zwar Lenes Stimmung, schmälerte aber leider ihre Konzentrationsfähigkeit.

Schon seit einer knappen Stunde war sie unterwegs, hatte die Zivilisation Regensburgs und das aus der Stadt herausführende Stück Autobahn längst hinter sich gelassen und schlängelte sich seither über endlose Landstraßen durch die hügelige Landschaft des Bayerischen Waldes, vorbei an kargen Dörfern, vereinsamten Bushaltestellen, Abzweigschildern zu abgelegenen Einödhöfen und natürlich Bäumen, Bäumen, Bäumen.

Dass sich die Sonne an diesem Junimorgen nicht durch die dicke Wolkendecke zu kämpfen vermochte, unterstrich die Eintönigkeit der Landschaft noch zusätzlich, und auch die am Straßenrand in schöner Regelmäßigkeit auftauchenden Marterl und Kreuze für die Verunfallten waren nicht dazu angetan, Lenes Stimmung aufzuhellen.

»Das muss doch hier irgendwo –« Als sie den parkenden Streifenwagen zu ihrer Rechten bemerkte, bremste sie abrupt ab, riss das Steuer herum und kam auf dem Waldweg neben einem uniformierten Kollegen zum Stehen, der an der Seitentür des Autos lehnte und sich die Rotzbremse zwirbelte.

»Morgen«, sagte sie beim Aussteigen. Mit einem schnellen Griff an die Brusttasche ihrer Lederjacke vergewisserte Lene sich, dass sie ihr Smartphone eingesteckt hatte, dann zog sie das Zopfband heraus und band die braunen Locken zu einem Pferdeschwanz zusammen. »Wagenbach, Kripo Regensburg.«

»Ich wart hier schon eine Zeit lang«, tat der Kollege kund.

»Ich bin ja auch eine Zeit lang gefahren, Herr …?«

Das Streifenhörnchen ignorierte Lenes Interesse an seiner Identität, kniff die faltenumrahmten Augen zusammen und sah hinauf in den trübgrauen Himmel. »Pack ma's«, raffte er sich schließlich auf und deutete zu dem Traktor, der keine fünfzig Meter entfernt am Waldrand stand.

Lene seufzte. Herr Packmas und ein Traktor. Ihr blieb auch nichts erspart.

»Dann erzählen Sie mal«, sagte Lene und trabte neben Packmas den Waldweg entlang.

Er zuckte die Achseln, als wolle er andeuten, dass er das für überflüssig hielt, ließ sich dann aber doch zu einer kurzen Zusammenfassung herab. »Zwei Wanderer haben in der alten Hütte Knochen gefunden. Menschliche Knochen, da sind wir uns recht sicher. Aber der Kopf fehlt halt.« Damit hatte sich seine Auskunftsfreudigkeit erschöpft.

Lene nickte, sie war ja ohnehin hier, um sich ein eigenes Bild zu machen, und zwischenzeitlich war auch der Traktor erreicht. Vom Fahrersitz sah ihr ein sonnengegerbter Mittfünfziger in schmuddelig brauner Arbeitskleidung neugierig entgegen.

»Das ist der Mulzer«, erklärte Packmas und deutete auffordernd auf den schmalen Spalt zwischen Kotflügel und Fahrersitz. »Setzen Sie sich ruhig rauf. Ich fahr auf der Ackerschiene mit.«

»Ihnen gehört dieses Waldstück?«, fragte Lene den Mann am Steuer, erklomm das Plateau der Kabine und quetschte sich zum über dem Reifen liegenden Sitz hindurch. Ohne große Begeisterung beäugte sie die schmutzige Decke, die das Sitzpolster ersetzte.

»Nein.« Mulzer wandte sich um und beobachtete Packmas, der etwas ungelenk auf die Querstrebe am Heck des Traktors stieg. Dann startete er den Motor. »Das nebendran. Aber ich kümmer mich hier auch ein bisschen, sonst wuchert ja alles zu.« Er machte eine wegwerfende Bewegung, als hielte er dennoch alle Mühe für vergebens. »Das werden Sie jetzt gleich sehen, wenn wir zur Jagdhütte fahren.«

Der Traktor setzte sich rumpelnd in Bewegung, einen schmalen, von Wurzeln und Steinen durchzogenen Weg entlang, bis nur noch Grün, Braun und das Tuckern von Mulzers Gefährt sie einhüllten. Lene sah sich um. Wenn das der halbwegs gepflegte Zustand eines Waldstücks war, wollte sie den verwilderten gar nicht erst kennenlernen.

Zu gern hätte sie die Zeit genutzt, um ein paar weitere Details aus dem maulfaulen Kollegen herauszupressen, aber das wilde Holpern auf diesem Höllengefährt hielt sie davon ab. Ihre Zähne brauchte sie schließlich noch. Sie klammerte sich an der stählernen Seitenlehne fest und hoffte auf ein baldiges Ende der unkomfortablen Spritztour.

Endlich kam der Traktor mitten im Dickicht zum Stehen. »Hier kommen wir nicht mehr weiter«, sagte Mulzer.

»Ein Stückerl müssen wir noch laufen«, fügte Packmas hinzu und schwang sich erstaunlich behände von der Ackerschiene.

Lene quetschte sich erleichtert an Herrn Mulzer vorbei, stieg ab und folgte Packmas auf einem Weg, der nur mit viel Phantasie als Trampelpfad durchging. Immer wieder blieb sie an den ungebremst wuchernden Sträuchern zu beiden Seiten hängen; ein Glück, dass die ausgebeulte Jeans, in die sie heute Morgen geschlüpft war, ihre besten Zeiten längst hinter sich hatte.

Lene sah nach oben, in das Gewirr aus Stämmen, Ästen und Blättern, das kein Stückchen Himmel freigab. Die Stille, die jetzt allumfassend schien, wirkte nach dem lautstarken Dröhnen des Traktors beinahe unwirklich.

Sie stolperte über eine aus dem Boden ragende Wurzel, balancierte sich wieder aus, kämpfte sich durch zwei mannshohe Sträucher hindurch und atmete erleichtert auf, als eine kleine

Lichtung mit besagter Hütte vor Kollege Packmas auftauchte. Wobei die Bezeichnung Hütte untertrieben schien. Das Gebäude war zwar nicht groß, aber solide gebaut. Lene hatte einen Verschlag erwartet, das hier sah eher nach einem Einfamilienhaus in Miniatur aus. Die rohen Ziegel wirkten nur wenig verwittert, das Glasfenster war verdreckt und blind, aber intakt, und auch die Holztür hing noch stabil in den Angeln.

Auf einer mit Unkraut und flachen Sträuchern überwucherten Freifläche von rund zehn Quadratmetern standen direkt neben dem Häuschen zwei weitere Beamte sowie ein Pärchen, beide um die dreißig, von Kopf bis Fuß in Outdoor-Kleidung gehüllt.

»Da«, sagte Packmas überflüssigerweise und deutete auf das Haus. Dann wandte er sich an die beiden Wanderer. »Das ist, wie angekündigt, die Kollegin aus der Stadt«, erklärte er überdeutlich, als würde er mit frisch immigrierten Kleinkindern sprechen. »Sie wird sich um alles Weitere kümmern.«

Lene konnte ein Grinsen nicht unterdrücken. Sie stellte sich vor. »Sie beide haben die Knochen gefunden?«

Die sportliche Blondine mit langem Pferdeschwanz unter dem Jack-Wolfskin-Cap nickte. »Wir machen jedes Jahr hier Urlaub. Wir lieben das bayerische Essen.«

»Und die großen Portionen«, fügte ihr Mann hinzu.

»Aber tagsüber wandern wir am liebsten durch den Wald, erforschen entlegene Ecken und genießen die Stille.«

Die Geschmäcker waren nun einmal verschieden. »Und heute haben Sie beim Erforschen die Hütte entdeckt?«

»Da waren wir natürlich neugierig«, sagte die Blondine. »Die Tür ließ sich ganz leicht öffnen, also sind wir reingegangen. Aber dass wir so etwas entdecken –«

»Haben Sie in der Hütte etwas angefasst oder gar verändert?«, fragte Lene. Hobbyforscher waren schließlich zu allem fähig.

Eifrig schüttelte die Frau den Kopf.

Lene wandte sich an Packmas. »Gut, dann nehmen Sie doch bitte die Personalien, den momentanen Aufenthaltsort und die

Aussagen der Herrschaften auf, Herr –« Lene konnte sich gerade noch bremsen. »Herr Kollege. Und dann«, wandte sie sich an das Paar, »können Sie gehen. Sie stehen sich ja nun schon lange genug die Beine in den Bauch.«

»Ach, das war eigentlich ganz aufregend«, antwortete der Mann, aber Lene hatte bereits den Weg zur Holztür eingeschlagen und die Plastikhandschuhe aus ihrer Jackeninnentasche gezogen. Sie streifte sie über und zog an der Tür, die mit einem kleinen Ruck nachgab.

✳✳✳

»Guten Morgen, Schatz. Gut geschlafen?«

Mit einem Nicken, gefolgt von einem herzhaften Gähnen, ließ Julia Bauernfeind sich am Frühstückstisch nieder.

»Obst?« Ihre Mutter Lydia hielt ihr den Teller mit aufgeschnittenen Äpfeln und Melonen vor die Nase, und Julia griff lächelnd zu.

An manchen Tagen beneidete sie ihre Kommilitonen um das Leben in den WGs und die Tatsache, dass sie sich vor niemandem rechtfertigen mussten. Manchmal war sie aber auch zutiefst dankbar dafür, mit ihren zweiundzwanzig Jahren noch im Hotel Mama zu logieren. Sie hätte es wirklich schlimmer treffen können. »Danke. Papa ist wohl schon weg?«

Lydia schmunzelte. »Das ist eine rhetorische Frage, nehme ich an?«

Als selbstständiger Schreiner verließ Papa das Haus werktags spätestens um acht. Als selbstständige Lehramtsstudentin stand Julia werktags frühestens um neun auf.

Julia zuckte die Achseln und griff nach der »Mittelbayerischen Zeitung«, die auf dem dunkel gebeizten Esstisch lag.

Ihre Mutter stand auf, balancierte ihre Kaffeetasse, den Teller mit Besteck und die Wurstdose, die Julia ohnehin nicht brauchte, in die offene Küche und begann, lautstark klappernd den Geschirrspüler auszuräumen. »Soll ich dich eigentlich mitnehmen, Schatz?«, fragte sie. »Meine Schicht fängt um zehn an.«

Julia schüttelte den Kopf, was ihre Mutter, dem Geschirrspüler zugewandt, natürlich nicht sah. »Julia! Ich hab dich was gefragt.«

»Ich hatte gerade den Mund voll«, entgegnete Julia kauend. »Aber nein, danke, ich fahre mit dem Bus.«

»Hast du keine Vorlesungen?«

Schon war der Moment gekommen, in dem der Neid auf die Mitstudenten in ihren Wohngemeinschaften und Ein-Zimmer-Appartements wieder überwog. »Nö. Muss bloß in die Bib.«

Lydia kam aus ihrer gebeugten Haltung hoch und warf das kräftige blonde Haar zurück – die einzige äußerliche Gemeinsamkeit der beiden Frauen der Familie, ansonsten schlug Julia mit dem runden Gesicht und den braunen Augen, zum eigenen Leidwesen, eindeutig nach ihrem Vater.

»Ihr habt am Wochenende übrigens sturmfrei«, sagte Julia. »Morgen Nachmittag fahr ich wieder raus zur Oma.«

Wie üblich fiel ein Schatten über das Gesicht ihrer Mutter. »Ich verstehe dich nicht, Schatz. Da wohnst du in einer Großstadt mit allen nur vorstellbaren Annehmlichkeiten, hast eine Menge Freunde, die sicher Partys veranstalten oder in die Disco gehen, und was machst du? Fährst ständig in diese triste Einöde.«

Diese Diskussion führten sie zu Julias Leidwesen nicht zum ersten Mal. Dabei konnte sie es sich nicht erklären. Warum freute sich Mama nicht einfach, dass sie bei allem Studentenleben ihre Wurzeln nicht vergaß? Die doch eigentlich auch Mamas Wurzeln waren, schließlich stammte sie ebenfalls aus dem Bayerischen Wald. »Ich bin nun mal gern auf dem Hof«, antwortete sie. »Außerdem kann ich dort ungestört lernen. Und die Oma freut sich, wenn ich da bin.«

»Das glaube ich gern«, antwortete ihre Mutter spröde. »Würde ich ja auch.«

»Komm schon, Mamutschka«, schmeichelte Julia. »Andere Eltern wären froh, wenn ihre Kinder nicht andauernd steil gehen würden. Nächstes Wochenende bleibe ich hier, okay? Versprochen.«

Lydia kam zurück zum Esstisch und drückte ihrer Tochter einen liebevollen Kuss auf die Stirn. »Ich muss los, mein Schatz. Einen schönen Tag wünsche ich dir!«

»Ich dir auch.« Julia registrierte erleichtert, dass sich Mamas Gesichtszüge wieder entspannt hatten. »Lass dich nicht von Oberschwester Hildegard ärgern!«

Die Querelen zwischen der Pflegedienstleiterin auf Mamas Station am Regensburger Uniklinikum und grundlegend allen dort beschäftigten Krankenschwestern waren ein ständiger Quell des Ärgers.

»Ich gebe mir Mühe«, antwortete ihre Mutter leichthin und verließ mit einem kurzen Winken den Raum. Eine Minute später hörte Julia die Haustür ins Schloss fallen.

✳✳✳

Der Anblick, der sich Lene bot, stimmte mit Packmas' knapper Erklärung überein und war dennoch völlig anders als erwartet. Es war duster in der Hütte, das verdreckte Fenster ließ nicht viel Licht herein, und es dauerte einen Moment, bis Lenes Augen sich an die neuen Sichtverhältnisse gewöhnt hatten. Ein staubiger, abgestandener Geruch stieg ihr in die Nase, jedoch kein Hauch des fauligen Verwesungsodeurs, das man, einmal gerochen, nie mehr aus der Erinnerung getilgt bekam.

Das Inventar der Hütte mit ihrem Dielenboden bestand lediglich aus einem Holztisch und zwei Stühlen auf der einen sowie einer Pritsche auf der gegenüberliegenden Seite. Genau dort, auf der blanken Holzfläche der Pritsche, lagen die Knochen. Fein säuberlich arrangiert. Entsprechend der menschlichen Anatomie. Wie aufgebahrt. Und, Tatsache, der Kopf fehlte. Lene trat näher.

Selbst in diesem schlechten Licht konnte sie erkennen, dass die Knochen ungewöhnlich sauber waren. Keine einzige noch im Verwesen begriffene Faser, kein Haar klebte daran. Ein leichter Grauschleier lag auf ihnen, dennoch war gut sichtbar, dass die typische gelbbraune Färbung der Knochen fehlte. Stattdessen leuchteten sie in fast einheitlichem Weiß. War dieses

Skelett überhaupt echt? Oder hatte sich hier irgendein Idiot mit einem Produkt aus dem Scherzartikelladen einen Witz erlaubt? Lene beugte sich über die Pritsche und suchte nach Unregelmäßigkeiten, die die Echtheit der Knochen bewiesen. Ein schlecht verheilter Bruch, eine Abnutzung, eine Kerbe.

Nicht nur der Schädel fehlte, fiel ihr auf, sondern auch ein paar einzelne kleine Knöchelchen an den Händen und Füßen, so wenige zwar, dass es das Gesamtbild nicht beeinträchtigte, aber doch so viele, dass es bei genauerer Betrachtung offensichtlich war. Einige Knochen schienen vertauscht worden zu sein, auch war ihre Farbe, entgegen dem ersten Eindruck, nicht ganz einheitlich. Manche Stellen hatten sich einen zartgelblichen Schimmer bewahrt. Lenes Blick blieb an der Hüfte hängen. Sie konnte es nicht an einem bestimmten Bereich festmachen, aber irgendetwas störte den Eindruck der Symmetrie, die sie von einem Scherzartikel erwartet hätte.

Sie trat näher, nahm die Knochen der linken Hand ins Visier und betrachtete sie eingehend. Dabei gab es kaum noch Zweifel: Wenn sich hier nicht jemand zum Ziel gesetzt hatte, mit unglaublichen Mitteln eine perfekte Nachbildung zu konstruieren, dann waren die Knochen echt. Und weshalb sollte sich jemand diese Mühe machen, dann aber auf die vollständige Rekonstruktion, inklusive Schädel und aller Hand- und Fußknochen, verzichten? Das machte keinen Sinn.

»Wer bist du?«, murmelte Lene in die Stille. »Und was ist mit dir passiert?«

Mit einem schnellen Rundumblick überprüfte sie, ob es im Inneren der Hütte Weiteres zu entdecken gab, spähte unter die Pritsche, den Tisch und die Stühle, entdeckte nichts als Schmutz und Staub und verließ mit einem letzten Blick auf die Leiche, denn das waren die Knochen nun für sie geworden, die Hütte.

Von den Findern war inzwischen nichts mehr zu sehen, die drei Kollegen standen aber nach wie vor herum und warteten anscheinend auf weitere Anweisungen. Die konnten sie haben. »Ich brauche Verstärkung, Herr …«, sagte Lene und zog ihr Handy aus der Brusttasche. Kein Netz. Natürlich.

Packmas und seine Kollegen grinsten sich mit einer schwer erträglichen Mischung aus Überheblichkeit und Nachsicht an. Na wartet.

»Herrgott noch mal, jetzt verraten Sie mir halt endlich Ihren Namen!«, platzte Lene genervt heraus.

Packmas schaute verwirrt. »Beham.«

Na also, geht doch. »Herr Beham, Sie begeben sich jetzt wieder in die Zivilisation und rufen mir bitte die Spurensicherung. Ein Kollege vom K1 soll auch mitkommen. Und dann klären Sie bitte noch mit der Rechtsmedizin in Erlangen ab, ob die sterblichen Überreste fotografiert und dorthin gebracht werden sollen oder ob sich das jemand vor Ort anschauen will. Danke.«

Beham nickte mit stoischer Gelassenheit und setzte sich in Bewegung.

»Und wir –«

»Ranzinger«, sagte der jüngere der beiden verbliebenen Kollegen eifrig.

»Seiler«, schloss sich der ältere an.

»Sehr erfreut. Sie erzählen mir jetzt erst mal alles, was Sie über die Hütte und dieses Waldstück wissen. Und danach sehen wir drei uns hier um.«

Zu Lenes Zufriedenheit hatte sich die Hütte mit Umgebung innerhalb weniger Stunden von einem Ort der Stille zu einem Zentrum emsiger Betriebsamkeit entwickelt. Die Kollegen von der Spusi hatten den Fundort ausführlich auf Video festgehalten und wuselten nun in ihren weißen Overalls suchend durchs Unterholz. Der Bereich war abgesperrt worden, auch wenn Lene bezweifelte, dass sich so schnell wieder jemand hierher verirrte.

Moritz Lochbihler, Lenes Kollege vom K1, trug bereits die ersten Erkenntnisse zusammen. Demnach hatte das Waldstück inklusive Hütte nach dem Tod des Vaters vor einigen Jahren ein Peter Oswald geerbt, der allerdings seit Jahrzehnten in Berlin lebte. Lene hatte dafür volles Verständnis. Nachdem der neue

Eigentümer, das hatte der Unterholzchauffeur Mulzer zwischenzeitlich beigetragen, kein Interesse an seinem Hab und Gut im Bayerischen Wald hatte, hatte eben er selbst notgedrungen die inoffizielle Pacht des Gebietes übernommen, sah regelmäßig nach dem Rechten und hielt das Areal halbwegs in Schuss. Wobei er sich bei seiner Tätigkeit auf den Bereich um die Waldwege herum konzentrierte. In die tieferen Waldbereiche, also auch in die Nähe der Jagdhütte, war er selbst schon seit Jahren nicht mehr vorgedrungen.

Dass Mulzer sich für seine Dienste mit Holz aus dem oswaldschen Waldstück entlohnte, hatte er zwar erst auf Nachfrage, dann aber immerhin bereitwillig eingeräumt.

»Lene, kommst du?« Dr. Heribert Melchior vom rechtsmedizinischen Institut Erlangen-Nürnberg steckte seinen kahlen Kopf aus der geöffneten Tür der Hütte.

»Gleich, Bertl.« Mit einem schnellen Blick stellte Lene sicher, dass alle beschäftigt waren, dann folgte sie dem Ruf in die Hütte.

Bertl hatte, den Fotoapparat in der Hand, wieder vor der Pritsche Position bezogen und sah ihr mit einem freudigen Lächeln entgegen. »Hochinteressant, Lene. Da hast du mir jetzt aber wahrlich den Tag versüßt.«

»Bei anderen Leuten schafft man das mit Donuts. Kannst du mir schon Genaueres sagen?«

»Allerdings«, antwortete er und legte den Fotoapparat auf seinem Arbeitskoffer ab. »Das Becken und die augenscheinlich geringe Körpergröße lassen keinen Zweifel daran, dass wir hier eine Frau vor uns haben.«

»Welchen Alters?«

Bertl neigte abwägend den Kopf. »Leider fehlt der Schädel mit den Zähnen, was die Bestimmung des Sterbealters natürlich erschwert. Allerdings sieht man hier«, sagte er und deutete wild auf einzelne Knochen, »dass die Fugen bereits verknöchert sind, die Frau war also erwachsen. Hier an der Hüfte haben wir einen Abrieb, den muss ich mir aber noch genauer anschauen.«

»Eine Verschleißerscheinung?«

»Möglich«, antwortete er und kratzte sich am Kopf. »Könnte aber auch bei der Präparation passiert sein. Was natürlich das Ungewöhnlichste an der ganzen Sache ist.«

Und Lenes Beobachtungen bezüglich Zustand und Farbe bestätigte. »Diese Knochen wurden also bearbeitet? Wie?«

»Sämtliches Weichgewebe wurde vollständig entfernt, vielleicht durch Auskochen oder sogar mit Hilfe chemischer Zusätze. Und im Anschluss muss noch ein Bleichvorgang durchgeführt worden sein.«

»Was die ungewöhnlich helle Farbe erklärt«, schloss Lene. »Ein Profi?«

»Das wage ich zu bezweifeln«, erwiderte Bertl ein wenig verächtlich. »Die Knochen sind nicht einheitlich weiß, das hätte man besser machen können. Und außerdem ist das Skelett nicht nur unvollständig …« Er blickte sinnierend auf die Knochen.

»Du brauchst die Spannung nicht zu erhöhen, ich bin auch so schon neugierig«, sagte Lene.

»Die Anordnung der Knochen stimmt nicht. Abgesehen davon, dass der obere Teil der Halswirbelsäule und einige kleine Knöchelchen fehlen, sind auch ein paar vertauscht worden, zum Beispiel hier bei den Mittelhandknochen oder hier am Fuß oder sogar bei den Wirbeln.« Bertl lächelte trotz falscher Anordnung liebevoll auf die Knochen hinab. »Es war also ein Pfuscher am Werk, der die Knochen nicht ordentlich vorsortiert hat. Aber für einen Laien ist das Ergebnis trotzdem ganz ansehnlich, er hat sich also wahrscheinlich Mühe gegeben.«

»Wie lange liegt sie hier schon, was meinst du?«

»Das ist schwer zu sagen. Eine gründliche Reinigung und das Bleichen erhöhen die ohnehin schon lange Lebensdauer von Knochen noch einmal.« Bertl sah sich in der Hütte um. »Und sie sind hier vor Tieren und Verwitterung geschützt gewesen.«

»Anscheinend ist die Hütte schon vor Jahren mehr oder weniger in Vergessenheit geraten.« Schade eigentlich. Lene fehlte zwar der Vergleich, für eine Waldhütte erschien ihr diese hier aber außerordentlich komfortabel. »Der Eigentümer des Waldstücks interessiert sich überhaupt nicht dafür, der Nachbar hält wohl nur die Wege befahrbar, und das wirre Dickicht um die Hütte zeugt davon, dass sich hier schon ewig niemand mehr hergewagt hat. Sagt wenigstens der Kollege Beham.«

»Ja, kann durchaus sein, dass sie schon jahrelang auf dieser Pritsche liegt«, stimmte Bertl den bisherigen Erkenntnissen zu.

»Dann braucht es also zwei Nordlichter mit Forscherdrang, damit wir unsere heimischen Leichen finden.« Lene schickte ein schiefes Grinsen hinterher. »Was kannst du mir noch sagen, Bertl?«

»Die leichte Verschmutzung, also den Grauschleier, kann ich mir noch nicht ganz erklären, das ist nämlich nicht nur loser Staub. Deutet aber auf jeden Fall darauf hin, dass die Präparation schon eine ganze Weile zurückliegt.«

»Kannst du etwas zur Todesursache sagen?«, fragte Lene wider besseres Wissen. Damit hätte selbst Bertl nicht so lange hinterm Berg gehalten.

»Bisher nicht. Alles, was hier liegt, sieht auf den ersten Blick unversehrt aus.«

»Ein eingeschlagener Schädel wäre aber natürlich ein guter Grund, ihn verschwinden zu lassen«, fügte Lene leise hinzu.

»Das Gleiche gilt für frakturierte Halswirbel.« Bertl griff nach dem Henkel seines Koffers. »Ich bin dann durch, den Rest mache ich im Institut. Von mir aus kann die Spusi wieder rein.«

»Soll nicht lieber ich fahren?«, fragte Moritz und unterbrach damit Lenes Schimpftiraden über die lausigen Straßenverhältnisse.

»Nix da. Gib mir bitte die Sonnenbrille aus dem Handschuhfach.« Fehlte noch, dass dieser sich selbst überschätzende Jungspund den Wagen in den Graben setzte und sie beide diese Nacht in der Pampa campieren mussten. Warum konnte eigentlich nicht endlich das Beamen erfunden werden?

Der Gedanke an ein Glas guten Weißweins, genossen auf dem hoch gelegenen Balkon ihrer Regensburger Altstadtwohnung, den Blick abwechselnd in den Sternenhimmel und auf den Hinterhof gerichtet, während Marek sich hin und wieder eine Streicheleinheit bei ihr abholte und ansonsten drinnen über die Parkettböden strich, erfüllte Lene mit Sehnsucht. Stattdessen bekam sie das Kontrastprogramm serviert: eine endlos erscheinende Fahrt durch die Prärie, dazu noch der Umweg über die Dienststelle, wo Moritz' Wagen stand, die anschließende Fahrt in die Altstadt, die um diese Uhrzeit langwierige Suche nach einem halbwegs akzeptablen Bewohnerparkplatz möglichst nah an der Glockengasse, sodass ihr, endlich in ihrer Wohnung angekommen, nichts mehr bliebe als ein schneller Sprung unter die Dusche und das Auffüllen von Mareks Fressnapf, bevor sie ins Bett fiele, um am nächsten Tag wieder fit für die anstehende Reise in die Wildnis zu sein.

Moritz kramte das Brillenetui umständlich unter der Tüte Katzenleckerlis hervor, die Lene am Morgen noch schnell besorgt hatte. Hoffentlich trug der eigensinnige Marek seinem Frauchen die lange Abwesenheit – von Frauchen *und* Leckerlis – nicht nach.

Erleichtert setzte Lene gegen die erst in den Abendstunden in Erscheinung getretene, dafür aber umso stechendere tief stehende Sonne ihre Sonnenbrille auf. Liebend gern wäre sie allein zurück nach Regensburg gefahren und hätte die Erkenntnisse des Tages in Ruhe Revue passieren lassen. Ob es sich negativ auf den Teamgeist auswirkte, wenn sie in voller Lautstärke James Hetfield aus den Boxen röhren ließe?

»Seltsam ist das schon, oder?«, ließ Moritz sich vernehmen.

Zu spät. Na gut, dann eben gemeinsames Brainstorming. »Die meisten Todesfälle, die auf unserem Schreibtisch landen, sind seltsam. Aber du hast recht, dieser hier ist schon besonders kurios.«

»Was, glaubst du, ist passiert?«

Lene warf Moritz ein nachsichtiges Lächeln zu. Er preschte eilig voran, wie immer zu Beginn neuer Ermittlungen. Dafür fehlte ihm nach den ersten schnellen Erkenntnissen aber auch regelmäßig der lange Atem. »Ich denke, wir müssen zwei Dinge unterscheiden. Was der Frau geschehen ist, bevor ihre Knochen präpariert wurden, können wir zum jetzigen Zeitpunkt noch nicht einmal grob abschätzen. Ein natürlicher Tod mit anschließender Grabschändung, Mord, Selbstmord ... Nichts ist unmöglich.«

»Toyota.«

»Danke für diesen hilfreichen Beitrag.«

Die Spurensicherung hatte bisher zu Lenes Bedauern nichts gefunden, was den Fundort als Tatort auswies – keine Blutspuren, keine Chemikalien, keine Fußabdrücke, keine weiteren verstreuten Knochen, Reste von Kleidungsstücken oder sonstigen Spuren. Somit blieben zunächst einzig und allein die Knochen, die eine Geschichte erzählten, die es zu verstehen galt.

»Deshalb lautet die Frage, die wir uns momentan stellen müssen«, fuhr Lene fort und warf den düsteren Baumriesen, die sie umzingelten, einen feindseligen Blick zu, »weshalb tut das jemand? Weshalb reinigt und präpariert man die Knochen einer verstorbenen Frau und drapiert sie an diesem Ort?«

»Vielleicht, weil man krank in der Birne ist?« Moritz kratzte sich unter dem dichten braunen Lockenschopf.

»Durchaus möglich. Aber auch Menschen mit kranken Birnen handeln nach einer ihnen eigenen Logik.«

»Es könnte um Aufmerksamkeit gehen«, sagte Moritz. »Um das Inszenieren eines spektakulären Fundes?«

»Du hast den Mörder der Frau im Kopf, der über sich selbst in der Zeitung lesen will, richtig?« Lene winkte ab. Einerseits arbeitete sie gern mit jüngeren Kollegen, männlichen wie weiblichen, weil diese meist kooperativer agierten und frische Ideen einbrachten. Andererseits galt aber gerade bei den Kollegen unter dreißig leider viel zu oft das Motto: erst reden, dann denken.

Moritz nickte wie ertappt.

»Wenn ich Aufmerksamkeit erregen will, dann lege ich das Skelett dorthin, wo es in absehbarer Zeit gefunden wird, oder?«, fragte Lene. »Darauf konnte sich der Präparator aber bei unserer abgelegenen Hütte nicht verlassen, im Gegenteil. Anscheinend wurde sie ewig nicht mehr betreten. Auch der

Melchior sagt, die Knochen liegen vermutlich schon seit Jahren auf dieser Pritsche.«

»Dann hat die Hütte vielleicht eine besondere Bedeutung?«, mutmaßte Moritz. »Für denjenigen, der die Knochen arrangiert hat? Oder für die Tote?«

»Ja, das erscheint mir sinnvoll. Auch weil ich denke, dass der Verantwortliche mit der Präparation die Knochen bewahren wollte, ihnen Respekt zollen. Und sie gewissermaßen auf dieser Pritsche zur Ruhe betten.«

»Auf dem Stuhl wären sie auch kaum mehr sitzen geblieben«, wandte Moritz ein.

Lene lachte, brach aber ab, als sie Moritz' erstaunten Seitenblick auf sich ruhen spürte.

»Guck mal, hier geht's nach ›Noth‹«, sagte er und deutete auf den so beschilderten Abzweig. »Klingt auch nicht gerade wohnlich.«

»Wäre dir ›Elend‹ oder ›Jammer‹ lieber?«, fragte Lene. »Liegt beides direkt nebendran.« Sie warf Moritz, der sie unsicher ansah, einen schnellen Blick zu.

»Kein Witz, stimmt wirklich. Also, nachdem unser Präparator die Hütte kennt, muss er ortskundig sein«, fuhr sie geschäftsmäßig fort. »Und damit weiß er, dass die Hütte von niemandem mehr genutzt wird und die Tote hier wohl für lange Zeit ihren Frieden hat. Es sei denn, ein paar neugierige Norddeutsche tauchen auf.«

»Aber warum hat er die Knochen nicht einfach vergraben?«

Das war tatsächlich fraglich. »Vielleicht möchte er nicht, dass die Tote vergessen wird. Oder er kommt selbst ab und an in den Wald, um sich ihr wieder näher zu fühlen.«

»So eine Art Totenkult?« Moritz konnte sich ein Grinsen nicht verkneifen. »Wir sind hier im Bayerischen Wald, nicht im südamerikanischen Dschungel.«

»Wie du weißt, macht das für mich manchmal keinen großen Unterschied«, gab Lene zurück. »Außerdem ist doch alles, was mit Verstorbenen gemacht wird, eine Form von Kult. Mit Weihwasser besprenkeln, monotones Rosenkranz-Geleier, einbuddeln. Fehlt nur noch der Hahn mit durchtrennter Kehle, den man über dem Sarg ausbluten lässt.«

»Das klingt nicht gerade, als wärst du begeisterte Katholikin«, konstatierte Moritz.

»Genau genommen bin ich gar keine.« Lene zuckte die Achseln und deutete auf das nächste Marterl am Straßenrand, das sie in diesem Augenblick passierten. »Wahrscheinlich hängen mir deshalb hier auch eindeutig zu viele Gekreuzigte rum. Das ist doch nichts anderes als eine gesellschaftlich akzeptierte Sekte. Wie im Übrigen jede andere Weltreligion auch.«

»Jedes neue Puzzleteil macht das Bild interessanter«, sagte Moritz kryptisch.

Lene warf ihm einen irritierten Blick zu. »So viele Puzzleteile haben wir noch nicht.« Im Geiste sehnte sie sich nach der Autobahn, die sie endlich schnell und geradlinig zurück nach Regensburg bringen würde.

»Ich meine nicht das Skelett, sondern dich.«

Gern hätte Lene ihm vorgeschlagen, wieder zum »Sie« zurückzukehren. Stattdessen überging sie seine Aussage. »Morgen lassen wir den Wald um die Hütte herum weitflächiger absuchen. Außerdem hoffe ich sehr, dass der Melchior sich sputet. Und wir machen uns ein bisschen mit der Umgebung vertraut und durchforsten die Datenbank. Vielleicht gibt's Vermisstenfälle in der Gegend.«

»Morgen erst?«, fragte Moritz mit unverhohlener Enttäuschung.

»Es ist neun Uhr, Kleiner. Ich glaube nicht, dass wir die Überlebenschancen des Skeletts erhöhen, wenn wir eine Nachtschicht einlegen.« Entschlossen drehte Lene die Musik so laut auf, dass Metallica jegliche weitere Unterhaltung unmöglich machte.

ZWEI

Durch das geschlossene Fenster hörte Lene die Harley auf den Parkplatz vor der Dienststelle in der Bajuwarenstraße knattern. Sie sah von ihrem Monitor auf und aus dem Fenster, als Dr. Henning Adam die Maschine aus- und abstellte, den Helm vom Kopf zog und sich durch das kurze blonde Haar wuschelte. Er stieg ab, öffnete die schwarze Lederjacke, die über seinem breiten Kreuz und den muskulösen Armen spannte, und trabte auf seinen langen Beinen Richtung Haupteingang. Was wollte der denn hier?

Moritz war Lenes Blick gefolgt. »Findest du den gut?«, fragte er ein bisschen zu betont leichthin.

Lene musterte ihn prüfend. Fehlte gerade noch, dass der Kleine ernsthaft ein Auge auf sie warf. »Für einen Staatsanwalt finde ich ihn ganz entspannt«, sagte sie. »Für mich persönlich allerdings zu jung. Ich stehe auf reifere Männer.« Damit hatte sich das Thema hoffentlich ein für alle Mal erledigt.

»Der ist doch bestimmt Mitte vierzig«, stellte Moritz fest.

»Eben«, antwortete Lene. »Ich übrigens auch.« Nur für den Fall, dass Moritz es vergessen hatte. »Kümmerst du dich jetzt bitte um die Vermisstenfälle? In einer halben Stunde fahren wir.«

»Morgen«, dröhnte der vibrierende Bass Dr. Adams an der Bürotür. »Ich wollte nur kurz mit der leitenden Ermittlerin sprechen, bevor ich nach Straubing fahre. Ihr Chef war gestern nicht besonders informativ.«

Obwohl er, soweit Lene wusste, nach wie vor in Regensburg wohnte, arbeitete Adam seit einiger Zeit bei der Zweigstelle der Staatsanwaltschaft in Straubing. Die mit Ermittlungen im Landkreis Cham eigentlich nichts zu tun hatte, denn diese fielen in den Zuständigkeitsbereich der Regensburger Staatsanwälte.

»Ist in Niederbayern nix los?«, fragte sie. »Oder warum mischen Sie jetzt hier mit?«

»Ich komme zurück nach Regensburg«, sagte er und bedachte Moritz mit einem Kopfnicken, dann wandte er sich wieder Lene zu. »Sitze praktisch schon auf gepackten Kisten. In Zukunft arbeiten wir wieder öfter zusammen. Also genau genommen ab jetzt.«

Moritz ließ ein leises, aber zweifelsfrei unwilliges Grunzen vernehmen.

»Ach«, sagte Lene leidlich interessiert.

»Hoffentlich nimmt mir die Eva das nicht übel«, fuhr Adam ungebremst fort, rieb sich über den kurzen Vollbart und fläzte sich in den Besucherstuhl.

Wer Adam seine Versetzung übel nahm, war Lene gelinde gesagt ziemlich wurscht. »Ja, hoffentlich«, murmelte sie und unterließ es notgedrungen, sich wieder ihrem Monitor zuzuwenden.

»Sie hat sich inzwischen an die täglichen Ausritte gewöhnt.«

Lene hob konsterniert die Augenbrauen. Auf welcher Straubinger Kollegin Adam sich verlustierte, wollte sie nun wirklich nicht wissen.

Mit einem verliebten Lächeln deutete er auf seine Harley vor dem Fenster.

Lene konnte sich ein amüsiertes Kopfschütteln nicht verkneifen, während Moritz Adam einen scheelen Seitenblick zuwarf, sich dann aber wieder in die Datenbank vertiefte. Gut so. Back to business. »Auch ich kann übrigens noch nicht besonders viele Informationen liefern, Herr Staatsanwalt«, sagte sie betont sachlich.

»Haben wir irgendwelche Hinweise auf Fremdverschulden?« Adam sah interessiert an Lene vorbei auf ihren Monitor.

»Was die Todesursache angeht, haben wir leider noch überhaupt keine Hinweise.« Sie reichte Adam ein Foto des Skeletts auf der Pritsche. »Aber bei blank polierten, gebleichten und anatomisch weitgehend korrekt angeordneten Menschenknochen gehe ich davon aus, dass zumindest irgendwann irgendwer unrechtmäßig seine Finger im Spiel hatte.« Und jetzt troll dich, ich habe zu arbeiten, fügte sie in Gedanken hinzu.

»Angesichts dieses Fotos schließe ich mich Ihrer Schlussfolgerung an, Frau Kollegin.« Adam erhob sich mit einem Lächeln und gab Lene das Foto zurück. »Sie mailen mir Ihren Bericht und halten mich auf dem Laufenden?«

»Wie immer.« Lene hob die Hand zum Gruß, als Adam das Büro verließ und im Stechschritt zu seiner Eva eilte. Zum Glück nahm er es erfahrungsgemäß niemandem übel, wenn er im Eifer des Gefechts neue Informationen erst mit einiger Verspätung erhielt.

»Arme Sau«, tat Moritz kund, kaum dass Adam außer Hörweite war. »Muss schon bitter sein, wenn man in Ermangelung einer Frau sein Motorrad Eva nennt.«

»Das ist nicht bloß ein Motorrad. Das ist eine Harley«, sagte Lene und verschwieg wohlweislich, wie oft sie in der Vergangenheit Kater Marek ein Upgrade zum menschlichen Lebensgefährten gegönnt hatte, um sich unliebsame Bekanntschaften vom Leib zu halten. Vielleicht wäre das auch im Umgang mit Moritz, der ihr für die Dauer der aktuellen Ermittlungen fest zugeteilt worden war, eine gute Idee gewesen. Diese Chance hatte sie leider vertan. Blieb ihr wohl nichts anderes übrig, als ihm so viel Arbeit aufzuhalsen, dass er gar nicht erst auf dumme Gedanken kam.

»Wie sieht's aus, hast du was gefunden, Kleiner?«

Beflissen wandte Moritz sich wieder der Datenbank zu.

∗∗∗

Viel zu schnell zog die Umgebung an Lene vorbei. Nur widerwillig setzte sie den Blinker, um die Autobahn wie schon am Vortag bei Wörth an der Donau zu verlassen.

»Wir sollten uns vorbereiten, solange wir noch Netz haben«, sagte Moritz, der eingepfercht zwischen ein paar Akten unterschiedlicher Größenordnung, die er bis eben noch sortiert hatte, auf dem Beifahrersitz saß. Hoch motiviert hackte er auf sein Smartphone ein.

Im Geiste stimmte Lene ihm zu, auch wenn sie befürchtete,

dass ihre Vorstellung von Vorbereitung sich stark von Moritz' unterschied.

»Es gibt hier einen Sprachtest.« Er grinste Lene von der Seite an. »Magst du? ›Waidlerisch – verstehst du den Dialekt im Bayerischen Wald?‹«

»Du meinst, im ›Woid‹«, korrigierte Lene. »Mir wäre es weitaus lieber, du würdest mir was über die dich umgebenden Akten erzählen.«

»Wenn ich fahren würde, könntest du selbst lesen«, antwortete Moritz, packte aber folgsam sein Smartphone zurück in die Hosentasche. »Soll ich's spannend machen oder gleich mit dem Volltreffer loslegen?«

Angesichts der Tatsache, dass sie noch fast eine halbe Stunde Fahrt vor sich hatten, schien er tatsächlich tiefenentspannt zu sein. Ein bisschen zu entspannt und flapsig für Lenes Geschmack. »Was glaubst du denn?«, fragte sie spröde.

»Ist ja schon gut.« Er hob abwiegelnd die Hände. »Es gibt natürlich einige offene Vermisstenfälle, vor allem, da wir den Zeitraum nicht eingrenzen können. Da könnte der eine oder andere durchaus passen, wobei allerdings keine Spur direkt in den Bayerischen Wald führt.« Mit Begeisterung klopfte er auf die oberste Akte, ein altertümliches Exemplar der äußerst umfangreichen Sorte. »Außer in diesem Fall. Theresa Bauernfeind ist vor neunundzwanzig Jahren spurlos verschwunden. Und jetzt halt dich fest: Der Einödhof, auf dem sie gelebt hat, liegt nur ein paar hundert Meter Luftlinie von der Hütte entfernt.«

Der Pkw vor Lene scherte trotz fehlender Sicht aus, um den enervierend langsamen Lastwagen zu überholen, der in kürzester Zeit eine ellenlange Kolonne hinter sich verursacht hatte. »Penner«, fluchte Lene.

»Wie bitte?«

»Nicht du. Also weiter, Theresa Bauernfeind.«

»Genau.« Moritz beäugte skeptisch den Lkw, dessen wackelige Rückansicht sich nun direkt vor ihnen auftat, wandte sich dann aber wieder der Akte zu. »Sie war damals zweiundzwanzig, der Hof gehörte ihren Eltern. Dort ist sie auch zum letzten Mal gesehen worden.«

»Haben die damals das Waldstück abgesucht?«

Moritz blätterte in der Akte. »Ja, schon. Aber wer weiß, wie gründlich sich die Ermittler durch das Dickicht geschlagen haben.«

»Wird die Hütte erwähnt?«

Hektisch blätterte Moritz weiter. »Ja, hier.« Er tippte auf das Foto, das die aufgeschlagene Seite zierte. »Wurde in den Tagen nach Theresas Verschwinden gesichtet, damals war noch nicht alles so zugewuchert.«

»Die haben reingeguckt, festgestellt, dass die Hütte leer ist, und die Tür wieder zugemacht?«

»Sieht so aus. Kein Fund, keine erkennungsdienstliche Behandlung.« Er vertiefte sich weiter in den Bericht über die erfolgte Suche im Wald.

»Lass gut sein, das hat Zeit bis später«, winkte Lene ab.

Verdammt, warum musste ausgerechnet auf dem ersten halbwegs gut einsehbaren Streckenabschnitt ein Auto entgegenkommen? Und konnte dieser trottelige Lkw-Fahrer nicht endlich rechts ranfahren, um die Kolonne gnädigerweise überholen zu lassen? Nur rücksichtslose Idioten auf Deutschlands Straßen, wie üblich. »Erzähl mir lieber, was damals passiert ist.«

Moritz blätterte zurück zum Beginn der Akte und widmete sich der Personenbeschreibung. Lene warf einen Blick hinüber zu dem vergilbten Foto, das eine junge Frau mit langem dunklen Zopf und kindlich rundem Gesicht zeigte.

»Theresa Bauernfeind, genannt Resa, war eins fünfundsechzig groß, mollig, hatte braune Haare, braune Augen und trug zum Zeitpunkt ihres Verschwindens ein Goldkettchen mit Kreuzanhänger um den Hals, außerdem einen geblümten Rock, eine rote Bluse und rote Sandalen.«

»Falls sie noch lebt, hat sie sich zwischenzeitlich bestimmt umgezogen«, merkte Lene an.

Moritz lachte. Dabei wäre es Lene lieber gewesen, er hätte

die versteckte Aufforderung kapiert, unwichtige Informationen direkt unter den Tisch fallen zu lassen.

Endlich ergab sich eine Gelegenheit, an dem Lastwagen vorbeizuziehen. Halleluja. Sie hatte schon nicht mehr darauf zu hoffen gewagt.

»Theresa sprach bayerischen Dialekt«, fuhr Moritz fort, »und … ach, das ist interessant.« Er sah auf. »Laut den Aufzeichnungen hier war sie geistig zurückgeblieben und hatte eine spastische Lähmung des linken Beins.«

Lene erinnerte sich an Bertls ungewöhnlich unentschlossene Bemerkung über den Abrieb an der Hüfte. »Ruf bitte schnell den Melchior an«, wies sie Moritz an, »und erzähl ihm davon. Dann kannst du ihn auch gleich fragen, ob er schon neue Erkenntnisse hat.«

Nur am Rande hörte Lene mit, wie Moritz pflichtschuldig mit dem Rechtsmediziner telefonierte. Stattdessen starrte sie auf die Straße und dachte wieder einmal darüber nach, wie hilf- und ratlos auch die vermeintlich allmächtige Polizei oft genug war. Sollte sich das Skelett als die sterblichen Überreste von Theresa Bauernfeind erweisen, und Lene hielt das nach den ersten Informationen für gut möglich, dann hatte man sie jahrelang gesucht und doch nicht gefunden, während jemand munter mit den Knochen sein Unwesen getrieben und sie schließlich sogar weniger als einen Kilometer von ihrem Elternhaus entfernt aufgebahrt hatte. Dieser Vermisstenfall war längst ein sogenannter Cold Case, der zwar immer mal wieder nach neuen Anhaltspunkten durchforstet wurde, aber eine Suchaktion im großen Stil fand natürlich Jahre später nicht mehr statt.

Wenn diese Knochen also einst zu Theresa Bauernfeind gehört hatten, wo waren sie in der Zwischenzeit gewesen? Was hatte sich nach ihrem Verschwinden zugetragen, wo hatte sie sich aufgehalten? Und wer hatte sie in diese Hütte gebracht, die, da war Lene sich nunmehr sicher, nicht zufällig ausgewählt worden war?

»Also«, sagte Moritz und verstaute sein Handy in der Brusttasche seines Hemdes. Erst jetzt bemerkte Lene, dass er das Telefonat mit dem Rechtsmediziner beendet hatte.

»Der Melchior war ganz aus dem Häuschen, als ich ihm von Theresas Behinderung erzählt habe, denn das erklärt sowohl die starke Skoliose, die er zwischenzeitlich festgestellt hat, als auch die für ein verhältnismäßig junges Erwachsenenskelett ungewöhnliche Abnutzungserscheinung an der Hüfte. Er hat das Alter der Frau zum Sterbezeitpunkt nämlich auf ihre frühen Zwanziger festgesetzt.«

»Das passt perfekt«, stellte Lene fest.

»Du sagst es.« Moritz lehnte sich zurück und ließ seinen Blick schweifen. Obwohl es dort draußen eindeutig nichts Spannendes zu sehen gab. »Ansonsten müssen wir uns aber noch gedulden, bis das Labor konkrete Hinweise liefert«, fuhr er fort. »Er hofft, dass sich aus den Knochen brauchbare DNS gewinnen lässt.«

Lene nickte zufrieden. Wenn Bertl hoffte, dann selten vergebens.

»Außerdem arbeitet er gerade an einer Aufstellung der fehlenden Knochen, die schickt er dir später.«

»Eines ist klar.« Sie seufzte angesichts der neuerlichen Autokolonne, deren Ende sich nach einer lang gezogenen Kurve vor ihr auftat. »Wir müssen den kompletten Wald noch einmal absuchen. Wir brauchen den Schädel, die Halswirbel, alte Kleidungsstücke, eben irgendwelche Hinweise darauf, was damals passiert sein könnte. Mit wem hat Theresa Bauernfeind auf diesem Einödhof gelebt?«

Wieder vertiefte Moritz sich in die Akte. »Zum Zeitpunkt ihres Verschwindens waren dort außer ihr noch drei Personen gemeldet: Sabina Bauernfeind, die Mutter, Johann Bauernfeind, der Vater, und Johann Bauernfeind …« Moritz stutzte. »Theresas älterer Bruder. Also Johann senior und Johann junior.«

»Und was ist am Tag ihres Verschwindens passiert?«

»Da fand eine Art Familientreffen auf dem Hof statt.« Moritz' Blick huschte fieberhaft über den Bericht. »Zumindest hielt sich die ganze Sippschaft an diesem Sonntag im August auf dem Hof auf. Zusätzlich zu den Bewohnern waren das Konrad Bauernfeind, ein weiterer Bruder Theresas, der seit drei Wochen in der Heimat weilte, eigentlich aber schon vier Jahre lang in Australien lebte, sowie Wolfgang Bauernfeind, Theresas großer Bruder Nummer drei, mit seiner Freundin Lydia Hofmeister.« Er las weiter, die Stirn grüblerisch in Falten gezogen.

»Es waren also alle vier Kinder auf dem Hof der Eltern versammelt. Nach dem gemeinsamen Mittagessen um halb zwölf hat Johann Bauernfeind junior seinen Bruder Konrad nach Cham gefahren, der ist dann von dort aus weiter mit der Bahn zum Münchner Flughafen und hat die Heimreise nach Australien angetreten. Nach Johanns Rückkehr gab es noch für alle Kaffee und Kuchen, im Anschluss, es war wohl ein sonniger, warmer Tag, hat sich die Gesellschaft zerstreut. Theresa hat ihre Mutter informiert, dass sie spazieren gehen will. Danach wurde sie nicht mehr gesehen.« Moritz schluckte. »Nie mehr.«

Lene warf ihm einen aufmunternden Blick zu. »Was haben die anderen Familienmitglieder nach dem Kaffeekränzchen gemacht?«

»Sabina Bauernfeind saß auf der Bank vor dem Haus und hat Socken gestopft, bis es Zeit war, die abendliche Brotzeit herzurichten, und die ganze Mischpoke – außer Theresa natürlich – wieder eingetrudelt ist. Johann senior war in der Werkstatt, Johann junior hat sich mit Agnes Treml, seiner damaligen Flamme aus Schorndorf, getroffen. Konrad war auf dem Weg zurück nach Australien, Wolfgang und seine Freundin Lydia waren ebenfalls spazieren, aber natürlich nicht mit Theresa zusammen.«

»Also hat ihre Mutter sie zuletzt gesehen?«

»Zumindest steht das hier.«

»Wann wurde ihr Verschwinden gemeldet?«, fragte Lene weiter.

»Am Montag. Darüber, dass Theresa nicht zum Abendessen erschienen ist, hat sich noch niemand gewundert.« Angestrengt überflog Moritz die Zeilen. »Alle Familienmitglieder beschreiben sie als naiv und verträumt, und dass sie auf ihren Spazier-

emons: verlag Tel. 0221-56977-0 · info@emons-verlag.de

Bitte senden Sie mir das aktuelle Verlagsprogramm zu

Ich möchte den Newsletter von emons: per E-Mail erhalten

Ich habe Interesse an Krimis aus folgender Region:

f Besuchen Sie uns auch auf www.facebook.com/EmonsVerlag

Name

Straße

PLZ/Ort

E-Mail

emons: verlag
Cäcilienstraße 48

50667 Köln

02/18

gängen die Zeit vergessen hat, kam anscheinend öfter vor. Als sie kurz vor Einbruch der Dunkelheit aber immer noch nicht zurück war, haben die zwei Johanns angefangen, nach ihr zu suchen. Am nächsten Tag sind die Eltern dann zur Polizei gegangen.« Moritz blätterte weiter.

»Man hat sich im Zuge der Suche wegen der Nähe zur Grenze auch an die tschechischen Kollegen gewandt, aber das ist natürlich wie damals üblich im Papierkrieg versandet. Als dann Jahre später die Zusammenarbeit besser war, hat man den Fall mit den Tschechen zusammen nochmals aufgerollt. Kam aber auch nichts bei rum.«

Lene winkte ab. Tschechien interessierte sie im Moment nicht die Bohne. »Wenn sie regelmäßig allein durch die Wildnis spaziert ist, kann ihre Behinderung nicht besonders stark ausgeprägt gewesen sein, oder?«

Moritz blätterte zurück und konzentrierte sich auf die Aussage der Mutter, wie Lene mit einem Blick auf die aufgeschlagene Seite feststellte. »Es kam bei der Geburt wohl zu einem Sauerstoffmangel, aber die Auswirkungen scheinen nicht allzu schlimm gewesen zu sein. Eben die leichte Spastik im linken Bein, und außerdem hatte sie Probleme mit dem Lernen, konnte auch erst spät sprechen und so weiter. Ansonsten betont ihre Mutter nur, dass sie sehr naiv und gutgläubig war.«

»Und damit ein leichtes Opfer«, schloss Lene. »Wurde Resas DNS sichergestellt?«

Resa war ein paar Jahre zu früh verschwunden, als dass die Sicherstellung des genetischen Fingerabdrucks standardmäßig zum technischen Repertoire gehört hätte. Bei den meisten ungeklärten Fällen war dies zwar zu einem späteren Zeitpunkt nachgeholt worden, aber beileibe nicht bei allen.

Endlich kam der Markt Falkenstein mit der hoch über dem Ort thronenden gleichnamigen Burg in Sicht, und wie üblich entspannte Lene sich ein wenig, sobald ihre Umgebung von dichterer Besiedelung zeugte.

»Hier in der alten Akte steht nix von DNS«, antwortete Moritz nach einigem Suchen. »Aber nachdem man mit den Tschechen nochmals an dem Fall gearbeitet hat, denke ich schon. Soll ich in der Dienststelle anrufen?«

»Nicht nötig«, antwortete Lene. »Wir haben damit einen guten Vorwand, die Angehörigen der Vermissten aufzusuchen. Wohnen sie noch auf dem Hof?«

Moritz zuckte die Achseln.

»Dann schauen wir doch mal nach.« Lene lächelte zufrieden. So früh schon auf die mutmaßliche Identität der Toten zu stoßen war angesichts der kargen Faktenlage ein großes Geschenk. »Wo müssen wir hin?«

Moritz kniff seine Augen hinter der Brille zusammen und sah in die Akte. »Öd.«

»Ich finde das alles sogar ziemlich spannend.« Warum hörte der Kleine eigentlich nicht zu? »Also wo genau müssen wir jetzt hin?«

»Nach Öd«, sagte Moritz. »Das ist der Name des Einödhofs.«

»Wie passend.« Lene dachte an das weitgehend menschenleere Umland Schorndorfs. »Gehört das dann zur Gemeinde ›Fad‹?«

»Bestimmt«, antwortete Moritz trocken. »Und die liegt im Landkreis ›Dreckslangweilig‹.«

»Ich sehe, du verstehst das Prinzip.«

✳✳✳

Mit schweren Schritten schlurfte Josefa Schnabel an den Sachen vorbei, die im sommers wie winters kühlen Flur an den Wänden lagerten. Die alte Tischlampe, die auf der Kommode mit der zerbrochenen Keramikschüssel stand, musste endlich repariert werden. Ob eine der Glühbirnen, die sie im Wohnzimmer aufbewahrte, passte? Später würde sie nachsehen, wenn sie es nicht vergaß. Wo hatte sie die Glühbirnen überhaupt zuletzt gesehen? Stand die Kiste auf dem Fensterbrett? Oder hinter der Couch? Egal, dann würde sie eben suchen. Das lief ihr nicht davon. Und zuvor musste sie ohnehin zu ihrem Briefkasten.

Sie richtete den Blick zu Boden, darauf bedacht, die Ameisen nicht zu zertreten, die sich wie jedes Jahr in der warmen Zeit ihren Weg nach drinnen bahnten. Solange sie nur an Essbarem knabberten und nicht an Josefa selbst, fühlte sie sich von ihrer Gesellschaft nicht gestört. Manchmal beobachtete sie die Tiere sogar eine Weile beim emsigen Organisieren von Leckereien, denn das lenkte Josefa von den Gelenkschmerzen ab, die auch bei sommerlichen Temperaturen kaum nachließen. Sie waren ganz plötzlich aufgetreten, damals, nachdem …

Josefa schüttelte unwillig den Kopf. Schlimmer war ohnehin der Juckreiz. Die rote, schuppige Haut am Körper bearbeitete sie so lange mit der alten Schuhbürste, bis sie blutete und das Jucken endlich nachließ. Zum Glück hatte sie die Bürste nicht weggeworfen, sie erwies ihr oft genug gute Dienste.

Am Ende des Flurs fiel ihr Blick auf die braune Mülltüte, die auf dem Stapel alter Gemüsekisten lag. Was hatte sie darin gleich wieder verstaut? Sie streckte sich, um an die Tüte zu gelangen, und sah neugierig hinein. Ach ja, die Kirschkerne. Die wollte sie eigentlich schon im Frühjahr in den Garten einbuddeln, aber bisher war sie noch nicht dazu gekommen. Ein paar leere Cremetuben. Die würde sie mitnehmen, wenn sie das nächste Mal zum Wertstoffhof ging. Zwei zerbrochene Gläser, an einem klebte noch ein Rest Marmelade. Josefa fuhr mit dem Finger am Glas entlang und leckte ihn ab. Noch gut. Weshalb hatte sie das Glas dann in die Tüte gepackt?

Verwundert stellte Josefa die Tüte zurück auf die oberste Kiste, drehte dann den Schlüssel im Schloss der Haustür und öffnete sie langsam.

Das grelle Sonnenlicht stach in ihren Augen, es dauerte einen Moment, bis sie sich daran gewöhnt hatte. Sie sah die Straße entlang, an deren Ende sie wohnte. Leer. Keine tobenden Kinder, kein Gassi gehendes Herrchen mit Hund, kein einziges Auto, und auch von Anna, dem Nachbarsmädchen, war nichts zu sehen. Wahrscheinlich besuchte sie eine Freundin. Bei diesem Gedanken zuckte Josefa ein wenig zusammen. Mit dem langen Daumennagel der linken Hand kratzte sie fest über die schuppende Stelle an ihrem rechten Handgelenk, der Juckreiz ließ nach.

Josefa beugte sich vor, ohne vor die Haustür zu treten, hob den Deckel ihres Briefkastens an und spähte hinein. Nichts. Schade.

Wie immer zu Beginn des neuen Monats hatte sie sich schon beim Aufstehen auf ihre Post gefreut. Dann würde der Brief halt morgen kommen, beruhigte sie sich. Ja, sicher morgen. Der Absender hatte sich schließlich bisher als sehr zuverlässig erwiesen. Josefa zog die Tür zu, schloss ab und seufzte erleichtert. Es tat den Augen gut, das grelle Sonnenlicht auszusperren.

»Dann eben morgen«, nuschelte sie, als sie langsam zurück in die Küche ging. »Hast du gehört?« Sie griff nach dem schmutzigen Stoffbären, den sie bei ihrem letzten Spaziergang zum Wertstoffhof vor dem überfüllten Altkleidercontainer gefunden hatte, und streichelte vorsichtig über das zerfledderte Ohr. »Dann eben morgen.«

***

Die Sonne kämpfte sich durch das Wolkendickicht, als Lene, dem mickrigen Schild mit der Aufschrift »Öd« folgend, auf eine einspurige, schlecht geteerte Straße einbog. Zumindest war klar, weshalb sich der Briefkasten direkt an der Abzweigung befand. Die Fahrt auf dieser Straße konnte man im tiefsten Winter keinem noch so pflichtbewussten Briefträger zumuten. Und wenn ihr jetzt jemand entgegenkam, würde sie mit dem Dienstwagen durch die Wiese ackern müssen.

Wenige Meter hinter der Kurve kam am Fuß eines bewaldeten Hügels ein Haus in Sicht, mit niedrigem Dach, einer Bank neben der hölzernen Eingangstür, schlecht gepflegten Büschen und Blumenrabatten sowie einer angebauten windschiefen Scheune aus verwittertem Holz. Neben der Scheune parkte ein Traktor, der ebenfalls seine besten Tage hinter sich hatte. Auch der Hochsitz direkt am Waldrand sah nicht so aus, als könne man ihn noch ohne akute Lebensgefahr erklimmen.

»Idyllisch«, murmelte Lene, stellte den Wagen in der geschotterten Einfahrt ab und zog beim Aussteigen die Lederjacke aus. Sobald sich die Sonne blicken ließ, stellten sich sommerliche Temperaturen ein. Sie schob die Ärmel ihres T-Shirts hoch bis zu den Schultern und fing Moritz' neugierigen Blick auf ihre Oberarme auf. Herrgott noch mal. Mit einer schnellen Bewegung schob sie die Ärmel wieder nach unten.

»Wollen wir denen sagen, dass wir glauben, Theresa gefunden zu haben?«, fragte Moritz besorgt.

Lene konnte seine Bedenken verstehen. Fast dreißig Jahre nach dem Verschwinden einer Angehörigen die Familie wieder in Aufruhr zu versetzen, das kostete auch sie einige Überwindung. Andererseits hielt sie es für wahrscheinlich genug, Theresa gefunden zu haben, um ein derartiges Vorgehen zu riskieren.

»Nach so langer Zeit dürfte die Hoffnung, Theresa noch lebend zu finden, auch bei der Familie gegen null gehen«, antwortete sie. »Aber es wird in ihrem Interesse liegen, endlich damit abschließen zu können, oder?«

Moritz nickte, wenn auch mit einem leisen Zweifel im Blick. Angesichts der ihm eigenen Oberflächlichkeit war ein solcher Moment, in dem sich seine Empathie zu Wort meldete, durchaus erstaunlich.

Aus dem Augenwinkel registrierte Lene eine Bewegung am Fenster neben der Haustür. Der Vorhang wurde zurückgeschoben, man hatte ihre Ankunft bemerkt. Sie winkte Moritz heran und trabte zielstrebig auf das Haus zu, als sich die Tür öffnete und eine alte Frau mit krummem Rücken über einen hölzernen Gehstock gebeugt auf sie zuhumpelte. Ihr Haar war grau und schütter, aber dennoch straff und ordentlich nach hinten gekämmt und zum geflochtenen Dutt geschlungen, die geblümte Kittelschürze zerschlissen, aber sauber.

»Guten Tag«, sagte Lene und zog automatisch ihren Dienstausweis aus der Gesäßtasche ihrer Jeans. »Wagenbach und Lochbihler von der Kripo Regensburg.«

»›Grüß Gott‹ heißt das bei uns«, erwiderte die Frau mit heiserer Altweiberstimme. Ein angedeutetes Zwinkern umspielte ihre erstaunlich klaren Augen und milderte die Rüge ab.

»Grüß Gott«, erwiderte Moritz pflichtschuldig.

Die Frau richtete sich offensichtlich unter Schmerzen auf, und Lene glaubte, einen Funken Hoffnung zu erkennen, der sich auf ihrem Gesicht abzeichnete. Sie sah Lene auffordernd an.

»Sind Sie Frau Bauernfeind?«, fragte Lene.

»Ja«, antwortete die Frau. »Sabina Bauernfeind. Warum sind Sie hier?«

»Bitte setzen Sie sich«, antwortete Lene und wies auf die Bank, auf der, wie ihr einfiel, Sabina Bauernfeind wohl auch zum Zeitpunkt von Theresas Verschwinden gesessen war. War das jetzt pietätlos? Nein, beschloss sie. In diesem altertümlichen Haus, in dem Theresa ihre Kindheit und Jugend verbracht hatte, erinnerte wahrscheinlich sowieso fast jedes Einrichtungsstück an die verschwundene Tochter.

Mit einem Ächzen ließ sich die alte Frau auf der Bank nieder, ohne den Blick von Lene, die sich neben sie setzte, abzuwenden.

»Es geht um Ihre Tochter Theresa«, begann Lene.

Sabina Bauernfeind schloss für einen Moment die Augen. Dennoch glaubte Lene, den Kampf, der in ihrem Inneren tobte, auf ihrem Gesicht widergespiegelt zu sehen. Den Kampf gegen vergebliche Hoffnung, gegen mit der Zeit vergrabene, aber deswegen nicht minder starke Gefühle, gegen die Angst um das verlorene Kind.

»Lebt sie noch?«, flüsterte Sabina und schlug die Augen auf, und die ohnehin tiefen Falten um ihren Mund vertieften sich noch ein wenig mehr.

Lene hob mit einem Ausdruck des Bedauerns die Schultern. »Es könnte sein, dass ihre sterblichen Überreste gefunden wurden.«

Sabina presste die Lippen zusammen.

Eine getigerte Katze kam aus der Scheune gestrichen, offensichtlich mit einer Maus oder irgendeinem anderen blutigen Klumpen im Maul. Als sie die Menschenansammlung vor dem Haus bemerkte, zog sie sich wieder in die Scheune zurück.

»Wir benötigen eine DNS-Probe von Ihnen«, fuhr Lene fort. »Zum Abgleich.«

»Das lässt sich wohl nicht vermeiden?«, fragte Sabina, die knotigen Hände ineinandergeschlungen.

»Möchten Sie denn nicht wissen, ob es sich wirklich um Ihre Tochter handelt?«

Sabina neigte abwägend den Kopf, und Lene tauschte mit Moritz, der an der Wand neben der Bank lehnte, einen irritierten Blick. Auch er wunderte sich augenscheinlich darüber, dass Sabina Bauernfeind nicht mehr wissen wollte. Wo ist sie gefunden worden? In welchem Zustand? Was ist mit ihr passiert? All das hätte Lene, wohl ebenso wie Moritz, auf der Seele gebrannt. Aber vielleicht zimmerte man sich nach dem Bangen und Sorgen um das verschwundene Kind irgendwann eine beruhigende Illusion zusammen, die man sich aus Selbstschutz nicht so ohne Weiteres wieder zerstören lassen wollte.

»Wer wohnt hier eigentlich alles im Haus?«, fragte Moritz und ließ seinen Blick hinüber zum Traktor schweifen. »Außer Ihnen, meine ich.«

»Mein Mann, der Hans«, antwortete Sabina, offensichtlich dankbar für den Themenwechsel. »Und unser ältester Sohn, der ist aber gerade in der Arbeit. Ohne den wären wir zwei Alten hier aufgeschmissen«, erklärte sie und betrachtete nun ihrerseits das leicht verwahrloste Gelände. »Aber es ist auch so hart und mühselig, alles in Schuss zu halten. Und arbeiten muss er ja auch noch, der Hans. Also, unser Bub.«

Lene sah sie fragend an.

»Als Krankenpfleger. In Roding. Die Landwirtschaft rentiert sich ja heutzutage nimmer.«

»Also bewirtschaften Sie den Hof hier gar nicht mehr?«

Mit leisem Bedauern schüttelte Sabina den Kopf. »Ein paar Hühner haben wir noch, an denen hänge ich. Und ein kleines Waldstück, damit wir im Winter kein Holz für den Kachelofen kaufen brauchen. Aber die Felder und die anderen Viecher haben wir nach dem Schlaganfall vom Hans verkaufen müssen.«

Die beiden Hänse gingen Lene jetzt schon auf die Nerven.

»Ihr *Mann* Hans hatte einen Schlaganfall?«

Sabina nickte. »Seitdem ist er bettlägerig. Kann nimmer laufen, nimmer reden, nimmer schlucken, nimmer arbeiten. Das ist natürlich eine arge Last.«

»Pflegen Sie ihn hier allein?«, hakte Moritz nach.

Lene hatte sich die gleiche Frage gestellt. Sabina Bauernfeind wirkte zwar grundlegend gesund, aber, wie es sich für eine alte Bauersfrau auf dem Land wohl gehörte, ordentlich schief und krumm gearbeitet.

»Zusammen mit dem Bub, ja«, antwortete Sabina. »Der kümmert sich nach der Arbeit. Und wenn mich der Ischias zu sehr plagt, kommt die Agnes und hilft. Auch im Garten, oder sie kocht für uns mit. Was halt so anfällt. Eine gute Seele.«

Agnes? Hatte so nicht auch die in der Akte erwähnte Freundin eines Sohnes geheißen?

Mit einem Ächzen erhob sich Sabina Bauernfeind, für sie war das Gespräch offensichtlich beendet. Trotz der Neuigkeiten um ihre Tochter machte sie einen gefassten Eindruck.

»Können wir Sie allein lassen?«, fragte Lene dennoch.

»Natürlich. Ich hab sowieso zu tun. Wollen Sie Eier mitnehmen?« Sie deutete mit einer vagen Bewegung des Gehstocks zum Haus. »Auf der Rückseite. Können Sie den Hühnern direkt unter dem Arsch wegklauen.«

Moritz bedachte Lene mit einem spöttischen Grinsen und machte hinter Frau Bauernfeinds Rücken hühnerähnliche Flatterbewegungen.

»Gerne, vielen Dank.« Lene erwiderte Moritz' Grinsen. Sie war zwar eine Großstadtpflanze, die das Landleben verabscheute, aber das bedeutete schließlich nicht, dass sie mit ein paar Hühnern überfordert war. »Soll ich dir welche mitbringen, Moritz? Und kümmerst du dich solange bitte um die Speichelprobe?« Mit einem Winken ließ sie ihren verblüfften Kollegen bei Frau Bauernfeind zurück.

DREI

»Schmeiß die Kamera einfach in den Kofferraum«, sagte Lene und schwang sich hinter das Steuer. »Du musst die Eier halten.«

Moritz verzog das Gesicht, verstaute aber folgsam die Kamera, holte die vier im rückwärtigen Fußraum abgelegten Eier hervor und verwahrte sie auf seinem Schoß, als er sich anschnallte. »Da hast du dir doch mit Absicht die vier mit der meisten Hühnerkacke dran ausgesucht, oder? Gib's zu.«

Ja, hatte sie. Zu gespannt war sie auf Moritz' Reaktion gewesen. Sie bedachte den auf dem Traktor sitzenden Herrn Mulzer, dem sein neuer Job als Polizeichauffeur außerordentlichen Spaß zu machen schien, mit einem lässigen Winken und startete den Motor. »Quatsch. Die sahen alle so aus. Gut festhalten jetzt.«

»Sind die eigentlich nicht längst schlecht?« Moritz hielt die Eier mit spitzen Fingern möglichst weit von sich. »Immerhin lagen sie heute den ganzen Tag im Auto.«

»Ja, aber das Auto stand im Schatten«, antwortete Lene ungerührt und bog vom holprigen Waldweg auf die Teerstraße ein. »Die sind ganz frisch und ungewaschen, so schnell verderben die nicht.«

»Ich werde mir mein Omelette auf jeden Fall gut durchbraten.« Moritz starrte nachdenklich auf die Hühnerkacke. »Abgesehen von der Spur zu Theresa Bauernfeind und der Eier-Ausbeute war dieser Tag für die Katz, oder?«

Lene zuckte die Achseln. Die Suche im unübersichtlichen Waldstück hatte keine neuen Anhaltspunkte gebracht, die fehlenden Skelettteile blieben verschwunden.

»Warum hast du die Alte heute Vormittag eigentlich nicht gleich richtig befragt?«, fragte Moritz. »Zum Tag des Verschwindens, zu irgendwelchen Beobachtungen … Mir wäre da so einiges eingefallen.«

»Das lag ausnahmsweise nicht an meinem Mangel an Einfällen«, erwiderte Lene. »Ich finde einfach, wir sollten nicht jetzt schon die Pferde scheu machen. Sehen wir doch erst einmal, was der DNS-Abgleich und die Obduktion ergeben.«

Moritz nickte, aber Lene bemerkte den leisen Vorwurf in seinen Augen. Als käme es bei einem Jahre zurückliegenden Todesfall auf ein paar Tage hin oder her an.

»Was machen wir eigentlich morgen?« Moritz warf ihr einen erwartungsvollen Blick zu.

»Wie wär's mit Wochenende?«

»Ernsthaft?«

Der Arme. Er wirkte richtiggehend enttäuscht.

»Klar.« Lene verschwieg, dass sie gedachte, am Folgetag zumindest den Bericht für Dr. Adam in die Tasten zu hauen. »Die Laborergebnisse bekommen wir sowieso nicht vor Montag, und die Suche im Wald ruht bis dahin ebenfalls. Also genieß doch einfach das schöne Wetter.«

»Das könnte ich auch hier tun.« Moritz deutete vorsichtig mit zwei vollgekackten Eiern auf die menschenleere Landidylle hinter dem Fenster. »Mir gefällt das eigentlich ganz gut. Die Natur ist toll. Und das Leben hier hat irgendwie so was Pures, Natürliches, Unverfälschtes.«

»Hach ja, schön. Natürlich und unverfälscht«, antwortete Lene übertrieben schwärmerisch. »Wie Eier mit Hühnerkacke.« Entschlossen drehte sie Metallica lauter.

✳✳✳

»Oma!« Julia ließ ihre Tasche in der Ecke des Vorraums fallen, direkt neben Onkel Hans' Gummistiefeln, von denen still und gemächlich der getrocknete Matsch bröckelte, und atmete tief ein. Der vertraute Geruch, ein wenig abgestanden und bitter, angereichert mit den Aromen von gebratenen Zwiebeln, frischer Erde und Staub, drang in ihre Nase. Wie üblich registrierte Julia die friedvolle Stille, die sich mit einem Mal in ihr ausbreitete. »Oma! Ich bin da!«

Durch die Tür zur Stube hörte sie den schlurfenden Gang ihrer Großmutter, die sich wahrscheinlich, wie immer um diese Zeit, mit einer Tasse ihres Spezial-Kaffees und ihrer nachmittäglichen Strickarbeit auf der Eckbank niedergelassen hatte. Julia schlüpfte aus den Sandalen, obwohl Oma sie wegen des unversiegelten Holzfußbodens in den Wohnräumen ständig beschwor, die Schuhe anzulassen.

Die Tür zur Stube öffnete sich, Oma sah mit einem breiten Lächeln zu ihr auf und streckte ihr die knotige Hand entgegen. »Derndl, komm rein. Schön, dass du da bist.« Ihr Blick fiel auf Julias nackte Füße. »Das lernst du auch nicht mehr«, kommentierte sie kopfschüttelnd, und Julia schmunzelte. Mama hatte ihr als Kind mit großer Vehemenz beigebracht, die Schuhe beim Betreten des Hauses auszuziehen, aber hier auf Öd galten nun mal andere Regeln.

Sie folgte ihrer Großmutter in die Stube und sah, dass die braun geblümte Kittelschürze am verlängerten Rücken fadenscheinig wurde. Nicht zum ersten Mal gelobte sie im Stillen, ihre Oma mit neuen Kittelschürzen zu überschütten, wenn sie eines Tages selbst Geld verdiente.

»Magst einen Kaffee?« Oma schickte sich an, in die angrenzende Küche zu gehen.

Julia winkte ab und bezog ihren Stammplatz auf der Bank vor dem Kachelofen. Das war der einzige Punkt, in dem ihre Meinung, das Dasein auf Öd betreffend, mit der ihrer Mutter übereinstimmte: Omas als Kaffee bezeichnete Brühe war schlichtweg ungenießbar. Oder um es mit Mamas Worten zu sagen: Alle drei Liter Wasser eine Kaffeebohne eingetunkt, vielleicht aber auch bloß eine halbe, und im Handumdrehen ist der Kaffee mit dem Abgewöhnaroma fertig.

Oma setzte sich zu ihr, das Gesicht schmerzverzerrt, und Julia prüfte die Temperatur der Wärmflasche, die Oma sich sommers wie winters hinter den Rücken stopfte. Noch warm. »Passt schon, Mädel«, sagte Oma und tätschelte ihre Hand. »Erzähl mir lieber was Schönes.«

Julia durchforstete ihr Gehirn nach Neuigkeiten der positiven Sorte. »Der Papa hat einen großen Auftrag gekriegt«, fiel ihr ein. »Für eine neue Schule im Landkreis.«

Oma setzte zu einer Erwiderung an, als sich die Tür öffnete und Onkel Hans die Stube betrat. Er trug verdreckte Arbeitskleidung, wahrscheinlich hatte er in der Scheune den Kampf gegen den Verfall weitergeführt. Entgegen seiner Art sah er heute kaum auf, sondern nickte Julia nur knapp zu und trabte weiter in die Küche.

Auch über Omas Gesicht, das sie gerade noch angestrahlt hatte, war ein Schatten gefallen.

»Ist bei euch alles okay?«, fragte Julia und griff wieder nach der Hand mit den unzähligen Altersflecken. »Es ist doch nichts passiert?«

Oma hielt den Blick gesenkt, als gäbe es auf ihrem Schoß mehr zu entdecken als die zwei ineinander verschränkten Hände, eine alte, schwielige, abgearbeitete und eine junge, glatte, mit kurzen, sauberen Nägeln, die keine einzige Geschichte von schwerer körperlicher Arbeit erzählen konnte.

»Oma?« Julia wurde ungeduldig. Sie beobachtete durch das Fenster in der Küchentür den Onkel, der sich Omas Plörre einschenkte und dann, die Tasse an den Lippen, grüblerisch aus dem Fenster sah. War etwas mit ihrem Großvater passiert, der oft genug den Eindruck machte, dem Tod näher zu sein als dem Leben? Aber dann hätte sie doch längst davon erfahren, oder? Dann hätte Oma sie doch nicht so begrüßt, als wäre nichts geschehen.

»Die Polizei war heute da«, antwortete Oma endlich, wenn auch zögerlich. »Es könnte sein, dass sie die Leiche von der Resa gefunden haben.«

»Mein Gott«, entfuhr es Julia unwillkürlich. Das Schicksal der Tante, die schon Jahre vor ihrer eigenen Geburt spurlos verschwunden war, beschäftigte Julia immer wieder einmal. Obwohl oder gerade weil niemand mehr darüber sprach. Wenigstens verlor Papa kein Wort über seine verschollene Schwester, Mama schwieg sie ebenso tot wie alles andere, was sie an den Bayerischen Wald erinnerte, Onkel Hans hatte Resa nie erwähnt, und auch Oma erzählte nur widerwillig, wenn Julia sie nach der verschwundenen Tochter fragte. Hätte Julia nicht

Omas alte Fotos durchwühlt, wer weiß, ob sie überhaupt jemals von der Existenz dieser Tante erfahren hätte.

Wahrscheinlich war es für alle, die Resa gekannt hatten, einfach zu schmerzhaft, sich an sie und ihr Verschwinden zu erinnern. Unter diesem Gesichtspunkt war es vielleicht sogar ganz gut, wenn die Leiche nun gefunden worden war. Die Hoffnung auf eine Rückkehr hatte wohl ohnehin niemand mehr gehegt.

Dennoch, mit ihren gesenkten Augen und den zitternden Händen sah Oma nicht so aus, als spürte sie auch nur einen Anflug von Erleichterung. Dabei sagte man doch immer, die Ungewissheit sei das Schlimmste! Auch Onkel Hans, der mit der Kaffeetasse in den Händen aus der Küche kam, Oma einen schnellen Blick zuwarf, den Julia nicht zu deuten wusste, und wortlos die Stube verließ, wirkte nicht so, als hätte er endlich seinen Seelenfrieden gefunden. Aber vielleicht war es dafür einfach noch zu früh.

»Wo ist sie gefunden worden?«, fragte Julia. »Weiß man, was ihr damals zugestoßen ist?«

Oma schüttelte abwehrend den Kopf. »Warten wir erst einmal ab, ob es wirklich die Resa ist.« Sie presste die schmalen Lippen aufeinander, dann löste sie ihre Hand aus Julias, erhob sich und schlurfte in die Küche.

Mit klopfendem Herzen stand auch Julia auf und ging über die knarrenden Holzdielen in den angrenzenden Raum, in dem Opa lag.

Getrockneter Speichel klebte in seinen Mundwinkeln. Julia griff nach dem feuchten Waschlappen auf dem Beistelltisch neben dem Krankenbett und wischte ihn weg. Sie legte den Lappen zurück, und ihr Blick fiel auf den Karton mit Sondennahrung und die Windelpackungen im Regal.

Sie setzte sich an den Bettrand, sodass Opa sie sehen konnte, und streichelte behutsam seine eingefallene, fleckige Wange. Natürlich kam kein Wort über seine Lippen, keine Regung verriet das Erkennen, aber wie immer glaubte Julia zu sehen, dass sich seine Augen weiteten. Und ebenfalls wie

immer schrieb sie diese Beobachtung seiner Freude über ihre
Anwesenheit zu.

✳✳✳

Marek schnappte nach der Scheibe kross gebratenen Früh-
stücksspecks, die Lene ihm unter den Tisch reichte, verzehrte
sie gierig und bedachte Lene mit einem gleichermaßen zufrie-
denen wie bettelnden Blick. Fehlte nur noch, dass er sich die
Lippen leckte.

»Tut mir leid, das war's.« Lene schob sich selbst genüsslich
die letzte Gabel Rührei in den Mund. Es ging doch nichts über
ein geruhsames Frühstück am Wochenende.

Sie lehnte sich in ihrem Balkonstuhl zurück und griff nach
der Kaffeetasse. Unten im Hinterhof spielte ein kleiner Junge
mit seinem Plastikbagger, die Mutter, die Lene vom Sehen
kannte, spähte ab und an aus dem schräg gegenüberliegenden
Fenster auf ihn hinunter. Ansonsten regte sich nichts. Von wegen ländliche Ruhe. Am frühen Samstagvormittag, bevor die
Geschäfte öffneten, war es in der Regensburger Altstadt mindestens genauso still. Und außerdem schöner, hier mit dem
Blick auf den Innenhof, der im Sommer allein durch die vom
Schatten abgemilderte Hitze südländisches Flair verströmte.

Mit einem Lächeln sah sie Marek nach, der anscheinend
akzeptiert hatte, dass die zusätzliche Fütterung beendet war,
und sich nach drinnen trollte, dann erhob sie sich selbst, um
den Teller in den Geschirrspüler zu räumen. Der Parkettbo-
den im Wohnzimmer glänzte im Licht der hereinfallenden
Sonne. Ganz im Gegensatz zur staubbedeckten Oberfläche von
TV-Bank und Bücherregal. Nicht hinsehen, Lene. Immerhin,
den Tisch vor der cognacfarbenen Ledercouch, die sie sich im
vergangenen Jahr gegönnt hatte, hatte sie erst vor ein paar Tagen
abgewischt. Trotzdem reichte der Staub darauf bereits wieder
aus, um dem üblichen Prüfverfahren entsprechend ein gut les-
bares »SAU« hineinzuschreiben.

Durch die doppelflügelige Tür ging Lene in die angrenzende

schwarz-weiß gefliese Küche, wo sich Marek vor seinem Futternapf zusammengerollt hatte. »Dir geht's auch bloß ums Fressen, oder?« Sie räumte den Teller weg und füllte Mareks Wassernapf auf.

Vorsichtig spähte sie wieder hinaus ins Wohnzimmer. Staubwischen? Bitter nötig, aber mehr als ungeliebt. Sie griff nach ihrem Smartphone und las erneut die WhatsApp-Nachricht ihrer Schwester Maria. Hatte sie Lust, heute nach Ergoldsbach zu fahren? Dort lebte Maria mit Mann, Nachwuchs, Mama, Hund, Katze und bestimmt auch Maus in einem kleinen ehemaligen Bauernhäuschen. Lenes Neffen Laurenz und Korbi schienen sie zu vermissen, ebenso wie Aristoteles, der lautstarke, aber lammfromme Schäferhund. Wenigstens behauptete Maria das. Nein, heute nicht, entschied sie. Lene stand weder der Sinn nach Familie noch nach Landleben in Reinform. Was dann?

Unwillkürlich schweiften ihre Gedanken zurück zu dem Bild, das sich ihr in der Waldhütte geboten hatte. Am Vortag hatte sie Moritz für seinen überbordenden Eifer noch belächelt, dabei ließ ihr der Gedanke an Theresa Bauernfeind und die fehlenden Knochen selbst keine Ruhe. Nicht nur einmal hatte sie in den nächtlichen Phasen des Halbschlafs darüber sinniert, was in der Person, die die Knochen auf Hochglanz poliert hatte, währenddessen vorgegangen sein mochte.

Warum also nicht ein wenig nachforschen? Allein kamen ihr sowieso oft genug die besten Ideen, und eine weitere Begehung des Fundorts konnte schließlich nicht schaden. Nach einem letzten Schluck Kaffee nahm sie ihren Schlüssel vom Brett, schlüpfte in die Turnschuhe und verließ die Wohnung.

Eine Stunde später hatte Lene den Waldrand erreicht und spähte skeptisch in das vor ihr liegende Dickicht, als sie von der Straße das Blubbern eines Motorrads hörte. Sie kniff die Augen zum Schutz vor der Sonne zusammen und fixierte die Harley, die der darauf sitzende Hüne in diesem Augenblick neben ihrem Audi abstellte. War das Dr. Adam?

Er zog sich den Helm vom Kopf, wuschelte sich durch das kurze Blondhaar und winkte. Tatsache. Was wollte der denn hier? Mit dem Anflug eines schlechten Gewissens fiel Lene ein, dass sie den Bericht für ihn noch immer nicht geschrieben hatte. Leider typisch, leider aber auch alles andere als korrekt. Wäre ein unangenehmerer Staatsanwalt, der seinen Kollegen bei der Kripo die Paragrafen wie Knüppel zwischen die Beine warf, für ihren Fall zuständig, wäre ihr das garantiert nicht passiert. Ein unkomplizierter und kollegialer Typ wie Adam allerdings wurde von den dauergestressten Ermittlern nur zu gern mal außen vor gelassen, wenn auch ohne böse Absicht.

Lene lächelte ihm entgegen, als er im Laufschritt auf sie zukam. »Asche auf mein Haupt, ich hab's verpennt«, sagte sie anstelle eines Grußes, als er sie erreicht hatte.

»Wenn der Prophet nicht zum Berg kommt«, erwiderte Adam dröhnend und riss sich die Lederjacke vom Leib, sodass das eng anliegende T-Shirt darunter zum Vorschein kam. Wie kam ein gemeinhin ausschließlich sesselpupsender Staatsanwalt eigentlich zu einem solchen Berg Muskeln? »Bullenhitze, sobald der Fahrtwind fehlt«, fügte er entschuldigend hinzu.

»Woher haben Sie gewusst, dass ich hier bin?« Lene kniff wieder die Augen zusammen, als Adam neben sie trat und der grelle Schein der Sonne auf sie fiel.

»Das habe ich nicht.« Er kramte in der Tasche seiner Lederjacke und setzte schließlich eine Sonnenbrille im Pilotenlook auf. »Ich war sowieso mit der Eva unterwegs, also dachte ich, ich mache mir einfach selbst ein Bild vor Ort. Praktisch, Sie hier zu treffen, dann muss ich nicht lange suchen.«

»Darauf würde ich mich an Ihrer Stelle nicht verlassen.« Lene setzte sich wieder in Bewegung. »Keine Ahnung, ob ich ohne Traktor inklusive Chauffeur überhaupt zu dieser Hütte finde.«

»Keine Sorge«, sagte Adam hinter ihr. »Wenn wir uns verlaufen, kümmere ich mich um das Lagerfeuer.«

»Na, Sie sind ja ein ganz kerniger Bursche.« Vor Lenes geistigem Auge erstand eine Vision von Dr. Adam, angetan mit offenem Holzfällerhemd, Axt und schmutzigen Jeans. Doch, stand ihm.

»Schon«, antwortete er ohne jegliche Ironie, dafür mit dem gebotenen Selbstbewusstsein.

Lene grinste in sich hinein und stapfte wortlos weiter. Schließlich brauchte sie ihre volle Konzentration, um sich ohne den hilfreichen Herrn Mulzer im Dickicht zu orientieren.

***

Mit zitternden Händen nahm Josefa die Scheine aus dem Briefumschlag. Behutsam ließ sie sie durch die Finger gleiten und zählte nach. Der Betrag stimmte, wie jeden Monat. Manchmal hoffte sie darauf, dass der Absender noch einen Zehner drauflegte, als Zeichen des Wohlwollens oder auch nur, weil er sich verzählt hatte. Bisher aber war diese Hoffnung vergeblich gewesen. Sei's drum, auch so war ihr geholfen.

Sie erhob sich von der durchgewetzten Couch und schlurfte zum Fensterbrett, wo die Holzschatulle stand, in der sie den monatlichen Zuschuss aufbewahrte. Achtsam klappte sie den Deckel nach oben und legte das Geld hinein. Sie strich noch einmal darüber – die schwarzen Ränder unter ihren Fingernägeln, die abgestorbenen Hautschuppen an den Händen ein hässlicher Kontrast zu den sauberen Scheinen, die noch druckfrisch wirkten.

Sie nahm den Daumen in den Mund und versuchte, mit den unteren Schneidezähnen den schlimmsten Trauerrand zu entfernen. Der Fingernagel sah danach kaum sauberer aus als zuvor, aber das machte ihr nichts aus.

Heute war ein guter Tag. Anna würde bestimmt auf den Kalender sehen und später an der Tür klingeln, wie alle Mädchen ihres Alters hatte sie schließlich viele Wünsche. Nur zu gern würde sie Josefas Einkäufe erledigen und danach der Einladung zum Plaudern folgen, weil sie wusste, dass der Stundenlohn zu Beginn des neuen Monats wieder besonders großzügig ausfiele. Josefa würde den leichten Ausdruck des Ekels bemerken, der sich auf Annas junges, glattes Gesicht stahl, immer wenn sie sich auf der alten Couch niederließ, wenn sie Josefas Hände und Arme betrachtete, wenn sie verstohlen auf die Schätze in den unzähligen auf dem Boden stehenden Kisten spähte. Aber das würde Josefa nicht stören, daran war sie gewöhnt.

Es hatte nur einen einzigen Menschen in ihrem Leben gegeben, der sie ohne Ekel betrachtet hatte, und dieser Mensch war lange tot. Resa war arglos gewesen, von Anfang an, hatte noch nicht einmal gefragt, ob Josefas Ausschlag ansteckend war, hatte das abstoßende Aussehen der Haut einfach hingenommen, so wie man ein blaues Kleid oder blonde Haare hinnahm.

Josefa rieb sich das schmerzende Kreuz und ging zur Küchenzeile. Es gab keinen Kaffee mehr, den musste Anna später besorgen, aber vom Vortag war noch ein Schluck in der Kanne. Josefa fischte einen kleinen Topf aus der Spüle, hielt ihn einen Moment unter den Wasserstrahl und sah zu, wie sich ein paar der verkrusteten Reste des Rühreis vom Boden lösten. Dann stellte sie ihn auf den Herd. Einen Augenblick überlegte sie, woher der eingebrannte braune Fleck auf der Kochplatte stammte, dann kippte sie den Rest Kaffee in den Topf und schaltete den Herd ein.

***

»Hier hat diese Theresa also gewohnt?« Dr. Adam sank auf den quer gelegten Baumstamm, der das Ende des Waldstücks markierte.

Lene nickte. Sie hatten die Hütte trotz ihrer diesbezüglichen Skepsis problemlos gefunden und die Umgebung in Augenschein genommen, ohne Neues zu entdecken, dann aber beschlossen, nicht den gleichen Weg zu den Fahrzeugen zurückzugehen, sondern sich auf gut Glück in die Richtung zu wagen, in der Lene den Einödhof der Bauernfeinds vermutete. Und tatsächlich, vor ihnen tat sich der Blick auf den kurzen, von Gras und Sträuchern gesäumten Weg auf, an dessen Ende sich die Rückseite des Hauses abzeichnete, inklusive des Lene bereits bekannten Hühnerverschlags mit umzäunter Freilaufzone.

»Sie haben nicht zufällig einen gefüllten Picknickkorb dabei?« Adam sah zu ihr auf und wuschelte, anscheinend verzweifelt um Abkühlung bemüht, schon wieder durch sein Haar.

»Da muss ich leider passen.« Lene ließ sich neben ihm auf dem Baumstamm nieder und lächelte mitleidig, als er mit einem leisen Ächzen seine langen, in schwarzes Leder gehüllten Beine von sich streckte. Den Hitzestau mochte sie sich gar nicht erst vorstellen, die Schweißperlen auf seiner Stirn sprachen Bände.

»Gibt's hier in der Nähe einen Biergarten?«

Auch Lene hätte nach dieser Waldwanderung und den stetig steigenden Temperaturen eine kleine Erfrischung vertragen. »Fußläufig gibt es hier rein gar nichts«, machte sie seine Träume von einer Radlermaß zunichte und deutete auf das alte Bauernhaus. »Aber Sie können ja um einen Schluck Wasser und ein paar rohe Eier betteln, wenn Sie mögen. Dann noch Ihr locker aus dem Handgelenk geschütteltes Lagerfeuer, et voilà …«

»Fertig ist das Survival-Menü für Arme«, ergänzte er und winkte ab. Dann blickte er nachdenklich zum Hof hinüber. »Vielen Dank jedenfalls für die aufschlussreiche Führung durchs Unterholz. Und hierher.«

»Was letztlich müßig ist, solange wir keine Gewissheit haben, ob es sich wirklich um die verschwundene Tochter handelt.«

»Aber dann wird es spannend.«

»Richtig. Derjenige, der die Knochen präpariert hat, weiß, was nach Theresas Verschwinden passiert ist, oder ist sogar selbst dafür verantwortlich. Und der Kreis derjenigen, die die Jagdhütte kennen, dürfte nicht allzu groß sein.«

Dr. Adam bedachte sie mit einem verschmitzten Lächeln. »Auch wenn Sie noch so sehr darauf pochen, den DNS-Abgleich abzuwarten: Sie haben längst Blut geleckt.«

»Sonst würde ich diesen Job nicht mehr machen.« Lene registrierte Adams riesige Hände, die entspannt auf seinen Oberschenkeln lagen. »Ich mag vor allem solche alten, verloren gegebenen Fälle«, fügte sie hinzu. »Es ist schön, jemandem eine Stimme zu verschaffen, der schon lange keine eigene mehr hat.«

Mit einem Ausdruck der Überraschung in den blauen Augen musterte Adam sie. »Wenn man Ihnen so zuhört, scheint Ihr Job durchaus eine poetische Seite zu haben.«

»Ja. Für mich hat er das.«

Ein weiterer blonder Haarschopf blitzte neben dem Hof auf, und Lene kniff die Augen zusammen.

»Wer ist das?«, fragte Dr. Adam, der ihrem Blick gefolgt war.

»Weiß nicht.«

Kam die junge Frau direkt von Öd? Ihr zu einem Pferdeschwanz gebundenes Haar wippte bei jedem Schritt, den sie näher kam, das rundliche Gesicht wandte sich immer wieder mit einem versonnenen Ausdruck der sie umgebenden Landschaft zu. Ihre Schritte wurden mit jedem zurückgelegten Meter beschwingter, bis sie schließlich bei einem kleinen Hopser einen Teil der unter den Arm geklemmten Unterlagen verlor. Nach einem zu erahnenden Fluchen bückte sie sich, um die Blätter aufzuheben.

Als sie sich aufrichtete, fiel ihr Blick auf Lene und Dr. Adam. Sie grüßte verhalten, näherte sich dann aber mit einem sympathischen Lächeln. »Sie sitzen auf meinem Lieblingsplatz«, sagte sie, als sie die beiden erreicht hatte. »Ich hoffe, Sie haben eine gute Entschuldigung.«

»Wir müssen das ›Reserviert‹-Schild übersehen haben.« Lene grinste und stand auf. »Aber Sie haben Glück, wir wollten ohnehin aufbrechen.«

Theresa Bauernfeind war dunkelhaarig gewesen, die vor ihnen stehende Frau mittelblond. Dennoch, die Gesichtsform und die tiefbraunen Augen erinnerten Lene an das Foto der Verschwundenen. Aber das konnte auch Einbildung sein. Weil sich der Fall bereits in ihr festgebohrt hatte und sie einfach nicht mehr losließ? Mit dieser Einschätzung hatte Dr. Adam nämlich durchaus richtiggelegen.

»Schade«, erwiderte die junge Frau nun mit einem bedauernden Blick auf den Wust Papier, den sie mit sich herumschleppte.

»Ich habe schon gehofft, ich könnte mich noch kurz vorm Lernen drücken und ein bisschen spazieren gehen.«

Dr. Adam erhob sich ebenfalls und spähte auf das Skript.

»Ich studiere«, erklärte die Frau. »Lehramt für Gymnasium, Deutsch und Geschichte.«

»Wohnen Sie hier in der Gegend?«, fragte Lene.

»Dort drüben.« Die Frau deutete auf den Einödhof. »Also, eigentlich wohne ich in Regensburg, aber an den Wochenenden bin ich oft hier bei meinen Großeltern.«

Eine Nichte der verschwundenen Theresa also. In Lenes Fingern begann es zu jucken.

Dabei waren weitere Fragen gar nicht nötig, die junge Frau schien in Plauderlaune zu sein. Was man nicht alles tat, um das Lernen noch eine Weile hinauszuzögern.

»Leider haben meine Eltern immer in der Stadt gewohnt, die können mit dem Landleben nichts anfangen. Obwohl sie von hier stammen«, erklärte sie beinahe entrüstet. »Aber mir gefällt es hier besser.« Für einen Moment schloss sie die Augen. »Das ist so unverfälscht im Vergleich zur Stadt.«

Unverfälscht. Vielleicht sollte Lene die junge Dame mit Moritz verkuppeln, dann konnten die beiden gemeinsam ungehemmt das unverfälschte Dasein genießen. Und Moritz würde endlich damit aufhören, sie zu belämmern.

»Und Sie?«, fragte die junge Frau mit einem Blick auf Dr. Adams Bikermontur. »Sind nicht von hier, oder?«

»Ebenfalls aus Regensburg.« Lene warf Adam einen schnellen Blick zu, der besagen sollte: Ich weiß, was ich tue. »Das ist Herr Dr. Adam, Staatsanwalt. Und ich bin Lene Wagenbach und arbeite bei der Regensburger Kripo. Wir sind beruflich unterwegs.«

Die Augen der jungen Frau weiteten sich. »Bei Ihrer Arbeit geht es aber nicht zufällig um meine Tante Resa?«

Lene neigte abwägend den Kopf. »Das wissen wir im Moment noch nicht. Ihre Großmutter hat Ihnen also von meinem Besuch erzählt?«

»Nur am Rande, mir erzählt ja nie einer was.« Die junge Frau seufzte. »Alle drucksen bloß rum und schweigen die Tante tot, und das schon seit Ewigkeiten. Aber die Stimmung auf dem Hof ist dieses Wochenende ganz mies, also habe sogar ich mitbekommen, dass etwas nicht stimmt. Wobei doch schon lang keiner mehr daran glauben kann, dass Tante Resa noch lebt, oder?«

Lene dachte erneut an Sabina Bauernfeinds seltsame Reaktion am Vortag. »Sobald eindeutig geklärt ist, ob es sich bei unserem Fund um Ihre Tante handelt, werden auch Sie mehr Details erfahren, da bin ich sicher.« Lene wandte sich zum Gehen, Dr. Adam schloss sich ihr an. »Also dann, erfolgreiches Lernen!«

Theresas Nichte verzog das Gesicht. »Danke«, brummte sie. »Und gute Heimfahrt.«

Lene und Dr. Adam waren schon ein gutes Stück entfernt, als die Frau ihnen nachrief: »Ich heiße übrigens Julia!«

Lene winkte ihr noch einmal zu, dann trabte sie still neben Dr. Adam her, vorbei an Öd und die schlecht geteerte Straße entlang. Auch der Staatsanwalt schien tief in Gedanken versunken zu sein.

»Ist das normal?«, brach Lene schließlich das Schweigen, während sie beide bereits am Straßenrand entlangliefen, um das Waldstück zu umrunden. »Ist man nach fast dreißig Jahren nicht froh darüber, das Kind endlich vernünftig beerdigen zu können?«

»Diesbezüglich habe ich zum Glück keine Erfahrung.« Dr. Adam sah nachdenklich auf sie hinunter und rieb sich mit der Hand über den Bart. Schon wieder stand ihm der Schweiß auf der Stirn, und Lene rechnete es ihm hoch an, dass er nicht jammerte. »Aber vielleicht redet man sich ein, dass sich das verlorene Kind irgendwo in Thailand ein glückliches Leben aufgebaut hat? Realitätsflucht scheint mir in einem solchen Fall sehr sinnvoll zu sein.«

Lenes Audi und die Harley kamen in Sichtweite. Insgeheim sang Lene ein Loblied auf ihren Orientierungssinn, der sie heute keine Sekunde im Stich gelassen hatte.

»Fahren Sie eigentlich Motorrad?«, fragte Dr. Adam.

»Wie kommen Sie darauf?«

»Sie sehen so aus.«

Lene schüttelte bedauernd den Kopf. »Ich wollte den Führerschein immer machen, aber wie das nun mal so ist: Erst fehlt das nötige Kleingeld, und seit ich Geld habe …«

»Fehlt die Zeit«, schloss Adam den Satz. »Schade. Wenn ich das gewusst hätte, hätte ich einen zweiten Helm mitgenommen.«

Lene winkte ab. »Ich habe das Steuer gerne selbst in der Hand«, antwortete sie wahrheitsgemäß. Dennoch musste sie sich eingestehen, dass ihr Adams Gesellschaft in den vergangenen Stunden nicht unangenehm gewesen war.

✳✳✳

Der erste Eindruck hatte Lene nicht getrogen: Die Ähnlichkeit zwischen Theresa Bauernfeind und ihrer Nichte Julia war frappierend. Das hatte sie schon am Vortag nachgeprüft, als sie sich nach ihrer Rückkehr aus dem Bayerischen Wald sofort Theresas alte Akte geschnappt hatte. Auch jetzt ließ ihr das umfangreiche Dokument auf dem Couchtisch keine Ruhe.

Um das Gehirn ein wenig zu lüften, hatte sie sich sogar schon dem von Moritz vorgeschlagenen Waidlerisch-Sprachtest gewidmet. Sieben von zehn möglichen Punkten, immerhin. Somit war klar, weshalb der Chef ausgerechnet sie so beharrlich ins Hinterland schickte. Dass ein »Riweislknedl« ein Kartoffelknödel sein sollte, war ihr zwar nicht klar gewesen, aber genauere Kenntnisse im Knödelbereich würde sie bei den anstehenden Vernehmungen wohl auch nicht brauchen.

Erneut griff sie nach Theresas Akte und lehnte sich auf der Couch zurück. Das mädchenhafte Gesicht lächelte ihr vom Foto auf der ersten Seite fröhlich entgegen. Man sah ihr die Behinderung nicht an, auf dem Bild wirkte sie gesund, hatte den Blick fast schon herausfordernd in die Kamera gerichtet, und die im Vergleich zu Julia etwas fülligere Statur wirkte wohlproportioniert und stand ihr hervorragend. Eine hübsche, junge, lebenslustige Frau, so schien es.

Eines stand fest: Sie würde Bertl sofort wegen des DNS-Abgleichs drangsalieren, sobald er am nächsten Morgen das rechtsmedizinische Institut betrat. Wenn sie ihn ausreichend nervte, würde er folglich das Labor ausreichend nerven, um ein schnelles Ergebnis zu erhalten. Dieser alte Vermisstenfall hatte in Kombination mit den neuesten Erkenntnissen eine echte Chance auf Aufklärung, und das nach neunundzwanzig Jahren! Nervöse Unruhe machte sich in Lene breit, wie so oft, wenn sie auf Ergebnisse zu warten hatte und nicht sofort aktiv werden konnte.

Sie blätterte weiter in der Akte, während Marek zu ihr auf die Couch sprang und offensichtlich gekrault werden wollte. »Jetzt nicht, mein Süßer.«

Mit einem beleidigten Blick verzog er sich ans andere Ende der Couch.

Die Ereignisse am Tag des Verschwindens hatte Lene längst verinnerlicht, und so las sie sich durch die weiteren Aussagen der Familienmitglieder. Niemandem war etwas Nennenswertes aufgefallen, es hatte an jenem Tag keine besonderen Vorfälle gegeben außer der Verkündigung der Verlobung von Wolfgang Bauernfeind mit seiner ebenfalls anwesenden Freundin Lydia Hofmeister. Die Familie hatte die Neuigkeit freudig aufgenommen und mit einem Glas Sekt zum Kuchen gefeiert.

Wolfgang Bauernfeind und Lydia Hofmeister, das mussten Julias Eltern sein. Unter diesem Aspekt verstand Lene deren ablehnende Haltung, die Julia geschildert hatte. Wer wollte schon ständig daran erinnert werden, dass der glückliche Anlass der eigenen Verlobung auf ewig mit dem spurlosen Verschwinden einer Angehörigen verknüpft war?

Laut der Aufzeichnungen hatte Theresa Bauernfeind an jenem Nachmittag nur ein halbes Glas Sekt getrunken, war weder verwirrt noch betrübt gewesen, kannte die umliegende Gegend wie ihre Westentasche und hatte sich gut gelaunt auf den Weg gemacht. Allein, wie alle Familienmitglieder angaben, denn es sei Theresa immer schwergefallen, Freunde zu finden. Resas einzige namentlich erwähnte Freundin, die gleichaltrige Josefa Schnabel aus Schorndorf, war am Tag von Resas Verschwinden mit den Eltern zu Besuch bei Verwandten gewesen, weitere soziale Kontakte außerhalb der Familie wurden in der Akte nicht erwähnt. Lediglich Wolfgang Bauernfeind hatte zu Protokoll gegeben, dass Theresa ihm gegenüber einmal angedeutet hatte, auf ihren Spaziergängen jemanden kennengelernt zu haben. Diese Spur war jedoch damals im Sande verlaufen. War dieser Bruder, Wolfgang, ihre engste Vertrauensperson gewesen? Und war Theresa mit dieser angeblichen Bekanntschaft ein Wagnis eingegangen, hatte sich vielleicht sogar verliebt und aus Angst vor dem Missfallen der Familie geschwiegen? Möglich. In jedem Fall ein interessanter Hinweis.

In den polizeiinternen Aufzeichnungen fiel zudem auf, dass sich die Betroffenheit des Vaters über das Verschwinden der Tochter in Grenzen gehalten hatte. Das Gefühl hatten jedenfalls die damals zuständigen Kollegen gehabt. Vielmehr hatte sich ihnen der Eindruck aufgedrängt, dass Hans Bauernfeind sich fast erleichtert fühlte, das Sorgenkind mit beschränkter Arbeitsfähigkeit nun nicht mehr mit durchs ohnehin schon beschwerliche Leben schleppen zu müssen. Letztlich hatte aber auch diese Beobachtung nicht zu einer Aufklärung des Falls geführt.

Genug. Lene klappte die Akte zu und warf einen Blick auf ihre Armbanduhr. Die wenigen verbliebenen Stunden des Wochenendes wollte sie genießen und ein bisschen abschalten, um morgen wieder motiviert und voll auf der Höhe zu sein. Marek sprang auf ihren Schoß und rollte sich schnurrend zusammen. Mit einem Anflug von schlechtem Gewissen kraulte Lene seinen flauschigen Nacken, dann legte sie die Akte auf den Couchtisch, griff zu ihrem Smartphone und öffnete die Tinder-App.

VIER

Das Festnetztelefon bimmelte im Flur und durchbrach die bedrückende Stille, die das gemeinsame Abendessen bisher wie ein drohender Wächter begleitet hatte. Erleichtert sprang Julia auf, um der Gesellschaft der wortkargen Eltern zu entkommen, doch zu ihrem Leidwesen war ihre Mutter schneller.

Vom Esstisch aus hörte Julia, dass auch dieser Anruf Mamas Stimmung nicht hob, wenigstens klang ihre Stimme hohl und missmutig, während Papa, das zubereitete Schinkenbrot seit Minuten unberührt auf dem Teller vor sich, mit jeder Sekunde, die verstrich, mehr in sich zusammenzusinken schien.

Warum konnte Mama denn nicht ein einziges Mal auf die Tradition des gemeinsamen Abendbrots verzichten, wenn die Laune sowieso im Keller war, verdammt? Wobei Julia auch hier, zu Hause in Regensburg, nicht verstand, weshalb die Reaktionen auf den Fund der Leiche so seltsam ausfielen. Zumindest war es ihr so vorgekommen, als hätte diese Neuigkeit aus Öd die schlechte Laune in ihrem Elternhaus seit dem Sonntagabend erst ausgelöst.

Lydia war ins Esszimmer zurückgekehrt, den Telefonhörer in der Hand, den sie nun mit deutlichem Argwohn im Blick an Papa weiterreichte. »Dein Bruder Hans«, sagte sie und setzte sich. Sie lächelte Julia zu und tätschelte ihre Hand, aber Julia bemerkte genau, wie viel Anstrengung es ihre Mutter kostete, unbeschwert zu wirken. »Möchtest du die Avocado, Schatz?«

Julia schüttelte den Kopf. Die schlechte Stimmung schlug ihr eindeutig auf den Magen.

Lydia schnitt die Frucht auf, während Papa ein undeutliches »Hallo?« in den Hörer sprach, hastig aufstand und das Zimmer verließ.

Wieder verfiel Lydia in Schweigen, und auch Julia wusste nichts zu sagen. Dabei brannten ihr so viele Fragen auf den Lippen. Warum redet niemand über die Angelegenheit? Warum schaut ihr alle so dumm aus der Wäsche? Habt ihr wirklich geglaubt, Tante Resa kommt nach neunundzwanzig Jahren guter Dinge und mit einem pfiffigen neuen Haarschnitt zurück nach Hause? Die verschlossene Miene ihrer Mutter hielt sie davon ab, solche Fragen zu stellen, sie hätte ohnehin nur ausweichende Antworten bekommen. Genau wie auf Öd.

Draußen auf dem Flur murmelte ihr Vater einen leisen Abschiedsgruß, dann kehrte er ins Esszimmer zurück. Die Blässe in seinem Gesicht, das er nur zögerlich Mama zuwandte, sprach Bände.

»Es ist also Resa«, fasste Mama in Worte, was auch Julia sofort gedacht hatte.

Papa nickte. »Die Kommissarin hat heute Nachmittag auf Öd angerufen. Es gibt keine Zweifel.«

Für einen scheinbar endlosen Augenblick sah Mama Papa, der langsam, mit den Schritten eines alten Mannes, an den Tisch zurückkehrte, schnurgerade an, dann wandte sie sich achselzuckend ab. »Dann könnt ihr jetzt endlich abschließen«, sagte sie, sah von ihrer Avocado auf und schenkte Julia ein aufmunterndes Lächeln. »Nach all den langen Jahren der Ungewissheit.«

Papa sank auf seinem Stuhl zusammen. Er schien diesen Gedanken nicht tröstlich zu finden.

***

»Das Wichtigste habe ich dir aufgeschrieben.« Lene kramte den Notizzettel aus ihrer Jeanstasche. »Wenn du früher fertig bist als ich, dann gehst du einfach ins Dorf und versuchst, dort ein bisschen was herauszubekommen.«

»Soll ich an den Türen klingeln wie ein Vorwerk-Vertreter?« Moritz war sichtlich entgeistert.

»Die sind seit der Markteinführung des Thermomix gern gesehene Gäste, lieber Moritz.« Lene konnte sich ein spöttisches Grinsen nicht verkneifen und reichte ihm den Zettel. »Ich wäre aber auch zufrieden, wenn du dich einfach ein bisschen unters Volk mischst. Beim Metzger oder beim Bäcker zum Beispiel. Notfalls gehst du in die Kirche oder auf den Friedhof und belästigst ein paar brave Schäflein.« Sie deutete auf den Zwiebelturm, der sich im Ortszentrum vor dem blauen Sommerhimmel abzeichnete. »Irgendwo werden sich schließlich auch die Schorndorfer zum Ratschen treffen. Ich hol dich ab, wenn ich fertig bin.«

Mit einem skeptischen Blick auf das verwahrloste Häuschen am Ende der Seitenstraße, in dem Theresas frühere Freundin Josefa Schnabel residierte, stieg Moritz aus. Lene startete den Motor und folgte der Straße nach Öd.

***

»Bin schon unterwegs«, krächzte Josefa mit heiserer Stimme, als die Türglocke ein zweites Mal schrillte. Sie legte das Häkeldeckchen zurück in den Karton, den sie gerade durchforstet hatte, räusperte sich und stand auf. Heute kostete es sie besonders große Mühe, ihre Füße beim Gehen vom Boden zu heben. Jeder Schritt durch den Flur eine schier unüberwindbare Aufgabe.

Sie wischte sich die staubigen Hände am Rock ab, nutzte die Gelegenheit, um mit der schuppigen Stelle am Handrücken fest über den rauen Stoff zu reiben, und öffnete die Haustür einen schmalen Spalt. Angesichts der Helligkeit kniff sie die Augen zusammen. Wer war dieser Mann? Sie hatte ihn zweifellos noch nie zuvor gesehen. »Sie haben die falsche Adresse«, sagte sie und schloss die Tür wieder. Keine Sekunde später klopfte es, wieder öffnete sie.

»Sind Sie Josefa Schnabel?«, fragte der junge Mann und betrachtete sie verwundert durch seine Brille.

Sie brummte als Zeichen der Zustimmung.

»Dann stimmt die Adresse.« Er ließ seinen Blick über Josefas Kopf hinweg in den Flur schweifen. »Moritz Lochbihler, Kripo Regensburg. Darf ich einen Moment reinkommen?«

Sie hatte nicht aufgeräumt, und auch das schmutzige Geschirr türmte sich noch in der Küche. Nein, wollte sie sagen.

Lassen Sie mich in Ruhe. Aber wenn er wirklich von der Polizei war … Josefa fühlte ihr Herz stolpern. Ruhe bewahren, das war das Wichtigste. »Haben Sie einen Polizeiausweis?«, fragte sie.

»Natürlich.« Der junge Mann kramte unbeholfen in der Brusttasche seines Hemdes und brachte schließlich einen kleinen Dienstausweis zum Vorschein. »Bitte schön.«

Josefa gab vor, den Ausweis genauestens zu prüfen, aber in Wahrheit nutzte sie die Zeit, um sich zu sammeln. Was wollte der Mann von ihr? Kriminalpolizei? Konnte es sein, dass …

Er streckte ihr die Hand entgegen, um den Ausweis wieder an sich zu nehmen.

»Worum geht es?«, fragte sie.

»Um den Vermisstenfall Theresa Bauernfeind. Können wir alles Weitere bitte drinnen besprechen?«

Sie versuchte, die Aufregung zu bezwingen, die ihre Hände flattern und ihre Kehle austrocknen ließ, drehte sich um und ging zurück in den Wohnraum. Jetzt erfüllten die Unordnung und der leicht faulige Geruch, den die Abfälle und das schmutzige Geschirr verströmten, sie mit einem vagen Gefühl der Genugtuung.

Sie deutete auffordernd auf die Couch, wo sich der Polizist vorsichtig niederließ, darauf bedacht, den Stoff nicht mit den Händen zu berühren. Es gelang ihm nicht, seinen Ekel zu verbergen. Verstohlen sah er sich um.

»Möchten Sie eine Tasse Kaffee?«, besann Josefa sich auf ihre Gastgeberqualitäten, wohl wissend, dass er ohnehin ablehnen würde. Auch Anna hatte bei ihr noch nie etwas getrunken oder gegessen. Dabei hatte Josefa früher sogar immer Limonade für das Mädchen angesetzt.

»Nein, danke«, antwortete er und spähte auf den Zettel in seiner Hand. »Sie waren damals eng mit Theresa Bauernfeind befreundet?«

Josefa nickte und ignorierte den stechenden Schmerz in ihren Lendenwirbeln, als sie den Holzstuhl ihm gegenüber leer räumte und sich darauf niederließ.

»Wir haben vor ein paar Tagen ihre sterblichen Überreste gefunden. In einer Waldhütte, ganz in der Nähe.«

Der Polizist war sichtlich bemüht, ihr die Nachricht von Resas Tod schonend beizubringen, das bemerkte Josefa. Ihr Mund wurde immer trockener, und die Zunge klebte unangenehm am Gaumen. Sie war also gefunden worden. Jetzt schon. Endlich. Ihre Handflächen wurden feucht, die schuppige Haut an den Gelenken begann mit einem Mal zu schmerzen und zu jucken. Sie durfte keinen Fehler machen. Nicht zu viel sagen, aber auch nicht zu wenig. Sie schluckte, um den Speichelfluss wieder in Gang zu bringen und die Zunge vom Gaumen zu lösen.

»Geht es Ihnen gut?«, fragte der Polizist mit gerunzelter Stirn.

»Ja«, antwortete sie krächzend. Sie bemühte sich, Ordnung in ihre Gedanken zu bringen und sich wieder zu fassen. Der Polizist würde glauben, dass ihr die Nachricht von Resas Tod so zusetzte. Dabei hatte sie davon doch längst gewusst.

»Jetzt, wo es neue Ansatzpunkte gibt, versuchen wir natürlich zu rekonstruieren, was Ihrer Freundin damals zugestoßen ist«, erklärte der junge Mann und beobachtete sie immer noch mit einem Ausdruck der Besorgnis. »Fühlen Sie sich imstande, mir ein paar Fragen zu beantworten?« Er nestelte nervös an seinen braunen Locken.

Josefa versuchte sich an einem tapferen Gesichtsausdruck. Sie musste jede Antwort genau abwägen. Nicht hektisch werden. Langsam beruhigte sich ihr Herzschlag.

***

Als Lene auf die schmale Teerstraße fuhr, fiel ihr Julia ein. Ob die junge Frau bereits wusste, dass wirklich die Leiche ihrer Tante gefunden worden war?

Neben dem Traktor, der an seinem angestammten Platz bei der Scheune stand, parkten heute zwei Wagen: ein alter VW Golf, der hauptsächlich von Rost zusammengehalten wurde, und ein solider schwarzer Mercedes Kombi, beide mit Chamer Kennzeichen. Lene hatte einen Termin vereinbart, bei dem auch Hans junior anwesend sein sollte. Wem aber gehörte der zweite Wagen?

Sie stellte den Dienstwagen in der Einfahrt ab und bremste sich und ihre Neugier, um nicht im Laufschritt zur Haustür zu spurten. Hinter dem Haus gackerten die Hühner lautstark vor sich hin, von der getigerten Katze war heute weit und breit nichts zu sehen.

In Ermangelung eines Klingelknopfes klopfte sie an die Haustür und lauschte nach drinnen. Lene hätte wetten können, dass die Tür nicht abgeschlossen war. Während ihrer eigenen Kindheit auf dem Land war es unvorstellbar gewesen, die Haustür zu verriegeln. Nachts, ja, vielleicht, wenn man besonders misstrauisch war. Aber tagsüber? Da klopften die Nachbarn einfach an und traten ein, und sei es nur, um eine Schüssel Stachelbeeren oder Berge von Rhabarber in den kühlen Hausflur zu stellen. Bestimmt wurde das hier genauso gehandhabt. Abgesehen von den Nachbarn natürlich, die gab es auf Öd schlichtweg nicht.

Feste Schritte näherten sich von innen, dann hörte Lene leise Stimmen, die Tür blieb jedoch geschlossen. Sie klopfte erneut. Endlich öffnete eine füllige Mittfünfzigerin mit grau melierter brauner Kurzhaarfrisur und misstrauischem Blick. Hinter ihr hatte sich ein kräftiger Mann ungefähr gleichen Alters positioniert, mit schmuddeliger Schiebermütze auf dem dunklen Haar und einem seltsam herausfordernden Ausdruck in den Augen.

»Wagenbach, Kripo Regensburg.« Lene ließ sich nicht verunsichern. »Ich habe angerufen.«

Der Dunkelhaarige machte keine Anstalten, Lene hereinzubitten. Stattdessen wandte er sich der Frau zu. »Also dann, dank dir schön, Agnes. Komm gut heim.«

Die Frau schob sich an Lene vorbei, umhüllt von einer Wolke penetranten Essensgeruchs, und nickte ihr wortlos zu, bevor sie hastig Kurs auf die Autos nahm. Für eine gute Seele erwies sich diese Agnes als erstaunlich unsympathisch.

Der Mann beachtete Lene nicht weiter, sondern sah Agnes nach, bis sie den Mercedes aufgeschlossen, sich gesetzt und den Motor gestartet hatte.

Lene räusperte sich geräuschvoll. »Sie sind Johann Bauernfeind junior, nehme ich an?«

Der Angesprochene nickte, dann drehte er sich um und ging wieder nach drinnen. Lene folgte ihm. Auf höfliche Aufforderung zu warten schien hier sinnlos zu sein.

Der Kochgeruch, den Agnes ausgedünstet hatte, intensivierte sich im Inneren des Hauses und vermischte sich mit abgestandener, staubiger Luft und einem unangenehm bitteren Unterton, aber immerhin war es durch die blanken Wände und den Steinfußboden angenehm kühl. Hinter Hans betrat Lene den Wohnraum, wo Sabina Bauernfeind auf der Eckbank an einem großen dunklen Holztisch saß und Lenes Gruß immerhin mit einem neutralen Nicken erwiderte.

Erneut unaufgefordert setzte Lene sich auf einen der Holzstühle an den Tisch und wartete, bis Hans junior mit einer Kaffeetasse aus der angrenzenden Küche zurückgekehrt war und sich ebenfalls niederließ. Sie wunderte sich schon nicht mehr darüber, dass man ihr demonstrativ nichts zu trinken anbot. Obwohl sie eine Tasse Kaffee jetzt nicht abgelehnt hätte.

Sabina betrachtete ihre von Arbeit gezeichneten Hände, Hans nahm die speckige Schiebermütze ab und starrte in seine Kaffeetasse.

Mit einem irritierten Blick in die Runde ergriff Lene das Wort und wandte sich an Sabina, die ihr zumindest etwas zugänglicher als ihr Sohn erschien. »Ich habe Ihnen ja schon gesagt, es gibt keinen Zweifel daran, dass wir die sterblichen Überreste Ihrer Tochter gefunden haben.«

Sabina nickte, ohne aufzusehen.

Hans kratzte sich am Kopf.

»Anhand der Auffindesituation bezweifeln wir auch nicht, dass es zu einer Form von Fremdeinwirkung gekommen ist. Nur zu welchem Zeitpunkt, das ist im Moment noch unklar.«

Sabina schwieg.

Hans sah aus dem Fenster.

Lene musste sich beherrschen, um nicht mit der Faust auf den Tisch zu schlagen. »Ich habe mir die Akte, die nach dem Verschwinden von Theresa angelegt wurde, zwischenzeitlich natürlich angesehen und mir auch Ihre damaligen Aussagen zu Gemüte geführt. Ist über die Jahre irgendetwas geschehen oder ist Ihnen etwas eingefallen, was Sie Ihren damaligen Aussagen hinzufügen möchten?«

Sabina schüttelte den Kopf.

Hans tat es ihr mit undurchdringlicher Miene gleich.

Obwohl Lene sich vorgenommen hatte, besonders schonend mit den Angehörigen der Toten umzugehen, beschloss sie nun ein anderes Vorgehen. Irgendwie musste aus Sabina und Hans doch eine Reaktion herauszukitzeln sein. »Der Großteil von Theresas Skelett wurde regelrecht aufgebahrt in einer Waldhütte ganz in der Nähe gefunden.«

Immerhin, Sabina zuckte.

Hans nippte an seinem Kaffee.

»Ihre Knochen wurden gereinigt und gebleicht«, fuhr Lene fort und beobachtete Hans, der noch immer keine Regung erkennen ließ. »Sie sind nicht beschädigt, jemand hat sie also mit viel Achtsamkeit bearbeitet und dann auf einer Pritsche arrangiert. Nur leider fehlen, neben ein paar kleinen Knöchelchen, auch einige Halswirbel.« Sie suchte Sabinas Blick, dann den von Hans, um sicherzugehen, dass sie die volle Aufmerksamkeit der beiden hatte. »Und der Schädel.«

Sabina schlug sich eine Hand vor den Mund. Endlich.

Hans hingegen sah Lene eindeutig herausfordernd an. »Können Sie dann überhaupt zweifelsfrei feststellen, dass es sich um Resa handelt?«

Lene erwiderte seinen Blick kühl. Langsam ging ihr die Verstocktheit dieser Familie gehörig auf den Zeiger. »Keine Sorge«, antwortete sie. »Für den DNS-Abgleich war das vorhandene Knochenmaterial ausreichend.«

Endlich sah Sabina auf. In der Stube war es schummrig, trotzdem registrierte Lene mit einem vagen Gefühl der Erleichterung den feuchten Schimmer in ihren Augen. Hans hingegen zeigte sich unbeeindruckt.

»Für uns stellt sich nun natürlich die Frage, weshalb die Knochen ausgerechnet an diesem Ort deponiert wurden.« Lene legte eine Außenaufnahme der Hütte auf den Tisch. »Kennen Sie dieses Gebäude?«

Beide warfen einen kurzen Blick auf das Foto, dann sahen sie einander in einem stummen Austausch an. Schließlich ergriff Hans das Wort. »Das ist die Jagdhütte vom alten Oswald.«

»Das ist mir bekannt.« Himmelherrgott noch mal. Selten war Lenes Geduldsfaden bei einem beruflichen Gespräch mit Angehörigen eines Opfers dermaßen kurz vorm Reißen gewesen. »Kannte Theresa diese Hütte auch?«

»Natürlich.« Hans zuckte gleichgültig die Achseln. »Wir haben als Kinder ständig im Wald gespielt.«

»In dieser Hütte?«

»Auch, ja. Den alten Oswald hat's nicht gestört, wir haben ja nichts kaputt gemacht.«

»Kinder lieben nun mal Verstecke«, fügte Sabina hinzu, ohne Lene anzusehen. »Spaziergänger kommen dort ja kaum hin.«

»Das heißt also, jedem Mitglied Ihrer Familie war die Existenz dieser Hütte bekannt. Wem noch?«

Hans bedachte Lene mit einem Ausdruck unverhohlener Abneigung. »Wollen Sie jetzt eine Namensliste?« Er schnaubte. »Da müssen Sie sich schon selber drum kümmern.«

Sabina warf ihrem Sohn einen schnellen Seitenblick zu. »Dem Mulzer, vermute ich. Der kümmert sich ja jetzt um das Waldstück. Aber ansonsten … Schauen Sie, früher sind die Kinder und Jugendlichen nicht ständig mit dem Bus nach Roding oder Cham gefahren, um ins Balletttraining oder zum Judo zu gehen. Da haben die sich in der Natur aufgehalten und selber Spiele erfunden.« Sie neigte den Kopf. »Es gibt also im Dorf oder auch anderswo bestimmt einige Leute, die von der Existenz der Hütte wissen.«

So kam Lene nicht weiter. »Ihr Sohn beziehungsweise Bruder Wolfgang hat damals zu Protokoll gegeben, dass Theresa Kontakt zu einer unbekannten Person hatte, die sie bei ihren Streifzügen durch die Gegend traf. Was wissen Sie darüber?«

»Nix«, sagte Hans.

Sabina schüttelte mit versteinerter Miene den Kopf.

»Können Sie sich vorstellen, dass Theresa damals eine heimliche Freundschaft oder gar eine Liebesbeziehung hatte?«

Sabina hob unschlüssig die Schultern, Hans tat es ihr den Bruchteil einer Sekunde später gleich.

Die Wortkargheit der beiden grenzte schon fast an Boykott. »Ich habe das Gefühl, Sie beide haben keinerlei Interesse daran, mehr zu erfahren oder mir zu helfen.« Lene klopfte nun doch frustriert auf den Tisch. War aber auch kein Wunder, wenn einem hier der Gaul durchging. »Warum?«

Sabina strich sich glättend über das ohnehin streng nach hinten gekämmte graue Haar und setzte zögerlich zu einer Antwort an, als Lenes Handy lautstark zu klingeln anfing. Verdammt. Hektisch zerrte sie das Smartphone aus ihrer Jeanstasche, deutete Sabina und Hans an, dass sie in Kürze an genau dieser Stelle fortfahren würden, und nahm den Anruf des Rechtsmediziners entgegen.

❃❃❃

»Das Skelett wurde in einer versteckt liegenden Hütte im Waldstück der Familie Oswald gefunden.«

Der junge Polizist sah sie eindringlich an. Als wolle er sie röntgen. Unruhig rutschte Josefa auf dem Stuhl hin und her.

»Kennen Sie diese Hütte zufällig?«, fragte er.

Sie nickte. Sollte sie noch etwas hinzufügen? »Resa hat sie mir damals gezeigt.« Ihre Stimme klang immer noch heiser, sie räusperte sich. »Wir waren manchmal dort, als Kinder und Jugendliche. Wenn uns keiner finden oder stören sollte.« Gut. Der Polizist freute sich bestimmt über ihre Auskunftsfreudigkeit. Nun schnell die eigene Harmlosigkeit unterstreichen. »Steht die Hütte also immer noch?«

»Ja«, antwortete er und sah einen Augenblick nachdenklich auf seinen Zettel. »Können Sie sich erinnern, wann Sie zuletzt dort waren?«

Oh ja, das konnte sie. Während eines Waldspaziergangs war das gewesen, vor rund drei Jahren. Ein harmloses Wandeln auf Resas Spuren hatte ihr damals vorgeschwebt. Doch es sollte anders kommen.

Schnell schob sie die Bilder weg, die vor ihrem geistigen Auge erstanden. »Vielleicht mit fünfzehn oder sechzehn? Irgendwann haben wir dann das Interesse daran verloren, uns im Wald zu verstecken.«

»Seither haben Sie die Hütte nicht mehr betreten?«

Josefa schüttelte den Kopf. Weshalb fragte er so beharrlich nach? Sie kratzte sich heftig am Handgelenk, um das Zittern ihrer Hände zu verbergen. »Es hätte mich zu sehr an Resa erinnert.«

»Wie würden Sie Ihre Freundschaft beschreiben?« Er schenkte Josefa ein aufmunterndes Lächeln, das sie jedoch nicht beeindruckte. Die Leute waren schließlich immer nett, wenn sie etwas wollten.

Einen Moment überlegte sie, aber dann kam sie zu dem Schluss, dass bei dieser Frage kein Stolperstein für sie lauerte. »Am Anfang war das eine Zweckgemeinschaft«, erklärte sie und stellte fest, dass es ihr sogar gefiel, über sich zu reden. Auch wenn das Interesse des Mannes rein beruflich war. »Wir waren in der Schule beide Außenseiter, das ›zurückgebliebene Hinkebein‹ und die ›Leprakranke‹.« Mit dem Kinn wies sie auf die kaputten Hautstellen an Händen und Armen.

»Schuppenflechte?«, fragte er.

Josefa nickte. »Ich glaube, die Resa mochte mich von Anfang an. Für mich hingegen war sie zunächst eine Notlösung, um nicht immer allein die Hänseleien der anderen ertragen zu müssen. Aber dann hab ich sie recht schnell wirklich lieb gewonnen.«

Josefa dachte an Resas Lachen, glockenhell und aus vollem Halse. Manchmal vermisste sie es heute noch. Es hatte sie immer aufgeheitert. »Ihre Fröhlichkeit war ansteckend. Hätte sie nicht diese Behinderung gehabt, wäre sie sicher das beliebteste Mädchen der ganzen Schule gewesen.« Und hätte mit ihr, Josefa, nichts zu tun haben wollen. Ein Glück für sie, dass es bei Resas Geburt anders gekommen war.

»Wie ging es nach der Schule weiter?«

Josefa zuckte die Achseln. »Resa hat ein Jahr früher aufgehört mit der Schule, aber wir haben uns auch danach fast täglich gesehen. Bis …« Sie brach ab. Die Erinnerung an das Gefühl der Einsamkeit und des Verlustes brannte immer noch im Herzen. »Als die Resa weg war, war ich halt wieder allein. Und bin es geblieben.«

Dem jungen Mann war sein gesteigertes Interesse anzusehen. Hatte sie etwas Falsches gesagt?

Er räusperte sich und kratzte sich mit einer Geste der Verlegenheit am Kinn. »Hatten Sie beide eine Liebesbeziehung?«

Josefa spürte, wie ihr das Entsetzen in die Glieder kroch. Rückte jetzt sie selbst ins Visier der Ermittler? Das durfte nicht sein. Sie schüttelte heftig den Kopf. »Natürlich nicht.« Was glaubte denn dieser Mann von ihr? Sie würde als alte Jungfer begraben werden. Damit hatte sie sich längst abgefunden.

Der Polizist machte sich eine Notiz, hoffentlich hatte sie ihn überzeugt.

»Hätte sich Resa Ihnen anvertraut, wenn sie jemanden kennengelernt und sich verliebt hätte?«

»Ich denke schon«, antwortete Josefa mit der gebotenen Vorsicht. Sie wusste, worauf er anspielte. Wie sollte sie damit umgehen?

»Es gab damals einen Hinweis, dass Resa sich öfter mit jemandem traf. Heimlich. Haben Sie eine Ahnung, um wen es sich handeln könnte?«

Es war ihrer Sache dienlicher, zu schweigen, entschied sie. Ein Achselzucken musste als Antwort reichen.

»Hatte sie jemals eine heimliche Beziehung oder Affäre, vielleicht mit einem Mann aus dem Dorf?«, fragte er weiter.

Josefa senkte den Blick und betrachtete das Tröpfchen Blut, das an ihrem aufgekratzten Handgelenk gerann. »Ich habe Ihnen doch gesagt, dass wir nur gehänselt wurden. Wer, glauben Sie, hatte denn Interesse an der ›Behinderten vom Einödhof‹?« Sie sah wieder auf. Das hatte sie sehr geschickt formuliert.

»Und gab es vielleicht jemanden, an dem Theresa Interesse hatte?«

Warum konnte dieser Kerl nicht endlich gehen? Mit dem schmutzigen Daumennagel kratzte sie das Blut weg. Sofort kam ein neues Tröpfchen zum Vorschein. »Ich glaube, Resa hätte sich für jeden interessiert, der sie gut behandelt. Sie war so fröhlich, gutgläubig, lebenslustig, sehr anhänglich. Aber außerhalb ihrer Familie gab es niemanden.«

Der Polizist musterte sie prüfend. Sein durchdringender Blick war ihr unangenehm, also konzentrierte sie sich auf den Rand seiner Brille.

»Weil Sie die Familie ansprechen: Wie verstand sie sich mit ihren Eltern und Brüdern?«

Wieder überlegte Josefa fieberhaft. Sollte sie etwas andeuten? Nein, sie würde den Trumpf für sich behalten. Noch. »Sie hatte ein sehr gutes Verhältnis zu ihrer Mutter.« Erneut sah sie hinunter auf ihr Handgelenk. Der Mann machte sie nervös. »Und zu Wolfgang, ihrem Lieblingsbruder. Auch mit den anderen Brüdern kam sie ganz gut aus. Nur ihr Vater …«

»Ja?«

»Ihrem Vater war sie lästig. Sie war zu harter Arbeit nicht zu gebrauchen und hatte keine Aussicht auf Heirat.« Auch das hatte Josefa mit Resa gemein gehabt. »Somit war sie nutzlos. Und eine Last. Und das hat sie von ihrem Vater zu spüren bekommen.«

»War er ihr gegenüber gewalttätig?«, fragte der Polizist. Sein Blick folgte der Ameisenstraße in die Kochnische. Vielleicht hatte er sie zwischen all ihren Schätzen jetzt erst bemerkt.

»Das nicht. Aber er hat sie seine Verachtung spüren lassen. Oder sie gleich ganz ignoriert, je nach Stimmung.«

»Hat Theresa darunter gelitten?« Er riss seinen Blick von

den Tierchen los, konnte den Ekel auf seinem Gesicht aber nicht verbergen.

»Manchmal. Aber meistens ging sie ihm einfach aus dem Weg. Sie hat immer versucht, alles positiv zu sehen.« Wieder hörte sie den leisen Nachhall von Resas ansteckendem Lachen. Woher hatte sie nur die Kraft und gute Laune genommen?

»Hatten Sie nach Resas Verschwinden noch Kontakt nach Öd?«

Josefa verneinte eilig, dann stand sie auf und hoffte, damit das Gespräch zu einem Ende zu bringen.

Tatsächlich ging ihre Strategie auf. Der Beamte warf einen prüfenden Blick auf den Zettel in seiner Hand und erhob sich ebenfalls. An der Haustür reichte er ihr nicht die Hand.

Nachdem er gegangen war, kehrte Josefa ins Wohnzimmer zurück, schob die Gardine ein Stück beiseite und sah ihm nach, wie er beinahe fluchtartig den Weg Richtung Dorfzentrum einschlug.

Resas Skelett war also gefunden worden. Es war so weit. Der Moment, den sie so lange gleichzeitig herbeigesehnt und gefürchtet hatte, war da.

Auf dem Stapel Fernsehzeitungen auf dem Fensterbrett lag eine alte Christbaumkugel, die sie im Flur gefunden hatte und zu den anderen räumen wollte. Später. Jetzt musste sie nachdenken.

Hatte sie etwas Falsches gesagt?

Der Polizist hatte gar nicht erwähnt, dass das Skelett nicht vollständig gewesen war. Seltsam.

Sie dachte an die Hutschachtel, die sie auf dem Speicher unter alten Zeitungen und Plastiktüten verwahrte. Zuerst würde sie sich vergewissern, dass die Knochen noch darin lagen. Und dann würde sie überlegen, was jetzt zu tun war.

❉❉❉

Bertls Informationen gründeten zwar hauptsächlich auf Hypothesen, aber immerhin boten sie einen neuen Ansatzpunkt.

Lene sah ein, dass der Rechtsmediziner sein Möglichstes getan hatte.

Sie verstaute das Handy in ihrer Jeanstasche und kehrte in die Stube zurück, wo Sabina und Hans Bauernfeind schweigend auf der Eckbank saßen. Lene ließ sich auf ihrem angestammten Platz nieder und wandte sich an Hans. »Kannte Resa jemanden, der sich als Jäger betätigt?«

»Weshalb wollen Sie das wissen?«, raunzte er sie an. »Glauben Sie, jemand hat die Resa mit einem Reh verwechselt und versehentlich erschossen?«

Sabina warf ihrem Sohn einen vage entsetzten Blick zu, und auch Lene fragte sich, wie Hans so abgebrüht über den Tod seiner Schwester sprechen konnte.

»Nein, dafür gibt es keinen Anhaltspunkt.« Lene bemühte sich, beruhigend zu klingen. »Wir vermuten allerdings, dass die Knochen von jemandem präpariert wurden, der sich mit der Aufbereitung von Trophäen auskennt.« Auch wenn Bertl sie darauf hingewiesen hatte, dass in diversen Internetforen selbstverständlich Anleitungen zur Reinigung und zum Bleichen von Knochen kursierten. Das war wohl die Krux der modernen Zeiten.

Es war unklar, ob Resas Skelett nun mit Hilfe eines Messers gereinigt worden war oder ob man den natürlichen Verfall des Weichgewebes, vielleicht beschleunigt durch hungriges Krabbelvieh, abgewartet hatte. Vermutlich waren die Knochen im Anschluss gründlich ausgekocht worden, um auch letzte Gewebereste zu entfernen. Was den Bleichvorgang anging, erzielte man in Jagdkreisen beste Ergebnisse mit der mehrmaligen Anwendung von Wasserstoffperoxid und anschließendem Trocknen in der Sonne. Insofern war klar, weshalb die Knochen nicht an allen Stellen blütenweiß strahlten: Wer legte sich schon am helllichten Tag ein menschliches Skelett in den sonnigen Vorgarten? Trotzdem, so oder so ähnlich musste die Bearbeitung von Resas Knochen vonstattengegangen sein.

»Dann können Sie jetzt uns alle und zusätzlich das halbe Dorf verhaften«, erwiderte Hans mürrisch.

»Wie würden Sie denn zum Beispiel vorgehen, wenn Sie Knochen aufbereiten müssten?«, fragte Lene betont beiläufig. Es konnte nicht schaden, dem widerspenstigen Hans ein bisschen Respekt einzuflößen.

Einen Moment weiteten sich seine Augen, er hatte den drohenden Unterton in ihrer Frage bemerkt. Dann fing er sich wieder. »Zuerst müssen die Knochen gründlich gesäubert werden. Am besten kocht man sie am Schluss noch mit einem ordentlichen Schuss Waschmittel aus.« Er warf einen Blick auf die Uhr, die neben dem Kruzifix über dem Türstock hing. »Wenn sie richtig weiß werden sollen, legt man sie für eine Weile in Wasserstoffperoxid ein. Dann raus an die Sonne damit. Je öfter man das macht, umso heller werden sie.«

Volltreffer. Vielleicht wurden derartige Kenntnisse hier in der Grundschule im Fach »Überleben im Bayerischen Wald« gelehrt. »Haben Sie einen Jagdschein?«, fragte Lene.

Hans schüttelte den Kopf.

»Das hätte sich nicht gelohnt«, erklärte Sabina mit zitternder Stimme. »Wir haben unser großes Waldstück schon vor Jahrzehnten verkauft, und für eine Pacht war sowieso nie genug Geld übrig.«

»Aber mit dem Vater war ich in meiner Jugend oft unterwegs«, sagte Hans beinahe trotzig.

Sabina neigte sachte den Kopf, dann nestelte sie mit zitternden Fingern an dem von Stricknadeln durchbohrten Wollknäuel auf der Eckbank herum. Ihr Gesicht hatte eine fahle Blässe angenommen.

»Geht es Ihnen gut, Frau Bauernfeind?« Nicht dass sie noch zusammenklappte und ihr biestiger Sohn Lene dafür verantwortlich machte.

»Haben Sie Kinder?«, fragte Sabina Bauernfeind mit zusammengekniffenen Augen.

Lene verneinte wahrheitsgemäß.

Sabina Bauernfeind schnaubte und wickelte sich das Ende des Wollfadens um ihr geschwollenes Zeigefingergelenk.

Jetzt reichte es. Endgültig. »Warum sind Sie eigentlich so

feindselig?« Lene gab sich keine Mühe mehr, ihren Frust über die mangelnde Kooperation zu verbergen. »Ich versuche herauszufinden, was Ihrer Angehörigen zugestoßen ist. Ich versuche herauszufinden, ob ihr Gewalt angetan wurde und ob es eine Schuld gibt, die gesühnt werden muss. Das muss doch in Ihrem Interesse sein! Weshalb machen Sie es mir so schwer?«

Sabina starrte auf den Wollknäuel, Hans in seinen Kaffee. Schließlich war er es, der sich räusperte. »Die Polizei hat damals versagt«, antwortete er. »Jetzt wollen wir einfach unsere Ruhe.«

»Glauben Sie nicht, dass Sie diese Ruhe finden, wenn die Umstände von Resas Tod aufgeklärt sind?« Vielleicht sollte sie einfach aufgeben. Aber sie war nun mal auf die Mithilfe der Familie angewiesen, verdammt!

Endlich sah Sabina wieder auf. Die Verschlossenheit war aus ihren Zügen gewichen, stattdessen sah sie erschöpft aus. Und unendlich traurig. »Das bringt mir mein Kind auch nicht zurück.« Mit einem resignierten Seufzen lehnte sie sich an die hölzerne Rückenlehne.

Was gab es dazu schon zu sagen? Lene wandte sich an Hans, der erneut einen demonstrativ genervten Blick auf die Wanduhr warf. »Diese Dame, die Sie gerade verabschiedet haben, ist das Ihre Lebensgefährtin?«

»Wir wohnen nicht zusammen, wie Sie schon bemerkt haben dürften«, antwortete er ruppig.

»Sie sind aber ein Paar?«

Er nickte verhalten.

»Agnes …«, sagte Lene sinnierend. »Agnes Treml? Die Frau, mit der Sie schon damals, zur Zeit von Theresas Verschwinden, eine Beziehung hatten?«

»Mittlerweile heißt sie Agnes Drechsler«, brummte Hans widerwillig.

»Wenn Sie schon so lange zusammen sind, weshalb –«

»Manchmal kommt's im Leben anders, als man denkt«, unterbrach er sie rüde und erhob sich. »Wenn Sie mich jetzt entschuldigen würden? Ich habe zu tun.«

Lene lenkte den Wagen auf den Parkplatz knapp unterhalb der Kirche und lächelte Moritz entgegen, der, zwei Alufolienknäuel in den Händen haltend, heraneilte. Unbeholfen klemmte er sich einen Knäuel unter den Arm, öffnete die Beifahrertür und stieg ein.

»Das sind die größten Fleischpflanzerl der Menschheitsgeschichte«, sagte er begeistert und entblätterte die erste Semmel. »Und das für eins fünfzig. Davon kannst du in der Stadt höchstens träumen!« Er hob den Deckel der Semmel und brachte ein tatsächlich außerordentlich ausladendes, rot verschmiertes Fleischpflanzerl zum Vorschein. »Senf oder Ketchup?«

»Senf«, antwortete Lene und nahm die noch eingepackte Semmel entgegen. »Wobei ich nicht an den abgestandenen Mief bei den Bauernfeinds denken darf, wenn ich mir meinen Appetit erhalten will.«

Moritz bedachte sie mit einem überheblich-pikierten Blick, bevor er herzhaft in seine Semmel biss. »Erzähl mir nichts über Mief«, nuschelte er.

Lene sah ihn fragend an, bevor sie sich selbst ihrer Semmel widmete.

»Ich habe heute schon einen Ausflug in die Tierwelt hinter mir.« Moritz schluckte den Bissen hinunter. »Diese Frau ist ein Messie, wie er im Buche steht. Zentnerweise Gerümpel und Dreck in der runtergekommenen Bude, die Maden kringeln sich auf den abgegessenen Tellern, die überall herumstehen. Über die Ameisenstraße in die Küche hab ich mich fast schon gefreut, die Viecher stinken wenigstens nicht.«

Insofern hatte Lene mit Öd also das bessere Los gezogen. »Gibt's neue Erkenntnisse?«

Moritz schüttelte den Kopf und biss erneut in die Semmel. »Nichts, was sich nicht schon abgezeichnet hätte.« Er sah auf. Ein Klecks Ketchup zierte seine Oberlippe. »Bei dir?«

»Ähnlich.«

Auch nachdem Hans gegangen war, hatte Lene das Gefühl, mit ihren Ermittlungen gegen eine Wand zu laufen, nicht verlassen. Mit Sabina Bauernfeind allein war die Stimmung freundlicher gewesen, aber an der mangelnden Ergiebigkeit der Antworten hatte das nichts geändert. Irgendwer in dieser Familie musste doch verdammt noch mal ein Interesse daran haben, Resas Tod aufzuklären!

Julia, fiel Lene ein. Wolfgang Bauernfeinds Tochter.

»Dieser Wolfgang Bauernfeind«, sagte Moritz, als hätte er ihre Gedanken gelesen, und wischte sich mit dem Handrücken über den Mund, wobei er das Ketchup bis zum spärlichen Bartansatz verteilte. »Er scheint ihr Lieblingsbruder gewesen zu sein. Und er hat diesen Hinweis mit der heimlichen Bekanntschaft gegeben. Den sollten wir uns als Nächstes schnappen.«

Das entsprach Lenes Plan, schließlich hatte sie keine andere Möglichkeit, als nach und nach allen von Resas Bezugspersonen auf den Zahn zu fühlen. Dennoch wunderte sie sich darüber, dass Sabina trotz ihrer Nachfrage das besonders gute Verhältnis der beiden Geschwister nicht erwähnt hatte.

»Bei den Bauernfeinds in Regensburg wohnt übrigens eine hübsche junge Frau, die die unverfälschte Natur genauso liebt wie du.« Sie reichte Moritz ein Taschentuch. »Falls du sie nicht mit einer Blutspur im Gesicht beeindrucken willst, solltest du mal wischen.«

Hektisch begann er mit der dringend notwendigen Reinigungsmaßnahme.

FÜNF

Das Haus im Regensburger Westen lag in einer ruhigen Seitenstraße inmitten einer Kolonie sich ähnelnder Einfamilienhäuser. Nicht pompös, nicht besonders modern, vielmehr solide und zweckmäßig. Lene stellte den Dienstwagen am Straßenrand ab und folgte Moritz, der einen plötzlichen Motivationsschub erlitten hatte und bereits den Klingelknopf neben dem schmiedeeisernen Gartentürchen drückte. Vielleicht lockte ihn ja die Aussicht auf Julia. Schön wär's.

Tatsächlich war es die junge Frau selbst, die energisch die Haustür öffnete und sie mit einem Lächeln hereinbat. »Wir sind auf der Terrasse«, sprudelte sie los. »Ist das für Sie in Ordnung? Papa ist auch schon da.«

»Wunderbar«, antwortete Lene und ließ ihren Blick über die Wände des Eingangsbereichs schweifen, die mit Familienfotos nahezu tapeziert waren. Schnappschüsse, Studioaufnahmen, mal zu viert, aber immer wieder auch nur die beiden Kinder, die blonde Julia und ihr augenscheinlich ein paar Jahre älterer Bruder. Beim Wandern, mit zwei Eiswaffeln in der Hand, beide aus der Öffnung eines Schneeiglus spitzend. Die pure Idylle, dachte Lene und fragte sich im nächsten Augenblick, ob sie wohl langsam ein wenig verbittert wurde.

Die Türen und die Treppe ins Obergeschoss waren aus hellem Holz gefertigt, alles machte einen blitzsauberen und gepflegten Eindruck. Und es roch gut, stellte Lene zufrieden fest. Frisch und süß. Die Einrichtung des Wohnraums, durch den Julia sie hinaus auf die Terrasse führte, war für Lenes Geschmack zwar ein wenig spießig, aber äußerst gemütlich ausgefallen.

Die Terrasse gab den Blick auf einen nicht allzu großen Garten frei, der mit einem wahren Blütenmeer aufwartete. Verglichen mit Öd schien hier jedes Atom »Herzlich willkommen« zu rufen.

Das galt auch für Julias Eltern. Lydia Bauernfeind, eine adrette Blondine um die fünfzig mit schlanker Statur, stand auf und schüttelte Lenes Hand mit festem Druck. Wolfgang Bauernfeind, groß, stämmig und dunkelhaarig, biss sich zwar nervös auf die Unterlippe, aber auch er verfügte über ein freundliches Lächeln und einen festen Händedruck.

Anscheinend hatte die Familie die irreguläre Anwesenheitspflicht für eine gemütliche Kaffeestunde genutzt, davon zeugten der angeschnittene Erdbeerkuchen und das benutzte Geschirr auf dem Rattantisch.

»Kaffee?«, fragte Lydia und wies auf die beiden freien Stühle.

»Gerne.«

Lydia griff nach den auf dem Beistelltisch bereitgelegten Gedecken. »Erdbeerkuchen?« Sie lächelte schelmisch.

Lene zögerte einen Moment, und Moritz warf ihr einen fragenden Blick zu. Als wolle er um Erlaubnis bitten.

»Nur zu«, sagte Lydia. »Seit unser Sohn in München wohnt, lohnt sich ein ganzer Kuchen für uns ohnehin nicht, nur konnte ich den Erdbeeren wieder einmal nicht widerstehen. Wir freuen uns, wenn er gegessen wird.«

»Wenn wir damit sogar ein gutes Werk tun … Danke, das ist sehr nett.«

Der Lavendel neben dem Steingarten verströmte einen betörenden Duft. Lene lehnte sich behaglich zurück. Es war schön, sich ausnahmsweise mal nicht als besonders widerwärtiger Eindringling zu fühlen. Was allerdings nichts daran änderte, dass sie hier einen Job zu erledigen hatte.

»Ich gehe davon aus«, eröffnete sie das Gespräch und nahm von Lydia Bauernfeind dankend den Teller entgegen, »dass Sie zwischenzeitlich über die Details informiert worden sind?«

Wolfgang Bauernfeind nickte mit unbewegter Miene, Lydia presste die Lippen fest aufeinander. Vielleicht war das aber auch der Konzentration auf Moritz' Kuchenstück geschuldet.

Nur Julia beugte sich interessiert nach vorn. »Papa hat vorhin mit Oma telefoniert«, sagte sie eifrig. »Wie geht es ihr? Und glauben Sie, dass Tante Resa ermordet wurde?«

»Julia«, sagte ihre Mutter scharf und wies mit dem Kopf auf ihren Mann.

»Für eine solche Mutmaßung ist es zu früh«, beschwichtigte Lene.

Julia schwieg resigniert, wandte den Blick aber dennoch nicht von ihr ab.

»Es gibt ein paar Ungereimtheiten«, sagte Moritz zu Wolfgang Bauernfeind und legte seine Gabel auf den beinahe schon leeren Teller. »Sie haben damals zu Protokoll gegeben, dass Ihre Schwester eine heimliche Bekanntschaft hatte. Allerdings weiß niemand außer Ihnen davon. Können Sie Ihre Angaben von damals noch ein wenig genauer erläutern?«

Wolfgang räusperte sich, sah aber erst von seinem Teller auf, als seine Frau anfing, den Tisch abzuräumen und das Geschirr auf ein Tablett zu stellen. »Eigentlich nicht«, sagte er. »Resa hat damals, ein paar Monate vor ihrem Verschwinden, eben nur gesagt, dass sie sich manchmal mit jemandem trifft. Mehr wollte sie nicht verraten.«

»Könnte es sein, dass sich Ihre Schwester damit wichtigmachen wollte?«, fragte Lene.

Wolfgang warf ihr einen überraschten Blick zu, als hätte er bis heute nicht an diese Möglichkeit gedacht. Dann zuckte er die Achseln. »Kann sein, ja. Trotzdem wollte ich es damals nicht unerwähnt lassen.«

»Sie scheinen ein sehr enges Verhältnis zu Ihrer Schwester gehabt zu haben?«

Julia wirkte überrascht. Lydia griff nach dem Tablett, wohl um es nach drinnen zu tragen.

»Bitte bleiben Sie hier«, sagte Lene.

Folgsam stellte Lydia das Tablett zurück und setzte sich wieder, ohne Lene anzusehen. Vielleicht hatte sie ein wenig zu ruppig geklungen. Ungeachtet dessen wiederholte sie ihre Frage.

»Ja«, sagte Wolfgang, »wir haben uns sehr gut verstanden. Resa war nur zwei Jahre jünger als ich, Hans und Konrad sind älter. Als Resa und ich klein waren, mussten die zwei Großen auf dem Hof mithelfen, es gab ja immer viel zu tun. Also habe ich mich eben um Resa gekümmert.«

»Und das enge Geschwisterverhältnis hat sich nie verloren?«

Lydia legte ihre Hand auf die ihres Mannes. Ob es ihm angesichts Resas Tod schwerfiel, über die damalige Zeit zu sprechen?

»Ich hatte immer das Gefühl, mich um sie kümmern zu müssen«, sagte er. »Irgendwie …« Er brach ab und hob die Schultern.

»Hing dieses Verantwortungsgefühl mit Theresas Behinderung zusammen?«, fragte Moritz.

»Vielleicht«, antwortete Wolfgang Bauernfeind und drückte die Hand seiner Frau.

»Oder damit, dass Resa unter Ihrem Vater zu leiden hatte?«

»Das hatten wir bis zu einem gewissen Grad alle. Mein Vater … Es widerstrebt mir, schlecht über jemanden zu sprechen, der sich nicht mehr rechtfertigen kann.«

»Dann tue ich es«, mischte sich Lydia ein. »Mein Schwiegervater ist ein sehr harter Mensch. Gegen sich und andere. In erster Linie zählt für ihn die Arbeitskraft eines Menschen, und dann kommt lange nichts. Deshalb war er natürlich gegenüber Theresa besonders voreingenommen. Aber auch Wolfgang und seine Brüder konnten es ihm nie recht machen.«

»Er mag es, wenn ich ihm vorlese«, wandte Julia ein. »Das spüre ich.«

Lydia schwieg, aber ihr nachsichtiger Blick sprach Bände. Anscheinend brachte sie es nicht übers Herz, das »Gespür« ihrer Tochter in Abrede zu stellen, auch wenn sie vom Gegenteil überzeugt war. »Sein jetziger Zustand muss das Schlimmste für ihn sein«, räumte sie stattdessen ein.

»Wir versuchen derzeit, uns ein Bild von Resa zu machen«, sagte Lene und lehnte sich wieder zurück. Der Kuchen war vorzüglich gewesen. Sie wandte sich an Lydia. »Sie scheint eine recht fröhliche Person gewesen zu sein.«

»Ich denke schon«, antwortete Lydia zögerlich, löste ihre Hand aus Wolfgangs und entfernte einen Fussel von ihrem weißen Shirt.

»Mochten Sie Ihre Schwägerin?«

»Ich kannte sie nicht besonders gut. Wolfgang und ich haben beide in Cham gewohnt, und vor jenem Sonntag auf Öd war ich vielleicht fünfmal dort. Wenn überhaupt.« Damit hatte sich ihre Auskunftsfreudigkeit erschöpft.

»Und wie haben Sie Ihre Schwägerin bei diesen wenigen Zusammentreffen empfunden?« Langsam bekam Lene Übung darin, der wortkargen Sippe die Informationen aus der Nase zu ziehen.

»Sie war sehr kindlich«, erklärte Lydia. »Naiv, als Nesthäkchen vielleicht auch ein bisschen verzogen, insgesamt recht sorglos, vielleicht auch ein bisschen ichbezogen.«

»Lag das an ihrem Handicap?«, fragte Moritz. Auch vor seinem inneren Auge hatte Resa anscheinend noch nicht recht Gestalt angenommen.

Lydia winkte ab. »Das sollten Sie nicht überbewerten. Davon hat man eigentlich nicht besonders viel gemerkt.«

»Vom Bein schon«, warf Wolfgang ein, als wolle er seine verstorbene Schwester verteidigen.

»Das hat sie halt ein wenig nachgezogen«, erklärte Lydia. »Aber da gibt's ja nun wirklich Schlimmeres. Was die geistige Behinderung anging, wäre mir das wahrscheinlich nicht einmal aufgefallen, wenn Wolfgang mir nicht davon erzählt hätte. Sie war eben ein bisschen langsam, hat den einen oder anderen Witz nicht verstanden, hat sich in der Schule ziemlich schwergetan und konnte sich nicht gut konzentrieren.«

»Nicht die hellste Kerze auf der Torte«, murmelte Julia.

Lydia neigte den Kopf mit der Andeutung eines Grinsens. »So hätte ich es wohl formuliert, wenn ich nicht von dem Sauerstoffmangel bei Resas Geburt gewusst hätte.« Ihr Blick in Wolfgangs Richtung war nicht recht zu deuten. »Dabei hatte ich aber auch den Eindruck, sie wusste ihre Defizite recht geschickt zu nutzen.«

»Wie meinen Sie das?«

»Nun, sie musste aufgrund ihres Handicaps im Gegensatz zu ihren Brüdern kaum auf dem Hof helfen. Dabei hätte sie das aus meiner Sicht durchaus gekonnt.«

Wolfgang räusperte sich. »Du weißt von ihrer Skoliose.«

Lydia nickte. »Ich weiß aber auch, dass viele Leute trotz Skoliose arbeiten. Wie auch immer«, gestand sie ein, »sie hatte es sicher nicht einfach. Ohne Schulabschluss waren die Chancen auf eine Ausbildung gleich null, und gezielte Förderung für Resa, das kam für meinen Schwiegervater nicht in Frage. Damit wäre man nämlich aufgefallen«, fügte sie mit leiser Verachtung in der Stimme hinzu.

Julia lauschte gespannt. Sie schien die Informationen über die unbekannte Tante förmlich aufzusaugen.

»Resa ist an dem Tag verschwunden, an dem Sie beide Ihre Verlobung bekannt gegeben haben«, sagte Lene behutsam. Dennoch zuckte Wolfgang zusammen, und Lydias offener Gesichtsausdruck schien sich blitzartig zu verdüstern. Julia lehnte sich weit über den Tisch, als hätte sie Angst, auch nur eine Silbe zu verpassen. »Hat das Ihre Beziehung geprägt?«, fragte Lene weiter.

»Seid ihr deshalb so seltsam, wenn es um Öd geht?«, platzte Julia heraus.

»Wir sind nicht seltsam«, erwiderte ihre Mutter resolut.

»Aber ihr redet nie darüber! Erst jetzt, wo ihr müsst.«

Wolfgang Bauernfeind, unter der sommerlichen Bräune blass im Gesicht, schloss die Augen. »Wie soll ich über etwas reden, an das ich nicht einmal denken will?«

Lene fing Moritz' betroffenen Blick auf. Fast dreißig Jahre des Bangens und der schwindenden Hoffnung waren eine grausam lange Zeit. Für heute würde sie Resas Lieblingsbruder die verdiente Ruhe gönnen.

✳✳✳

Der spritzige Weiße war genau das Richtige für diesen lauen Sommerabend und belebte Lenes müde Nervenzellen. Die letzten Sonnenstrahlen ließen das rote Dach des Hauses gegenüber leuchten, im Innenhof herrschte völlige Stille. Nur schade, dass ihre Gedanken unentwegt um die Gespräche des heutigen Tages kreisten. Abgesehen von Resas australischem Bruder und Agnes Drechsler, geborene Treml, hatten sie alle Leute befragt, zu denen Resa damals Kontakt gehabt hatte.

Wenn auch diese noch ausstehenden Gespräche keine neuen Ansatzpunkte lieferten, was dann? Ein Aufruf an die Öffentlichkeit, nach fast dreißig Jahren? »Aktenzeichen XY«? Lene seufzte. Bei Rudi Cerne war sie vor ein paar Jahren einmal gewesen, wegen eines ungeklärten Raubmordes an einem Ehepaar aus dem Landkreis. Tatsächlich hatte der Fernsehbeitrag zu einem Teil der Beute und diese wiederum zu den Tätern geführt. Trotzdem war ihr die Erinnerung an ihren TV-Auftritt, genau wie der Gedanke an den Plastik-Oscar, den ihr die Kollegen vom K1 nach der Aufklärung verliehen hatten, nach wie vor ein Graus.

Sie nippte an ihrem Glas und stellte es eilig zurück, als ihr Smartphone auf dem Tisch zu vibrieren anfing. Eine unbekannte Mobilfunknummer. Für den Bruchteil einer Sekunde erwog sie, den Anruf zu ignorieren, aber dann hob sie doch ab. Hauptsache, sie musste nicht mehr an ihre damalige hektische Sprechweise und die vor Aufregung rot glühenden Ohren denken. »Wagenbach?«

»Henning Adam hier, hallo.«

Um halb neun am Abend? Auch Lene arbeitete oft genug abends und am Wochenende, aber ihre Kollegen belästigte sie um diese Uhrzeit wirklich nur, wenn es keinerlei andere Möglichkeit gab. Der gute Herr Staatsanwalt schien eine etwas verquere Vorstellung von Feierabend zu haben.

»Ich … äh …«, tönte seine tiefe Stimme ungewohnt unentschlossen aus dem Smartphone. »Sorry, dass ich Sie um diese Uhrzeit störe. Meine Pressestelle will ein paar Infos zu unserem Skelett, deshalb … äh …« Er räusperte sich. »Gibt's schon Erkenntnisse?«

»Das Ergebnis des DNS-Abgleichs hat Dr. Melchior Ihnen gemailt, hoffe ich?«, fragte Lene. Wehe, wenn nicht, Bertl.

»Ja, sicher«, antwortete Adam rasch. »Was machen Ihre Ermittlungen?«

»Im Moment fange ich dort wieder an, wo die Kollegen damals aufgehört haben.« Lene hörte selbst, dass sie etwas konsterniert klang. Das Gefühl, dass ihr bei jedem Ermittlungsschritt auf die Finger geguckt wurde, hatte sie noch nie leiden können. Seltsam. Sie hatte vor mehreren Jahren schon einmal mit Adam gearbeitet, damals war er weitaus zurückhaltender gewesen.

Ihr fiel ein, dass sich Adam zu jener Zeit allerdings hauptsächlich mit seiner wohl nicht ganz einfachen Scheidung herumgeschlagen hatte. Ob er deshalb so zurückhaltend gewesen war? Dann blieb nur zu hoffen, dass bald wieder eine Scheidung ins Haus stand. »Haben Sie etwa Angst, dass ich es vermassle?«

»Natürlich nicht.« Er klang ehrlich entrüstet.

»Na gut. Derzeit klappere ich sämtliche Bezugspersonen von Theresa Bauernfeind ab und versuche, angesichts der veränderten Situation neue Anhaltspunkte zu bekommen. Allerdings habe ich eher das Gefühl, gegen eine Wand zu laufen.« Marek schlich heran und sprang mit einem Satz auf ihren Schoß. »Alle wiederholen nur das Altbekannte, und überhaupt scheine ich die Einzige zu sein, die an einer Aufklärung interessiert ist.«

»Am besten, wir überlegen gemeinsam, wie wir vorgehen«, brummte sein Bass freundlich, aber bestimmt aus dem Smartphone. »Können Sie morgen zu einer kurzen Lagebesprechung in mein Büro kommen?«

»Sind Sie schon umgezogen?«

»Leider nein«, seufzte er. »Die beauftragte Firma hat mich heute hängen lassen. Verschoben auf nächste Woche.«

»Straubing also.« Und damit ein weiteres langwieriges Gurken durch die Prärie. Auch das noch. Marek schnurrte verständnisvoll. »Ich befürchte, Ihre Frage war rein rhetorisch gemeint?«

»Da befürchten Sie richtig.« Im gleichen Moment schepperte und klirrte es lautstark am anderen Ende der Leitung. »Zefix«, fluchte Adam.

Schadenfroh nippte Lene an ihrem Weinglas.

»Das war ein hervorragender südafrikanischer Chenin Blanc.«

Adam klang so vorwurfsvoll, als hätte Lene seinen Weißwein höchstpersönlich ins Jenseits befördert. »Ausgerechnet heute, wo ich es nicht mehr zu meinem Dealer geschafft habe.«

»Tja«, sagte Lene bloß, lehnte sich grinsend zurück und nippte ein weiteres Mal.

»Was trinken Sie?«, fragte Adam mit unverhohlenem Neid in der Stimme.

»Einen zart moussierenden Vinho Verde. Sehr frisch und trocken. Perfekt bei diesen Temperaturen.«

»Wenn ich wüsste, wo Sie wohnen, würde ich in ein paar Minuten an Ihrer Tür klingeln.« Adams selbstsicheres Lächeln war deutlich durch das Telefon zu hören.

Marek hob seinen Kopf und fauchte, Lene kraulte ihn. Versuchte der Staatsanwalt etwa gerade, mit ihr zu flirten?

»Dann bin ich froh, dass Sie es nicht wissen. Ich brauche meine Ruhe. Schließlich liegt ein stressiger Tag inklusive Termin beim Staatsanwalt vor mir.« Hatte das nun kokett geklungen? Hoffentlich nicht.

»Den morgigen Termin könnten wir uns dann ja vielleicht sparen«, entgegnete Adam.

»Nicht nötig, das schaffe ich schon.«

Einen Augenblick herrschte Schweigen, Lene hörte nur das leise Surren eines Kühlschranks. Wahrscheinlich betrachtete er gerade mit verdrießlichem Gesichtsausdruck die gähnende Leere im Getränkefach.

»Sie haben ein Herz aus Stahl, Frau Kollegin.«

Lene grinste amüsiert. »Darauf trinke ich den letzten Schluck. Und auf Sie natürlich. Bis morgen, Herr Kollege!«

Sie legte auf und begegnete Mareks prüfenden Augen. »Keine Angst, mein Lieber«, murmelte sie, »Gefahr erkannt, Gefahr gebannt.«

Trotzdem ertappte sie sich Minuten später bei einem kopfschüttelnden Blick auf ihr Smartphone.

∗∗∗

Josefa Schnabel legte den Kugelschreiber beiseite und kratzte sich das Handgelenk. Der Juckreiz war heute besonders stark, schier zum Verrücktwerden, aber das war schließlich immer so, wenn sie aufgewühlt war. Damals, als sie wegen ihrer Schuppenflechte noch regelmäßig in Behandlung gewesen war, hatte man ihr empfohlen, sich Entspannungstechniken anzueignen, schließlich sei die Haut ein Spiegel der Seele. Bis heute hatte sie sich nicht dazu aufgerafft. Normalerweise brauchte sie aber auch keine Entspannung, ihr Leben ging seinen gemächlichen Gang, mit wenigen Ausnahmen in der Gleichförmigkeit, in der sie sich am sichersten fühlte. Bis jetzt.

Dass Resa gefunden worden war, veränderte alles. Jetzt musste sie handeln, sosehr sie sich auch davor fürchtete.

Ihr Blick blieb an dem hellen Fleck auf ihrem Rock hängen. Wann war das passiert? Sie feuchtete ihren Finger mit ein wenig Spucke an und rieb an der Verschmutzung herum. Besser. Zum Waschen würde sie heute nicht mehr kommen.

Wenn später Anna klingelte, wollte sie den Brief fertig geschrieben haben. Dann konnte das Nachbarsmädchen ihn direkt zur Post bringen. Und er würde schon morgen beim Empfänger eintreffen.

Josefa fühlte ihr Handgelenk brennend pulsieren, die Grenzen zwischen Jucken und Schmerzen verschwammen. Sie versuchte, die Missempfindung zu ignorieren, und blätterte in ihrem speckig gewordenen Notizbuch.

Zuerst die Empfängeradresse. Sie griff nach dem Stift und beschriftete langsam den vor ihr liegenden Umschlag. Ihre Altweiberschrift war längst ungelenk geworden, schließlich schrieb sie kaum noch. Selbst die Einkaufszettel diktierte sie der Anna, das ging schneller.

Dennoch betrachtete sie zufrieden ihr Werk. Sie hatte sich nicht verschrieben, die Adresse war gut lesbar. Nun gab es keinen Vorwand mehr, den Brief aufzuschieben.

Sollte sie einfach die Karten auf den Tisch legen? Ganz direkt schreiben, was sie zu erreichen hoffte? Nein, sie wollte nicht provozieren. Lieber vage bleiben. Aus eigener leidvoller

Erfahrung wusste sie, dass es mehr einschüchterte, wenn die angedrohten Konsequenzen nur wie eine böse Vorahnung im Raum schwebten und der Phantasie noch Spielraum blieb. Und mit vagen Andeutungen und Vermutungen war sie beim Empfänger ja ohnehin schon einmal sehr erfolgreich gewesen.

»Ja, so mach ich es«, murmelte sie und zog den Block heran, den sie gleich nach dem Aufstehen bereitgelegt hatte. Der Kaffeefleck, der sich über den oberen Rand auf alle Seiten ausgebreitet hatte, fiel kaum auf.

Ihr Plan würde gelingen. Sie würde ihre Worte mit Bedacht wählen. Mit zitternder Hand setzte sie den Kugelschreiber an.

✲✲✲

»Servus, Mama!« Julia warf ihrer aus dem Esszimmer eilenden Mutter einen Luftkuss hinterher. »Bis später.«

»Bis später, mein Schatz.«

Julia saß mucksmäuschenstill am bereits abgeräumten Frühstückstisch, bis die Haustür ins Schloss fiel. Dann stand sie langsam auf, ging hinüber ins Wohnzimmer und spähte am Vorhang vorbei aus dem Fenster. Mamas Ford Focus fuhr langsam aus dem Carport, dann stoppte sie und beugte sich suchend über den Beifahrersitz. Julia zog sich ein Stück hinter die Gardine zurück. Was hatte Mama denn nun schon wieder vergessen?

Julia sah zu, wie ihre Mutter ein Papiertaschentuch hervorzauberte, sich die Nase putzte und es dann wieder neben sich ablegte. Endlich fuhr sie los.

Draußen im Flur sah Julia sich einen Moment um. Hatte Mama vielleicht doch irgendetwas hier liegen gelassen, was sie für die Arbeit brauchte? Das kam häufig vor und in den letzten Tagen noch öfter als zuvor. Meistens kam sie dann hektisch zurück ins Haus gestürmt, während der Motor des Wagens draußen noch lief, nur um dann wie ein Wirbelwind wieder hinauszueilen – Oberschwester Hildegard hasste Unpünktlichkeit. Normalerweise lachte Julia über die Vergesslichkeit ihrer Mutter. Heute aber käme sie ihr ungelegen.

Erst als sie sich sicher war, dass ihre Mutter nicht zurückkehren würde, schlich sie nach oben in den ersten Stock und zog die Einschubtreppe zum Dachboden herab, darauf bedacht, möglichst kein Geräusch zu verursachen. Albern eigentlich. Schließlich war sie allein im Haus, und selbst wenn sie von irgendwem ertappt würde: Dies hier war ihr Elternhaus, sie hatte alles Recht der Welt, auf den Dachboden zu steigen. Trotzdem fühlte es sich wie eine verbotene Tat an, als Julia die Treppe nach oben kletterte.

Der Dachboden lag in völliger Dunkelheit, Staub und Hitze umhüllten Julia wie ein dämpfender Schleier. Vorsichtig setzte sie einen Fuß vor den anderen, bis sie die Wand erreichte. Sie tastete nach dem Lichtschalter. Verflixt, irgendwo hier musste er doch sein.

Endlich fühlte sie das Plastik unter ihren Händen und drückte darauf. Mit einem leisen Surren sprang die Deckenlampe an. Abgesehen von der dicken Staubschicht, die sie soeben aufgewühlt hatte, machte sich die Ordnungsliebe ihrer Mutter auch hier bemerkbar. Die Fläche in der Mitte des Dachbodens war leer, an den geraden Wänden reihten sich ausrangierte Schränke und Regale aneinander, unter die Dachschrägen hatte Mama mit Vlies abgedeckte Holzkisten gestellt.

Julias Blick fiel auf den alten Bauernschrank ihr gegenüber. Der hatte früher im Esszimmer gestanden, bevor Papa auf Mamas Bitte hin die neuen Möbel geschreinert hatte. Mama hatte den Schrank zeit ihres Lebens gehasst, er stammte von Öd, aber Papa hatte ihn damals nicht entsorgen wollen, daran erinnerte sich Julia noch. Stattdessen hatte er ihn eigenhändig auseinandergebaut, um ihn hier auf dem Dachboden wieder zusammenzusetzen.

Julia machte einige Schritte auf den Schrank zu. Was Papa wohl darin aufbewahrte? Das Holz fühlte sich warm und glatt an, Papa hatte es sorgsam abgeschliffen. Der Schlüssel fehlte, also zog Julia an der Tür, so gut sie sie eben greifen konnte. Sie bewegte sich keinen Millimeter. Julia versuchte, mit den Fingernägeln zwischen Tür und Schrank zu gelangen, aber der

Spalt war zu schmal. Gegen eine abgeschlossene Schranktür konnte sie mit ihren Fingernägeln ohnehin nichts ausrichten. Trotzdem, sie wollte jetzt nicht aufgeben. Sie musste einfach wissen, was sich darin befand. Würde ihr der Inhalt die eine oder andere der Fragen beantworten, die ihr so lange schon und nun immer drängender auf der Seele brannten? Aus einem unerklärlichen Grund war Julia plötzlich davon überzeugt.

Sie stellte sich auf die Zehenspitzen und tastete die Oberseite des Schranks ab. Nichts. Julia sah sich um und entdeckte den mit Farbspritzern verunzierten Antritt, der am Regal auf der gegenüberliegenden Seite des Dachbodens lehnte. Sie holte ihn und stellte ihn vor dem Schrank auf, kletterte darauf und inspizierte die dicke Staubschicht auf der Schrankoberfläche. Dort hinten lag etwas! Sie streckte sich danach und barg in der nächsten Sekunde den altertümlich anmutenden Schlüssel in der Hand. Nun musste er nur noch passen.

Julia stellte den Antritt beiseite, steckte den Schlüssel ins Schrankschloss und drehte sachte. Mit einem lauten Knarren sprang die Tür auf. Ein muffiger Geruch strömte auf Julia ein, doch sie wich nicht davor zurück.

Auf den beiden oberen Schrankböden stapelten sich Kinder- und Jugendbücher. Eine altertümliche Ausgabe von »Die Abenteuer des Huckleberry Finn« reihte sich an die gesammelten Werke von Erich Kästner. Waren das Mamas Bücher? Schließlich las Papa nicht, und Julia hätte geschworen, dass er das auch früher schon so gehalten hatte.

Ihr Blick fiel auf die Holzkiste im untersten Schrankfach. Hätte jemand sie danach gefragt, sie hätte selbst nicht erklären können, warum ihr Herz mit einem Mal klopfte und pochte wie verrückt. Sie würde in diesem Schrank etwas Wichtiges finden, das wusste sie einfach. Sie nahm die Kiste heraus, setzte sich damit auf den staubigen Holzboden und öffnete sie.

Das Foto, das obenauf lag, entstammte den Achtzigern, das erkannte Julia sofort. Die Farben changierten ins Gelborange, Opa trug eine unvorteilhafte, für sein schmales Gesicht viel zu große Brille, Onkel Hans' Kopf zierte ein ausgeprägter Vokuhila. Der junge Mann neben ihm, mit sonnengegerbter Haut, steckte in Karottenhosen, sein Kopf wurde von einem Stirnband verunstaltet. Das musste der geflohene Onkel Konrad sein, dem Julia noch nie im Leben begegnet war. Einzig an Oma war die Zeit beinahe spurlos vorübergegangen, die geblümte Kittelschürze trug sie heute noch, das streng zurückgebundene Haar war damals etwas dunkler gewesen, das Gesicht weniger runzlig. Ansonsten aber unterschied sie sich optisch nicht von der Frau, die Julia kannte.

Papa war der Einzige, der aufmerksam in die Kamera sah, fiel Julia auf. Während Opa mürrisch ins Nichts starrte, Oma gerade etwas zu Onkel Hans zu sagen schien und Onkel Konrad vielleicht angesichts des offiziellen Fototermins vor dem Apfelbaum im Garten feixte, lächelte ihr Vater direkt in die Kamera. Wann genau war das Foto entstanden? Julia wendete es, doch die Rückseite trug kein Datum.

Sie griff nach dem nächsten Foto. Das Motiv war unverändert – bis auf eine Sache. Natürlich, alle hatten sich bewegt, Opa stand nicht mehr neben Konrad, sondern neben Oma, aber alle trugen dieselbe Kleidung und posierten immer noch vor demselben Apfelbaum. Offensichtlich hatte man nun den Selbstauslöser der Kamera aktiviert, denn zwischen Onkel Konrad und Papa stand jetzt Tante Resa. Ihre drallen Beine in der kurzen Bundfaltenhose erinnerten Julia an die eigenen, und auch das Lächeln auf ihrem flächigen Gesicht kam ihr nur zu bekannt vor. Sie grinste beinahe kokett hoch zu Papa, der auf sie hinunterlächelte. Obwohl es sich nur um eine Fotoaufnahme handelte, spürte man das Band zwischen den beiden. Plötzlich fühlte Julia sich ihrem Vater sehr nah. Es musste schrecklich für ihn gewesen sein, die geliebte jüngere Schwester zu verlieren, sie nicht vor dem Unheil, das ihr zugestoßen war, schützen zu können.

Eilig blätterte Julia die restliche Handvoll Fotos durch. Ein paar Aufnahmen von Weihnachten, von Papas Kommunion, von der mittlerweile alten, fast verfallenen Scheune, die damals eine noch ältere, noch verfallenere Scheune ersetzt hatte, und immer wieder von Resa, die wie ein Wildfang umhergetobt war und immer ein Lächeln auf den Lippen gehabt hatte. Von ihrer Behinderung war auf den Fotos nichts zu bemerken.

Der Gesichtsausdruck ihres Großvaters fiel Julia auf, den sie nur krank kannte und deshalb, das musste sie sich nun eingestehen, wahrscheinlich ein wenig verklärte. Vielleicht hatte Mama doch recht? Er sah im besten Fall mürrisch drein, meist gleichgültig, ab und an richtiggehend feindselig. Von der Liebe und Güte, die Julia manchmal in seinen Augen zu finden glaubte, wenn sie sich zu ihm gesellte, war keine Spur zu entdecken.

Sie schloss die Kiste und räumte sie zurück in den Schrank. Julia verstand nicht, weshalb Papa die Fotos hier oben hortete, aber seinen Schmerz konnte sie jetzt besser nachvollziehen.

Sie erhob sich und klopfte sich den Staub von der kurzen Jeans. Ohne recht zu wissen, weshalb, griff sie nach der gebundenen Ausgabe von »Emil und die Detektive«. Der Rücken war ausgefranst und gebrochen, das Buch schien Tausende Male gelesen worden zu sein. Oder es war schon gebraucht gekauft worden, schließlich hatte in den Familien ihrer Eltern niemand über besonders viel Geld verfügt. Vielleicht stand ja ein Name darin?

Sie klappte das Buch auf, durchsuchte die ersten Seiten. Nichts. Als sie es ins Regal zurückstellen wollte, blieb sie mit dem Buch am Einlegebrett hängen. Die Rückseite, die ohnehin nur noch an einzelnen Fäden befestigt gewesen war, riss ab und fiel zu Boden. »Mist«, fluchte Julia leise. Sollte sie das Buch besser ganz verschwinden lassen, in der Hoffnung, dass es niemals auffiele? Ach, das war doch albern. Trotzdem fühlte sie sich wie damals, als Mama sie bei der Suche nach den Weihnachtsgeschenken ertappt hatte.

Sie bückte sich nach dem Buchdeckel und entdeckte eine gepresste Butterblume, die direkt daneben lag. War die aus dem Buch gefallen? Dann konnte das Buch nicht Papa gehört haben. Auf die Idee, Blumen zu pressen, wäre er sicher niemals gekommen. Getrieben von einem seltsam kribbligen Gefühl der Vorahnung blätterte sie durch alle Seiten des Buchs. Und tatsächlich, auf der vorletzten Seite steckte ein alter Notizzettel.

Julia nahm ihn heraus, registrierte die ungelenke, verblichene Kinderschrift und las: »Warte in der Höle auf dich. R.«

»R« wie Resa? Und meinte sie mit »Höle« eine Höhle? Gab es in der Nähe von Öd eine Höhle, also ein weiteres Versteck, in das Resa sich regelmäßig zurückgezogen hatte? Wenn ja, mit wem? Mit Papa, ihrem Lieblingsbruder? Warum lag der Zettel dann in einem Buch? Vielleicht war das Teil eines geheimnisvollen Kinderspiels gewesen, mutmaßte Julia. Der Zettel war wohl einfach vergessen worden. Doch bei ihr löste der Fund ein seltsames Gefühl in der Magengegend aus, einen Druck, den sie sich nicht erklären konnte.

Sie hatte Mama versprochen, am kommenden Wochenende in Regensburg zu bleiben. Ob sie wohl Ärger bekäme, wenn sie dieses Versprechen bräche?

Ach was, Mama war leicht zu besänftigen. Außer wenn es um Öd ging, meldete sich eine leise Stimme in Julias Hinterkopf. Dennoch, es ließe ihr keine Ruhe, das wusste sie schon jetzt. Sie musste nach Öd und der Sache auf den Grund gehen.

✳✳✳

Der erste Eindruck hatte Lene auch diesmal nicht getäuscht. Agnes Drechsler konnte im besten Fall als störrisch bezeichnet werden. Im schlimmsten Fall musste man sich eingestehen, dass auch sie seit Beginn des Gesprächs in dem Café in Roding, das sie selbst als Treffpunkt vorgeschlagen hatte, weil die Buchhandlung, in der sie arbeitete, nicht weit davon entfernt lag, nichts anderes tat, als Lenes Ermittlungen eiskalt zu boykottieren.

Moritz hatte augenscheinlich aufgegeben und betrachtete interessiert seine Fingernägel.

»Warum stellen Sie sich eigentlich gar so quer, Frau Drechsler?« Maximal entnervt stellte Lene ihre Kaffeetasse mit einem Klirren auf den Tisch zurück. »Ein bisschen argwöhnisch werde ich da schon.«

Agnes blickte einen Moment nachdenklich in den Raum, als hätte sie das rustikal geschwungene Holzmobiliar mit den gemusterten Polstern noch nie zuvor gesehen. Dabei war sie von der Kellnerin begrüßt worden, als sei sie hier ständig anzutreffen.

Ihr Blick kehrte zurück zu Lene. »Weil die Sabina und alle anderen genug mitgemacht haben. Und jetzt kommen Sie und bohren in der alten Wunde!« Sie schnaubte entrüstet. »Können Sie sich vorstellen, was das für die Familie bedeutet, wenn der ganze alte Mist jetzt wieder aufgekocht wird?«

Sie bedachte Moritz mit einem kühlen Blick. »Außerdem red ich nicht gern über andere Leut. Wenn Sie von den Bauernfeinds etwas wissen wollen, müssen Sie sie schon selber fragen.«

Diese Aussage widersprach zwar Lenes Einschätzung, trotzdem war sie Agnes dankbar für das Stichwort. »Gut, dann reden wir eben über Sie selbst. Sie waren ja damals schon mit dem Herrn Bauernfeind liiert, richtig?«

Agnes nickte widerwillig.

»Agnes Drechsler, geborene Treml«, hielt Lene bemüht freundlich fest. »Der Name ›Bauernfeind‹ taucht in Ihrem Lebenslauf nicht auf. Würden Sie mir verraten, was da schiefgelaufen ist?«

Agnes Drechsler seufzte. »Na gut, Sie geben ja sonst doch keine Ruhe.« Mit erneut nachdenklicher Miene trank sie einen Schluck Kaffee.

»Die Bauernfeinds haben sich immer geniert dafür, dass die Resa ein bisserl anders war als die anderen. Haben sehr zurückgezogen gelebt und die Resa auch nicht großartig unter die Leute gehen lassen. Natürlich, vor der Schulpflicht konnten sie sich nicht drücken, aber ansonsten haben sie das Mädel fast schon versteckt. Aus diesem Grund wollten sie auch nie fremde Leute auf dem Hof haben.« Sie klang bitter.

»Fremde wie mich zum Beispiel«, fügte sie nach einer kurzen Pause hinzu. »Aber eine andere wäre ihnen wahrscheinlich auch nicht recht gewesen. Und gleichzeitig war klar, dass der Hans – also mein Hans – den Hof mal übernehmen muss. So ist eben nie was draus geworden.«

»Aber hätten Sie denn nicht nach Resas Verschwinden –«, setzte Moritz an, schwieg aber angesichts von Agnes' traurigem Kopfschütteln.

»Ein paar Monate vorher bin ich mit dem Drechsler zusammengekommen, meinem späteren Mann. An dem Sonntag, an dem die Resa verschwunden ist, wollte mich der Hans davon überzeugen, zu ihm zurückzukehren. Er wollte sogar weggehen, den Hof und seine Eltern im Stich lassen. Bis er gehört hat, was ich ihm zu sagen hab.«

»Und was war das?«, fragte Lene.

»Dass ich vom Drechsler schwanger bin. Und heiraten werd.«

Tatsächlich sah Lene in ihren Augen plötzlich Tränen glitzern. Dabei hatte sie bisher recht hart im Nehmen gewirkt. »Und das haben Sie dann auch getan.«

»Ja. Und das Kind im sechsten Monat verloren.«

Eine Woge des Mitgefühls wallte in Lene auf. Immerhin, sie selbst war damals erst gar nicht schwanger geworden. Trotzdem konnte sie nachempfinden, wie verzweifelt Agnes gewesen sein musste. »Haben Sie später noch ein Kind bekommen?«, fragte sie, mehr aus persönlichem denn aus beruflichem Interesse.

Agnes verneinte. »Das mit dem Drechsler hat nicht funktioniert, aber bis die Scheidung durch war ... Früher war das nicht so einfach, verstehen Sie? In Schorndorf kannte damals jeder jeden.«

Lene nickte. In den Städten waren Scheidungen zu dieser Zeit bereits an der Tagesordnung gewesen, aber hier, im erzkatholischen Hinterland?

»Der Drechsler wollte sich auch lang nicht scheiden lassen, wegen der Steuer. Und weil er nicht auf seine Köchin und Putzfrau verzichten wollt.« Sie zuckte resigniert die Achseln. »Ich hab ja keine Arbeit gehabt. Und wahrscheinlich auch nicht den Mut, etwas zu verändern.«

»Hatten Sie damals noch Kontakt zu Herrn Bauernfeind?«

»In den ersten Jahren nicht. Wir haben versucht, uns aus dem Weg zu gehen.« Agnes zog ein benutztes Taschentuch aus ihrer

Rocktasche und schnäuzte sich beherzt. »Aber als mir dann klar war, dass ich mit dem Drechsler einen Fehler gemacht hab, haben wir uns wieder regelmäßig getroffen.«

»Hätte er Ihnen nicht helfen können?«, fragte Lene. »Ich meine, Ihnen ein bisschen unterstützend unter die Arme greifen, sodass Sie Ihren damaligen Mann verlassen konnten?«

»Vielleicht. Aber so dicke hat's der Hans ja auch nicht. Und es ist so viel vorgefallen, dass wir wahrscheinlich beide zu feig waren, ein neues Leben anzufangen.«

Sie deutete vage auf das bodentiefe Fenster, hinter dem sich die Straße abzeichnete. »Erst als ich dann Arbeit gefunden hab, hab ich's nicht mehr ausgehalten und mir eine eigene kleine Wohnung genommen. Aber da war ich schon über vierzig, was Kinder anging, war der Zug abgefahren, und ich wollt einfach meine Ruhe haben. Mich daran gewöhnen, dass sich alles ein bisschen anders entwickelt hat, als ich mir das zwanzig Jahre früher ausgemalt hab.«

Auch Lene hatte das Alleinsein geholfen, um sich mit dem, was nun ihr Leben war, anzufreunden.

»Gab natürlich viel Gerede. Aber das war mir dann auch wurscht, ich wollte einfach nur raus«, schloss Agnes Drechsler ihre Schilderungen.

»Trotzdem«, stellte Lene mit einigem Erstaunen fest, »scheinen Sie Sabina und Hans Bauernfeind sehr wohlgesinnt zu sein. Obwohl diese beiden vielleicht Ihr Glück auf dem Gewissen haben?«

»Erst war das nicht so einfach für mich, mit dem Haushalt und der Pflege von dem Alten.« Agnes neigte abwägend den Kopf. »Aber ich muss dem Hans doch helfen. Und die Sabina hat genug gebüßt, als die Resa verschwunden ist. Ich glaub, sie bereut es mittlerweile, dass sie ihrem ältesten Sohn das Leben verpfuscht hat.« Sie warf einen Blick auf ihre Armbanduhr und erschrak.

»Sie müssen zur Arbeit?«, fragte Lene. »Nur zu, der Kaffee geht auf uns.« Es konnte nicht schaden, sich bei Agnes Drechsler ein paar Pluspunkte zu verschaffen. »Und vielen Dank für die Auskünfte!« Die dann doch noch aufschlussreich gewesen waren.

»Ist das ein Motiv?«, fragte Moritz kurze Zeit später und sprach damit aus, worüber Lene seit Beginn der Fahrt nach Straubing grübelte. »Immerhin war Theresas Existenz der Grund dafür, dass der Hans seine Agnes nicht heiraten durfte.«

»Ich kann mir das durchaus vorstellen. Hans ist bereit, alles stehen und liegen zu lassen und mit seiner Agnes durchzubrennen. Aber dann erfährt er, dass seine große Liebe von einem anderen Mann schwanger ist und diesen Typen auch noch heiraten will. Er kommt zurück nach Öd –«

»Tickt vollkommen aus«, spann Moritz den Faden mit angespannter Miene weiter, »und bringt seine eigene Schwester aus Wut und Enttäuschung um.«

»Was auch erklärt, warum alle so mauern.«

»Aber es erklärt nicht, weshalb die Drechsler uns das nun so freimütig erzählt«, wandte Moritz ein.

»Vielleicht hat sie sich einfach hinreißen lassen«, mutmaßte Lene. »Wo sie schon einmal dabei war, ihr Herz auszuschütten. Wie auch immer: Danach bereut der Hans seine Tat natürlich, also bereitet er irgendwann die Knochen auf und bettet sie in der Hütte zur Ruhe. Zugegeben, ziemlich krank. Aber daran sind wir ja gewöhnt«, schloss Lene mit einem Augenzwinkern.

»Fall gelöst.« Moritz erwiderte ihr Zwinkern. »Cool, das ging ja schnell.«

»Jetzt brauchen wir leider nur noch ein paar Beweise.« Lene stöhnte verzweifelt, als schon wieder ein gemütlich vor sich hinzuckelnder Lastwagen auf der Straße vor ihr auftauchte.

»Ich habe heute Früh übrigens mit dem australischen Bruder telefoniert, aber der weiß natürlich von nichts, interessiert sich für nichts und hat bei seinem damaligen Heimaturlaub auch keine aufschlussreichen Beobachtungen gemacht.« Etwas anderes hätte Lene ohnehin erstaunt. »Er fand Öd immer zu engstirnig und spätestens seit Resas Verschwinden auch fürchterlich bedrückend. War schon seit über zwanzig Jahren nicht mehr hier.« Lene streckte auffordernd die Hand aus.

Zufrieden registrierte sie, dass Moritz postwendend das Handschuhfach öffnete, um die Sonnenbrille zu suchen. »Was ist das?« Mit entgeistertem Blick räumte er die Weinflasche aus dem Handschuhfach. »Willst du dich aus lauter Frust besaufen?«

»Die ist für den Staatsanwalt«, erwiderte Lene knapp und gab vor, Moritz' bestürzte Miene nicht zu bemerken. »Steck sie bitte in meine Handtasche. Die Sonnenbrille liegt direkt darunter.«

Der Blick, den Moritz ihr zuwarf, bevor er die Weinflasche lieblos in ihre Handtasche stopfte, war mörderisch.

***

»Dann wollen wir mal.« Dr. Adam lockerte behutsam seine Krawatte, und Lene wunderte sich darüber, dass der Staatsanwalt trotz seiner Statur und der Tatsache, dass er sich normalerweise am liebsten in macho-kompatible Biker-Klamotten hüllte, in seinem eleganten Anzug nicht verkleidet wirkte. Im Gegenteil, er trug ihn mit absoluter Selbstverständlichkeit.

»Wenn's sein muss«, brummte Moritz.

Adam bedachte ihn mit einem erstaunten Blick, beschloss dann wohl, sich von Moritz' schlechter Stimmung nicht anstecken zu lassen. »Ich fasse zusammen.« Er schlüpfte aus dem anthrazitfarbenen Jackett und hängte es über die Rückenlehne. Anscheinend war der förmliche Teil nun für ihn erledigt.

Moritz musterte Adams titanischen Oberkörper im blütenweißen Hemd mit verächtlicher Miene. »Die Hose lassen Sie aber hoffentlich an?«

Falls Moritz' Feindseligkeit Adam irritierte, ließ er es sich zumindest nicht anmerken. »Ja, bei geschäftlichen Besprechungen in den allermeisten Fällen. Sie?«

Mit einem Lächeln wandte er sich an Lene. »Wir sind uns einig, dass es einen Grund geben muss, weshalb sämtliche Befragten kein gesteigertes Interesse daran haben, Theresas Tod aufzuklären. Oder, ich denke, so weit muss man gehen, sogar versuchen, die Aufklärung zu behindern.«

»Irgendetwas scheint da im Argen zu liegen«, bestätigte Lene. »Ich glaube nicht, dass die Enttäuschung über die damals ergebnislose Arbeit der Polizei der einzige Grund ist.«

»Ich auch nicht.« Adam rieb sich nachdenklich den Bart. »Weshalb also will man als Mutter oder Bruder die Umstände des Todes nicht in Erfahrung bringen?«

»Weil man sie vielleicht schon kennt«, warf Moritz ruppig ein. Hätte er einen Satz im Sinne von »Ist doch klar, du Vollpfosten« hinzugefügt, Lene hätte sich nicht darüber gewundert.

»Gut möglich.« In Denkerpose stützte Adam das Kinn auf die Hand. »Oder weil es etwas zu schützen oder zu verbergen gilt, das mit Theresas Verschwinden und Tod in Verbindung steht. Wenigstens drängt sich mir diese Schlussfolgerung nach Ihren Schilderungen geradezu auf. Deshalb sollten wir auch den Gedanken, den Sie hinsichtlich des Bruders und seiner unglücklichen Liebesbeziehung hatten, unbedingt im Hinterkopf behalten.«

Lene stimmte zu und fragte sich, weshalb Adam sich damals für eine juristische Laufbahn entschieden hatte. Die Ermittlungsarbeit machte ihm offensichtlich Spaß, er verfügte über Empathie und Interesse an menschlichen Abgründen. Als im Hintergrund agierender Staatsanwalt konnte er davon leider nicht allzu häufig Gebrauch machen. Es sei denn, er mischte sich ständig so penetrant in die Ermittlungen ein wie bei diesem Fall, fiel ihr ein.

Adam stand auf und setzte sich lässig zwischen Lene und Moritz auf die Tischkante, wobei sein Blick auf die wild im Raum verteilten, zum Großteil zwischenzeitlich wieder geöffneten Umzugskisten fiel, die sein Büro in blankes Chaos verwandelten. Für einen Augenblick schloss er schmerzerfüllt die Augen, dann wandte er sich wieder an Lene. »Letztlich müssen wir also den Druck auf Familie Bauernfeind und Co. erhöhen. Und darauf hoffen, dass irgendwann jemand einen Fehler macht.«

»Das heißt also, Sie wollen die Öffentlichkeit nochmals um Hinweise bitten?«

»Auf jeden Fall, ich schließe mich deshalb gleich noch mit den Pressestellen kurz. Und notfalls gehen wir damit zum Cerne.« Adam lächelte listig.

Alles, bloß das nicht.

»Wenn Sie mich auf dem Laufenden halten, übernehme ich das dann gerne für Sie«, fuhr er weltmännisch fort.

Verdammt, da hatte sie sich ihre Abneigung gegen einen neuerlichen TV-Auftritt wohl anmerken lassen. »Damit haben Sie mich jetzt in der Hand.«

»Können Sie Leuten lästig fallen, Frau Wagenbach?«, fragte Adam mit einem Zwinkern.

Moritz schnaubte.

Was für ein Kindergarten. Beim nächsten Fall würde Lene auf einem reinen Frauenteam bestehen. »Das ist eines meiner größten Talente«, antwortete sie wahrheitsgemäß.

»Dann rücken Sie denen ab jetzt bitte so richtig auf die Pelle. Bis die Herrschaften so genervt sind, dass sie freiwillig alles ausplaudern.«

»Wird gemacht.« Lene erhob sich, und Moritz schloss sich mit einem triumphierenden Blick in Adams Richtung an. Prompt fiel Lene der Vinho Verde in ihrer Handtasche wieder ein. Hoffentlich sah Moritz in seiner albernen Eifersucht davon ab, die Flasche direkt auf dem Kopf des Staatsanwalts zu zerdeppern.

»Ich hab noch was für Sie.« Sie angelte nach ihrer Tasche neben dem Besucherstuhl, zog die Weinflasche hervor und hielt sie dem Staatsanwalt entgegen. »Falls Sie es auch heute nicht zu Ihrem Dealer schaffen.«

Mit einem überraschten Lächeln nahm er die Flasche an sich. »Sie können ja doch charmant sein, wenn Sie wollen. Vielen Dank.«

Moritz' Gesicht färbte sich hochrot vor Wut. Geschieht dir recht, mein Kleiner. Vielleicht kapierst du jetzt, dass deine Avancen vergeblich sind.

Allerdings befürchtete Lene angesichts Adams leuchtender Augen, nun die Gegenseite zu unerwünschten Annäherungsversuchen ermutigt zu haben. Ach, sei's drum. Gegebenenfalls würde sie das schnell und uncharmant wieder zurechtrücken. Ein Mann wie Adam steckte das weg.

Interessiert musterte er das Flaschenetikett. »Den kenne ich. Kaufen Sie bei Bert's Wein-Express?«

Lene nickte. Sie schätzte die Beratung, die Freigebigkeit beim Probieren und die kühl-feuchte Gewölbekeller-Atmosphäre des Weinhandels in Regensburg-Winzer sehr.

»Ich auch.« Er warf einen Blick auf den Papierstapel auf seinem Schreibtisch, dann auf seine wuchtige Armbanduhr. »Gegen sieben bin ich zu Hause. Wollen wir den heute Abend zusammen trinken?«

Lene vermied es, Moritz anzusehen, war sich allerdings sicher, dass seine geballten Fäuste zuckten. Sollte sie zusagen? Nur, um Moritz endgültig zu vergraulen? Nein, entschied sie. Besser, sie schlug zwei Fliegen mit einer Klappe.

»Genau um das zu verhindern, habe ich Ihnen eine eigene Flasche mitgebracht«, antwortete sie wahrheitsgemäß.

»Ich verstehe.« Trotz der überdeutlichen Zurückweisung lächelte Adam immer noch tapfer. »Dann ist es wohl heute an mir, den letzten Schluck auf Sie zu trinken, verehrte Kollegin. Und auf Ihr Herz aus Stahl natürlich.«

SECHS

Behände schwang sich Moritz von der Ackerschiene, lief um den Traktor herum und hielt Lene die Hand entgegen, als sie an Mulzer vorbei nach unten kletterte. Sie ignorierte dies notgedrungen und sprang vom Traktor.

»Nur noch ein paar Meter da lang, dann rechts«, plärrte Mulzer gegen das Dröhnen des Traktors an und deutete auf einen lausigen Trampelpfad, bevor er endlich den Motor abschaltete und sich geduldig dem Warten ergab.

Kaum war das Motorengeräusch verklungen, stellte sich seine Wegerklärung als überflüssig heraus. Das Stimmengewirr der Kollegen lotste Lene ohnehin durch das dichte Waldstück zum richtigen Ort. Der Pfad machte eine scharfe Rechtskurve, noch tiefer ins Gestrüpp, und Lene musste sich eingestehen, dass sie die Orientierung schon jetzt völlig verloren hatte. Wie weit waren sie von der Hütte entfernt? Und in welcher Richtung lag die Hütte überhaupt?

Hinter einer dichten Baumreihe erkannte Lene das rot-weiße Flatterband. Zahlreiche Kollegen der Bereitschaftspolizei hatten sich davor gruppiert oder standen innerhalb des abgesperrten Bereichs und verdeckten die Sicht auf den Fund.

Es war der letzte Tag, an dem die Hundertschaft den Wald durchkämmen sollte. Sofern aufgrund des dichten Bewuchses möglich, hatte man jeden Stein umgedreht und hinter jeden Busch gespäht. Lene hatte schon nicht mehr mit einer Erfolgsmeldung gerechnet.

Die wurde durch den skeptischen Blick der Leiterin der Hundertschaft, die sich nun aus einem Kollegengrüppchen löste und auf sie zueilte, auch sofort getrübt. »Ein Strohhalm, Frau Wagenbach«, sagte sie und zuckte beinahe entschuldigend die Achseln. Ihr dunkler Pferdeschwanz wippte, als sie sich mit Elan dem Ort des Geschehens zuwandte. »Leider nicht mehr als das.«

»Was haben Sie gefunden?«

Die Kollegin deutete auf die Absperrung und setzte sich in Bewegung. »Eine auffällige Stelle auf dem Boden, inmitten der Sträucher.«

Endlich konnte Lene einen Blick auf den abgesperrten Bereich erhaschen, in dem emsiges Treiben herrschte. »Es wird schon gegraben?«

»Wir sind sehr vorsichtig«, zerstreute die Kollegin Lenes Bedenken. »Der Boden ist fest und von Wurzeln durchzogen, wir arbeiten uns also ohnehin langsam voran. Und wir sichern die abgetragene Erde in Säcken. Die können Sie danach noch sieben lassen, wenn Sie möchten.«

Sie holte eine Fotokamera aus einer auf einem Baumstumpf abgelegten Tasche. »Hier«, sagte sie und drehte das Display so, dass Lene und Moritz es sehen konnten. »Eine ungefähr mannsgroße, beinahe rechteckige Fläche, auf der der Bewuchs jünger zu sein schien als ringsum.«

Sie hatte recht, das Gestrüpp an der bezeichneten Stelle war flacher und von hellerer Farbe. Trotzdem, aus Lenes Sicht handelte es sich lediglich um Nuancen. »Respekt an die Person, der das aufgefallen ist«, sagte sie anerkennend. »Ich wäre da glatt dran vorbeigelaufen.«

»Mein Kollege hat dann außerdem das hier entdeckt«, fuhr die Bereitschaftspolizistin fort und zeigte das nächste Foto, auf dem drei große Steine zu sehen waren, die in regelmäßigen Abständen unter einem üppigen Strauch an der Schmalseite der auffälligen Stelle aufgereiht lagen.

»Sieht aus wie eine Markierung«, stellte Moritz fest.

»Ebendas haben wir uns auch gedacht«, bestätigte die Kollegin zufrieden. »Das muss natürlich nichts zu bedeuten haben, die Steine können zufällig so liegen, und auch der Bewuchs ist kein zuverlässiges Indiz dafür, dass wir etwas finden. Aber es besteht zumindest die Möglichkeit, dass hier schon einmal gegraben und die Stelle anschließend markiert wurde. Der bereits erwähnte Strohhalm.«

»Sehr gut«, sagte Lene. Die Kollegen von der Bepo nahmen

die Sache ernst, das gefiel ihr. Lagen hier vielleicht die fehlenden Knochen? Doch selbst wenn hier einst etwas vergraben worden war, musste dies nicht zwangsläufig mit Theresa Bauernfeind zu tun haben. Außerdem konnte in der Zwischenzeit so vieles passiert sein! War hier Theresas Kleidung verborgen worden, so war sie je nach Beschaffenheit der Fasern zwischenzeitlich vielleicht verrottet. Knochen konnten von Wildtieren ausgegraben worden sein. Und vielleicht hatte ja ohnehin nur jemand in grauer Vorzeit hier eine Fuhre illegalen Mülls entsorgt.

Moritz verzog das Gesicht zu einer Grimasse. »Das ist bestenfalls ein Stroh*hälmchen*.«

»Ich hab hier was!«, tönte eine helle Frauenstimme, wie um Moritz' Aussage postwendend zu dementieren, dann schwollen die Stimmen der grabenden Kollegen an. Sofort setzte Lene sich in Bewegung, kletterte unter dem Absperrband hindurch und zerrte noch im Laufen die Plastikhandschuhe aus der Jeanstasche.

Die junge Kollegin, die den Fund gemeldet hatte, wandte sich ihr zu, einen kleinen Erdklumpen in der Hand, aus dem ein stark verschmutztes, filigranes Goldkettchen heraushing. Lene nahm es entgegen und begann vorsichtig, den klebrigen Erdklumpen abzutragen. Schließlich kam ein goldener Anhänger in Form eines Kreuzes zum Vorschein, um das sich ein feiner, kaum beschädigter Golddraht rankte. Früher waren solche Anhänger standardmäßig zur Kommunion oder zur Firmung verschenkt worden, erinnerte Lene sich. Sie hatte ihres nie getragen.

Moritz, der über ihre Schulter gespitzt hatte, zog das iPad aus seinem Rucksack und öffnete die Datei mit dem damals zur Suche verwendeten Foto von Theresa Bauernfeind. Mit einer raschen Bewegung vergrößerte er den Ausschnitt um die Halspartie und tippte sachte auf den Anhänger um den Hals des Mädchens. Volltreffer.

Lene verstaute die Kette in einer Plastiktüte, die würde sie später ins Labor geben. Dann schlüpfte sie aus den Handschuhen. »Wir stoppen die Grabungen fürs Erste, ich will nicht noch mehr Spuren verwischen«, wies sie Moritz an. »Kümmerst du dich bitte darum?«

»Und was machst du?«

»Hier gibt es kein Netz«, erklärte Lene und deutete auf den Weg zurück zu Mulzer. »Ich beordere den Erkennungsdienst her, dann können wir bald weitergraben. Und dem Staatsanwalt muss ich auch Bescheid geben. Du weißt doch, wie heiß er auf News ist.«

»Ach, auf News ist er heiß, meinst du?«

Mit einem Seufzen wandte Lene sich ab und spurtete den Trampelpfad zurück. Moritz' alberne Eifersüchtelei ging ihr zunehmend auf die Nerven. Sollte sie endlich Klartext mit ihm reden? Es musste wohl sein.

Warum verfügten Männer eigentlich so selten über das nötige Feingefühl? Mussten sie wirklich erst rüde vor den Kopf gestoßen werden, damit sie begriffen, dass man nun mal nicht interessiert war? »Idioten, alle miteinander«, fluchte sie leise.

Mulzer, der auf seinem Traktor vor sich hingedöst hatte, schreckte auf und warf ihr einen vorwurfsvollen Blick zu. »Das nächste Mal könnten Sie mich sanfter wecken.«

So weit kam es noch. »Einmal Waldtaxi zurück in die Zivilisation«, brummte Lene und schob sich an ihm vorbei auf den Seitensitz.

»Einmal Waldtaxi, *bitte*«, brummte Mulzer belehrend zurück.

»Sie brauchen nicht zu bitten«, erwiderte Lene und freute sich darüber, ein kleines, aber feines Ventil für ihren Ärger gefunden zu haben. »Ich fahr auch so mit.«

Drei Stunden und zwei erneute Waldtaxi-Fahrten später sprang Lene am Waldrand ein weiteres Mal vom Traktor, ignorierte zur Abwechslung dieses Mal aber nicht Moritz', sondern Dr. Adams entgegengestreckte Hand.

Mulzer drehte postwendend um, um die nächste Zweier-Fuhre Kollegen, mehr passten schließlich nicht auf sein Höllengefährt, aus dem Dickicht zu holen. Hoffentlich war Moritz dieses Mal schnell genug, Lene hatte keine Lust, ewig in der drückenden Hitze auf ihn zu warten.

Langsam schlenderte sie neben Adam zu den geparkten Fahrzeugen. Heute hatte er anscheinend keinen offiziellen Termin, zumindest war er in Harley-kompatiblem Outfit auf seiner Eva aus Straubing herbeigeeilt. Vielleicht engagierte er sich ja auch nur so, um dem dort herrschenden Chaos zu entfliehen.

»Die Größe der markierten Stelle deutet darauf hin, dass man die ganze Leiche ursprünglich hier vergraben hat«, stellte Adam folgerichtig fest. »Nur, warum buddelt man sie dann wieder aus?«

»Genau das ist die Frage.« Lene kickte gegen einen Kiesel, der prompt von einem größeren Stein am Rand des Feldwegs absprang und haarscharf am Sprinter der Spurensicherung vorbeiflog. Glück gehabt. Eine Delle im Auto der Kollegen beichten zu müssen, das hätte ihr heute gerade noch gefehlt.

»Vielleicht war diese Stelle im Wald nur eine eilige Notlösung? Und derjenige, der Resas Leiche hier vergraben hat, hat von vornherein geplant, sie wieder auszugraben? Das würde auch erklären, weshalb die Stelle mit diesen drei großen Steinen markiert war.«

»Wobei mich das eher an Grabsteine erinnert hat«, wandte Adam ein. »Vielleicht findet der Erkennungsdienst ja eine eingemeißelte Inschrift«, fügte er nur halb ernst hinzu.

»Das würde zu diesem kuriosen Fall allerdings passen.« Aber weshalb waren die Steine eigentlich nicht wieder weggeräumt worden, nachdem man Resa ausgegraben hatte?

Und würden die vermissten Knochen noch gefunden werden? Die Kollegen hatten bereits über einen Meter tief gegraben. Die Chancen standen nicht allzu gut, gestand Lene sich ein.

»Solange wir keinen eingeschlagenen Schädel oder irgendwas in der Richtung finden, können wir weiterhin nur mutmaßen, was passiert ist«, stellte Adam fest, strubbelte sich durch das Haar und blieb vor seiner Harley stehen. Er hatte also in die gleiche Richtung gedacht. »Also, was mutmaßen Sie?«

»Na gut, ich verrate es Ihnen. Aber nur, damit Sie mich aufhalten können, wenn ich mich in meine fixe Idee zu sehr verrenne«, antwortete Lene. »Ich denke, dass an jenem Sonntag vor fast dreißig Jahren irgendetwas vorgefallen ist, wovon wir entweder noch nicht wissen oder was wir noch nicht richtig begreifen.«

Sie überlegte einen Moment, wie sie ihre letztlich auf Intuition basierenden Vermutungen schlüssig schildern sollte. »Ich denke außerdem, dass dieses Ereignis der Grund oder zumindest der Auslöser war, warum Resa sterben musste. Deshalb bin ich mir auch recht sicher, dass Resa am nächsten Tag, als man sich auf die Suche nach ihr gemacht hat, schon nicht mehr am Leben war. Und ich glaube auch, dass die restlichen Familienmitglieder wissen oder zumindest ahnen, was passiert ist.«

»Sie denken also, dass jemand aus ihrer eigenen Familie Resa umgebracht hat?«

»Das ist dann wohl die logische Schlussfolgerung aus meinen Vermutungen. Und es würde auch erklären, weshalb um die Leiche noch so ein Tamtam veranstaltet wurde. Ein Zufallsopfer würde man doch einfach verbuddeln, hoffen, dass es nie gefunden wird, und aus die Maus.« Lene hob die Hände. »Aber noch habe ich niemanden konkret im Visier, und ich lasse mich natürlich auch gern eines Besseren belehren.«

»Trotzdem, das klingt plausibel.« Adam betrachtete sie einen Augenblick mit nachdenklicher Miene, dann griff er nach seinem schwarzen Helm. »Wir arbeiten gut zusammen, finde ich.«

In diesem Punkt konnte sie nicht widersprechen.

»Ich würde Ihnen gern das Du anbieten«, fuhr Adam fort und wuschelte sich schon wieder, dieses Mal ein wenig verlegen, mit der freien Hand durch das blonde Haar. »Aber ich darf nicht.«

»Wieso das?« Nicht dass Lene großen Wert darauf legte,

Adam endlich Henning nennen zu dürfen. Vielmehr fragte sie sich, ob es neue unsinnige Richtlinien zur Zusammenarbeit zwischen Staatsanwaltschaft und Kripo gab, die sie schlichtweg verpennt hatte.

»Ich bin zehn Monate jünger als Sie.«

»Woher wissen Sie, wie alt ich bin?«, fragte Lene verwirrt.

»Das lässt sich leicht herausfinden, Frau Kollegin.«

Lene merkte, wie ihr die Gesichtszüge entgleisten. Das ging für ihren Geschmack einen Schritt zu weit. »Wenn Sie wissen wollen, wie alt ich bin, wieso fragen Sie mich nicht einfach?«

»Meines Wissens entspricht es nicht dem guten Ton, eine Dame nach ihrem Alter zu fragen«, antwortete Adam mit einem Lausbubengrinsen, zweifellos in der Absicht, die Situation zu entschärfen.

»Ich glaube nicht, dass es dem guten Ton entspricht, eine Dame auszuspionieren«, gab Lene zurück. »Im Übrigen habe ich noch nie großen Wert drauf gelegt, wie eine *Dame* behandelt zu werden. Ein respektvoller Umgang wie unter zivilisierten Menschen üblich reicht mir völlig.« Mit diesen Worten wandte sie sich ab und ließ ihn allein vor seiner Harley stehen.

Nach ein paar Schritten drehte sie sich nochmals um. »Einen schönen Tag noch, *Herr Dr. Adam.*«

Seinen bedröppelten Gesichtsausdruck gönnte sie ihm von ganzem Herzen. Das war ja wohl das Allerletzte. Waren die heute eigentlich alle verrückt geworden? Noch distanzloser als die beiden Männer, mit denen sie derzeit notgedrungen am engsten zusammenarbeitete, konnte man ja wohl kaum sein!

Endlich blubberte die Harley lautstark los, dann entfernte sie sich, aber Lene sah sich nicht mehr nach Adam um.

Es besänftigte sie ein wenig, dass das laute Tuckern von Mulzers sich näherndem Traktor bereits anschwoll, wenigstens bis sie Moritz mit verdrießlichem Gesicht neben Mulzer entdeckte. Schlagartig hellte sich seine Miene auf, als er Lene allein auf ihn warten sah, dann sprang er vom Traktor und joggte auf sie zu. »Ist er schon weg?«

»Ja«, sagte Lene und beschloss, zum Rundumschlag auszuholen. Dafür war sie genau in der richtigen Stimmung. »Den habe ich soeben erfolgreich in die Flucht geschlagen. Und jetzt habe ich mit dir ein ernstes Wörtchen zu reden.«

✳✳✳

»Kommen Sie rein«, sagte Sabina Bauernfeind, wandte sich um und schlurfte zurück in die Stube. »Ich bin aber heut allein. Der Hans ist in der Arbeit, und die Agnes ist auch schon weg.«

»Aber Ihr Mann ist da?«, fragte Moritz einigermaßen sinnbefreit.

Wahrscheinlich hatte ihm Lenes klare Ansage für den Rest des Tages das Hirn vernebelt. Fast tat er ihr schon wieder leid. Dennoch, es war höchste Zeit gewesen, ihm Einhalt zu gebieten.

»Das ist nicht anders als allein sein«, antwortete Sabina mit einem bitteren Unterton und ließ sich, offensichtlich unter Rückenschmerzen, auf der Eckbank nieder. »Nur mit mehr Arbeit verbunden.«

Ob diese Ehe wohl glücklich gewesen war? Nach großer Liebe, in guten wie in schlechten Zeiten, klangen Sabinas Worte nicht unbedingt. Aber wer war Lene schon, darüber zu urteilen? »Brauchen Sie die?«, fragte sie und deutete auf die altmodisch gerillte Gummi-Wärmflasche, die auf der Bank vor dem Kachelofen lag.

»Ist schon kalt.«

Lene spähte in die Küche und entdeckte einen Wasserkocher auf der Arbeitsplatte. »Darf ich?« Sie griff nach der Wärmflasche.

Sabina nickte schicksalsergeben.

Lene ging in die ziemlich lädierte, aber zumindest einigermaßen saubere Bauernküche und setzte Wasser auf. Hoffentlich ließ Moritz sich nicht in der Zwischenzeit zu irgendwelchen hirnrissigen Fragen hinreißen.

Als sie mit der heißen Wärmflasche in die Stube zurückkehrte, stellte sich Lenes Sorge als unbegründet heraus. Sabina saß nach wie vor auf der Eckbank, Moritz betrachtete die Familienfotos an der Wand neben dem Kachelofen. Sichtlich erleichtert stopfte Sabina sich die Wärmflasche in den Rücken.

Lene zog die Plastiktüte mit dem Kettchen aus der Jeanstasche und setzte sich Sabina gegenüber. »Kennen Sie diese Kette?«

Mit zitternden Fingern griff Sabina nach dem Tütchen, dann schlug sie sich die Hand vor den Mund, ohne den Blick von der Kette zu lösen. Ihre Finger begannen zu zittern, und auch ihr Kinn bebte. Ein leises, schmerzvolles Stöhnen drang über ihre Lippen.

»Sie fehlt Ihnen immer noch«, sagte Lene leise. »Sehr.«

Sabina schluchzte unterdrückt, dann räusperte sie sich. »Sie wird mir immer fehlen.« Mit einer ruppigen Bewegung wischte sie sich die Tränen von den Wangen, doch als sie aufsah, strömten bereits neue nach.

Lene hatte darauf abgezielt, die Gefühle der alten Frau zu wecken, doch jetzt, wo ihr Vorhaben ohne große Anstrengung geglückt war, tat es ihr leid, sie zum Weinen gebracht zu haben.

»Eigentlich«, fuhr Sabina fort und streichelte liebevoll über das verpackte Kettchen, »war sie mir das liebste meiner Kinder. Vielleicht, weil sie das einzige Mädchen war. Oder …« Sie sah auf und an Lene vorbei ins Leere. »Sie war immer so arglos. Manchmal durchaus raffiniert, aber selbst das voller Unschuld. Wie ein kleines Kind. Wahrscheinlich hab ich ihr deshalb auch so viel durchgehen lassen.«

»Was Ihrem Mann vermutlich nicht gefallen hat?«

»Der hat mir immer vorgeworfen, ich würde die Resa verhätscheln. Aber das hat er bei allen Kindern gesagt, und ich hab ihm recht gegeben und trotzdem nichts dran geändert.«

Vor Lenes geistigem Auge klarte das Bild der Toten zunehmend auf: ein hübsches Mädchen, dem durch sein Handicap viele Möglichkeiten verschlossen geblieben waren, die sie andernfalls bestimmt gehabt hätte. Trotzdem – oder gerade deswegen – hatte sie ihre Behinderung mit einem gewissen Egoismus zu ihrem Vorteil genutzt, wenn auch nicht in der

Absicht, anderen damit zu schaden. Mit Bedacht? Oder war diese Wesensart eine Begleiterscheinung ihrer geistigen Beeinträchtigung gewesen? Oder, auch das war denkbar, die Folge einer widersprüchlichen Erziehung – von der Mutter gehätschelt, vom Vater verachtet? Das erzeugte oft die abgründigsten Charaktere.

»Und nach Resas Verschwinden?«, wagte Lene sich voran. »Zu welchem Kind hatten Sie dann den engsten Kontakt?«

»Mei, natürlich zum Hans«, antwortete sie lapidar. »Der ist ja immer da. Der Konrad war damals schon längst in Australien. Und auch davor immer ein Freigeist. Die Familie und der Hof waren ihm nie besonders wichtig.«

»Und Ihr Sohn Wolfgang?«

»Von den Buben ist er der jüngste. Und ich glaub, einer Mutter liegen die Kleinen immer besonders am Herzen. Aber nachdem die Resa weg war, hat er sich von uns abgewandt. War wohl zu schwer für ihn. Öfter als zweimal im Jahr lässt er sich nicht hier blicken, und zu sich geholt hat er uns nie.« Sie hielt einen Moment inne, dann seufzte sie leise. »Aber vielleicht will das ja auch die Lydia nicht.«

»Mögen Sie Ihre Schwiegertochter?«, fragte Moritz.

Sabina bedachte ihn mit einem argwöhnischen Blick. »Um ehrlich zu sein, kenne ich sie nicht besonders gut. Die beiden haben sich in Cham kennengelernt, und Wolfgang hat sie nicht oft mit heimgebracht.«

Angesichts der Tatsache, dass auch Agnes damals auf dem Hof nicht willkommen gewesen war, war das nicht verwunderlich.

»Aber«, fuhr Sabina fort und kratzte sich am Kopf, sodass ein paar dünne graue Haare aus ihrem streng geflochtenen Dutt rutschten, »sie sind immer noch verheiratet, der Wolfgang und die Lydia, das ist ja in der heutigen Zeit schon was Besonderes. Also wird das für den Wolfgang schon passen, und damit passt es für mich auch.«

»Wie kommt es eigentlich, dass Sie einen solch engen Kontakt zu Ihrer Enkeltochter haben?« Tatsächlich wunderte Lene sich schon die ganze Zeit darüber, wo doch Julias Eltern Öd zu meiden schienen wie der sprichwörtliche Teufel das Weihwasser.

Beim Gedanken an ihre Enkelin wurde Sabinas Blick schlagartig weich. »Wir haben schon immer einen guten Draht zueinander gehabt, auch als die Julia noch ganz klein war.«

»Erinnert sie Sie an Resa?«, fragte Moritz.

»Sie sieht ihr ähnlich, gell?«, sagte Sabina liebevoll. »Aber von der Art her ist die Julia ganz anders. Ruhiger, rücksichtsvoller. Auch interessierter an anderen Menschen.«

Sabina lehnte sich auf der Eckbank zurück und schloss die Lider, ein Lächeln umspielte ihren Mund. »Es war an meinem siebzigsten Geburtstag, also muss das Mädel …« Sie öffnete die Augen wieder und lächelte Lene an. »Ja, sechzehn muss sie da gewesen sein. Da könnte man doch meinen, dass die jungen Dinger andere Sachen im Kopf haben, als ihre runzligen Großmütter im Bayerischen Wald zu besuchen, oder?«

Lene nickte wahrheitsgemäß. Sie hätten mit sechzehn keine zehn Pferde in diese Abgeschiedenheit gebracht, und selbst jetzt schaffte es schließlich nur ein Job, dem sie nachzugehen hatte.

»Aber das Derndl ist anders«, fuhr Sabina fort. »Ab dieser Geburtstagsfeier, Wolfgang und Lydia hatten sich notgedrungen nach Öd zum Kaffeetrinken einladen lassen, wollte sie mich regelmäßig besuchen, einmal im Monat, manchmal sogar öfter. Also hat der Stefan, ihr großer Bruder, sie hergekarrt. Und dann hat sie ja selbst bald den Führerschein gemacht.«

Erst jetzt schien ihr aufzufallen, dass sie in der Hand immer noch die Plastiktüte mit Resas Kette hielt. Verwundert blickte sie darauf, dann schüttelte sie die Erkenntnis mit einer ruppigen Geste ab. »Das sind immer die schönsten Tage.« Sie stand auf, die Hand ins Kreuz gestemmt. »Eigentlich die einzigen schönen Tage.«

***

In Julias Zimmer war es heiß, sie hatte am Vormittag wieder einmal vergessen, die Rollläden herunterzulassen, bevor sie zur Uni gefahren war, und Mama betrat ihr Zimmer seit Jahren nur nach vorheriger Anmeldung. Was ja eigentlich löblich war. Trotzdem hätte sie gern auf ein wenig Privatsphäre verzichtet, wenn sie dafür nicht in dieser Mörderhitze hätte schlafen müssen. Sie griff nach der Wasserflasche neben dem Bett und trank den letzten Rest aus. Der Durst blieb.

Seufzend stand Julia auf, zog ihr Nachthemd mit dem Snoopy-Aufdruck über, löschte das Licht auf ihrem Nachttisch und riss das Fenster sperrangelweit auf. Dann ging sie leise hinaus auf den Flur. Waren Mama und Papa noch auf?

Die Schlafzimmertür war geschlossen, unter der Tür drang kein Licht nach außen. Darauf bedacht, niemanden zu wecken, ließ sie die oberste Stufe, die immer knarrte, aus und schlich leise die Treppe nach unten. Das beklemmende Gefühl, das sie seit dem Fund des Zettels kaum mehr verlassen hatte, verstärkte sich durch die nachtschlafende Stille um sie herum. Mist, auch die letzte Stufe knarrte neuerdings, das hatte Julia, müde, wie sie war, schlichtweg vergessen.

Sie wollte gerade den Lichtschalter drücken, als sie ein Geräusch hörte. Wie ein leises Schluchzen. War das Mama gewesen? Sie wandte sich um. Erst jetzt bemerkte sie, dass die Tür zum Wohnzimmer einen kleinen Spalt offen stand. Schummriges Licht fiel nach draußen. Wieder ertönte ein leises Geräusch, als schnäuzte jemand die Nase, dann hörte sie Papas Stimme. Leise murmelte er irgendetwas, aber Julia stand zu weit entfernt, um ihn zu verstehen.

Normalerweise hätte sie jetzt das Licht angeschaltet und wäre ins Wohnzimmer gegangen, um nachzusehen, was hier vor sich ging und ob bei ihren Eltern alles in Ordnung war. Normalerweise. Seit Tante Resa gefunden worden war, erschien Julia nichts mehr normal.

Im Dunkeln tappte sie auf den Spalt in der Tür zu, noch mehr darum bemüht, ja kein Geräusch zu verursachen. Im Wohnzimmer herrschte jetzt Stille. Vorsichtig beugte Julia sich vor. Mama saß auf der Couch, den Blick ins Leere gerichtet, und wischte sich Tränen aus dem Gesicht. Sie sah mitgenommen aus, beinahe zittrig. Julia konnte sich nicht erinnern, sie jemals so gesehen zu haben. Bitte, mach, dass nichts Schlimmes passiert ist, flehte sie. War Mama krank? Oder Papa? Angst griff mit Eiseskälte nach ihrem Herzen.

»Ich weiß nicht, was ich tun soll«, hörte sie die Stimme ihres Vaters in einem erschöpften Flüsterton, der ihr ebenso neu war wie der Anblick ihrer niedergeschlagenen Mutter. Ihr Vater verfügte zwar nicht über Mamas Temperament, aber er war immer kräftig, zupackend und solide gewesen. Nie krank. Nie traurig. Ein Fels in der Brandung. Der plötzlich nicht weiterwusste und es kaum schaffte, die Stimme zu erheben.

Gab es Probleme in der Schreinerei? Nicht dass sich Julia sonderlich für Papas Firma interessierte, aber schließlich erwirtschaftete er damit das Haupteinkommen der Familie. Und er hatte von neuen Aufträgen erzählt, die Schreinerei war doch immer gut gelaufen? Er beschäftigte einige Leute und hatte erst zuletzt eine weitere Sekretärin in Teilzeit eingestellt, weil Frau Bachl den ganzen Schreibkram nicht mehr allein bewältigen konnte. Julia hatte das Gefühl, schlucken zu müssen, aber aus Angst, sich damit zu verraten, verkniff sie es sich und hielt den Atem an.

Papa musste am anderen Ende der Couch sitzen, außerhalb von Julias Sichtfeld. Wenn einer der beiden krank war oder eine schlechte Nachricht erhalten hatte, weshalb saßen sie dann nicht näher beieinander? Weshalb trösteten sie sich nicht? Weil sie das noch nie getan hatten, gestand Julia sich ein. Obwohl ihre Eltern sich objektiv betrachtet gut verstanden, sich miteinander ein schönes Leben eingerichtet hatten, hatte Julia immer das Gefühl gehabt, als herrsche eine seltsame Distanz zwischen den beiden. Natürlich, sie umarmten sich vor den Kindern, aber diese Umarmungen hatten immer anders gewirkt als die Umarmungen, die Mama und Papa für sie und Stefan reserviert hatten. Vorsichtiger. Nicht besonders herzlich.

Ach was, sagte Julia sich. Dass man sich nach so vielen gemeinsamen Jahren an die Anwesenheit des anderen gewöhnt hatte, dass nicht jede Sekunde voller Leidenschaft gelebt werden konnte, das war doch nur natürlich.

Der distanzierte Ausdruck, der sich auf Mamas Gesicht abzeichnete, war allerdings seltsam angesichts der Verzweiflung, in der sich Papa anscheinend gerade befand.

»Ich kann dir nicht helfen«, sagte Mama, und ihre Stimme klang genauso kühl, wie ihre Augen zum gegenüberliegenden Ende der Couch blickten. »Das ist einzig und allein deine Angelegenheit.« Sie erhob sich und straffte die Schultern. »Also kümmer du dich darum. Und wage es nicht, das Glück meiner Kinder zu zerstören.« Mit diesen Worten griff sie nach dem Glas Wasser, das noch auf dem Couchtisch stand, trank einen Schluck daraus und wandte sich zur Tür.

Mit immer noch angehaltenem Atem und hart pochendem Herzen huschte Julia zurück zur Treppe, übersprang die erste Stufe und eilte nach oben. Erst in ihrem Zimmer fiel ihr auf, dass sie vergessen hatte, eine Flasche Wasser mitzunehmen. Sie stellte sich ans Fenster, starrte hinaus auf die Straße und bemühte sich, ruhig zu atmen. Die Laterne vor ihrem Zimmer flackerte, irgendwo verklang ein Motor, sonst regte sich nichts.

Eine weitere Nacht des Grübelns stand ihr bevor.

SIEBEN

»Warum können die denn nicht einfach den zerdepperten Schädelknochen und eine Harke mit Fingerabdrücken in diesem
Loch finden?« Moritz starrte missmutig auf seinen Bildschirm.

»Wenn du schnelle Lösungen willst, arbeitest du vielleicht
besser als Kaufhausdetektiv«, schlug Lene vor und hielt sich
davon ab, aus dem Fenster auf den Parkplatz zu sehen. Das
satte Blubbern der Harley erkannte sie auch so.

Auch Moritz verzichtete darauf, den obligatorischen hass-
erfüllten Blick auf den Parkplatz zu werfen. Ihre Ansprache
zeigte also tatsächlich Wirkung. Halleluja, Lene hatte es kaum
gewagt, daran zu glauben.

Stattdessen klemmte Moritz sich einen Stift hinters Ohr,
sodass er gerade noch aus seinem üppigen Lockenkopf ragte,
und trommelte auf seinem Schreibtisch herum. »Weißt du, was
mich gestern ein bisschen stutzig gemacht hat?«

»Du wirst es mir hoffentlich gleich verraten.«

»Ich habe mir doch bei der alten Bauernfeind die Fotos an
der Wand angesehen. Wenn Resa ihr wirklich das liebste aller
Kinder war, weshalb ist sie auf keinem einzigen Bild zu sehen?«

»Vielleicht, weil die Erinnerung zu schmerzlich ist?« Das
passte schließlich zum Prinzip der Verdrängung, das in der
Familie herrschte.

Moritz winkte ab. »Dort hingen drei Gruppenfotos der ganzen Familie, beide Elternteile, alle Kinder ... bis auf Resa. Die
Fotos stammen aber sicher aus einer Zeit, in der Resa noch
lebte. Haben die Theresa verboten, sich mit aufs Foto zu stellen?«

Das war in der Tat ungewöhnlich. »Meinst du, das hängt
mit Resas Behinderung zusammen? Anscheinend haben sich
die Bauernfeinds dafür ja furchtbar geniert.«

Moritz warf ihr einen schnellen Blick zu. »Also, ich weiß
ja nicht, wie es dir geht, aber auf den Fotos, die uns von Resa

vorliegen, kann ich von einer Behinderung beim besten Willen nichts erkennen. Insofern kann ich mir kaum vorstellen, dass sie nicht mit aufs Foto durfte, nur weil man ihr Hinken durch die Linse erahnen könnte.«

»Vielleicht hat sie ja gern selbst fotografiert?« Mit einer wegwerfenden Handbewegung wischte Lene ihren eigenen Gedanken beiseite. »Aber dass sie auf keinem einzigen Foto selbst abgelichtet werden wollte, passt nicht zu dem Bild, das ich mir von Resas Charakter gemacht habe.«

»Genau das meine ich.« Moritz zog den Stift wieder aus seinen Haaren hervor und trommelte damit weiter. »Aber selbst wenn man die Fotos erst nach Resas Verschwinden ausgewählt und aufgehängt hat …« Moritz' pikierter Gesichtsausdruck spiegelte Lenes Empfinden wider. »Irgendwie fühlt sich das doch nach einem Verrat am eigenen Kind an, oder? Kaum verschwunden, schon von der Fotowand getilgt. Und aus der Familienhistorie.«

»Leider sind wir beide aber hinsichtlich Elterndasein und passender Raumgestaltung auch keine Profis«, erwiderte Lene.

Das kräftige Klopfen am Türrahmen beendete den Austausch vorläufig. »Fragen wir doch einfach unseren Quotenpapa.« Mit diesen Worten wandte sie sich Dr. Adam zu, der in aller Zurückhaltung im Türrahmen stehen geblieben war.

»Gerne«, antwortete er mit einem vorsichtigen Lächeln. »Aber erst muss ich mich bei Ihnen entschuldigen. Das war unprofessionell und … auch ziemlich unüberlegt.« Wieder strich er sich durchs Haar. Das schien seine bevorzugte Geste für sämtliche Lebenslagen zu sein. »Es tut mir leid.«

»Schon gut«, erlöste Lene ihn. »Schwamm drüber.«

Moritz' Gesichtsausdruck verriet kein gesteigertes Interesse an diesem offensichtlich nicht rein beruflichen Plausch, aber bestimmt hatte er trotzdem die Ohren bis aufs Äußerste gespitzt.

»Das war's?«, fragte Adam verblüfft.

Offensichtlich war er nachtragendere Exemplare der Gattung Frau gewohnt. »Sofern Sie keinen Wert auf Büßerhemd und Selbstgeißelung legen«, erwiderte Lene.

Mit sichtlicher Erleichterung zog Adam sich den Besucherstuhl heran. »Also, womit kann ich dienen?«

***

Langsam stieg Josefa die Stufen vom Speicher hinab. Seit sie die Nachricht vom Fund des Skeletts erhalten hatte, schlich sie jeden Tag mehrmals nach oben, immer in der Sorge, ihr Trumpf könnte sich kurz vorm Ziel einfach in Luft auflösen. Erst wenn sie dann oben die Zeitungen beiseitegeräumt, die Hutschachtel geöffnet und in die Plastiktüte geschaut hatte, beruhigte sich ihr pochendes Herz, und der Krampf in ihrem Magen löste sich. Alt und wunderlich, das war sie nun wohl mehr denn je. Sie stolperte die letzte Stufe hinab und hielt sich mit schmerzenden Fingern am Holzgeländer fest.

Der Briefkastendeckel klapperte. Post. War es schon so spät? Ein Brief für sie. Sofort nahm ihr Herzschlag Fahrt auf, sofort schloss sich die stählerne Faust wieder mit erbarmungslosem Griff um ihren Magen.

»Einundzwanzig, zweiundzwanzig, dreiundzwanzig.« Sie zählte an diesem Tag zu schnell, wahrscheinlich hatte der Briefträger noch nicht einmal das Gartentürchen erreicht. Dann eben bis dreißig, beschloss sie.

Vierundzwanzig. Sie atmete tief ein und wieder aus. Langsam. Die Würfel waren gefallen und das Klappern des Briefkastens doch eigentlich ein gutes Zeichen, oder nicht? Fünfundzwanzig, sechsundzwanzig. Es hatte keinen Sinn, sich Sorgen zu machen. Es würde schon alles gut gehen. Sie wollte doch nicht viel. Nur ein bisschen mehr Ausgleich für das, was man ihr genommen hatte. Siebenundzwanzig. Sie zwang sich zur Ruhe, trotzdem gab sie dem Verlangen nach, an ihrem Handrücken zu scheuern. Die rote, schuppige Stelle hatte sich fast bis zum Ellbogen hin ausgebreitet. Es war höchste Zeit, dass endlich wieder Ruhe einkehrte. Achtundzwanzig, neunundzwanzig. Nach einem weiteren tiefen Atemzug ließ sie das Geländer los und schlurfte zur Haustür. Dreißig.

Mit angehaltenem Atem zog sie den Schlüsselbund ab, drückte die Klinke nach unten und beugte sich nach draußen. Es war immer noch heiß, aber der Himmel lag düster und wolkenverhangen über ihr. Es schien sich etwas zusammenzubrauen. Sie schloss den Briefkasten auf und griff hinein. Ein Prospekt. Dahinter – Leere. Sie blätterte durch die wenigen Seiten des Prospekts. Nichts.

Die Anspannung fiel wie ein Schock von ihr ab, Tränen überschwemmten ihre Augen. Einen Augenblick ergriff die Schwäche von ihr Besitz, aber dann überwand sie sich, bewältigte schwer atmend die beiden Schritte zurück ins Haus und schloss die Tür hinter sich. Mit dem nutzlosen Werbeprospekt in den Händen lehnte sie sich an die Tür. »Dann eben morgen«, flüsterte sie in die Stille. Dann eben morgen.

❄❄❄

»Warum bist du heut eigentlich so früh da?«, fragte Oma und tätschelte Julias Hand. »Hast du Hunger? Die Agnes hat vorhin einen Pichelsteiner gebracht, den könnt ich dir aufwärmen. Ich such auch das Fleisch raus.«

»Gerne«, antwortete Julia und sah sich um. Onkel Hans war anscheinend in der Arbeit, zumindest stand sein ordentliches Paar Schuhe nirgends herum. »Ich sag nur schnell dem Opa Hallo.«

Leichtfüßig lief sie ins angrenzende Zimmer, obwohl sie sich so leicht nun wirklich nicht fühlte. Um ehrlich zu sein, spukte ihr die Unterhaltung ihrer Eltern, ebenso wie der gefundene Zettel, mehr denn je im Kopf herum. Mama hatte sich zwar heute Morgen nicht anders verhalten als sonst auch, trotzdem hatte Julia es nicht gewagt, das belauschte Gespräch zu erwähnen.

Sie hatte es ja noch nicht einmal übers Herz gebracht, Mama die Wahrheit über ihre Wochenendpläne zu verraten. Stattdessen hatte sie behauptet, direkt nach der Uni zu einer Kommilitonin zu fahren, um nachmittags gemeinsam zu lernen und am

Abend eine Party zu besuchen. Mamas Erleichterung war nicht zu übersehen gewesen.

»Hallo, Opa«, sagte sie, setzte sich auf die Bettkante und betrachtete das eingefallene Gesicht des Mannes, der ihr so vertraut erschien und trotzdem so fremd war. Was für ein Mensch warst du, als du noch ein richtiges Leben hattest? Streng? Unglücklich? Gewohnheitsmäßig griff sie nach dem Waschlappen auf dem Tisch und wischte den angetrockneten Speichel von seinen Mundwinkeln. »Ich war heute gar nicht erst in der Uni«, flüsterte sie. Bei Opa war dieses Geheimnis immerhin sicher. Ob er es überhaupt wahrgenommen hatte?

Je mehr Julia darüber nachdachte, umso überzeugter war sie davon, dass der Disput ihrer Eltern nichts mit Papas Arbeit zu tun hatte. Selbst wenn die Schreinerei pleite wäre, wäre das schließlich kein Weltuntergang und sicher nichts, was man von ihr und vor allem Stefan fernhalten müsste. Schließlich verdiente Julias älterer Bruder in München längst sein eigenes Geld, ebenso Mama, und obwohl es Julia bisher erspart geblieben war, außerhalb der Semesterferien einem Nebenjob nachzugehen, wäre auch das kein großes Drama. Das Haus war so gut wie abbezahlt, und ein paar Reserven hatten ihre Eltern noch. Außerdem war Julia erwachsen, da verkraftete man finanzielle Unsicherheit durchaus. Sie war überzeugt davon, dass ihre Eltern das genauso sahen.

Worüber also hatten Mama und Papa dann gesprochen? Was war allein Papas Angelegenheit? Und was konnte so schlimm sein, dass es ihr eigenes, Julias, Glück in Gefahr brächte?

War es gefährlich, nach einer Antwort zu suchen?

Selbst wenn, sie musste es einfach wissen, musste verstehen, was ihre Familie, so solide und glücklich sie zu sein schien, beschwerte. Vielleicht auch, um sich selbst endlich wirklich zu verstehen. Und sosehr sie ihre Gedanken drehte und wendete, sie kam immer wieder zum gleichen Ergebnis: Die Antwort war auf Öd zu finden.

»Das Essen steht auf dem Tisch!«, krächzte Oma von nebenan.

Julia sprang auf, warf ihrem Großvater einen letzten beschwörenden Blick zu, den er natürlich nicht erwiderte, und lief nach draußen. Der Eintopf verströmte einen betörenden Duft. Kochen konnte die Agnes wirklich. Julia ließ sich auf der Eckbank vor dem überbordend gefüllten Teller nieder und grinste, als sie die winzigen Fleischfasern bemerkte, die sich an Kartoffeln, Karotten und Petersilienwurzeln schmiegten.

»Versuchst du schon wieder, mir ein bisschen totes Tier unterzujubeln?«, fragte sie ihre Großmutter mit erhobenem Zeigefinger, griff aber dennoch nach dem Löffel. Auf Öd galten nun mal andere Regeln. Und ein wenig butterweiches Fleisch würde sie schließlich nicht umbringen.

»Nur Gemüse, das ist doch nix«, antwortete Oma wie üblich und kratzte sich an der Nase.

Der Eintopf schmeckte trotz der Fleischfasern so vorzüglich, dass Julia für ein paar Minuten den Gedanken an den Grund ihrer eiligen Fahrt nach Öd weit von sich schob. Oma sah ihr zufrieden zu, als sie die letzten Reste aus dem Teller kratzte und den Löffel abschleckte.

»Kaffee?«

Julia winkte ab. Alles, bloß das nicht. »Sag mal, Oma …«, begann sie und überlegte im gleichen Moment, wie sie ihren Forscherdrang erklären sollte, ohne auf die übliche Mauer des Schweigens zu stoßen. »Gibt's hier in der Nähe irgendwo eine Höhle?«

»Da musst du schon ein Stückchen fahren. Die Höhle vom Räuber Heigl halt, aber die ist bei Kötzting. Bei uns …« Sie schüttelte den Kopf. »Nicht dass ich wüsste.«

Julia fühlte die Enttäuschung in sich aufsteigen. Die Höhle, in der sich der Räuber Michael Heigl, seines Zeichens der Robin Hood des Bayerischen Waldes, irgendwann im 19. Jahrhundert bis zu seiner Verhaftung versteckt gehalten hatte, konnte Tante Resa nicht gemeint haben. Bad Kötzting lag eine halbe Stunde Autofahrt entfernt. Wieso hätte sie ausgerechnet dort auf irgendjemanden warten sollen? Noch dazu ohne Führerschein.

»Nein, ich meine …«, startete sie einen neuen Anlauf, brach aber ab, als sich die Tür zur Stube öffnete.

»Grüß euch.« Onkel Hans bedachte sowohl sie als auch Oma mit einem abwesenden Lächeln und ließ sich auf die Bank vor dem Kachelofen fallen. »Nur fünf Minuten verschnaufen«, sagte er, als müsse er sich vor sich selbst rechtfertigen.

»Viel Arbeit?«, fragte Julia höflichkeitshalber, obwohl es ihr ganz und gar nicht passte, dass das Gespräch diese Wendung nahm.

»Mein Kreuz packt das alles nicht mehr lang.« Onkel Hans lehnte sich zurück und schloss die Augen.

Noch nie zuvor hatte Julia ihn sich beklagen hören. Sie beschloss, später einen neuen Anlauf in Bezug auf ihre Nachforschungen zu machen, schließlich hatte sie noch den ganzen Nachmittag Zeit.

Dann aber kam Oma ihr zu Hilfe. »Für was brauchst du denn eine Höhle, Derndl?«

»Äh …« Verdammt. »Für die Uni«, stammelte sie. »Sie muss auch nicht groß sein, aber es geht halt um … unterschiedliche Gesteinsschichten bei uns in der Region.«

Mama hätte ihr Zögern und damit ihre Lüge sofort durchschaut, aber Oma und Onkel Hans wirkten völlig arglos. Um ehrlich zu sein: Julia hatte keine Ahnung, ob sich in einer Höhle im Bayerischen Wald überhaupt unterschiedliche Gesteinsschichten nachweisen ließen, aber wenn sie es nicht wusste, dann hatten Oma und Onkel Hans davon bestimmt auch keine Ahnung.

»Am besten wäre eine kleine Höhle irgendwo im Wald hier«, fuhr sie fort. War das zu deutlich gewesen?

Onkel Hans öffnete die Augen und sah sie misstrauisch an.

»Ja, wenn das reicht«, sagte Oma und wandte sich an Hans. »Habt ihr als Kinder nicht hin und wieder mal von einer solchen Höhle erzählt, Hans? Hast du die nicht sogar selbst gefunden? Im Waldstück vom Oswald?«

Julias Blut rauschte so laut in ihren Ohren, dass sie sich konzentrieren musste, um Onkel Hans' Antwort zu verstehen.

»Ja«, antwortete er mürrisch. »Aber die ist mittlerweile bestimmt verschüttet. Oder der Einstieg ist zugewachsen.«

»Ich würde sie mir trotzdem gern ansehen«, sagte Julia eilig.

»Die ist bestimmt nicht brauchbar für dein Studium«, erwiderte Onkel Hans. »Ganz klein, versteckt, bloß Felsen, nicht besonders tief.«

»Aber ich wollte heute Nachmittag sowieso ein bisschen spazieren gehen«, wandte Julia ein. »Ansehen kann ich sie mir doch mal.« Aus dem Augenwinkel sah sie Omas bekräftigendes Kopfnicken. »Du brauchst auch nicht mitzukommen, Onkel Hans. Nur erklären, wo ich sie finde.«

»Jetzt zier dich nicht, Hans«, mischte sich Oma ein. »Wenn's dem Mädel nun mal fürs Studium hilft.«

Mit einem widerwilligen Brummen gab Onkel Hans sich geschlagen, und Julia unterdrückte einen Jubelschrei. Vielleicht würde sie heute Nachmittag des Rätsels Lösung endlich einen Schritt näher kommen.

✻✻✻

»Tadaa!«, rief Moritz schon an der Bürotür und hielt einen Stapel Fotos in die Luft, als präsentierte er soeben die olympische Fackel.

»Beeindruckend. Du hast es wirklich unter Einsatz deines Lebens geschafft, einer alten Frau einen Stapel Fotos aus dem Kreuz zu leiern.« Lene applaudierte und dachte an ihre Schwester, die das Gleiche jedes Mal tat, wenn ihr Mann sich damit brüstete, erfolgreich den Müll nach draußen gebracht zu haben. Alle gleich. Das musste irgendein chromosomales Leiden sein.

»War tatsächlich gar nicht so einfach, die Alte hat sich völlig quergestellt.« Moritz legte die Fotos auf ihrem Schreibtisch ab und ließ sich auf seinen Drehstuhl fallen. »Zum Glück war diese Julia da.«

»Schon wieder? Das Mädel scheint wirklich keine Freunde zu haben.«

Moritz zuckte die Achseln. »Weiß nicht. Ich glaube, die steht nur ganz arg auf Natur und so. Als ich angekommen bin, wollte sie gerade zu einer Expedition in den Wald aufbrechen.«

»Aber dann hat deine Anwesenheit sie natürlich davon abgehalten?«, fragte Lene mit einem hintergründigen Lächeln.

»Es ging Julia zu meinem Erstaunen wohl nicht um meinen knackigen Hintern und die gestählte Brust«, räumte Moritz nicht ganz so bescheiden ein.

Lene konnte sich einen irritierten Blick auf seinen schmalen Oberkörper nicht verkneifen.

»Eher um ihre Neugier«, fuhr Moritz fort. »Die Alte wollte mich nämlich schon damit abspeisen, dass es keine alten Familienfotos mit Resa mehr gibt. Aber dann hat Julia sie sofort an die Fotokiste im Abstellraum erinnert.« Mit einem triumphierenden Lächeln deutete er auf Lenes Schreibtisch. »Et voilà.«

»Braves Mädchen.« Lene griff nach den Fotos, dann besann sie sich eines Besseren. »Ich habe auch ein paar Neuigkeiten von der Grabung im Wald.« Lene stand auf und stellte sich ans Fenster, um sich vom stundenlangen Sitzen, Grübeln und Telefonieren zu erholen. »Von der Hoffnung auf den Schädel oder die Halswirbel können wir uns wohl verabschieden. Auch die Markierungssteine waren unauffällig und ohne Spuren. Allerdings haben die Kollegen beim Sieben der sichergestellten Erde tatsächlich ein kleines Knöchelchen gefunden.«

»Hast du mit der Rechtsmedizin gesprochen?«, fragte Moritz und sprang auf, als sein Smartphone einen durchdringenden Signalton von sich gab.

»Der Bertl sagt, dass es schwierig wird, daraus noch DNS zu gewinnen. Allerdings handelt es sich um ein Fingerknöchelchen, das entsprechend Bertls Aufstellung tatsächlich bisher fehlt. Somit ist unsere Theorie wohl zutreffend: Wir haben das ursprüngliche Grab von Theresa Bauernfeind gefunden.«

Moritz starrte geistesabwesend auf sein Handy. »Und wie geht es jetzt weiter?«

»Du hast den Staatsanwalt ja gehört, oder? Wir hören einfach nicht auf, denen auf die Pelle zu rücken. So lange, bis wir doch noch etwas Neues herausfinden.«

»Oder bis uns der Chef und der Staatsanwalt zurückpfeifen, weil wir nicht weiterkommen«, unkte Moritz.

»Darüber mache ich mir dann Gedanken, wenn es so weit ist.« Lene nickte resolut, mehr um sich selbst zu motivieren, als Moritz zu überzeugen.

»Und konkret?«, bohrte Moritz weiter, ohne seinen Blick vom Display zu lösen. »Was liegt dieses Wochenende an?«

»Äh …« Aus welchem Grund war der Jungspund eigentlich immer so versessen aufs Wochenende? »Nichts. Wochenende. Oder hast du auch keine Freunde?« Dabei traf das doch viel mehr auf sie selbst zu.

Endlich sah Moritz mit einem spitzbübischen Lächeln auf. »Doch, eben deshalb frage ich. ›Rock im Park‹ ruft mich, hörst du's?« Einen Moment schien er nachzudenken, aber dann gab er sich einen Ruck. »Hast du vielleicht Bock, mitzukommen? Rein freundschaftlich natürlich. Mit Metallica kann ich dieses Jahr zwar nicht dienen, aber ein paar andere Altrocker werden sich auf der Bühne bestimmt finden lassen.«

»Alles, bloß das nicht«, lehnte Lene ab. Ihr Entsetzen war nicht gespielt. »Wer sich wie ich über Altrocker freuen würde, hat mittlerweile ein viel zu altes Kreuz, um die Nächte auf der Isomatte zu verbringen.«

»Du bist doch gut in Schuss«, konterte Moritz. »Und ein Update in Sachen Musik könnte dir auch nicht schaden. Langsam hängt mir James Hetfield nämlich zum Hals raus.«

Lene erinnerte sich an den Artikel, den sie vor ein paar Tagen über das jährlich auf dem Nürnberger Zeppelinfeld stattfindende Festival gelesen hatte. »Kommt da nicht auch dieser näselnde Kasper mit dem Idiotenkäppi?«

»Is ja hammerhammerhart«, imitierte Moritz unter Verwendung der entsprechenden pseudocoolen Gestik völlig talentfrei, und Lene hielt sich die Ohren zu. Besser, sie entließ ihn ins Wochenende.

※ ※ ※

Ganz selbstverständlich setzte Julia einen Fuß vor den anderen, fand den Weg durch den dichten Wald und zur Jagdhütte, den Onkel Hans ihr beschrieben hatte, ohne sich auch nur eine einzige Sekunde unsicher oder orientierungslos zu fühlen. Wieder einmal haderte sie damit, dass sie in der Stadt wohnen musste, dass sie nicht jeden Tag der Woche hier sein durfte, denn das satte Grün um sie herum, der Duft nach Holz und Pflanzen fühlten sich wie ihr natürlicher Lebensraum an. Hier konnte sie durchatmen. Wohingegen das abgezirkelte Betongrau der Regensburger Uni ihr die Luft abdrückte. Ebenso wie die engen Gassen der Altstadt, so schön sie objektiv betrachtet auch sein mochten. Nein, wohl hatte sie sich dort noch nie gefühlt.

Einen Moment blieb sie stehen, lauschte auf ihren eigenen Atem, nahm die kühle Feuchte, die sie umgab, in sich auf. Ja, hier fühlte sie sich wohl. Und selbst die brummelige Mentalität und Wortkargheit der Menschen, die hier lebten, fühlten sich aufrichtiger an als die der Hetze, der Enge und der stickigen Luft zum Trotz aufgesetzte Höflichkeit der Städter.

Wobei die Menschen auch hier nicht unhöflich waren. Julia dachte an Agnes, die ihr gerade noch begegnet war, als sie Öd verlassen hatte. Lieb, sie darauf hinzuweisen, dass dicke Wolken heranrückten und wahrscheinlich den längst überfälligen Regen mit sich brachten. Dabei war sie mit Agnes bisher nicht wirklich warm geworden. Natürlich, sie war immer freundlich zu ihr, aber auf eine distanzierte Art, als hegte sie Vorbehalte gegen das Mädchen aus der Stadt, das mittlerweile beinahe jedes Wochenende ins Haus schneite.

Julia blieb stehen und sah nach oben. Wenn es wirklich regnete, war sie durch die hoch aufragenden Bäume jedenfalls weitgehend geschützt. Und ohnehin hätte sie nicht einmal ein Tornado davon abgehalten, diese geheimnisvolle Höhle zu suchen.

Sie stapfte weiter und erkannte endlich das Flatterband, das großräumig den Bereich um die Hütte zu kennzeichnen schien. Wann die Kommissarin wohl die Absperrung aufheben lassen würde? Und sollte Julia es wagen, darunter hindurchzuklettern, sich einen Weg durch das Dickicht zu bahnen und ins Innere der Hütte zu sehen? Das kleine Bauwerk hätte sie interessiert. Es war bestimmt schön dort. Ein perfekter Ort, um seine letzte Ruhe zu finden: von Mauern geschützt mitten im Herzen des Waldes. Nur dass Tante Resa nicht wirklich geruht hatte, fiel Julia ein. Und sie würde auch nicht wirklich ruhen, selbst wenn man sie jetzt ordnungsgemäß beerdigte. So lange nicht, bis ihre Lieben endlich wussten, was ihr zugestoßen war.

Julia stellte sich an der Absperrung auf die Zehenspitzen, um vielleicht doch noch einen Blick auf die Hütte zu erhaschen. Ihre Finger am Absperrband zuckten. Nein, beschwor sie sich selbst. Wenn Frau Wagenbach hier nichts Hilfreiches gefunden hatte, weshalb sollte es ihr, Julia, dann besser ergehen? Es lohnte nicht, dafür in einen abgesperrten Bereich einzudringen. Und es lohnte auch nicht, Zeit zu verschwenden, die sie anderweitig sinnvoller nutzen konnte.

Entschlossen wandte sich Julia ab und setzte ihren Weg fort. Jetzt galt es, sich zu konzentrieren. Hoffentlich hatte Onkel Hans seine Erinnerung nicht getrogen, schließlich hatte er mehrmals betont, schon seit Ewigkeiten nicht mehr hier gewesen zu sein.

Er hatte behauptet, der Trampelpfad würde sich nach ein paar Metern gabeln. Stattdessen endete er einfach. War also hier die Gabelung gewesen? Erkannte man sie nur nicht mehr, weil schon seit langer Zeit niemand mehr hier gewesen war? Julia hielt sich links und ging weiter. Von der kleinen Lichtung, die Onkel Hans erwähnt hatte, war weit und breit nichts zu sehen, aber dort drüben, konnten das die drei der Größe nach aufgereihten Felsen sein, von denen er gesprochen hatte?

Sie kämpfte sich durch das üppige Dickicht, bis sie den ersten, kleinsten Felsen erreichte. Hinter dem letzten führte ein kleiner Abhang nur rund einen halben Meter nach unten. Das musste es sein. Julia stolperte hinab, konnte sich aber am Stamm einer Fichte fangen.

Hatte es eben dort oben geraschelt? Sie fuhr herum, aber dann schalt sie sich selbst. Wie albern, wegen eines Tiers in

Panik auszubrechen. Was ohnehin nur passierte, weil sie das Gefühl hatte, etwas Verbotenes zu tun. Dabei war es ihr gutes Recht, die Höhle zu suchen, die Tante Resa als Treffpunkt genutzt hatte.

Das Gehölz wurde mit einem Mal noch dichter, aber irgendwie gelang es ihr, in halbwegs gerader Linie weiterzugehen. Hier irgendwo musste es sein. Suchend sah sie sich um. Nur Bäume. Nur Gestrüpp. Vielleicht doch dort hinten? Getrieben von einer inneren Unruhe, stolperte sie weiter, aber erst hinter einem dichten, mannshohen Strauch entdeckte sie die nächste Felsgruppe, von der Onkel Hans gesprochen hatte.

Ihr Herz schlug längst unregelmäßig, ob vor Anstrengung oder Anspannung, das wusste sie selbst nicht so genau. Jetzt aber setzte es einen Schlag aus, als sie um den größten Felsen, der von Moos grellgrün war, herumging und den maroden Strauch dahinter entdeckte. Sie zog und zerrte daran, bis sie ihn endlich so weit entwurzelt hatte, dass nichts mehr zwischen ihr und dem Felsen stand. Der schmale Spalt, den sie nun zu ihren Füßen entdeckte, verbreitete sich im weiteren Verlauf und endete in einer Lücke zwischen zwei Felsen. War das der Einstieg? Sie räumte Holz und Geröll aus dem Weg und riss mit schlechtem Gewissen einen zweiten Strauch an den Wurzeln aus. Tatsächlich.

Anhand der Fotos wusste sie längst, dass Tante Resa keine Elfe gewesen war. Eher rundlich und drall. Angesichts der weit klaffenden Öffnung, die sich nun vor Julia auftat, war das Rätsel, wie Resa überhaupt in die Höhle gelangt war, gelöst.

Sie lehnte den Rucksack an den Felsen, trank noch einen Schluck aus der mitgebrachten Wasserflasche und setzte sich an den Rand des Höhleneingangs. Dann ließ sie sich nach unten gleiten, stieß beinahe sofort mit den Füßen auf festen Grund und saß wieder – dieses Mal eben eine Etage tiefer. Über ihr ließ der Einstieg spärliches Tageslicht herein, doch vor ihr breitete sich Dunkelheit aus. Schwarze Leere.

Es dauerte eine Weile, bis ihre Augen sich an das Dunkel gewöhnt hatten, dann aber konnte sie erste Konturen ausmachen, ein paar weitere Felsen, die ins Innere der Höhle ragten. Onkel Hans hatte untertrieben, so klein war dieses unterirdische Versteck gar nicht.

Julia ließ sich ein weiteres Mal hinuntergleiten und passte auf, um auf dem feuchten Boden nicht auszurutschen. Der Raum vor ihr erstreckte sich bestimmt über fünf Meter. Er war schmal, aber das tat ihrem Empfinden keinen Abbruch. Verdammt. Wenn sie mit einer solchen Größenordnung gerechnet hätte, hätte sie Papas Taschenlampe eingepackt. Vorsichtig tastete sie sich voran, Schritt für Schritt, bis sie schließlich den ersten der seitlich hereinragenden Felsen erreichte. Sie tastete sich um ihn herum, mit zitternden Fingern und wild klopfendem Herzen, ohne selbst zu wissen, woher ihre Aufregung rührte. Hinter dem Felsen offenbarte sich Julia eine Nische, und in dieser Nische –

»Was tust du hier?«

Julia fuhr herum. »Agnes!«

Ihre Kehle fühlte sich plötzlich trocken an. Weshalb hatte sie nicht mehr Wasser getrunken? Sie schluckte, wollte ihren Blick von Agnes lösen, erneut in die Nische spähen, sich vergewissern, dass ihr ihre Augen keinen Streich gespielt hatten, aber Agnes ließ ihr keine Zeit.

»Was machst du hier, Julia?«

Agnes' Stimme klang leise, hallte aber dennoch mit einem bedrohlichen Unterton von den Wänden wider und ließ Julia keine Gelegenheit, sich zu sammeln. »Wegen der Uni …«, stammelte sie. »Ich –«

»Du lügst«, sagte Agnes mit einer Kälte in der Stimme, die Julia schaudern ließ. »Glaubst du, mir ist deine Schnüffelei nicht längst aufgefallen? Wie du die Sabina aushorchst? Wie du es beim Hans versuchst? Und wie du dich freust, weil sie die Resa gefunden haben und jetzt ständig herkommen und Fragen stellen?«

»Und was ist so schlimm daran?« Julia unterdrückte ein Schluchzen. Die Anspannung der letzten Tage und Stunden, aber eigentlich der letzten Jahre und ihres ganzen Lebens, brach sich mit einem Mal Bahn. »Was ist denn so schlimm daran?«

Agnes schnaubte, dann winkte sie ab und kam einen Schritt auf Julia zu. »Hör zu, Mädel.« Sie atmete tief durch, als müsste sie sich selbst beruhigen. »Ich will dir nix Böses. Ich will einfach nur, dass du aufhörst, in den alten Geschichten herumzuwühlen.« Sie machte einen weiteren Schritt, hatte Julia nun beinahe erreicht.

Denk nach, Julia. Bewahr die Ruhe, beschwor sie sich selbst. Mit zitternden Beinen veränderte sie ihre Position so, dass Agnes nicht an ihr vorbei in die Nische sehen konnte. Was sie gefunden hatte, gehörte ihr.

Dennoch zuckte sie zusammen, als Agnes nun beschwichtigend die Hand auf ihren Arm legte. »Julia«, sagte sie eindringlich, »lass die Vergangenheit ruhn. Die hat schon genug Unheil angerichtet.«

»Aber das kann ich nicht.« Jetzt ohnehin nicht mehr. »Das kann und will ich nicht, verstehst du? Es geht um meine Familie, nicht um deine! Von welchem Unheil redest du überhaupt? Was ist damals passiert, verdammt noch mal?«

»Vielleicht ist dann ja endlich Ruhe«, sagte Agnes mehr zu sich selbst als zu Julia. Dennoch zögerte sie einen Moment. »Du willst es also wirklich wissen?«

»Natürlich!«, schrie Julia, mit einem Mal voller Wut. »Mein ganzes Leben lang will ich das schon wissen!«

Agnes seufzte. Dann sah sie Julia unverwandt in die Augen.

❊❊❊

Ob ihr Brief überhaupt angekommen war? Josefa fühlte die Unruhe in sich aufsteigen. Schon wieder.

Mit dem Zeigefingernagel der rechten Hand reinigte sie den Daumennagel der linken. Der schwarze Dreck war längst verkrustet, aber einweichen konnte sie ihre Hand nicht, ihre Haut schmerzte sowieso schon so arg. Dann mussten die Nägel eben schmutzig bleiben. Ohnehin hatte sie im Augenblick drängendere Sorgen.

Draußen grollte wieder der Donner, vor dem Fenster zeichnete sich der Himmel schwarzgrau ab, aber das störte Josefa nicht, im Gegenteil. Die Düsternis besänftigte ihre aufgebrachten Nerven.

Man hörte oft genug von unzuverlässigen Briefträgern. Von Post, die erst nach Jahrzehnten richtig zugestellt wurde. Von verschollenen Kündigungen und Schecks und Liebesbriefen. Aber so viel Pech würde sie schon nicht haben. Sie hatte in ihrem Leben schließlich weiß Gott genug Pech gehabt.

Und wenn doch? Wie lange sollte sie auf eine Reaktion warten? Oder sollte sie einfach ihre Drohung wahr machen? Dabei würde davon absolut niemand profitieren. Sie selbst am allerwenigsten.

Mit dem nächsten Donnergrollen setzte ihr Herz einen Schlag aus. Was, wenn der Empfänger zwar ihren Brief erhalten, der Briefträger dann aber die Antwort verschlampt hatte? Vielleicht war sie ihm aus der Tasche gefallen, lag nun dort draußen irgendwo auf dem Boden, kurz davor, von dem nahenden Gewitter völlig durchweicht zu werden. Und sie würde nie davon erfahren. Oder, noch schlimmer, jemand anderes hatte sie gefunden und geöffnet, an sich genommen, was doch ihr gehörte. Und zustand. Sie schnappte nach Luft, versuchte, mit der Kraft ihres Atems ihren Herzschlag wieder zur Ruhe zu zwingen.

Für einen Moment blitzte der Gedanke in ihrem Kopf auf, dass sie einen Fehler begangen hatte. Sie hätte sich ruhig verhalten sollen. Weitermachen wie bisher. Und sich selbst diesen Aufruhr ersparen, schließlich war sie dafür einfach nicht geschaffen. Sie war doch bisher einigermaßen über die Runden gekommen. Es war doch alles so weit ganz in Ordnung gewesen.

Auch die anderen Nägel sahen zum Fürchten aus, das war Josefa klar, aber die plötzliche Einsicht raubte ihr die Energie, etwas daran zu ändern. Was hatte sie sich bloß dabei gedacht? Weshalb hatte sie ihr ruhig dahinplätscherndes Leben aufgegeben, selbst wenn es im Idealfall nur für ein paar Tage war?

Warum war ihr das Geld bloß wichtiger als ihr Seelenfrieden gewesen?

Seelenfrieden, sinnierte sie. Nein, das war zu hoch gegriffen. Frieden hatte sie nicht in sich gespürt, seit Resa nicht mehr war. Und Frieden würde sie auch nicht mehr spüren, solange der Tod ihrer einzigen Freundin nicht gesühnt war. Eben deshalb …

Das Klingeln der Türglocke schreckte sie auf.

Mit einem Mal waren ihre trockenen, spröden Hände schweißfeucht, der Juckreiz brannte sich in ihre Gliedmaßen, ihre Zunge klebte am Gaumen. Wer konnte das sein, so spät noch? Wieder die Polizei? Darauf war sie nicht vorbereitet.

Sie überlegte fieberhaft. Nein, die Lampe im Flur brannte nicht. Sie hatte überhaupt keine Lampe im Haus eingeschaltet, versteckte sich in der Dunkelheit. Niemand konnte wissen, dass sie zu Hause war. Außer denen, die wissen, dass du mittlerweile immer zu Hause bist, raunte eine kalte Stimme in ihrem Kopf. Aber der Polizist, der wusste das nicht, beruhigte sie sich.

Das erneute Klingeln ließ sie zusammenzucken. Natürlich, so schnell gab man bei der Polizei nicht auf. Bleib sitzen, beschwor sie sich. Warte. Warte einfach, bis er weg ist, und verhalte dich bis dahin mucksmäuschenstill. Ein neuer Schock ließ sie zusammenfahren. Hatte sie die Tür abgeschlossen? Sie versuchte, sich daran zu erinnern, wie sie den Schlüssel im Schloss gedreht hatte. Doch da war nichts. Natürlich war da nichts, im Moment herrschte in ihrem Kopf ausschließlich Leere.

Jetzt ertönte ein Klopfen, zunächst vorsichtig, dann aber energischer. War die Polizei wirklich so unverschämt, und das am Abend? Sie erhob sich von der Couch, stolperte über die Kiste und hielt erschreckt inne. Nein, das konnte man nicht bis zur Haustür gehört haben. Leise schlich sie zum Flur, spähte um die Ecke. Die Tür war geschlossen, der Schlüssel steckte quer im Schloss. Sie atmete auf, schluckte, obwohl es keinen Tropfen Speichel in ihrem Mund gab.

Das Holz der Tür erzitterte unter dem nächsten Klopfen.

»Josefa!«, drang es nach innen. Ohne es wirklich zu wollen,

machte Josefa den ersten Schritt auf die Tür zu. »Mach auf!«, erklang die Stimme, die sie schon lange nicht mehr gehört hatte und trotzdem sofort wiedererkannte. Das war nicht die Polizei. »Ich habe etwas für dich.«

In Josefas Kopf herrschte Leere, wie in ihrem Herzen. Mit angehaltenem Atem ging sie auf die Tür zu, bis nur noch das blanke Holz sie von der Welt dort draußen trennte.

Leere. Bis auf zwei kleine Gefühle: Sehnsucht nach Genugtuung. Und Gier. Die sie letztlich, aller Angst zum Trotz, nach dem Schlüssel greifen ließ.

ACHT

Lene drehte den Hahn ab, gab einen großzügigen Spritzer Putzmittel ins heiße Wasser im Eimer und stellte sich auf die Zehenspitzen, um einen Lappen aus dem Hängeschrank zu holen. Es half nichts. Während Moritz wahrscheinlich gerade grölend auf dem Zeppelinfeld ankam und die erste Bierdose stach, blieb ihr nichts anderes übrig, als endlich die Feinstaubbelastung in der eigenen Wohnung zu reduzieren.

Dafür würde sie sich heute Abend mit einem exquisiten Essen im »Storstad« belohnen, Regensburgs einzigem Restaurant mit Guide-Michelin-Stern, das hatte sie gestern Abend schon beschlossen. Wobei der Stern nicht der Hauptgrund für Lenes Besuch war. Viel mehr lockte sie – nicht ständig, das würde ihr Budget sprengen, aber doch ab und an – die Terrasse des in luftiger Höhe am Watmarkt gelegenen Restaurants, die einen phänomenalen Blick auf die Stadt und die nächtlich beleuchteten Domtürme bot. Und neben der hervorragenden Küche natürlich die vorzügliche Weinauswahl.

Es machte ihr nichts aus, allein ins Restaurant zu gehen, im Gegenteil. Manchmal nahm sie sich etwas zu lesen mit, aber meistens begnügte sie sich damit, die anderen Leute zu beobachten, die Aussicht zu genießen und sich darüber zu freuen, dass sie, abgesehen von ein paar Worten mit unaufdringlichen Servicemitarbeitern, nicht sprechen musste.

Immerhin halbwegs motiviert schleppte sie den Eimer ins angrenzende Wohnzimmer, tauchte den Lappen ins Wasser und schüttelte den Kopf angesichts der Ironie, dass ausgerechnet in diesem Augenblick ihr Handy anfing, eifrig zu vibrieren und dabei einen Kreis auf dem Couchtisch zu ziehen.

Sven vom KDD. Es sollte wohl nicht sein. Mit noch feuchten Händen nahm sie den Anruf entgegen.

»Sven?«

»Hi, Lene, sorry, dass ich störe.«

»Schon gut«, antwortete sie. »Ich weiß sowieso nicht, ob ich nicht eher dankbar bin, weil du mich gerade vom Putzen abhältst.«

»Putzen ist ein gutes Stichwort«, erwiderte Sven kryptisch. »Der Chef hat gesagt, ich soll dir Bescheid geben, nachdem du dich hier in der Ecke sowieso auskennst und dein Skelett ja nun nicht allerhöchste Priorität hat.«

Letzteres sah Lene zwar anders, aber ihre persönliche Einschätzung würde Kommissariatsleiter Schneckmayrs Haltung kaum ändern. »Schieß los«, sagte sie und warf dem Putzeimer einen halb bedauernden, halb triumphierenden Blick zu.

»Ich bin in Schorndorf –«

Lene stöhnte. Was genau war an »Es nervt mich, ständig in diese Pupskäffer in der Pampa abkommandiert zu werden« eigentlich so schwer zu verstehen?

»Hier gab es eine Schwerstverletzte«, fuhr Sven ungerührt fort. »Wurde heute Früh gegen neun in ihrem Haus vom Nachbarsmädchen gefunden. Die Frau liegt im Koma, ist also nicht ansprechbar, und sie hat nach erster Einschätzung deutliche Würgemale am Hals. Momentan liegt sie bei den Barmherzigen Brüdern. Im Chamer Krankenhaus war wegen eines größeren Unfalls in der Nähe kein Platz mehr auf der Intensiv, deshalb hat der Rettungswagen sie gleich nach Regensburg gebracht. Vermutlich ist auch ihr Haus durchwühlt worden. Kommst du?«

»Habe ich eine Wahl?«, fragte Lene und räumte, das Handy ans Ohr gepresst, den Putzeimer zurück in die Küche.

»Leider nein«, antwortete Sven, immerhin mit einem Hauch Mitgefühl in der Stimme. »Beim Opfer handelt es sich um die hier wohnhafte …« Er kramte lautstark in irgendwelchen Unterlagen. »Moment … ach, hier. Josefa Schnabel. Die Anschrift lautet –«

»Was?«, unterbrach Lene ihn rüde. »Josefa Schnabel?«

»Genau.«

Aller Ärger über die Störung am Wochenende und die Aussicht auf eine erneute Landpartie war verflogen. Stattdessen kribbelte in Lene eine angespannte Mischung aus Nervosität und Neugier. Was war geschehen? Weshalb war Josefa Schnabel ausgerechnet jetzt Opfer eines Gewaltverbrechens geworden? Gab es einen Zusammenhang mit den laufenden Ermittlungen?

»Ich kenne die Anschrift. Bin schon unterwegs«, sagte sie eilig und spurtete nach draußen zur Garderobe. »Aber was hat das alles mit Putzen zu tun?«, fiel ihr noch ein.

»Das wirst du schon sehen. Bring am besten einen unempfindlichen Magen mit.« Mit diesen Worten legte Sven auf.

Sven hatte nicht übertrieben, und Lene rechnete es Moritz nachträglich hoch an, dass er vergangene Woche, nach seinem Besuch bei Josefa Schnabel, noch cool genug gewesen war, Fleischpflanzerlsemmeln für sie beide zu besorgen.

Der faulige Geruch nach Verwesung war Lene schon entgegengeschlagen, als sie sich zwischen den Kollegen im verwilderten Vorgarten hindurchgeschlängelt hatte und durch die verwitterte Haustür getreten war. Unwillkürlich presste sie ihre Hand vor Mund und Nase, fing sich dann aber wieder und stellte auf die altbewährte Mundatmung um.

»Ich hatte dich gewarnt«, sagte Sven mit einem unfrohen Lächeln und bahnte sich einen Weg durch den völlig vermüllten Flur zu Lene. »Aber man gewöhnt sich dran.«

»Bist du sicher, dass hier nicht irgendwo unter all dem Gerümpel ein paar Leichen auf uns warten?«

Er streckte die Hände von sich. Anscheinend hatte er Angst davor, mit seinen verseuchten Handschuhen auch nur eine Stelle seines Körpers oder seiner Kleidung zu berühren. »Zumindest haben wir bisher keine gefunden. Aber dafür bergeweise verweste Essensreste und eine Vielzahl von quicklebendigen tierischen Bewohnern. Du weißt schon, diese kleinen weißen, die sich so schön kringeln und winden, während sie sich der Müllbeseitigung widmen.«

Mit einem Mal wünschte Lene sich mit Putzeimer und Lappen bewaffnet zurück in ihr zwar staubiges, ansonsten aber durchaus sauberes Wohnzimmer.

Sven deutete auf einen offensichtlich umgefallenen Stapel Kisten auf dem Flurboden. Allerlei Krimskrams, für den es nicht einmal auf dem Flohmarkt noch Interessenten gegeben hätte, mischte sich unter eine schimmelnde Bananenschale und sonstigen nicht mehr genauer identifizierbaren Müll. Tatsächlich war eine Horde schleimiger Maden damit beschäftigt, sich das Luxusmenü schmecken zu lassen. Voller Ekel wandte Lene sich ab und folgte Sven in den angrenzenden Wohnraum.

Auch hier setzten sich das Chaos und der Gestank fort, ein wildes Sammelsurium unterschiedlichster Dinge auf dem blanken Holzboden machte es schier unmöglich, sich frei zu bewegen, und so zog Lene sich mit Sven in die Ecke zurück und überließ das Feld den Kollegen vom Erkennungsdienst, die mit milder Verzweiflung versuchten, sich in dem Tohuwabohu zu orientieren und die eine oder andere brauchbare Spur herauszufiltern.

»Also schieß los, was ist geschehen?«, fragte Lene knapp. Schließlich brauchte sie ihren Mund zum Atmen.

»Das Nachbarsmädchen, Anna Gruber, hat heute Früh gegen neun Uhr hier geklingelt«, erklärte Sven. »Nachdem Frau Schnabel auf ihr Klingeln und Klopfen hin die Tür nicht geöffnet hat, hat Anna das Haus betreten.«

»Es war also nicht abgeschlossen?«

»Nein«, antwortete Sven. »Der Schlüssel steckte von innen, aber die Tür war offen. Worüber sich übrigens auch Anna gewundert hat, denn normalerweise verbarrikadiert sich Josefa Schnabel regelrecht. Anna hat also das Haus betreten und Josefa hier gefunden.« Er deutete auf den vermüllten Boden vor dem Couchtisch, der sich ebenfalls unter Abfällen, verschmierten Notizen und allerlei sinnlosem Krimskrams bog.

»Nachdem Josefa Schnabel sich nicht bewegte, auffällig blass und zudem nicht ansprechbar war, ist Anna völlig verstört nach Hause gelaufen, um ihre Mutter zu holen. Die kam dann mit herüber und hat sofort Notarzt und Polizei verständigt.«

»Wo ist diese Anna Gruber jetzt?«, fragte Lene.

»Wieder zu Hause bei ihren Eltern. Im Nachbarhaus. Ich

habe gesagt, sie soll dortbleiben, du hast bestimmt noch ein paar Fragen.«

Lene nickte. Das würde ihr erster Amtsgang werden, hier stand sie den Kollegen vom Erkennungsdienst ohnehin nur im Weg. »Haben wir schon eine Rückmeldung der Ärzte?«

Sven schüttelte bedauernd den Kopf. »Ich habe vor fünf Minuten nochmals im Krankenhaus angerufen, dort heißt es, man habe sie erfolgreich stabilisiert, sie ist aber nach wie vor nicht bei Bewusstsein. Die Untersuchungen laufen.«

»Ich brauche Infos über die Verletzungen und Fotos.«

»Das wissen die Ärzte natürlich. Aber momentan«, er drehte die Augen gen Himmel, »hat der Gesundheitszustand der Patientin erst mal Vorrang.«

Kurz gedacht, wie immer. Natürlich ging es zunächst darum, Josefa Schnabels Leben zu retten. Trotzdem zählte jede Minute, um erste Spuren und Erkenntnisse zu bearbeiten.

»Die Kollegen von hier«, fuhr Sven fort und deutete nach draußen, wo sich zahlreiche Streifenpolizisten tummelten, »haben die Verletzte aber noch gesehen und sind sich einig, dass sie rotblau unterlaufene Würgemale am Hals hatte.«

»Sie muss rechtsmedizinisch untersucht werden«, stellte Lene fest. Hätten die Kollegen das nicht längst in die Wege leiten können? »Ich kümmere mich darum. Welche Hinweise haben wir darauf, dass der Täter das Haus hier durchwühlt hat?« Lene sah sich um. »Ich meine –«

»Du meinst, diese Frau ist offensichtlich ein Messie und könnte dieses Chaos auch ganz allein verursacht haben?«, fragte Sven. »Richtig. Hat sie zum großen Teil wohl auch. Aber Anna Gruber sagt, hier sei es heute noch chaotischer als sonst. Die Schubladen und Schranktüren waren immer geschlossen, jetzt sind sie herausgerissen, der Inhalt ist über den Boden verteilt.«

»Die Räumlichkeiten wurden hoffentlich gefilmt, bevor ihr losgelegt habt?«, fragte Lene.

»Logisch«, beruhigte Sven sie. »Du wirst mir recht geben, wenn du den Film siehst. Es sah eindeutig so aus, als habe jemand nach etwas gesucht.«

Lene sah sich mit skeptischer Miene um. Auf den ersten Blick hatte hier eine verwirrte Seele nichts als wertlosen Plunder gehortet. »Kann man sich kaum vorstellen, dass es hier etwas Wertvolles zu finden gibt.«

»Man kann sich ja auch kaum vorstellen, dass jemand freiwillig so lebt«, entgegnete Sven. »Bis man eines Besseren belehrt wird.«

Das Haus der Grubers war ein willkommenes Kontrastprogramm zu der Müllhalde, der Lene soeben entflohen war. Annas Mutter bat Lene ins gemütliche, aufgeräumte, wohlriechende Wohnzimmer, wo das Mädchen selbst, rund dreizehn Jahre alt, bleich und offensichtlich ziemlich mitgenommen, auf der Couch lag und sich eine Jugendsendung im TV ansah. Auf den Wink ihrer Mutter hin schaltete sie den Fernseher aus und setzte sich auf.

»Ich kann mir vorstellen, dass du schockiert bist, Anna«, fing Lene an und bedachte sowohl das Mädchen selbst als auch dessen Mutter, die sich ebenfalls auf der Couch niedergelassen hatte, mit einem aufmunternden Blick. »Aber wenn wir herausfinden wollen, was mit Frau Schnabel geschehen ist, brauche ich deine Hilfe.«

Anna nickte verständig, wischte sich über die bleichen Wangen und warf sich das lange braune Haar zurück über die Schultern. »Geht es ihr besser?«, fragte sie hoffnungsvoll.

»Ich denke nicht«, antwortete Lene behutsam. »Also, weshalb wolltest du heute Vormittag zu ihr?«

»Ich gehe für sie einkaufen«, erklärte Anna. »Jeden Samstag und hin und wieder auch unter der Woche.«

»Das ist sehr nett von dir«, erwiderte Lene freundlich, stutzte aber, als Annas Mutter entschuldigend die Achseln zuckte.

»Sie bessert sich damit ihr Taschengeld auf.« Ein wenig verlegen kratzte Frau Gruber sich an der Nase. »Wir versuchen, Anna beizubringen, dass man für Sonderwünsche nun mal arbeiten muss. Eigentlich haben wir uns damals überlegt, sie könnte Zeitungen austragen. Oder am Wochenende unsere

Autos waschen. Rasen mähen. Babysitten. Aber Anna hatte dann im Nullkommanix das Arrangement mit Frau Schnabel getroffen. Wenn ich gewusst hätte, wie es dort drüben aussieht …«

Lene nickte verständnisvoll. Sie selbst hätte Marek auch nicht in Josefas Haus gelassen.

»Ich meine, es tut mir natürlich wirklich leid, was mit Frau Schnabel passiert ist«, fuhr Frau Gruber fort. »Ich habe mir immer gedacht, sie wäre einfach ein bisschen wunderlich. Aber dieser Saustall dort drüben … Warum hast du das nie erzählt?«, wandte sie sich an ihre Tochter.

»Weil du mich dann zum Rasenmähen verdonnert hättest.«

Womit Anna, das ließ sich aus Frau Grubers Miene ersehen, ganz richtiglag.

»Magst du Frau Schnabel?«, fragte Lene. »Oder bezahlt sie so gut?«

»Zwischen drei und fünf Euro pro Einkauf«, beeilte Anna sich zu sagen. »Je nachdem, wie schwer ich schleppen muss.«

Das war für ein dreizehnjähriges Mädchen sicher ein willkommenes Zubrot, aber reich war Anna damit wohl nicht geworden.

»Einkaufen ist nicht besonders anstrengend«, fuhr Anna fort. »Und irgendwie hat mir die Frau Schnabel auch leidgetan. Sie hat sich immer so gefreut, wenn ich geklingelt habe.«

Überzeugt, dass ihre Erziehung doch nicht ganz fehlgeschlagen war, bedachte Frau Gruber ihre Tochter mit einem nachsichtigen Lächeln und streichelte über ihren Kopf.

»Weißt du, weshalb sie ihre Einkäufe nicht selbst erledigt hat?«

Anna nickte, hob dann aber etwas ratlos die Schultern. »Sie hat manchmal gejammert, dass ihr die Gelenke wehtun. Aber ob das so schlimm war, dass sie nicht mehr rausgehen konnte –«

»Ich habe sie seit Jahren nicht mehr zu Gesicht bekommen«, fiel Frau Gruber ihrer Tochter ins Wort. »Nicht einmal ihren eigenen Vorgarten hat sie noch betreten, und die Post hat sie nur aus dem Briefkasten vor der Haustür geholt, wenn die Straße menschenleer war.« Mit einer verhaltenen Geste deutete sie an, was sie von Josefas Geisteszustand hielt. »Aber weil sie schon immer ein bisschen verschroben und menschenscheu war, habe ich mir ehrlich gesagt nichts dabei gedacht. Sie konnte aus meiner Sicht nicht einmal einer Fliege etwas zuleide tun.«

Geschweige denn einer Made, dachte Lene im Stillen. Die hatten es bei ihr sogar ziemlich gut gehabt.

»Zu dir war sie also immer nett?«, richtete sich Lene an Anna.

»Ja. Sehr sogar. Ich meine, sie hat ziemlich gemieft und so.« Anna verzog das Gesicht, als hätte Lene ihr einen verrottenden Tierkadaver unter die Nase gehalten. »Aber sie war immer freundlich.«

»Hat sie eigentlich außer dir noch irgendwelchen Besuch bekommen?«

Anna schüttelte mit trauriger Miene den Kopf.

Auch ihre Mutter sah betreten drein, bevor ihr etwas einzufallen schien. »Vor ein paar Tagen war ein junger Mann bei ihr, mit Brille und einem braunen Lockenkopf. Vielleicht ein entfernter Verwandter?«

Respekt, das Schorndorfer Überwachungssystem schien wirklich lückenlos zu funktionieren. Ein weiterer Grund, niemals aufs Land zu ziehen.

»Anna, ist dir in den letzten Wochen bei Frau Schnabel irgendetwas Besonderes aufgefallen?«, fragte Lene. »Oder hat sie dir irgendwas erzählt, vielleicht von einem Streit? Oder erschien sie dir bedrückt?«

Anna zögerte, dann verneinte sie.

»Haben Sie sonst etwas bemerkt, heute Morgen oder in den letzten Tagen, das Ihnen ungewöhnlich erschien?«, wandte Lene sich nun an Mutter und Tochter. »Ein geparktes Auto vor dem Haus zum Beispiel?«

»Nein, aber … Nun ja«, antwortete Frau Gruber zögerlich, »mir ist tatsächlich etwas aufgefallen. Normalerweise lässt Frau Schnabel mit lautem Getöse ihre Rollläden herunter, sobald es dunkel wird. Das hört man bis hierher.«

»Und gestern haben Sie nichts gehört?«

»Nein. Und …« Frau Gruber wandte den Blick ab, aber dann schien sie sich aufzuraffen. »Ich leide an Schlafstörungen, schon lange. Nachts hole ich mir häufig in der Küche etwas zu trinken. Und vom Fenster dort sieht man direkt zu Frau Schnabel.«

»Was haben Sie heute Nacht gesehen?«, bohrte Lene weiter.

»Ich habe mir nichts dabei gedacht, aber die Rollläden waren auch um zwei Uhr nachts noch auf.« Frau Gruber sah Lene mit schreckgeweiteten Augen an. »Meinen Sie, sie lag die ganze Nacht so? Auf dem Boden?«

Das war gut denkbar. Dennoch, daran trug Frau Gruber gewiss keine Schuld. Lene machte eine abwiegelnde Handbewegung und wandte sich wieder Anna zu. »Kannst du dir vorstellen, dass sie irgendetwas Wertvolles in ihrem Haus versteckt hat?«

Das Mädchen schüttelte den Kopf. »Das war doch alles nur kaputter Krempel«, fügte sie als Reaktion auf Lenes auffordernden Blick hinzu.

»Meines Wissens lebt Frau Schnabel von Hartz IV«, ergänzte Frau Gruber. »Sie hat ja nie richtig gearbeitet, und ihre Eltern haben ihr außer dem Haus auch nichts hinterlassen.«

Für einen Raubüberfall schien Josefa Schnabel also wirklich kein geeignetes Opfer zu sein. Kein Krimineller dieser Welt, und sei er noch so dämlich, würde sich dieses schon von außen ärmliche Wohnhaus aussuchen, um fette Beute zu machen. Und ebenso würde sich niemand nach erfolgter Auskundschaftung dazu entschließen, in ein Haus einzudringen, das einer verwahrlosten Hartz-IV-Empfängerin gehörte, die sich noch dazu den ganzen Tag selbst in ihrer heruntergekommenen Bude aufhielt.

Derjenige, der Josefa angegriffen und schließlich ihr Hab und Gut durchwühlt hatte, musste etwas anderes gesucht haben. Aber was? Und war er in diesem unübersichtlichen Chaos fündig geworden?

Wieder drängte sich Lene der Gedanke auf, dass es zwischen

dem Fund von Resas Skelett und dem Angriff auf Josefa einen Zusammenhang geben musste.

»Frau Schnabel wird beatmet, ihr Zustand ist so weit stabil«, schnarrte die Stimme des Arztes zweifellos ziemlich ruppig aus dem Handy. »Mehr Positives lässt sich derzeit aber wirklich nicht sagen.«

»Können Sie denn eine Prognose abgeben? Wie lange kann es dauern, bis sie das Bewusstsein wiedererlangt?« Lene klammerte sich an die Hoffnung. Der Täter hatte Josefas Tod geplant oder zumindest billigend in Kauf genommen, aber er hatte Pech gehabt. Warum sollte er nicht noch einmal Pech haben und von seinem Opfer im Nachhinein identifiziert werden?

Der Arzt seufzte entnervt. »Wie ich Ihrem Kollegen bereits erklärt habe: Frau Schnabel liegt im tiefen Koma. Wir versuchen natürlich herauszufinden, ob und in welchem Umfang Gehirnareale durch die unterbrochene Sauerstoffzufuhr geschädigt sind, aber ob diese Schäden reversibel sind oder nicht, ob oder wann Frau Schnabel das Bewusstsein wiedererlangt, das lässt sich derzeit nicht abschätzen.«

Verdammt. Das klang nicht gerade erbaulich. Lene winkte unwirsch ab, als Sven vor Josefa Schnabels Haustür erschien und ungeduldig auf seine Armbanduhr klopfte.

»Kann man eine Einschätzung treffen, wie lange Frau Schnabel sich schon in diesem Zustand befindet?«

»Ich bin Arzt«, antwortete der Mediziner ruppig. »Und nicht das Orakel von Delphi.«

Arzt und Pissnelke, ergänzte Lene in Gedanken. Aber immerhin hatte sich der gnädige Herr Oberarzt bereit erklärt, den Kollegen der Rechtsmedizin noch an diesem Tag zu Josefa Schnabel zu lassen, bevor sämtliche Spuren durch die medizinische Behandlung getilgt waren. Resigniert legte Lene auf. Im gleichen Augenblick fing das Handy wieder an zu vibrieren.

Eine Regensburger Nummer, die ihr vage bekannt vorkam. »Wagenbach?«

Das Schluchzen am anderen Ende der Leitung ließ sich keinem Gesicht zuordnen. Erst als die Frau zwischen zwei Schniefern erfolglos zum Reden ansetzte, erstand ein Bild vor Lenes geistigem Auge. »Frau Bauernfeind?«

»Ja«, ertönte es mit zittriger Stimme. »Es tut mir leid, dass ich Sie am Wochenende störe, aber –«

»Schon gut«, fiel Lene ihr ins Wort. »Was ist passiert?«

»Ich habe schon bei der Polizei angerufen«, würgte Lydia hervor, »aber die sagen, das ist nicht ungewöhnlich, und schließlich ist sie schon erwachsen, und ich soll noch bis heute Nachmittag warten. Und Wolfgang meint auch, es wird schon nichts passiert sein, aber –«

»Frau Bauernfeind!«, funkte Lene ungeduldig dazwischen.

Wieder schluchzte Lydia leise, dann räusperte sie sich. »Julia ist spurlos verschwunden.«

⁎

Kälte umfing Josefa Schnabel, grell und durchdringend. Warum so kalt? Erstaunlich …

Immer noch? Ja. In ihrem Inneren loderte ein seltsames Flämmchen, das sie nicht wärmte, das aber die Sehnsucht nach Wärme hervorrief, wie der verblassende Schatten einer Erinnerung. Es war doch einst anders gewesen. Nicht so kalt, dass ihr die Knochen gefroren. Nicht so grell, dass sie keine Bewegung wagte, um nicht noch mehr Fläche zu bieten. Sie würde erfrieren, wenn sie sich nicht rührte. Schnee und Eis umgaben sie, ein schneidender Wind mit scharfen Kanten, aber wenn ihr doch die Kraft fehlte, was konnte sie tun? Nichts, gar nichts …

Sie fühlte nur die Kälte, sah und hörte nichts, fiel ihr auf. Aber es blieb keine Zeit, sich zu wundern, denn plötzlich bemerkte sie, dass das Flämmchen verschwunden war. Gerade hatte sie es noch gespürt, oder war das doch schon eine Weile her? Jetzt war es verloschen. Hatte die Kälte es bezwungen? Wie sollte sie sich denn jetzt noch daran erinnern, was Wärme war? Wie …

Im Bauch war es doch gewesen, oder hatte sie sich getäuscht? Es kam ihr vor, als sei eine Ewigkeit vergangen, seit sie das Züngeln des Feuers gespürt hatte, nur ganz sacht, viel zu zart, um sich zu verbrennen. Jetzt war die Kälte um sie und in ihr, und das Feuer, das sie an die Wärme erinnerte, war selbst eine bloße Erinnerung geworden, oder weniger noch, eine Ahnung, ein Hauch. Aber …

Aber wenn sie selbst kalt war, dämmerte es ihr später, und um sie herum war es ebenso kalt, dann würde sie sich auflösen und verschwinden in der Kälte. Der Gedanke an das Flämmchen verlor sich im Eis, sie überließ sich der Kälte, wenigstens für den Moment. Die Momente dauerten jetzt lange, das wusste sie schon. Es war gar nicht so schlimm, eins mit der Kälte zu sein. Besser als Sehnsucht, ob nun nach Wärme oder Erinnerung.

Aber Sehnsucht kehrte immer wieder. Es würde auch dieses Mal nicht anders sein.

***

»Verdammt«, fluchte Lene und überlegte fieberhaft, wie sie das plötzlich entstandene Chaos entwirren sollte – mit niemandem als einem ungeduldigen Sven an ihrer Seite, der während ihres Gesprächs mit Lydia Bauernfeind schon wieder entrüstet aus dem Haus gesehen hatte.

Vor drei Stunden war die Welt noch in Ordnung gewesen, die Aussicht auf einen ruhigen, erholsamen Samstag heil und Lenes größte Sorge die Staubschicht auf ihren Wohnzimmermöbeln. Und wie immer, plötzlich, ohne Vorankündigung und garantiert am Wochenende, brach das Inferno los. Es half nichts, sie musste wohl oder übel Moritz aktivieren. Nur jemand, der mit dem Fall vertraut war, würde die Bedeutung dessen, was hier gleich an zwei Fronten geschehen war, verstehen.

Lene warf dem uniformierten Kollegen, der sie in Josefa Schnabels Vorgarten unsanft zur Seite schob, einen missbilligenden Blick zu, während sie dem enervierenden Tuten ihres

Handys lauschte. »Komm schon«, beschwor sie Moritz, den Anruf endlich anzunehmen.

Was mit Josefa Schnabel geschehen war, war beunruhigend genug und deutete auf eine Eskalation im Verborgenen hin, der Lene unbedingt auf den Grund gehen musste. Dass aber nun auch noch Julia wie vom Erdboden verschluckt war, erfüllte sie mit aufrichtiger Sorge. Sie musste unbedingt verhindern, dass dem sympathischen Mädel etwas zustieß.

Endlich hob Moritz ab, oder zumindest vermutete Lene das. Ein ohrenbetäubender, rhythmischer Bass ließ das Smartphone in ihrer Hand vibrieren. »Moment«, glaubte sie seine Stimme zwischen all dem Lärm auszumachen. Tatsächlich nahm die Lautstärke ab, langsam zwar, aber immerhin stetig. Moritz schien sich zügig weg vom Getümmel zu bewegen. »Lene?«, klang seine Stimme schließlich gut hörbar, wenn auch leicht schleppend durch den Äther.

»Kleiner, ich weiß, du bist gerade in Partystimmung«, versuchte Lene sich an einer sanften Einleitung und unterdrückte ihre Ungeduld. »Und du weißt, wenn es kein Notfall wäre, würde ich dich das ganze Wochenende unbehelligt feiern lassen. Aber hier ist gerade wirklich die Kacke am –«

Ein lautstarkes Würgegeräusch unterbrach ihre Ausführungen.

»Hey, du Wildsau!«, hörte sie Moritz brüllen. »Kannst du vielleicht woanders hinkotzen?«

Lene verstand die Antwort des Betrunkenen nicht, aber der rüde Tonfall verhieß eindeutig nichts Gutes.

»Reiß dich zusammen, sonst ballert's, Alter!«, drohte Moritz. »Ich bin Polizei!«

Himmel noch mal. In welchem Zustand Moritz sich auch immer befand, so konnte sie ihn unmöglich auf nüchterne Leute loslassen, und wenn sie noch so dringend Verstärkung brauchte. Und es war erst recht keine Option, ihn hinter irgendein Autosteuer zu beordern. Verdammt, dieser Tag wurde anscheinend einfach nicht besser.

»Speibt mir diese Sau einfach auf die Schuhe«, beschwerte

Moritz sich in nun wieder akzeptabler Lautstärke. Sein Zungenschlag allerdings wurde von Wort zu Wort schwerer. »Also, was gibt's so Dringendes?«

»Ach du, das hat sich erledigt.« Lene bemühte sich, zögerlich zu klingen. »Ich wollte eventuell auf ein Bier vorbeikommen, aber angekotzte Schuhe sind dann doch nichts für mich. Wir sehen uns am Montag!« Mit diesen Worten legte sie auf und stöhnte entnervt, als Sven, als hätte er nur das Ende des Telefonats abgewartet, aus dem Haus auf sie zugerauscht kam.

»Also weißt du, du reizt das hier gerade wirklich bis zum Letzten aus«, blaffte er sie an und baute sich vor ihr auf. »Du weißt genau –«

»Halt mal die Luft an«, fiel Lene ihm ins Wort. Der kam ihr gerade recht. »Ich versuche gerade, Verstärkung zu organisieren, damit du, geschätzter Sven, ins Wochenende abdampfen kannst. Aber wenn du mir jetzt noch mal blöd kommst, dann spar ich mir das.« Wenigstens tat es gut, ein bisschen Wut loszuwerden. »Du arbeitest nämlich beim Kriminal*dauer*dienst, nicht beim Kriminal*wennichgeradebockhabeundesmirpasst*dienst, soweit ich informiert bin. Und meine Lust, den Namen deiner Abteilung heute wörtlich zu nehmen, steigt gerade ins Unermessliche.«

Immerhin hatte Sven den Anstand, schuldbewusst den Kopf einzuziehen. »Meine Frau hat heute Geburtstag«, versuchte er zu erklären. »Und –«

Mit erhobener Hand gebot Lene ihm Einhalt. All das kostete nur Zeit, die sie beileibe nicht hatte. »Ein Anruf noch, okay? Danach kannst du dich zu deiner Liebsten nach Hause verziehen.«

Sven trollte sich mit einem folgsamen Kopfnicken, und Lene scrollte hektisch durch ihre Kontaktliste. Nein, begeistert war sie von dieser Option wahrlich nicht. Aber es mangelte ihr schlichtweg an Alternativen.

Immerhin stellte ihr nächster Gesprächspartner ihre Geduld nicht auf die Probe, schon nach zweimaligem Tuten nahm er ihren Anruf entgegen. »Adam. Was verschafft mir die Ehre?«

»Vorab eine Frage, Herr Kollege.« Trotz ihrer Nervosität konnte sich Lene ein Grinsen nicht verkneifen. »Sind Sie nüchtern?«

»Samstagmittags bin ich das meistens«, antwortete der Staatsanwalt.

»Das freut mich zu hören«, erwiderte Lene. Die zweite Wahl war schließlich besser als gar nichts. Oder als Sven. »Unser Skelett hat charmante Gesellschaft bekommen, und zwar von einer Schwerstverletzten und einem Vermisstenfall. Sie spielen doch so gerne Polizei?«

»Wo ist Julia zuletzt gesehen worden?«

Dr. Adam hatte offensichtlich keine Sekunde gezögert, sich nicht einmal in die obligatorische Bikerkluft geworfen, sondern sich direkt nach Lenes Anruf in seinen bulligen BMW gesetzt, an dem er jetzt vor Josefa Schnabels Haus lehnte. Anders konnte Lene sein Freizeitoutfit, bestehend aus Jeans, einem weißen Doppelrippunterhemd und einem offenen Holzfällerhemd mit hochgekrempelten Ärmeln, beim besten Willen nicht interpretieren.

»Gestern, auf Öd.« Lene versuchte, das Gespräch mit der aufgelösten Lydia in Gedanken Revue passieren zu lassen, um Adam keine Information vorzuenthalten. »Dort hat sie auch ihre Sachen zurückgelassen, unter anderem ihr iPhone. Sie hat sich von ihrer Großmutter verabschiedet und ist in den Wald gegangen, auf der Suche nach irgendeiner Höhle, von der ihr Hans Bauernfeind erzählt hat. Gesehen hat sie nach Beginn dieser Expedition aber niemand mehr. Allerdings wurde ihr beim Hof geparktes Auto später noch geholt. Zumindest war es am frühen Abend plötzlich weg.«

»Dann war sie also noch einmal dort?«, folgerte Adam messerscharf und rieb sich mit nachdenklicher Miene über den heute vergleichsweise langen Bart.

»Ja«, erwiderte Lene nachdenklich. »Ob freiwillig oder unfreiwillig, das lasse ich mal dahingestellt. Oder aber, auch das ist denkbar, jemand hat ihr den Schlüssel abgenommen und den

Wagen weggefahren, um es so aussehen zu lassen, als wäre Julia selbst abgehauen.«

»Haben die Eltern denn keine Vermutung, wo sie sein könnte?«, wiederholte Adam die Frage, die Lene auch Lydia gestellt hatte.

»Leider nein.« Sie würde die Bauernfeinds später nochmals genau befragen müssen, sofern Julia nicht in der Zwischenzeit wieder auftauchte. Aber vorerst waren die Informationen ihrer Mutter aufschlussreich genug gewesen. »Julia hat ihren Eltern anscheinend verschwiegen, dass sie nach Öd fahren wollte. Stattdessen hat sie behauptet, dass sie den Abend und die Nacht bei einer Kommilitonin verbringt.«

»Weshalb?«, fragte Adam.

»Ich vermute, weil ihre Mutter von Julias häufigen Besuchen auf Öd nicht gerade begeistert ist. Natürlich hat Frau Bauernfeind sämtliche Freundinnen durchtelefoniert, auch das Mädel, bei dem sie Julia eigentlich vermutet hat. Fehlanzeige. Und auch bei ihrem Bruder hält sie sich nicht auf.«

»Die haben zwei Kinder?«, hakte Adam nach.

»Ja, der Sohn, Stefan, ist fünf Jahre älter als Julia und lebt in München.«

»Das heißt also, wir brauchen eine Fahndung nach ihr. Und nach ihrem Wagen.«

»Genau. Sie scheint ihren Geldbeutel mitgenommen zu haben, zumindest ist er weder auf Öd noch zu Hause in Regensburg zu finden. Wenn sie also Geld abhebt oder mit Karte zahlt, haben wir ihre Spur.«

»Oder die ihres Entführers«, unkte Adam.

Lene nickte. »Wir sollten dringend mit den Leuten auf Öd sprechen, immerhin wurde sie dort zuletzt gesehen. Außerdem brauchen wir einen Suchtrupp im Wald, vor allem auf der Strecke zwischen Öd und dieser ominösen Höhle.«

Mit einer schnellen Handbewegung deutete Lene auf Josefas Haus, in dem noch immer der Erkennungsdienst zugange war. »Was Josefa Schnabel angeht, krempeln wir das Haus auf links in der Hoffnung, schnell auf einen Hinweis zu stoßen.

Auch da sollte jemand ein Auge darauf haben, der eventuelle Funde richtig einzuordnen weiß.« Im Stillen hoffte sie darauf, dass Adam bereitwillig vor Ort bleiben würde, damit sie selbst guten Gewissens auf Öd weitere Erkundigungen einziehen konnte.

»Und«, fiel ihr noch ein, »ich schicke ein paar Kollegen zu den Nachbarn hier, vielleicht ist denen etwas aufgefallen.« Immerhin war den Grubers nebenan nicht einmal Moritz' Besuch entgangen. Irgendjemand musste doch etwas beobachtet haben.

»Also, was soll ich tun?« Adam stieß sich von seinem Wagen ab und sah aufmerksam auf Lene herunter.

Trotz aller Anspannung konnte sie sich ein Grinsen nicht verkneifen. »Ich darf Ihnen jetzt also Anweisungen erteilen, Herr Dr. Adam?«

Er erwiderte ihr Lächeln. Anscheinend konnte er ihre Freude darüber durchaus nachempfinden. »Genau deshalb bin ich hier.«

※※※

Als Lene ihren Wagen in der Einfahrt parkte, erkannte sie sofort, in welcher Stimmung sich die Bewohner von Öd befanden. Alle Wolken hatten sich verzogen, doch trotz des sonnenhellen Sommerwetters regte sich nichts. Die Rollläden waren auf halbe Höhe heruntergelassen, obwohl es längst Nachmittag war.

Das mulmige Gefühl, das Lene seit Lydia Bauernfeinds Anruf begleitete, verstärkte sich, als sie auf die Haustür zuging. Die Tigerkatze lag im Schatten unter der Bank und öffnete träge die Augen. Immerhin, dieses Mal floh sie nicht.

Lene klopfte beherzt, Zögerlichkeit leistete ihr jetzt keine guten Dienste.

Es dauerte eine halbe Ewigkeit, bis sie, nach weiterem zweimaligen Klopfen, endlich Hans Bauernfeinds festen Schritt hinter der Tür nahen hörte. Er öffnete, stutzte einen Moment, dann warf er ihr einen feindseligen Blick zu.

»Es wäre wirklich sehr freundlich, wenn Sie uns wenigstens

heute mit Ihren Fragen nach Resa verschonen könnten«, blaffte er sie grußlos an. »Wir haben im Moment andere Sorgen. Und meiner Mutter geht es nicht gut.«

»Das kann ich mir vorstellen«, gab Lene zurück. »Ich bin wegen Julia hier.« Ohne auf Aufforderung zu warten, schob Lene sich an ihm vorbei ins Haus. »Ist Ihre Mutter in der Stube?« Wenn Hans glaubte, sie würde sich von seiner demonstrativen Unfreundlichkeit einschüchtern lassen, dann hatte er sich geschnitten.

»Nein. Sie liegt nebenan beim Vater.«

Lene drückte schon die Klinke zur Stube herunter. Auch wenn sie das Krankenzimmer noch nie betreten hatte, wusste sie schließlich längst, dass es neben diesem Raum lag. »Was ist passiert?«, fragte sie. »Mit Ihrer Mutter, meine ich.«

»Schwächeanfall«, sagte er knapp. »Der Arzt war da und hat ihr eine Spritze gegeben.«

»Ist sie ansprechbar?«, fragte Lene und betrat die Stube. Der Holzboden knarrte unter ihrem festen Schritt.

Hans nickte widerwillig. Sein Gesicht hellte sich jedoch auf, als er Agnes Drechsler sah, die mit zwei Tassen Kaffee in den Händen aus der Küche kam.

»Wollen Sie auch einen?«, wandte sie sich, zumindest nicht unfreundlich, an Lene.

Lene winkte ab. Obwohl sie wusste, dass sie sich auf Dr. Adam verlassen konnte, wollte sie es sich nicht beim Kaffeekränzchen gemütlich machen, während er in Josefa Schnabels Haus gegen den Brechreiz ankämpfte. Er hatte versprochen, sich zu melden, sobald es einen Fund zu bejubeln gab, zudem wollte er sich um die Einleitung der Fahndung und die Aktivierung eines Suchtrupps im Wald kümmern. Obwohl all das nicht zu seinen täglichen Aufgaben gehörte, hatte er erstaunlich souverän gewirkt.

Lene ließ sich auf der Bank am Kachelofen nieder. Ein schlurfendes Geräusch aus dem Nebenraum ließ sie aufhorchen, dann erklang Sabina Bauernfeinds krächzende Stimme. »Ist das die Kommissarin?« Die alte Frau betrat die Stube, zitternd auf einen Stock gestützt und noch gebückter als sonst, mit eingefallenem, verweintem Gesicht.

»Sabina!« Agnes' Miene spiegelte ihr Erschrecken wider.

»Mutter«, sagte Hans aufgebracht. »Der Arzt hat gesagt, du sollst liegen bleiben und dich ausruhen.«

Mit einer unwirschen Handbewegung wedelte Sabina die allgemeinen Bedenken beiseite und ließ sich neben Lene nieder. »Sind Sie wegen der Julia hier?« Ein trockenes Schluchzen schüttelte ihren gebeugten Oberkörper. »Ich mach mir solche Vorwürfe.«

»Warum? Gab es gestern Nachmittag Streit, bevor Julia verschwunden ist?«, fragte Lene.

Sabina schüttelte ebenso wie Hans und Agnes den Kopf. »Nein, aber ich …« Mit einem Schluchzen brach sie ab.

Hans übernahm die Erklärung für seine Mutter. »Sie macht sich Vorwürfe, weil sie nicht schneller reagiert hat. Aber wir haben uns alle nichts Großartiges dabei gedacht.«

»Diese jungen Dinger sind eben sprunghaft«, fügte Agnes hinzu und setzte sich nun ihrerseits neben Sabina. Sie wirkte nervös, bemühte sich angestrengt darum, ihrer Stimme einen ruhigen Klang zu verleihen. »Vielleicht hat sie heimlich einen Freund und ist zu dem gefahren. Und du machst dich hier verrückt wegen –«

»Es ist genau wie bei der Resa!« Sabinas Stimme hallte schmerzerfüllt durch die Stube. »Seht ihr das denn nicht?« Mit einer rüden Bewegung schüttelte sie Agnes ab, die den Arm tröstend um ihre Schultern gelegt hatte. »Sie verschwindet einfach aus heiterem Himmel. Keiner denkt sich was Schlimmes dabei. Erst am nächsten Tag wird die Suche aufgenommen. Und sie ist sogar genauso alt wie die Resa damals!« Ein Schluchzen durchbrach ihr schmerzerfülltes Klagen. »Muss uns das alles noch einmal passieren?« Die Tränen quollen ungebremst aus ihren Augen.

Obwohl Lene die Parallelen selbst erstaunlich und Sabinas Verzweiflung nachvollziehbar fand, beschloss sie, an die Vernunft zu appellieren, um die Gemüter wieder zu beruhigen.

»Vielleicht stellt sich ja wirklich alles als ganz harmlos heraus, Frau Bauernfeind. Da kann Frau Drechsler durchaus recht behalten.«

Agnes quittierte ihre Aussage mit einem erleichterten Nicken.

»Allerdings«, fuhr Lene fort, »brauche ich schnell Informationen, um mir ein Bild machen zu können. Weshalb haben Sie die Polizei eigentlich nicht bereits gestern verständigt?«

»Wir haben gedacht, sie wäre vielleicht doch noch nach Kötzting gefahren«, brummte Hans mit verschlossener Miene.

»Die Julia war auf der Suche nach einer Höhle«, erklärte Sabina, die sich wieder einigermaßen gefangen hatte. »Da hab ich ihr von der Räuber-Heigl-Höhle auf dem Kaitersberg erzählt. Aber sie war wohl eher auf der Suche nach was Kleinem, Verstecktem.«

»Wie zum Beispiel der Höhle, von der Sie ihr dann erzählt haben?«, wandte Lene sich an Hans.

Er nickte. »Wobei ich nicht weiß, wofür sie dieses Erdloch im Studium brauchen könnte«, fügte er missmutig hinzu.

Julia hatte also das Studium vorgeschoben. Dabei vermutete Lene, dass es eher um ihre anscheinend angeborene Neugier und ihren Forscherdrang gegangen war. Ob es einen Zusammenhang zwischen Julias Suche nach einer Höhle und den Ermittlungen zu Resa gab? Denn dass Julia als wahrscheinlich Einzige in der Familie mehr über die Geschichte ihrer Tante herausfinden wollte, lag für Lene auf der Hand.

»Ich hab mir halt gedacht«, sagte Sabina Bauernfeind entschuldigend, »sie wär von der kleinen Höhle enttäuscht gewesen und hätte es sich dann doch anders überlegt.«

»Aber dann hätte sie doch trotzdem abends zurück sein müssen?«

Sabina Bauernfeind flüsterte beinahe: »Ich weiß nicht, warum ich nicht gleich reagiert hab. Vor allem, weil das Mädel sogar seine Reisetasche hiergelassen hat. Vielleicht wollte ich mir nicht eingestehen, dass ihr was zugestoßen sein könnte.«

Lene kannte das Problem, etwas nicht sehen zu wollen. Es

stand ihr nicht zu, über Sabina Bauernfeind zu urteilen. »In welcher Gemütsverfassung war Julia zum Zeitpunkt ihres Aufbruchs?«, fragte sie stattdessen.

»Wie immer«, antwortete Hans.

»Fröhlich. Und neugierig auf die Höhle«, ergänzte Sabina. Auffordernd sah sie Agnes an.

»Ich bin gerade angekommen, als das Mädel losgewandert ist«, erklärte diese. »Aber mir ist auch nichts Ungewöhnliches aufgefallen.«

»Sie kennen den Weg zur Höhle«, wandte Lene sich an Hans Bauernfeind. »Besteht die Möglichkeit, sich zu verlaufen?«

Fragend sah er Agnes Drechsler an, dann zuckten beide skeptisch die Achseln. »Wenn man ein bisschen ortskundig ist, eigentlich nicht.«

»Der Eingang zur Höhle liegt schon versteckt«, fügte Agnes hinzu, »aber der Weg dorthin ist mit ein paar Orientierungspunkten nicht allzu schwer.«

»Wann haben Sie bemerkt, dass Julias Auto weg ist?« Auch Sabina Bauernfeind wirkte nun wieder halbwegs gefestigt, diesen Zustand musste Lene nutzen.

»Das war so um halb sieben, schätze ich.« Sabina sah gen Himmel, als könne sie durch die Holzdecke das Wetter erahnen. »Das Gewitter war schon ziemlich nah, also hab ich aus dem Fenster geschaut, ob die Julia endlich heimkommt. Dann hab ich stattdessen gesehen, dass der Wagen weg ist. Ich wollte sie anrufen, aber ihr Handy lag ja hier.« Mit einer schnellen Geste deutete sie auf die gewebte Reisetasche, die am Boden neben dem Kachelofen stand.

Die würde Lene direkt mitnehmen, vielleicht fand sich ja darin ein Hinweis auf Julias Verbleib. »Sie haben Julias Eltern dann erst heute Morgen telefonisch informiert?«

Sabina Bauernfeind gab sich schuldbewusst. »Ich hab ja geglaubt, das Mädel würd in der Nacht wieder auftauchen.« Sofort sammelten sich wieder Tränen in ihren Augen. »Die Lydia ist halb durchgedreht vor Angst. Und aus allen Wolken gefallen, weil Julia sie wohl auch noch angelogen hat.«

»Lydia hat der Mama schlimme Vorwürfe gemacht«, sagte Hans mit nur schlecht verhohlener Wut und wies mit dem Kopf zu seiner Mutter, die einen neuerlichen Weinkrampf zu unterdrücken suchte.

»Damit muss ich wohl leben«, presste sie hervor.

Lenes Smartphone vibrierte, eilig zog sie es aus der Jeanstasche und las die eingetroffene WhatsApp-Nachricht von Dr. Adam. Sie musste zurück, aber die wichtigsten Infos hatte sie immerhin zusammengetragen.

»Ein Suchtrupp ist auf dem Weg hierher«, wandte sie sich in forschem Tonfall an Hans. »Zeigen Sie den Kollegen bitte den direkten Weg zur Höhle, wie Sie ihn auch Julia erklärt haben.«

Mit einem knappen Nicken in die Runde und einem mitfühlenden Armtätscheln für Sabina verabschiedete sie sich, nahm Julias Reisetasche an sich und schickte sich an, die Stube zu verlassen. An der Tür hielt sie für einen Moment inne. »Hat von Ihnen eigentlich noch jemand Kontakt zu Resas Freundin Josefa Schnabel?«

Das verblüffte Kopfschütteln aller Anwesenden wirkte aufrichtig. Mit ein paar neuen Puzzlestücken, aber ohne den Hauch einer Ahnung, wie sie die Stücke zusammensetzen sollte, verließ Lene das Haus, das nun zum zweiten Mal zum Schicksalsort für eine junge, unbeschwerte Frau zu werden drohte.

»Angesichts dieses Notizbuchs könnte man glauben, Josefa Schnabel war eine Society-Lady erster Güte«, stellte Lene fest und blätterte sich staunend durch die umfangreiche handschriftliche Adresssammlung. Die hatte Dr. Adam ihr bei ihrem Eintreffen in Schorndorf als bis dato einzigen eventuell hilfreichen Fund präsentiert. Erleichtert hatten sie beide Josefas Haus verlassen und wieder ihren Besprechungsposten bei Adams Wagen bezogen.

Lenes Blick blieb an der Anschrift der Familie Bauernfeind auf Öd hängen. »Das muss sie doch nicht notieren, oder?« Sie hielt Adam das aufgeklappte Heft entgegen. »Ich meine, schreiben Sie sich die Adresse Ihres Nachbarn auf?«

»Der Punkt ist«, antwortete Adam und deutete auf die Anschrift einer gewissen Karin Seefeld aus Cham, »dass Josefa Schnabel nicht zwangsläufig Kontakt zu all diesen Leuten hatte.«

»Wie meinen Sie das?«

»Mir erschien diese Fülle an Kontaktdaten etwas …«

»… unglaubwürdig«, schloss Lene den Satz.

»Genau. Weshalb ich stichprobenartig ein paar Leute angerufen habe. Die Nummern habe ich allesamt im Netz gefunden.«

»Und?« Im Geiste klopfte Lene ihm anerkennend auf die Schulter.

»Diese Frau Seefeld zum Beispiel war mit Josefa Schnabel in der Schule, aber nie befreundet. Demzufolge hatten die beiden nach dem Schulabschluss auch keinen Kontakt mehr.« Adam nahm das Notizbuch an sich und blätterte weiter. »Also seit sechsunddreißig Jahren.«

Zwei Seiten später schien er gefunden zu haben, was er suchte. »Auch mit diesem Peter Schott habe ich telefoniert. Er ist vor ein paar Jahren wegen seiner Frau nach Penting gezogen, das gehört auch zur Gemeinde Schorndorf, und kennt Josefa Schnabel nicht.« Adam sah mit mitleidigem Blick auf. »Er steht mit seiner vollständigen Anschrift im Telefonbuch. Wie auch sämtliche andere Leute, mit denen ich gesprochen habe.«

»Sie hat sich also imaginäre Bekannte aus dem Telefonbuch gesucht? Das ist verdammt traurig«, stellte Lene bitter fest. Erneut blätterte sie zurück zu B wie Bauernfeind. »Die Anschrift von Wolfgangs Schreinerei steht auch drin.«

»Auch die dürfte sich in den Gelben Seiten rasch finden lassen«, stellte Adam fest.

»Trotzdem bleibt uns nichts anderes übrig, als jede einzelne Adresse zu überprüfen.«

»Somit ist dieser Fund nutzlos, bringt aber einen Berg Arbeit mit sich«, sagte er beinahe entschuldigend.

»Dafür können Sie ja nichts.« Lene konnte sich ein Lächeln nicht verkneifen. Wahrscheinlich hatte Adam darauf gehofft, den Fall mal eben im Alleingang zu lösen, während sie für eine Stunde nach Öd verschwand. »Und es kann nie schaden, sich von der Persönlichkeit und dem Sozialleben des Opfers ein genaues Bild zu machen. In diesem Fall ist das allerdings eine wirklich traurige Angelegenheit.«

»Was Ihre übrigen Aufträge angeht«, fuhr Adam geschäftsmäßig fort. »Die Fahndung nach Julia und ihrem Wagen läuft, und ein Suchtrupp für den Wald dürfte mittlerweile auf dem Weg nach Öd sein.«

»Schon eingetroffen.« Die Mannschaftswagen der Kollegen waren Lene entgegengekommen, als sie Öd gerade verlassen hatte. »Was ist mit der Befragung der Nachbarn?«, fragte sie und sah just in diesem Moment zwei Streifenpolizisten, die ein paar Häuser weiter aus einem Vorgarten stapften und sofort das nächste Grundstück betraten. Sie winkte ab, ihre Frage hatte sich erübrigt.

»Ich habe übrigens die Firma beauftragt, die für die Regensburger Polizei normalerweise die Messie-Wohnungen entmüllt«, sagte Adam. »Die rücken ab morgen an, dann ist nur noch ein Kollege der Spusi vor Ort, um die Räumung und Sicherung der Verwahrstücke zu beaufsichtigen. Irgendwer muss das Chaos ja lichten. Ich hoffe, das ist Ihnen recht?«

»Mehr als recht«, antwortete Lene verblüfft. Eigeninitiative inklusive Einsatz des Gehirns war schließlich gemeinhin keine Selbstverständlichkeit.

»Gibt es bei Ihnen eigentlich Neuigkeiten?« Adam sah sie gespannt und hoffnungsvoll gleichermaßen an.

»Julia hat ihre Reisetasche samt Handy auf Öd gelassen.« Sie zog Julias Smartphone aus ihrer Jeanstasche. »Das hier müsste man natürlich kriminaltechnisch untersuchen und vor allem prüfen, mit wem Julia in den Stunden vor ihrem Verschwinden Kontakt hatte. Könnten Sie es vielleicht …?« War es unverschämt, Dr. Adam auch noch mit Botengängen zu beauftragen? Ach, sei's drum. Er machte nicht den Anschein, als würde er sich missbraucht fühlen.

»Das heißt, ich bin jetzt also entlassen und darf nach einem

Abstecher über die KTU nach Hause gehen?«, fragte er mit einem Grinsen.

Lene hatte den Eindruck, als würde er ihr weitere Aufträge nicht übel nehmen. »Ja, klar. Ich bleibe noch ein wenig hier, bis ich weiß, ob die Nachbarn etwas beobachtet haben. In der Zwischenzeit kann ich das Notizbuch durchtelefonieren.« Sie unterdrückte ein Seufzen. »Und später fahre ich zurück nach Regensburg und spreche nochmals mit Julias Eltern. Drücken Sie mir die Daumen, dass ich danach einen Bewohnerparkplatz finde.«

Beim Gedanken an das zu erwartende stundenlange Kreisen in der Innenstadt wurde ihr jetzt schon übel. Wieder einmal stieg die leise Wut darüber in ihr auf, dass die Dummdödel der städtischen Verkehrsüberwachung oft genug das Parken von Auswärtigen auf den Bewohnerparkplätzen unsanktioniert ließen. Wehe aber, man ragte als Anwohner mit nur fünf Zentimetern Blech ins Halteverbot! Dann war einem die Verwarnung sicher. Wobei die ausführenden Dummdödel wohl auch nichts dafür konnten, fiel Lene ein. Wohl eher die Stadtverwaltung, die ganz genau wusste, dass kein zahlungskräftiger Bürger das schöne Regensburg je wegen ein bisschen Parkplatzärger verlassen würde.

»Sie wohnen in der Altstadt?«, fragte Adam sichtlich angetan.

»Ja, in der Glockengasse. Neben Asia-Imbiss und Buchhandlung.« Weshalb sie diese Information nicht für sich behielt, war Lene selbst nicht so ganz klar.

»Die mit dem Skelett im Schaufenster?«

Lene nickte. Normalerweise grüßte sie das von ihr mit dem Namen »Björn« betitelte Exponat im Fenster der Fachbuchhandlung, wenn sie daran vorbeilief. Seit dem Fund von Resas Skelett hatte sie darauf jedoch verzichtet.

Einen Moment überlegte sie, aber dann kam sie zu dem Schluss, dass ihr schon kein Zacken aus der Krone brechen würde. »Sie haben mir heute wirklich sehr geholfen, Herr Dr. Adam«, sagte sie. »Vielen Dank.«

Wie unter Schmerzen verzog er das Gesicht. »Ich akzeptiere ja, dass Sie mich nicht duzen wollen. Aber bitte lassen Sie um Himmels willen endlich den Doktor weg.«

»Ach, was soll's.« Lene streckte ihm die Hand entgegen. »Langsam wird es sowieso albern. Ich heiße Lene.«

»Henning.« Mit dem Ansatz eines Lächelns erwiderte er ihren Händedruck, dann wandte er sich zum Gehen.

Erst jetzt fielen Lene siedend heiß ihre eigentlichen Pläne für den Abend ein. Verdammt, das hätte sie in diesem Tohuwabohu fast vergessen! Den Besuch im Sternetempel konnte sie wohl eindeutig knicken. Ob Adam – Henning, korrigierte sie sich in Gedanken – Lust hatte? Einen Versuch war's wert. »Ich hab für heute Abend einen Tisch im ›Storstad‹ ergattert.« Mit leuchtenden Augen drehte er sich wieder zu ihr um. »Wollen Sie … willst du vielleicht an meiner Stelle dort hingehen?«

»Allein?«

»Warum nicht?«

»Du bist wirklich eine ungewöhnliche Frau.« Henning wuschelte sich durch das Haar und sah nachdenklich auf sie herunter. Dann warf er einen dezent angeekelten Blick in Richtung von Josefas Haus. »Unter anderen Umständen ließe ich mich vielleicht überzeugen. Aber dieses Haus war wirklich ein ziemlich mieser Aperitif.«

Weichei. »Jetzt weiß ich«, konnte Lene sich nicht verkneifen zu sagen, »warum du Mimose lieber Staatsanwalt als Polizist geworden bist.« Mit einem letzten Winken wandte sie sich ab und ignorierte Hennings amüsiertes Schnauben.

NEUN

Wie immer, wenn ihre Gedanken zu sehr kreisten und sich festbissen, ohne einen nennenswerten Durchbruch zu erzielen, verließ Lene ihre Wohnung und lief in die Stadt, in der es an diesem frühen Sonntagnachmittag, wie üblich im Sommer, von Tagestouristen und Einheimischen, die sich durch die engen Gassen schoben, nur so wimmelte.

Das charmante kleine »Café Legato« am Ölberg, nur durch die Gesandtenstraße von Lenes Wohnung getrennt, hatte zwischenzeitlich seine Pforten geöffnet und Lene wider Erwarten noch einen Platz im Freien gefunden. Doch obwohl sie der festen Überzeugung war, hier den besten Milchkaffee Regensburgs serviert zu bekommen, und trotz des kleinen Gebäcks, das als Gratiszugabe auf der Untertasse arrangiert worden war und phänomenal schokoladig auf der Zunge zerging, schaffte sie es nicht, ihre Gedanken auch nur fünf Minuten lang vom Kreisen abzuhalten.

Immer wieder dachte sie an Lydia Bauernfeind, die wie in einem grausamen Alptraum gefangen schien und sich gestern schluchzend an Lenes Hals geworfen hatte. Auch Julias Vater Wolfgang hatte tief betroffen gewirkt, zwar überlegter und ruhiger als seine Frau, aber besorgt bis ins Mark. Hilfreiche Tipps hatten beide nicht geben können, und so hatte Lene schließlich Julias Laptop eingepackt, um ihn in der KTU abzuliefern, und sich mit ein paar eiligen Trostworten verabschiedet.

Trotz umfangreicher Suchmaßnahmen fehlte bislang jede Spur von dem Mädchen. Die Kollegen hatten zwar unter Hans' Regie die Höhle gefunden, aber dass die herausgerissenen Sträucher um den Einstieg auf Julia zurückzuführen waren, ließ sich nicht eindeutig belegen. Überhaupt, Lenes Abneigung gegen den Bayerischen Wald im Allgemeinen und das neben Öd gelegene Stück Wald im Besonderen hatte durch die neuesten Vorkommnisse noch deutlich zugenommen: Obwohl die Höhle nur in überschaubarer Entfernung zur Jagdhütte lag und sie sich sicher war, dass die Kollegen das Gebiet gründlich abgesucht hatten, tauchte sie bislang in keiner Akte auf. Zu versteckt war der Einstieg, das war angesichts der Fotos, die Lene mittlerweile gesehen hatte, vollkommen klar. Dieser verdammte Wald schien fest entschlossen, seine Geheimnisse für sich zu behalten.

Lene betrachtete nachdenklich die imposante Fassade der Dreieinigkeitskirche, die sich keine fünf Meter von ihr entfernt als beherrschendes Bauwerk dieses Teils der Fußgängerzone in den wolkenlosen Himmel streckte. Frühbarock, glaubte Lene in ihrem Gehirn abgespeichert zu haben. Auch der schmale Gesandtenfriedhof, den sie von ihrem Sitzplatz aus durch gusseiserne Gitterstäbe einsehen konnte, zog ihren Blick immer wieder wie magisch an. Die geheimnisvolle, schattige Ruhe, die dieser von der Kirche auf der einen und von pompösen Grabmonumenten auf der anderen Seite gesäumte Friedhof ausstrahlte, faszinierte Lene jedes Mal aufs Neue. Ihr Blick wanderte den unvollendet gebliebenen Südturm der Kirche entlang nach oben.

Auf der ihr abgewandten Seite der Kirche lag der um einige Meter höher geratene Nordturm. An die Exponate zur Geschichte der evangelisch-lutherischen Kirche konnte sie sich kaum mehr erinnern, an den Ausblick von dort oben hingegen schon. Sollte sie wieder einmal die unzähligen Treppen hinaufsteigen? Das hatte sie schon längere Zeit nicht mehr getan. Würden ihre Gedanken beim Rundumblick über Regensburgs Dächer aufklaren? Sie trank den letzten Schluck Kaffee und winkte der jungen Kellnerin, die gerade ein wenig linkisch ein Stück Kuchen an den Nebentisch brachte.

Wahrscheinlich waren heute aber alle Mühen vergeblich. Wahrscheinlich würde selbst ein Kurztrip nach New York damit enden, dass sie sich grübelnd auf einer Bank im Central Park niederließ, ohne auch nur einen Schritt weiterzukommen. Den Aufstieg auf den Nordturm sparte sie sich besser für einen Tag auf, an dem sie den Blick auf die Dächer der Stadt genießen konnte.

»Möchten Sie noch etwas trinken?«, fragte die junge Frau mit nur schlecht unterdrückter Nervosität.

Musste neu sein, das Mädel. »Nur zahlen. Ich muss weiter.« Und mir anderswo genauso die Birne zerbrechen wie hier, fügte sie in Gedanken hinzu.

»Zwei neunzig, bitte.«

Lene rundete auf vier Euro auf, um die Motivation der neuen Angestellten aufrechtzuerhalten, und stand eilig auf. Plötzlich hatte sie das Gefühl, keine Sekunde mehr still sitzen zu können.

Sollte sie eine Runde laufen gehen? Bei der Vorstellung, in ihre Wohnung zurückzukehren und sich in Sportkleidung zu werfen, gab sie den Gedanken schnell wieder auf. Mit der Vielzahl an Leuten auf den Straßen würde das heute zweifellos im Slalom enden. Stattdessen schlug sie die entgegengesetzte Richtung ein und schlenderte den Ölberg weiter hinauf. Der schmale Gehsteig, die eng stehenden Stadthäuser und die Schatten, die sie warfen, mochten auf andere Leute durchaus bedrückend wirken, für Lene hingegen hatten sie etwas seltsam Beruhigendes an sich. Ein kleiner, enger Mikrokosmos, in dem die Welt noch in Ordnung war.

Ungefähr die Hälfte der Anschriften in Josefa Schnabels Notizbuch hatte Lene gestern Abend noch überprüft, aber es war überall das Gleiche gewesen: Zu keiner der eingetragenen Personen hatte Josefa wirklich Kontakt gehabt. Die meisten kannten sie nicht einmal, und diejenigen, die sie kannten, schienen irritiert darüber, dass Josefa es für der Mühe wert befunden hatte, sie in ihrem Büchlein zu verewigen. Eine der angerufenen Damen ließ sich nur mit Mühe und Not beruhigen, nachdem sie reichlich hysterisch bekundet hatte, dass es sich bei Josefa wohl um eine dieser verrückten »Schtooookerinnen« handelte.

Lene bog auf den Ägidienplatz ein, wo ein älterer Herr auf dem Gehsteig damit beschäftigt war, die recht flüssige Hinterlassenschaft seines Dackels mittels mitgeführter Plastiktüte zu beseitigen. »Seit er in die Jahre kommt, verträgt er die Bratwürstel aus dem Fürstlichen Brauhaus nicht mehr so gut«, sagte er entschuldigend zu Lene.

Warum Herrchen sie trotzdem an ihn verfütterte, blieb ein Rätsel. Lene schaffte es nicht, sich zu einem beschwichtigenden Lächeln durchzuringen.

Die zweite Hälfte der von Josefa notierten Anschriften hatte sie nur gesichtet, gehofft, dass ihr etwas Eindeutiges ins Auge stechen würde, dass sich eine Verbindung auftat, die sich bisher noch nicht erschlossen hatte. Fehlanzeige. Mit den restlichen Anrufen durfte sich also morgen Moritz oder ein anderer bedauernswerter Kollege abmühen.

Lene folgte zügig der viel befahrenen Schottenstraße, ließ das Denkmal zu Ehren eines gewissen Johann Eustach Graf von Schlitz-Görtz, der ihr aus der Grünanlage um die Fürst-Anselm-Allee steinern entgegenglotzte, rechts liegen, beschloss, später endlich nachzusehen, was dieser Herr denn so Verdienstvolles geleistet hatte, wusste aber im gleichen Augenblick, dass sie es auch dieses Mal wieder vergessen würde.

Ungeduldig beschleunigte sie ihre Schritte ein weiteres Mal, als sie nach rechts abbog und endlich das stählerne Tor zum Dörnbergpark passierte.

Ruhe. Absolute Stille. Mitten in der Stadt. Allein deshalb konnte sie sich nicht vorstellen, Regensburg jemals zu verlassen – der Kontrast zwischen Trubel und tosendem Verkehr auf der einen und Abgeschiedenheit und Rückzug auf der anderen Seite war einfach zu reizvoll.

Sie eilte schnellen Schrittes den Weg entlang und hoffte darauf, dass ihre Lieblingsbank, etwas abseits des Wegs, direkt unter einer mächtigen Birke, nicht von einem erschöpften Jogger oder einer nicht minder erschöpften Kindsmutter mit Buggy besetzt war. Als sie auf die kleine Anhöhe stieg, atmete sie auf. Glück gehabt. Schnell hatte sie ihre Bank erreicht.

Es tat gut, einfach dazusitzen und ins Grün zu starren, auch wenn die Gedanken weiter rotierten.

Seltsamerweise beunruhigte sie die Ungewissheit über Julias Verbleib weit mehr als die Sorge darüber, ob Josefa den tätlichen Angriff überleben würde. Aber weshalb war nun sowohl Julia als auch Josefa Schnabel etwas zugestoßen?

Zweifellos war durch den Fund des Skeletts und die neu aufgenommenen Ermittlungen so einiges ins Rollen gekommen. Hatten die beiden unabhängig voneinander etwas über Resas Tod herausgefunden, was es aus Sicht des Täters – oder desjenigen, der Resas Knochen aufbereitet hatte – zu verschleiern galt?

Bei Julia konnte Lene sich das gut vorstellen, das Mädchen wirkte überaus offen und aufrichtig und schien durch das seltsame Gebaren ihrer Familie noch zusätzlich angestachelt. Sie brannte darauf, an Informationen über die damaligen Vorfälle zu kommen, das war nicht zu übersehen gewesen. Hatte sie also auf eigene Faust nachgeforscht? Und vielleicht deshalb sogar ihrer Mutter verschwiegen, dass sie plante, nach Öd zu fahren?

Aber wie passten die Geschehnisse um Josefa dazu? Es gab einen Täter, der nicht davor zurückschreckte, Josefa Schnabel ins Koma zu würgen. Was bedeutete das für Julia? Die Angst um die wissbegierige junge Frau ließ Lenes Herz, so stahlhart es ab und an auch sein mochte, einen Schlag aussetzen.

Beruhig dich, Lene.

Bertl hatte direkt nach seinem Besuch im Krankenhaus Bericht erstattet. Tatsächlich gab es an Josefa kaum Spuren zu sichern, der Angreifer schien sie überrascht zu haben, sodass wohl keine Gegenwehr erfolgt war. Zum Tatzeitpunkt konnte auch Bertl nichts Konkretes sagen. Aufgrund von Frau Grubers Beobachtung und der Tatsache, dass man einen tagesaktuellen Prospekt in Josefas Haus gefunden hatte, der wohl am späten Vormittag im Briefkasten gelandet war, konnte man aber davon ausgehen, dass der Angriff zwischen Freitagmittag und dem Einbruch der Dunkelheit stattgefunden haben musste. Am Abend hatte zudem ein heftiges Gewitter über Schorndorf gewütet. Alle hatten sich in ihre Häuser zurückgezogen. Wahrscheinlich, mutmaßte Lene, hatte sich der Angreifer dies und die früh einsetzende Dunkelheit zunutze gemacht. Das erklärte zumindest, warum unter den Nachbarn niemand außer Frau Gruber etwas Ungewöhnliches bemerkt zu haben schien.

Josefa war also die ganze Nacht mehr tot als lebendig in

ihrem Haus gelegen. Dass sie überlebt hatte, bis Anna sie am nächsten Tag entdeckte, grenzte laut Bertl an ein Wunder.

Auch Julias Wagen war am Freitagabend abgeholt worden. Grob gerechnet konnte man also durchaus vom selben Zeitfenster sprechen. War das für nur eine Person zu bewerkstelligen?

Lene brummte unwillig. Es machte keinen Sinn, sich in Theorien zu ergehen, solange die Suche nach Julia lief. Sie musste einfach darauf vertrauen, dass das Mädchen gefunden wurde. So oder so, dachte sie bitter.

Das Vibrieren ihres Smartphones setzte der ungeliebten Grübelei ein Ende. Lene warf einen Blick auf das Display. Michi Bauer vom Erkennungsdienst, der heute die Arbeit der externen Firma in Josefas Haus überwachte. Eilig nahm sie den Anruf an. »Michi?«

»Lene, wir haben hier einen Fund«, hielt Michi sich ebenfalls nicht mit langen Einleitungen auf. »In einer alten Hutschachtel auf dem Speicher haben die Männer Knochen entdeckt.«

Lene hielt unwillkürlich die Luft an.

»Ich bin kein Mediziner«, fuhr er fort, »aber aus meiner Sicht handelt es sich um menschliche Halswirbel.«

»Das könnten Resas Knochen sein.« Auch wenn Lene spontan keine Erklärung dafür hatte, weshalb die vermissten Knochen ausgerechnet in Josefas Haus lagen. »Kein Schädelknochen?«

»Nein. Nur Wirbel. So viel medizinisches Verständnis habe ich gerade noch.«

»Wir brauchen einen DNS-Abgleich«, sagte Lene. »Und genau ansehen muss man sich die Wirbel natürlich auch. Kannst du sie per Kurier nach Erlangen schicken?«

»Mach ich«, antwortete Michi. »Einer der Knochen hat eine Fraktur.«

»Schick mir doch bitte ein Foto, ja?«, schloss sie und wusste gleichzeitig, dass es ihr auch den restlichen Tag nicht gelingen würde, vom Gedankenkarussell abzusteigen.

Zwei Minuten später starrte sie auf das Bild, das Michi ihr

geschickt hatte. Auch sie war keine Medizinerin, aber erfahren genug, um eines sofort zu erkennen: Die Fraktur des zweiten Halswirbels, die sie vor sich sah, war potenziell tödlich.

❄❄❄

Aus der Wohnküche nebenan drang das schrille Quietschen einer Frau, dann brach vielstimmiges Gelächter aus.

Julia Bauernfeind hielt sich mit beiden Händen die Ohren zu. Die sie umgebende Fröhlichkeit ließ sich nur schwer ertragen. Wobei sich einfach alles nur schwer ertragen ließ in den letzten beiden Tagen. Sie sank zurück auf die Ausziehcouch, die ihr als Nachtlager diente, und schloss die Augen, ohne die Hände von den Ohren zu lösen. Stille. Schwärze. Allein mit ihren Gedanken, die sie nicht haben wollte. Was hätte sie dafür gegeben, wenn sich zu der Stille und Schwärze auch noch gnädige Leere gesellt hätte?

Sie hatte nicht zurück nach Regensburg fahren können, hatte nicht mehr zurück auf den Hof gehen können, hatte niemandem unter die Augen treten wollen, nicht Oma, nicht Mama, nicht Papa. Nein, vor allem Papa nicht. Stattdessen hatte sie ihren Fund an sich genommen, Agnes zur Seite gestoßen und war, gehetzt von den Dämonen ihrer Familie, so kam es ihr vor, zurück nach Öd gerannt, bis sie dort atemlos hinter das Steuer ihres Wagens gesunken war.

Sie fragte sich immer noch, weshalb sie ihren Autoschlüssel und den Geldbeutel in den Rucksack gesteckt und nicht auf Öd liegen gelassen hatte. War das Vorsehung gewesen? Eine dunkle Ahnung, dass sie nicht zurückkehren würde?

Dann war sie losgefahren, stundenlang, wie es ihr schien, ohne Plan und Ziel, und hätte um ein Haar verpasst zu tanken. An der nächsten Raststätte hatte sie die Autobahn verlassen und den Wagen versorgt, mit ihrer EC-Karte gezahlt und den Inhalt ihres Portemonnaies geprüft. Sollte sie Geld abheben? Nein, sie war erst letzte Woche auf der Bank gewesen. Der Betrag, den sie bar mit sich herumschleppte, würde fürs Erste reichen.

Sie hatte versucht, sich zu orientieren. Sie war gen Norden gefahren, bereits an Frankfurt am Main vorbei. Was nun? Sollte sie ihr Geld in ein Pensionszimmer investieren und hoffen, dass niemand sie suchte? Der Gedanke, allein in einem unpersönlichen Zimmer zu sitzen, machte ihr Gänsehaut.

Lara!, fiel ihr ein. Lara war nach dem vierten Semester zu ihrem Freund in dessen WG nach Köln gezogen. Und wo drei Leute schliefen, war auch für eine Vierte noch Platz, wenigstens für die ersten Nächte. Sie fand die Wohnung der ehemaligen Kommilitonin auf Anhieb wieder, obwohl ihr letzter und einziger Besuch über ein Jahr zurücklag.

Lara fragte nicht nach, nahm sie nur in den Arm und warf ihr vorsichtige Blicke zu. Aber Julia wollte nicht reden. Sie wollte ja nicht einmal denken.

Sie öffnete die Augen, nahm die Hände von den Ohren und tastete suchend nach dem Rucksack, den sie hinter der Couch versteckt hatte. Sie öffnete den Reißverschluss und ließ ihre Hand hineingleiten. Das Gefühl des kühlen, von der Zeit glatt geschliffenen Knochens unter ihren Fingern beruhigte sie. Ein letztes Mal strich sie darüber, dann zog sie den Reißverschluss wieder zu und stand auf.

Das Lachen von nebenan erklang erneut, lauter als zuvor, und es erschreckte sie. Wie konnte jemand lachen, wo doch ihre eigene Welt in Scherben lag?

Andererseits, dachte Julia, vermochte es die Gedanken vielleicht besser zu vertreiben, als sie selbst es mit bloßer Willenskraft schaffte. Vielleicht vertrieb es den Nachhall von Agnes' Worten, der so böse und schmerzlich in ihren Ohren rauschte.

Mit leiser Hoffnung öffnete sie die Zimmertür und trat nach draußen.

✳✳✳

Wie sie es drehte und wendete, der Fund der Halswirbel in Josefas Haus ergab keinen rechten Sinn. Dabei tat Lene praktisch nichts anderes, als zu drehen und zu wenden.

Die dampfige Schwüle erreichte an diesem Abend sogar den Hinterhof, stieg nach oben, flutete Lenes Balkon und kündigte drückend und schwer das in der Nacht bevorstehende Gewitter an. Vorerst der letzte heiße Tag also, ab dem nächsten Morgen sollte es kühler und regnerisch werden.

Mit einem Seufzen wischte sie sich den Schweiß von der Stirn. Weshalb hatte Josefa diese Wirbel gehortet?

Bertl hatte sein wohlverdientes Wochenende ein weiteres Mal unterbrochen, um Lene schnell mit Informationen versorgen zu können. Er hatte ihre Vermutungen bestätigt: Die Fraktur war potenziell tödlich. Sie entstand zum Beispiel bei Tod durch Erhängen, konnte aber genauso gut durch stumpfe Gewalteinwirkung verursacht werden. Ob die Knochen wirklich zu Resa gehörten, war allerdings noch nicht zweifelsfrei geklärt, aber nachdem sich die gefundenen Wirbel allesamt auf Bertls Aufstellung der fehlenden Knochen befanden, erschien die Bestätigung des Labors nur noch als Formsache.

Natürlich drängte sich Lene der Verdacht auf, dass Josefa in Resas Tod verstrickt war, dass sie die Wirbel verborgen hatte, um Hinweise auf die Todesursache zu verschleiern. Aber, diese Frage zog im Minutentakt ihre Kreise in Lenes Gedanken, welchen Grund hätte Josefa Schnabel gehabt, Resa zu töten?

Eines war Lene mittlerweile klar: Bei Josefa handelte es sich um eine zutiefst einsame Person, ausgestattet mit einem ausgeprägten Misstrauen gegenüber ihren Mitmenschen, aber mit einer heimlichen Sehnsucht nach sozialem Umgang. Danach, dazuzugehören. Davon zeugte ihr Notizbuch schließlich zur Genüge.

Natürlich hatte Lene doch noch die übrigen dort verzeichneten Personen durchtelefoniert, aber keine neuen Erkenntnisse daraus gewonnen. Lediglich eine gewisse Maria Auer, die ebenfalls in Schorndorf wohnte, schien nicht allzu erstaunt darüber zu sein, dass sie in diesem Notizbuch zu finden war. Früher habe Josefa regelmäßig den sonntäglichen Gottesdienst besucht, im Anschluss hätten sich die beiden Frauen dann meistens noch eine Weile unterhalten. Nein, eine wirkliche Freundschaft sei das nicht gewesen, außerhalb dieses regelmäßigen Zusammentreffens habe es keine Berührungspunkte gegeben. Sie und Josefa, das sei einfach nur eine nette Bekanntschaft zweier alleinstehender alter Jungfern gewesen, hatte Maria Auer kichernd verkündet. Nur dann, vor rund drei Jahren, ganz plötzlich und von einem Tag auf den anderen, sei Josefa nicht mehr zum Gottesdienst erschienen. Und auch sonst habe man sie nirgends im Dorf mehr gesehen, nicht beim Bäcker, nicht beim Metzger, nicht am Grab ihrer Eltern.

Ob damals etwas vorgefallen sei? Nein, nicht dass sie wüsste – Maria Auer hatte Josefas Rückzug auf die anscheinend plötzlich aufgetretenen Gelenkbeschwerden geschoben, obwohl ihr Josefa trotz ihres Gejammers eigentlich immer recht fit erschienen war.

Lene stellte fest, dass sie vor Anspannung schon wieder die Schultern fast bis zu den Ohren nach oben zog. Verdammt, weshalb konnte sie sich das denn nicht endlich abgewöhnen? Sie wusste doch, dass sie dafür mit Kopfschmerzen büßte, die sie die halbe Nacht nicht schlafen ließen. Sie ließ ihre Schultern kreisen und versuchte, sich zu entspannen.

Was Maria Auer geschildert hatte, klang nach einem strikten Bruch mit der Außenwelt. Was hatte Josefa dazu bewogen? Tatsächlich gesundheitliche Probleme? Laut Moritz' Schilderungen hatte sie sich bei seinem Besuch etwas langsam, aber durchaus normal bewegt. Oder war der Grund eher psychischer Natur gewesen? Denn dass bei Josefa in diesem Bereich das eine oder andere im Argen lag, war nicht zu übersehen. War sie damals in Depressionen versunken, die es ihr unmöglich machten, sich aufzuraffen und das Haus zu verlassen?

Wie dem auch sei: Nach allem, was Moritz in Erfahrung gebracht hatte, war Josefa immer weitgehend allein und auf sich gestellt gewesen. Außer zu der Zeit, als sie mit Resa befreundet gewesen war. Hatte diese Freundschaft damals durch einen Streit ein jähes Ende gefunden? Darauf, dass sie Resa umgebracht hatte, deutete nichts hin. Außer diesen verdammten Halswirbeln auf Josefas Dachboden.

Weshalb sollte eine einsame junge Frau mit genau einer Freundin ausgerechnet diese Freundin ums Leben bringen und so freiwillig den Rückweg in die gesellschaftliche Isolation antreten? Dafür gab es einfach keinen Grund.

Aber wie war Josefa sonst in den Besitz der Halswirbel gekommen? Erst jetzt fiel Lene auf, dass sie nervös mit dem Fuß wibbelte. Kein Wunder, dass Marek sich von ihr fernhielt. Er fläzte faul unter dem Couchtisch und ignorierte sie.

Zur Abwechslung hätte heute ihr selbst mal ein wenig Zuwendung gutgetan, aber das war Marek schließlich schon immer schnuppe gewesen. Dabei lastete neben der Grübelei um Josefa die Sorge um Julia immer schwerer auf Lenes Gemüt. Zwei Tage waren vergangen, seit ihr Wagen von Öd verschwunden war, und jegliche Spur von ihr fehlte. Sekunde um Sekunde hoffte Lene auf das erlösende Klingeln ihres Smartphones, doch es schwieg beharrlich.

Eigentlich hätte Lene nach all der einsamen Grübelei erschöpft sein müssen, aber sie war nicht müde. Im Gegenteil, eher unruhig und aufgedreht. Die Vorstellung eines weiteren Abends des Nachdenkens in ihrer Wohnung, die sie normalerweise als angenehm geräumig empfand, die ihr aber heute viel zu groß erschien, erfüllte sie mit Grauen.

Trotzdem ging sie nach drinnen, streifte ruhelos durch die Räume, sah über die staubigen Flächen hinweg und stellte sich ans Bürofenster. Aus der Glockengasse drangen Stimmen zu ihr nach oben, lachend, voller Unternehmungslust.

Lenes Blick fiel auf die Wanduhr. Erst drei viertel acht. Wenn sie sich beeilte, konnte sie in einer halben Stunde ausgehbereit sein. Sie griff nach ihrem Smartphone, öffnete die Tinder-App und hoffte auf bessere Angebote als vergangene Woche.

Nummer eins sah ganz nett aus. Hübsche blonde Locken. Aber auch ein bisschen langweilig. Next. Lene verzog das Gesicht. Eindeutig zu alt. Next. Zu schwammig. Und eine schreckliche Brille. Bestimmt ein nerdiger IT-Student. Next. Ach du meine Güte, der wohnte bestimmt noch bei Mutti. Achtzehn, höchstens. Next. Ja, nicht schlecht. Erinnerte aber mit dem dunklen Lockenkopf viel zu sehr an Moritz. Next. Der wäre was. Jugendliches, dennoch markantes Gesicht, schätzungsweise Ende zwanzig, Anfang dreißig. Kurze hellbraune Haare, voller Bartwuchs. Schöne Augen, leicht gebräunte Haut. Auch das zweite Foto, in Badeshorts am Strand, versprach einiges. Lene wischte nach rechts und wurde im gleichen Moment darüber benachrichtigt, dass auch der schöne Mark ihr ein virtuelles Go gegeben hatte. Perfekt.

Er wohnte in Landshut, ihrem bewährten Revier: schnell zu erreichen, aber weit genug entfernt, um im wahren Leben keine Berührungspunkte zu haben. Außerdem außerhalb ihres beruflichen Zuständigkeitsbereichs.

»Hey«, tippte Lene wie üblich. »Lebst du allein?«

»Ja«, antwortete Mark schon nach dreißig Sekunden. »Sag bloß, du willst dir meine Wohnung ansehen?«

Lene grinste. Es war für Männer nicht einfach, das richtige Maß zu finden, um empfindsame Seelen nicht zu brüskieren, sich aber trotzdem die Chance auf eine heiße Nacht offenzuhalten. Solche Gedanken brauchte man sich als Frau zum Glück nicht zu machen.

»Ein Glas Wein und mehr?«, schrieb sie zurück.

Marks schnelle Nachricht mit seiner Anschrift war eindeutig. »Wein und Gläser habe ich«, ließ er sie noch wissen.

»Mehr bringe dann ich mit«, tippte sie. »Viertel nach neun. Freue mich.«

Sie schloss die App und lief schnurstracks ins Badezimmer. Die gespannte Erwartung kribbelte vom Kopf bis zu den Zehenspitzen und unterbrach endlich die enervierende Achterbahnfahrt ihrer Gedanken.

Eine halbe Stunde später betrachtete sie sich im bodentiefen Spiegel an der Innenseite des Kleiderschranks und fragte sich, weshalb sie das eigentlich nicht öfter tat. Der Anblick erfüllte sie mit Zufriedenheit.

Manchmal empfand sie ihre Kinderlosigkeit, obwohl sie genau genommen nicht – oder nicht mehr – darunter litt, durchaus als Manko. In diesem Augenblick war sie allerdings dankbar dafür. Ihrem Körper sah man die fünfundvierzig Jahre nicht an, dafür aber das regelmäßige Lauftraining und eine vermutlich ziemlich glückliche genetische Disposition. Alles war straff und schlank und an seinem Platz.

Sie schlüpfte in die schwarze Spitzenunterwäsche, die nur zu diesen besonderen Gelegenheiten zum Einsatz kam, dann wählte sie den knielangen roten Bleistiftrock und die schmale schwarze Seidenbluse aus. Auch wenn sie sich in ihren ausgebeulten Alltagsklamotten eindeutig wohler fühlte, genoss sie es, ab und an edlere Stoffe auf der Haut zu spüren, wenn auch nur als Mittel zum Zweck. Sie entschied sich, auch noch den zweiten Knopf von oben offen zu lassen.

Sie eilte zurück ins Bad, überprüfte ihr Make-up, trug den Lippenstift auf, der im gleichen kräftigen Rotton wie der Rock schimmerte, und steckte ihr Haar locker nach oben. Wie immer betrachtete sie dann ihr geschminktes Gesicht mit einigem Erstaunen. Unglaublich, wie ein wenig Farbe ein mittelmäßig attraktives Durchschnittsgesicht mit ersten Falten in diese sexy Frau im besten Alter verwandeln konnte.

Lene zwinkerte ihrem Spiegelbild abenteuerlustig zu, dann lief sie zur Garderobe, schlüpfte in die schwarzen High Heels – das einzige Paar mit hohem Absatz, das sie besaß – und griff nach ihrem Autoschlüssel.

Eilends trat sie aus der Wohnung, lief die Treppen nach unten, riss die Haustür auf und bremste abrupt ab, um nicht den großen blonden Mann umzurennen, der in gebeugter Haltung die Namensschilder neben den Klingeln studierte.

»Henning!«

»Lene«, sagte er nach einem Moment der Überraschung und musterte sie erstaunt. »Wow.«

»Was willst du hier?«, fragte sie und registrierte seinen holzigen, warmen Duft ebenso wie die Flasche Weißwein in seiner rechten Pranke.

»Ich dachte«, antwortete er ungewohnt zögerlich und rieb sich mit der freien Hand über den Bart, »wir könnten die neuesten Entwicklungen noch einmal gemeinsam durchkauen. In etwas entspannterer Atmosphäre.« Mit einem schiefen Lächeln hob er die Weinflasche. Chardonnay. Stellenbosch. An den Südafrikanern hatte er anscheinend einen Narren gefressen.

»Ich bin verabredet.« Lene fühlte einen kleinen Stich des Bedauerns. Andererseits lag ihr nichts ferner, als diesen Abend damit zu verbringen, die rotierenden Gedanken des Tages in Worte zu fassen.

»Das sehe ich«, antwortete Henning trocken. »War auch eine blöde Idee von mir, so unangekündigt.«

Allerdings. »Vielleicht ein anderes Mal«, erwiderte Lene möglichst unverbindlich. Nicht dass er in seinem Arbeitseifer noch auf die Idee kam, gleich morgen Abend wieder vor der Tür zu stehen.

»Viel Spaß«, sagte er nur.

Als sie ihren Audi aufschloss, der zum Glück direkt in der Glockengasse, nur wenige Meter vom Hauseingang entfernt, parkte, winkte er ihr nochmals zu, dann drehte er sich um und ging in die entgegengesetzte Richtung davon. Die Flasche Chardonnay sah in seinen großen Händen seltsam verloren aus.

***

»Da geht man ein einziges Mal ein Wochenende richtig steil«, stöhnte Moritz und raufte sich die üppigen Locken, »und büßt sofort dafür.«

»Komm schon, Kleiner.« Lene zwinkerte ihm aufmunternd zu. »Du hast dir eine Menge Arbeit erspart.«

»Aber auch richtig was verpasst, oder?« Nur die Ringe unter seinen Augen zeugten noch davon, dass ein paar harte Tage hinter Moritz lagen. Ansonsten war er frisch gewaschen, auf Hochglanz poliert und strotzte richtiggehend vor Motivation.

Lene konnte es ihm nachfühlen. Eine Auszeit, egal, ob für ein ganzes Wochenende oder nur für eine Nacht, wirkte wie eine Frischzellenkur fürs Gehirn. Auch sie selbst fühlte sich heute weitaus energiegeladener als in den vergangenen Tagen. Vielleicht lag das aber auch an dem Gewitter der letzten Nacht,

das die ermüdende Schwüle vertrieben und fast schon herbst-
lich riechendes Nieselwetter hinterlassen hatte.

»Frau Wagenbach, ich hab hier …« Ebenfalls hoch motiviert stürmte Klara ins Büro. Die junge Frau war noch in der
Ausbildung und hospitierte für kurze Zeit bei der Kripo in
Regensburg, aber Lene war mittlerweile dankbar für jegliche
Form von Unterstützung. Klara wiederum schien dankbar zu
sein, dass sich nun zu ihrer regen Kopiertätigkeit wenigstens
noch der Telefondienst für Lene und die eine oder andere
Recherchetätigkeit ergab. »Mit Julia Bauernfeinds EC-Karte
wurde eine Tankfüllung bezahlt, an der Raststätte Bad Cam-
berg Ost!«

Endlich kam Bewegung in die Suche. »Wo liegt das?«, fragte
Lene.

»An der A 3, hinter Frankfurt am Main. Soll ich –«

Lene wollte antworten, doch Moritz kam ihr zuvor. »Bitte
frag in dieser Raststätte nach, ob es an den Zapfsäulen oder
der Kasse Videoüberwachung gibt. Falls ja, brauchen wir die
Videos im relevanten Zeitraum.« Anscheinend gefiel es ihm,
endlich einmal die Rolle des erfahreneren Kollegen zu übernehmen. »Falls nein, bemüh dich bitte, den Mitarbeiter zu kontak-
tieren, bei dem mit der Karte bezahlt wurde. Vielleicht kann er
sich an etwas erinnern.«

Klara stürmte mit leuchtenden Augen zurück ins angrenzende Büro, um sich ans Werk zu machen.

»Zum Glück tut sich jetzt was. Ich habe diese Schockstarre
gestern kaum ausgehalten.« Lene las die Textnachricht, die soeben auf ihrem Smartphone eingetroffen war. »Bertl schreibt,
dass die DNS übereinstimmt.«

»Die bei Josefa gefundenen Halswirbel gehören also Resa?«,
fragte Moritz.

»Ja. Der offizielle Bericht kommt noch.«

»Es ist seltsam«, Moritz blickte sinnierend hinaus auf den
gut gefüllten Parkplatz, »wir wissen, dass Josefa Verletzungen
davongetragen hat, die schlimmer kaum sein könnten. Was Julia
angeht, haben wir hingegen keine Ahnung, was geschehen ist.«

Trotzdem finde ich Julias Verschwinden viel bedrückender als den Angriff auf Josefa.«

Lene warf Moritz einen erstaunten Blick zu, bevor sie ihre eigenen Gedanken dazu in Worte fasste. »Es ist wie bei Resa damals.« Inständig hoffte sie auf Unterschiede. Auf eine im Gegensatz zur toten Resa höchst lebendige Julia. »Das gleiche Alter, der gleiche letzte Aufenthaltsort, beide wollten einfach nur spazieren gehen und sind nicht mehr zurückgekehrt.«

»Irgendwie ist das unheimlich.« Moritz stand auf und stellte sich ans Fenster. Der Regen hatte sich verstärkt und trommelte monoton an die Scheibe. »Denkst du, es gibt einen Zusammenhang zwischen dem Angriff auf Josefa und Julias Verschwinden?«

»Du meinst, Julia gibt vor, wandern zu wollen, geht aber stattdessen zu Josefa, versucht, sie zu erwürgen, läuft dann zurück nach Öd, holt ihr Auto und macht sich aus dem Staub?« Lene wibbelte mit den Beinen. Manchmal tat es gut, die Nervosität im Inneren nach außen zu leiten. »Unwahrscheinlich. Ziemlich umständlich. Und die beiden kannten sich nicht. Welchen Grund sollte Julia haben?«

»Oder vielleicht hat ja eine andere Person –«

»Zweimal zugeschlagen? Nicht auszuschließen. Aber wenn du zwei Leute beseitigen wolltest, würdest du dir das für den gleichen Abend vornehmen?«

»Stelle ich mir stressig vor«, pflichtete Moritz ihr bei.

»Was den tätlichen Angriff auf Josefa Schnabel angeht«, Lene konnte trotz oder gerade wegen ihrer gespannten Nervosität ein Grinsen nicht unterdrücken, »habe ich nach den Schilderungen der Nachbarn ein Phantombild erstellt. Hier.« Sie reichte das stark vergrößerte Foto aus Moritz' Personalakte über den Tisch.

Moritz betrachtete verständnislos sein eigenes Gesicht.

»Ungefähr fünf Leute aus Josefas Straße haben zu Protokoll gegeben, dass Frau Schnabel vergangene Woche Besuch von diesem zwielichtig aussehenden Typen bekommen hat«, erklärte Lene. »Sonst wurde aber leider niemand bei ihr gesehen.

Auch kein Wagen. Wobei das durchaus verständlich ist: Am Freitagabend war ein schlimmes Gewitter im Gange, es war wohl schon sehr früh zappenduster in Schorndorf.«

Sie zog die Strickjacke enger um sich und stellte sich Josefa vor, wie sie mutterseelenallein in ihrem Häuschen saß, während es draußen blitzte, donnerte und der Mensch, der ihr Böses wollte, schon im Vorgarten lauerte.

»Und du sagst, sie hat ihren Angreifer selbst ins Haus gelassen?«

Lene nickte. »Vermutlich. Es gab nirgends Spuren eines gewaltsamen Eindringens. Das Problem ist nur, dass wir auch an den durchwühlten Möbeln keine Fingerabdrücke gefunden haben. Er muss Handschuhe getragen haben.«

»Wonach, denkst du, hat Josefas Angreifer gesucht?« Moritz ging zurück zu seinem Schreibtisch, um sich die Tatortfotos der zerwühlten Wohnung erneut anzusehen.

Lene stöhnte auf, als sich, dank Moritz' Frage, endlich die Erkenntnis einstellte. Wie konnte man sich nur einerseits so viele Gedanken machen, andererseits dabei ein derartig riesiges Brett vorm Kopf spazieren tragen? »Nach den Wirbeln natürlich!« Lene klatschte sich mit der flachen Hand vor die Stirn. »Sie sind schließlich der Beweis dafür, durch welche Verletzung Resa ums Leben kam!«

»Gut möglich.« Moritz wippte auf den Fußballen auf und ab. »Und wer sucht danach?«

»Entweder jemand, der Josefa im Verdacht hat, Resa getötet zu haben, und sie überführen will«, folgerte Lene. »Oder aber, und das halte ich für wahrscheinlicher –«

»Jemand, der Angst davor hat, durch diese Wirbel selbst des Mordes an Resa überführt zu werden«, schloss Moritz. »Ich sehe mir die Aufzeichnungen meines Gesprächs mit Josefa noch einmal an. Vielleicht fällt mir etwas auf, was ich zunächst für unwichtig gehalten habe.«

Er wühlte auf der Suche nach dem Gesprächsprotokoll in seinem Ablagefach, hielt aber inne, als Klara ein weiteres Mal ins Büro platzte.

»Wir haben sie«, sagte sie atemlos und warf einen triumphierenden Blick in die kleine Runde.

»Sie lebt?« Lene hielt unwillkürlich den Atem an.

»Ja.« Klara lehnte sich mit einem Lächeln an den Türrahmen. »Ein Kollege von der Streife hat heute Früh Julias Wagen entdeckt. In Köln. Sie wollten gerade Rücksprache halten, ob sie die umliegenden Häuser absuchen sollen, als Julia zu ihrem Auto spaziert ist, um Kaugummis zu holen.«

Mit geschlossenen Augen atmete Lene auf. Halleluja. Welch ein Glück. »Wie geht es ihr?«

»Gut. Sie ist in der WG einer Freundin untergekommen.«

Lene tauschte einen erleichterten Blick mit Moritz. »Wann kann sie wieder in Regensburg sein?«, fragte sie. »Ich muss dringend mit ihr sprechen.«

»Da gibt es ein kleines Problem.« Klara kratzte sich verlegen an der schmalen Nase. »Sie weigert sich, zurückzukommen. Vehement.«

Moritz hob konsterniert die Brauen.

»Ja, spinn ich?« Lene war irritiert. »Da sucht man das Mädel unter einem Riesenaufwand in der ganzen Republik, ihre Eltern drehen vor Angst halb durch, ihre Oma macht sich Vorwürfe von hier bis nach Meppen-Süd, und das alles, während sie es sich in Köln bei Freunden gut gehen lässt. Und dann weigert sich gnä' Frau, ihren Standort zu verlassen?«

Klara hob die Schultern. »So sieht's aus, Frau Wagenbach. Aber sie hat einer Videokonferenz zugestimmt. Allerdings nur mit Ihnen. Unter vier Augen.«

Der Laptop stand aufgeklappt vor Lene auf dem Tisch im Vernehmungszimmer und war bereit für die versprochene Kontaktaufnahme durch die Kölner Kollegen, ebenso wie Lene, die bereits davor Position bezogen und die Kamera eingeschaltet hatte.

Im ersten Moment war ihr Julias Weigerung, nach Regensburg zurückzukehren, als reichlich dreist erschienen. Jetzt aber, nach einer Stunde der Reflexion, war sie sicher, dass es für das

Verhalten der jungen Frau einen Grund geben musste. Einen gravierenden. Einen, der erklärte, weshalb die zugängliche und zuverlässige Julia Hals über Kopf abgehauen war und es kategorisch ausschloss, zurückzukehren.

Natürlich hatte Lene die besorgten Eltern sofort telefonisch darüber informiert, dass ihre Tochter wohlbehalten und unversehrt in Köln gefunden worden war, aber auch Lydia hatte sich, zwischen einigen zutiefst erleichterten Schluchzern, über die Maßen erstaunt über Julias ungewöhnliches Verhalten gezeigt.

Die Tür öffnete sich leise, und Henning trat ein. »Danke für deinen Anruf«, sagte er und blieb zögerlich im Türrahmen stehen.

Mit einer einladenden Geste wies Lene auf den Platz am gegenüberliegenden Ende des Tisches, hinter dem Laptop und der aufgebauten Kamera.

»Ist es wirklich okay, wenn ich dabei bin?«, fragte er.

»Sofern du dich still verhältst. Sie darf nicht merken, dass du hier bist«, antwortete Lene. Insgeheim gestand sie sich allerdings ein, dass sie selbst seine Anwesenheit beruhigend fand. Das war ihr zu ihrem Verdruss schon am Wochenende aufgefallen.

Henning nahm den ihm zugewiesenen Platz ein und musterte ihr ungeschminktes Gesicht und das ausgewaschene Ringelshirt. »Also bin ich gestern nicht Zeuge einer Typveränderung, sondern nur eines besonderen Anlasses geworden«, stellte er fest.

»Richtig. Enttäuscht?«

»Wie anscheinend Kollege Lochbihler auch gehöre ich zu der Männerfraktion, der die ungeschminkte Wahrheit am liebsten ist.« Lässig zuckte er die Achseln. »Bewahrt vor Schockmomenten beim Aufwachen. Und einen guten Arsch erkennen geschulte Augen auch in ausgebeulten Jeans«, fügte er etwas leiser hinzu.

»Nimm dich in Acht, ausgekratzte Augen erkennen nämlich gar nichts mehr«, antwortete Lene spröde und wies auf den Bildschirm. »Und jetzt Ruhe, es geht los.«

Sie nahm den eingehenden Anruf entgegen und versuchte, die Nervosität zu unterdrücken, die sich auch nach jahrzehntelanger Polizeiarbeit noch einstellte, wenn sie glaubte, an einem entscheidenden Punkt der Ermittlungen angelangt zu sein. Sie wechselte ein paar Grußworte mit dem Kölner Kollegen, der dann seinen Platz rasch räumte, und sah Julia, die sich mit ungewöhnlich langsamen Bewegungen auf den nun freien Stuhl setzte.

Als das Mädchen endlich in die Kamera blickte, erschrak Lene. Ihre Wangen sahen hohl aus, unter ihren Augen lagen dunkle Schatten, und die sonst so gesunde Gesichtsfarbe changierte ins Hellgraue.

Verdammt. Wäre Julia jetzt hier in diesem Raum, leibhaftig und nicht nur auf dem idiotischen Monitor, hätte Lene ihr die Hand auf den Arm gelegt, sie vielleicht sogar in die Arme genommen, um das Eis zu brechen. So aber fehlte ihr jegliches wirksame Mittel, um Mitgefühl zu demonstrieren. Mitgefühl wofür auch immer.

»Hallo, Julia«, sagte sie weit fröhlicher, als ihr zumute war. »Wir sind sehr froh, dich gefunden zu haben.«

Julia zuckte nur die Achseln.

»Wie geht es dir?«

Wieder hob Julia die Schultern, dann besann sie sich eines Besseren. »Ganz okay«, antwortete sie mit verschlossener Miene.

Lene räusperte sich. Es half nichts, Small Talk machte an dieser Stelle keinen Sinn. Sie fing Hennings aufmunterndes Kopfnicken auf. »Warum bist du weggelaufen?«

Julia senkte den Blick. »Ich hatte das Gefühl, meine Ruhe zu brauchen«, murmelte sie.

»Julia«, sagte Lene eindringlich. »Das ist kein Grund, einfach tagelang abzuhauen. Und ich weiß, dass du das normalerweise auch so sehen würdest. Deine Eltern haben sich schreckliche Sorgen gemacht.«

Bei der Erwähnung ihrer Eltern war Julia zusammengezuckt, aber schnell fasste sie sich wieder. »Weiß Mama, wo ich bin?«

»Ich habe ihr nur gesagt, dass wir dich gefunden haben und du unversehrt bist.« Weitere Vorwürfe lagen Lene auf der Zunge, aber sie schluckte sie hinunter. Das Wichtigste war, dass das Mädchen Vertrauen fasste. »Aber deine Mama vermisst dich. Und sie würde gern mit dir sprechen.«

»Das geht nicht«, antwortete Julia ruppig.

»Weshalb?« Lene registrierte, dass Henning sie wie gebannt fixierte, und wunderte sich einen Moment darüber, dass sich ihre Nervosität dennoch verloren hatte. »Wir wissen, dass du am Freitag zu dieser Höhle wandern wolltest. Bist du dort gewesen?«

»Ja«, sagte Julia nur.

»Ist dort etwas passiert?« Lene versuchte, die Dringlichkeit in ihrer Stimme zu reduzieren. Julia schien zu leiden. Sie wollte das Mädchen nicht noch mehr unter Druck setzen als unbedingt nötig. »Hast du dort etwas gesehen, das dich erschreckt hat?«

»Ich möchte nicht darüber reden.« Julia wandte den Blick ab.

»Also ja.« Lene bohrte weiter. »Was ist dort geschehen?«

»Das geht nur meine Familie und mich etwas an.« Julia sah nun wieder schnurgerade in die Kamera. Als sähe sie durch Lene hindurch.

Lene schüttelte entschieden den Kopf. »Ich befürchte, das stimmt nicht, Julia.«

»Wie meinen Sie das?«

Es war an der Zeit, an Julias Mitgefühl zu appellieren, ihr klarzumachen, wie viel davon abhing, die Wahrheit zu kennen. Und Sicherheit darüber zu gewinnen, ob sie mit dem Angriff auf Josefa zu tun hatte.

»Deine Tante Resa hatte früher eine Freundin namens Josefa Schnabel. Die Mädchen waren Außenseiter, beide, ihr Leben lang, aber durch diese Freundschaft …« Lene wartete einen Augenblick, um sicherzugehen, dass sie Julias Aufmerksamkeit hatte.

»Ja?«, fragte Julia tatsächlich und schien sichtlich erleichtert darüber, einen Augenblick nicht selbst im Kreuzverhör zu stehen.

»Sie haben einander viel bedeutet.« Lene beugte sich vor, damit Julia jedes der folgenden Worte genau verstand. »Diese Freundin, Josefa, wohnt immer noch in Schorndorf. Und sie wurde am Freitag, im Laufe des Nachmittags oder Abends, in ihrem Haus überfallen. Jetzt liegt sie im Koma, und niemand weiß, ob sie jemals wieder aufwacht.«

Julia starrte schockiert in die Kamera. »Und jetzt glauben Sie, dass ich …?«

»Nein«, antwortete Lene trotz ihrer eigenen Unsicherheit. Schließlich sah Julia ziemlich mitgenommen aus. Dennoch entschloss sie sich, ihr einen Vertrauensvorschuss zu gewähren.

»Nein, das glaube ich nicht. Aber ich denke, dass es einen Zusammenhang gibt zwischen dem Tod deiner Tante, dem Fund ihres Skeletts, deinem Verschwinden und dem Angriff auf Josefa. Wenn ich diesen Zusammenhang finden soll, wenn ich für Gerechtigkeit sorgen soll, wenn ich herausfinden soll, was mit deiner Tante und ihrer besten Freundin geschehen ist«, Lene sah eindringlich in die Kamera, »dann musst du mir die Wahrheit sagen. Sonst habe ich keine Chance.«

Julia antwortete nicht, aber Lene sah ihr an, dass es hinter ihrer Stirn arbeitete. Jetzt nicht nachlassen.

»Josefa Schnabel war Resas beste Freundin. Selbst wenn sie aufwacht, wird sie nie wieder ein normales Leben führen können«, sagte sie und verschwieg wohlweislich, dass das zuvor geführte Leben nun auch nicht gerade die pure Idylle gewesen war. »Es könnte sein, dass auch noch andere Menschen in Gefahr schweben. Menschen, die Resa ebenfalls nahestanden.«

Julia wandte den Blick erneut ab. Lene glaubte, sie geräuschlos schluchzen zu sehen, dann barg die junge Frau den Kopf in den Händen. Es dauerte eine Weile, bis sie wieder aufsah. Eine Weile, in der Henning Lene mit einem weiteren Nicken wissen ließ, dass sie ihre Sache gut machte und er an den Erfolg dieser Vernehmung glaubte.

Lene war sich plötzlich nicht mehr sicher.

Endlich sah Julia wieder in die Kamera und wischte die feuchte Spur unter ihren Augen fort. »Ich kann einfach nicht klar denken«, sagte sie bloß, als wäre das Erklärung genug.

»Das brauchst du auch nicht«, erwiderte Lene. »Du sollst mir nur erzählen, was am Freitag in dieser Höhle geschehen ist. Und weshalb du Hals über Kopf geflohen bist.« Sie spürte, dass Julia kurz davor war, einzuknicken. »Wenn dir an deiner Familie etwas liegt, musst du es mir sagen«, beschwor sie sie.

»Und wenn alles nur eine Lüge ist?«, schluchzte Julia plötzlich laut auf.

»Was soll eine Lüge sein?« Lene zwang sich, ihrer Stimme Ruhe zu verleihen. »Julia, bitte sag es mir.«

»Aber … ich will nicht zurückkommen«, antwortete Julia mit einem Trotz in der Stimme, der nicht zu ihren zweiundzwanzig Jahren passte. »Nie mehr.«

Lene tarnte den fragenden Blick, den sie Henning zuwarf, als einen Moment des Nachdenkens. Sollte Julia wirklich Entscheidendes zur Aufklärung der Vorkommnisse beitragen können, so war ihre Anwesenheit in Regensburg aus rechtlicher Sicht eigentlich ein Muss. Sie hoffte, dass Henning ein Auge zudrückte. Oder besser gleich zwei.

Er nickte schicksalsergeben, und Lene nahm sich vor, ihm dafür bei nächster Gelegenheit eine weitere Pulle Wein zu spendieren.

»Das brauchst du auch nicht«, antwortete sie. »Aber jetzt erzähl mir, was los ist.«

»Agnes«, sagte Julia und presste die Fingerkuppen fest an ihre Stirn, wie um einen stechenden Schmerz in Schach zu halten. »Agnes ist plötzlich in der Höhle aufgetaucht. Diese gemeine …« Ein weiteres Schluchzen schüttelte sie. »Sie ist eine Lügnerin. Das kann doch nicht stimmen, oder?« Ihre Frage galt ihr selbst, das war völlig klar. »Ich meine, sie war doch seine Schwester.« Auf Julias Gesicht zeichnete sich plötzlich ein Ausdruck des Grauens ab. Grauen, Ekel und Abneigung.

Lene schluckte, bevor sie sich erneut zur Ruhe zwang. »Was hat Agnes dir erzählt?«

»Dass mein Vater …« Jedes mühsam hervorgestoßene Wort war ein Spiegel der Verzweiflung, die Julia empfand.

Innerlich wappnete sich Lene gegen eine Antwort, die das Leben der jungen Frau vor ihr in Scherben geschlagen hatte. »Ja?«

Julia sah auf und wischte sich die Tränen aus dem blassen Gesicht. »Dass mein Vater und Tante Resa ein Verhältnis hatten.«

ZEHN

»Das ist heftig.« Kopfschüttelnd lehnte Moritz sich in seinem Drehstuhl zurück. »Ist das nicht strafbar?«

»Längst verjährt«, erwiderte Henning und ließ sich auf dem Besucherstuhl nieder.

»Aber das erklärt alles, oder?« Es lag Lene fern, ein moralisches Urteil zu sprechen, noch dazu, bevor Agnes' Enthüllung verifiziert war. Dennoch war sie überzeugt davon, endlich das Puzzleteil gefunden zu haben, das sie seit Beginn des Falls suchte. »Wolfgangs Behauptung, sie habe jemanden kennengelernt, ergibt jetzt endlich Sinn. Er hatte Angst davor, dass die Wahrheit ans Licht kommt und er selbst bloßgestellt wird. Und die Verschlossenheit und Zurückgezogenheit der ganzen Familie –«

»Du denkst, die wussten alle davon?«, fragte Moritz entgeistert.

»Wenn sogar Agnes Drechsler davon weiß«, unkte Henning.

Lene gab ihm recht. »Ich glaube nicht, dass sich ein solches Verhältnis in einem Mikrokosmos wie Öd vollständig verschleiern lässt.«

»Und da haben die einfach zugeschaut?«

»Das glaube ich nicht.« Lene warf Henning einen fragenden Blick zu, aber er schien tief in Gedanken versunken. »Immerhin haben sie Wolfgang nach der Ausbildung anscheinend nach Cham geschickt und ihn dort einquartiert, obwohl sie seine Hilfe auf dem Hof nur schwer entbehren konnten. Und sie haben sich ja offensichtlich sehr geschämt und alles getan, um dieses inzestuöse Verhältnis zu verbergen.«

»Die Frage ist auch«, sagte Henning nachdenklich, »welche Handhabe man hat. Schließlich kann man kein Kind vor die Tür setzen, nur um den Kontakt zwischen den Geschwistern zu unterbinden. Es bleibt eigentlich nur, an die Vernunft zu appellieren.«

»Und damit war es zumindest bei Resa nicht allzu weit her«, fügte Moritz düster hinzu. »Das ist doch …« Fassungslos sah er erst Lene, dann Henning an. »Wird euch da nicht übel? Ein Verhältnis mit der eigenen Schwester? Die noch dazu geistig zurückgeblieben ist? Das ist doch Missbrauch!« Zumindest Moritz zeigte keine Bedenken, den moralischen Stab über Wolfgang zu brechen.

»Ich spare mir die Übelkeit auf, bis ich Genaues weiß«, sagte Lene. »Es besteht immer noch die Möglichkeit, dass Agnes' Behauptung nicht stimmt und sie damit nur von sich selbst ablenken will. Oder von Hans.« Auch wenn sie das nicht für allzu wahrscheinlich hielt.

Henning schlug die Beine übereinander und wandte sich an Moritz. »Falls Agnes Drechsler die Wahrheit gesagt hat – könnte es sein, dass Josefa Schnabel von diesem Verhältnis wusste?«

Moritz neigte abwägend den Kopf.

»Sie wusste auf jeden Fall mehr, als gesund für sie war«, stellte Lene spröde fest. »Das belegen schon allein die Halswirbel auf ihrem Dachboden.«

»Meinst du, wir können ausschließen, dass sie selbst es war, die Resa getötet hat?«, wandte Henning sich nun an sie.

»Das habe ich ohnehin nicht für wahrscheinlich gehalten.« Lene zuckte die Achseln. »Wenn sich Agnes' Behauptung als wahr erweist, dann bin ich sicher, dass es ein Mitglied der Familie Bauernfeind selbst ist, das hier über Leichen geht. Und dann kann ich sogar nachvollziehen, warum.«

✳✳✳

Das Flämmchen war nicht zurückgekehrt, die Kälte wich nicht mehr. Nur manchmal drang ein grelles bläuliches Licht zu Josefa durch, so vage, so kurz, dass sie es erst bemerkte, wenn es schon fast wieder verschwunden war.

Manchmal glaubte sie auch, Stimmen zu hören, von Menschen, die ihr Böses wollten, die Schlimmes und Schmerzhaftes planten, aber dann geschah nie etwas. Nicht die kleinste Kleinigkeit. Finsternis und Stille. Sie fühlte ihren Körper nicht, und natürlich wunderte sie sich darüber, aber wenn sie ergründen wollte, weshalb das so war, hatte sich der Gedanke längst wieder verflüchtigt.

Statt der Flamme hatte sie einen anderen Gefährten, der sie regelmäßig besuchte. Eine Erinnerung vielleicht, oder ein Traum, oder Realität, wer wusste das schon.

Feste, kleine Knochen. Sie glänzten in der Dunkelheit, was auch der einzige Grund war, weshalb Josefa sie sehen konnte. Sie wusste, sie fühlten sich kühl und glatt an, und sie wollte sie zu gern berühren, aber es gab keinen Körper, keine Hände, die sie dazu gebrauchen konnte.

Manchmal ergriff sie die Angst, denn die Stimmen, die sie hörte, gehörten zu Dieben, die die Knochen stehlen wollten, und sie sehnte mehr denn je einen Körper herbei, der ihren Schatz in Sicherheit bringen konnte. Aber dann sah sie den ungebrochenen Glanz der Knochen in der Dunkelheit und sank wieder zurück ins traumlose Nichts.

✳ ✳ ✳

»Und es geht ihr wirklich gut?«, fragte Lydia Bauernfeind mit einer Dringlichkeit in der Stimme, die ihre Verzweiflung erahnen ließ. »Weshalb will sie dann nicht nach Hause kommen? Weshalb ruft sie nicht an?«

Lene drückte beschwichtigend Lydias Hand. »Sie hat ihre Gründe. Bitte hören Sie auf, sich Sorgen zu machen. Julia ist gesund und in Sicherheit. Das muss Ihnen leider für den Moment ausreichen.«

Die vergangenen Tage hatten Lydia gezeichnet. Sie war blass, mit eingefallenen Wangen, und die Dynamik und Tatkraft, die sie bisher ausgestrahlt und die ihr eine jugendliche, fast mädchenhafte Aura verliehen hatten, hatten sich zur Gänze verloren. Wolfgang Bauernfeinds Verzweiflung war nicht ganz so greifbar, er saß stumm am Esstisch und wirkte seltsam isoliert. Als hätte er seinen Blick nach innen gerichtet, um von der Außenwelt nichts aufnehmen zu müssen.

Wenn Agnes die Wahrheit gesagt hatte, dann war sein Verhalten nur allzu verständlich. Lene stellte sich vor, wie es sein musste, in ständiger Angst vor der Aufdeckung dieses Geheimnisses zu leben. Ob er bereits ahnte, was Julia zu ihrer kopflosen Flucht bewogen hatte?

Lene war froh darüber, Moritz zum Bürodienst abkommandiert zu haben. Ein frühzeitiges Schwingen der Moralkeule würde bei dem anstehenden Gespräch nicht helfen. Wenn denn überhaupt irgendetwas half. »Herr Bauernfeind, ich würde mich gerne mit Ihnen allein unterhalten.«

Die Reaktionen der Ehepartner auf Lenes Bitte hätten nicht unterschiedlicher ausfallen können. Während Lydia, gerade noch halbwegs beschwichtigt, gleichermaßen verwundert und besorgt zu ihrem Mann sah, zog dieser den Kopf ein und vermied es, sie oder Lene anzusehen. Lydia legte ihre zitternde Hand für einen Moment auf Wolfgangs Arm, dann nickte sie Lene zu, stand auf und verließ die geräumige Wohnküche. Leise zog sie die Tür hinter sich zu.

Wolfgang Bauernfeind machte keine Anstalten, sein Schneckenhaus jetzt, in Abwesenheit seiner Frau, zu verlassen.

»Es gibt einen unschönen Grund für unser Gespräch«, wandte Lene sich an sein beharrlich gebeugtes dunkles Haupt.

Wolfgang starrte weiter dumpf auf die Tischplatte.

»Sie wissen, worum es geht, nehme ich an?«

Er hob die Schultern. Seine Hände, die ineinander verflochten auf dem Tisch lagen, ließen keine Anzeichen von innerer Unruhe erkennen.

»Hatten Sie ein Verhältnis mit Ihrer Schwester Resa, Herr Bauernfeind?«

Hatte Lene zumindest den Ansatz von Erschrecken erwartet, so wurde sie enttäuscht. Wolfgang blieb reglos sitzen. »Blödsinn«, brummte er.

»Sehen Sie mich bitte an.«

Mit sichtlichem Widerwillen kam Wolfgang ihrer Bitte nach. Unverwandt sah er ihr in die Augen. Nur das Zucken seines linken Augenlids verriet, dass es mit der demonstrativ zur Schau gestellten Ruhe nicht ganz so weit her war.

»Ich frage Sie noch einmal.« Lene wagte es nicht, zu blinzeln. Nicht den Blickkontakt verlieren. Nur ja keine Reaktion verpassen. »Ging Ihr Verhältnis zu Ihrer Schwester Resa über ein normales Geschwisterverhältnis hinaus?«

»Wie kommen Sie darauf?«, blaffte er erbost. »Wer behauptet so etwas?«

»Das tut nichts zur Sache«, erwiderte Lene. »Antworten Sie mir bitte.«

»Das habe ich bereits.« Er sprang auf, mit einem Mal wütend, und stellte seinen Stuhl polternd zurück an den Tisch. »Das ist eine Lüge, und eine besonders unverschämte noch dazu.«

Lene geriet ins Wanken. War ihr Julias Offenbarung soeben noch wie die logische Antwort auf alle Unklarheiten erschienen, so kaufte sie Wolfgang seine Entrüstung nun tatsächlich ab. Einerseits. Andererseits: Wirklich überrascht angesichts ihrer Frage wirkte er nicht.

»Nun gut. Dennoch muss ich der Sache weiter nachgehen.«

Hass blitzte in Wolfgangs Augen auf, als er sich über den Tisch beugte. »Weshalb? Ich habe gesagt, es stimmt nicht. Das muss reichen.« In einer drohenden Geste wuchtete er die Hände auf den Tisch. »Oder wollen Sie meinen Ruf zerstören? Mir hier irgendetwas anhängen?«

»Nein. Eben deshalb muss ich der Sache auf den Grund gehen.« Lene bemühte sich um Sachlichkeit. »Wenn nichts dran ist, Herr Bauernfeind, muss das doch in Ihrem Sinne sein. Dann kann ich diese Behauptung für Sie aus dem Weg räumen.«

Er schüttelte den Kopf und barg sein Gesicht in den Händen. Als er schon nach wenigen Sekunden wieder aufsah, hatte sich seine Stimmung erneut gedreht. Erschöpfung zeichnete sich auf seinem Gesicht ab, als er Lene mit einem flehenden Ausdruck in den Augen ansah. »Was auch immer Sie tun, bitte halten Sie meine Frau heraus.« Er warf einen beinahe ängstlichen Blick auf die Tür, durch die Lydia verschwunden war. »Sie ist … Es geht ihr nicht gut. Und dann noch Julias Verschwinden … Diese Behauptung würde sie kaputtmachen.«

Lydia Bauernfeind hatte bisher keinen besonders labilen Eindruck gemacht. »Fürs Erste«, sagte Lene dennoch.

Wolfgang atmete erleichtert auf.

Nein, so leicht wollte sie es ihm nun auch wieder nicht machen. »Aber verlassen Sie sich darauf«, fuhr sie fort und erhob sich, »ich werde die Wahrheit herausfinden.«

**

Der Himmel hing grau und tief über dem Bayerischen Wald, es nieselte beständig vor sich hin. An einer einsamen Bushaltestelle am Straßenrand stand ein altes Mütterchen im Regenumhang und stützte sich auf einen Rollator. Lene lenkte den Wagen möglichst weit links an ihr vorbei, um ihr nicht beim Durchfahren der Pfützen eine unfreiwillige Dusche zu verpassen.

»Hoffentlich kommt der eine Bus am Tag wenigstens pünktlich.« Moritz warf einen Blick zurück über die Schulter. »Die Arme.«

»So ist das halt auf dem Land«, erwiderte Lene beißend. »Natürlich und unverfälscht.«

Moritz sah sie schmunzelnd von der Seite an. »Wenn du hier schon so viel schimpfst, was machst du dann eigentlich, wenn dich der Chef noch weiter ins Hinterland schickt? Meinetwegen an die tschechische Grenze, nach Lam oder Neukirchen beim Heiligen Blut?«

»Noch mehr schimpfen«, brummte Lene finster.

Moritz ließ seinen Blick über die Landschaft schweifen. »Bei schlechtem Wetter gefällt es mir hier auch nicht.«

Sie bogen nach Öd ein, der Teer der schmalen Straße glänzte feucht, und Lenes Anspannung nahm beständig zu.

»Sie ist schon da«, stellte Moritz fest, als Agnes' schwarzer Mercedes, neben der Scheune geparkt, in ihrem Sichtfeld auftauchte. »Und du willst wirklich nicht zuerst mit ihr allein reden?«

Lene schüttelte den Kopf. »Ich brauche unmittelbare Reaktionen. Die Schonzeit ist vorbei.«

»Nun denn«, sagte Moritz und schnallte sich ab, als Lene den Wagen abstellte. »Lasset die Spiele beginnen.«

✳✳✳

Es war seltsam, dass ausgerechnet das aufwühlende Gespräch mit Frau Wagenbach geholfen hatte, das heillose Chaos in Julias Kopf zu lichten. An der Reaktion der Kommissarin hatte sie gemerkt, dass diese Agnes' Offenbarung durchaus für glaubwürdig hielt. Und Julia?

Sie stöhnte und drehte sich auf der Ausziehcouch um. Wünschte, sie hätte nie versucht, etwas herauszufinden, sich nie auf die Suche nach dieser Höhle gemacht, Agnes nicht zugehört. Zu spät.

Wie gern hätte sie mit Mama telefoniert. Ihre Stimme und ihr fröhliches Lachen fehlten ihr. Aber das war ausgeschlossen, solange Julia nicht wusste, was sie glauben sollte. Und welche Konsequenzen daraus zu ziehen waren.

Frau Wagenbach hatte ihr zugesagt, sie über die Entwicklungen zu Hause auf dem Laufenden zu halten, und ihr gleichzeitig das Versprechen abgenommen, für weitere Fragen zur Verfügung zu stehen. Dabei wusste Julia noch immer nicht, ob sie das wirklich wollte: wissen, was zu Hause passierte. Wissen, was ihr Vater zu Agnes' Behauptung sagte. Wissen, was Frau Wagenbachs Erkenntnisse schließlich für die Ermittlungen bedeuteten.

Julia fielen die Fotos ein, die sie auf dem Dachboden gefunden hatte. Die Blicke zwischen ihrem Vater und Tante Resa, die so vertraut gewesen waren, dass es ihr sogar beim bloßen Betrachten aufgefallen war. Nein, Julia. Hör auf, darüber nachzudenken. Ab jetzt hältst du dich raus, dein Schnüffeln richtet nichts als Schaden an. Zumindest damit hatte Agnes ganz recht gehabt.

Mit einem Gefühl der Dankbarkeit hörte sie jemanden in der Küche nebenan rumpeln. Schnell stand sie auf, zog sich das T-Shirt vom Vorabend über und verließ das Zimmer.

✳✳✳

Während Sabina und Hans weitgehend aufgeräumt und glücklich darüber zu sein schienen, dass Julia wohlbehalten gefunden worden war, wibbelte die neben Hans sitzende Agnes unruhig mit den Füßen.

Zu Lenes Erstaunen hatte man ihr und Moritz heute tatsächlich eine Tasse Kaffee angeboten. Angesichts der wässrigen Plörre, die in einer angeschlagenen Tasse vor ihr auf dem Holztisch stand, wünschte sie sich jedoch, sie hätte dankend abgelehnt.

»Wann kommt die Julia denn wieder heim?«, fragte Sabina Bauernfeind.

»Uns einen solchen Schrecken einzujagen«, brummte ihr Sohn kopfschüttelnd.

Im Geiste dankte Lene den beiden für das Stichwort. »Vorerst möchte Julia nicht zurückkommen.« Sie wandte sich an Hans. »Und aus meiner Sicht hat sie dafür auch einen nachvollziehbaren Grund.«

Agnes' Hände, die sie um Hans' Oberarm geschlungen hatte, zuckten vor unterdrückter Nervosität.

»Am vergangenen Freitag, als Julia sich auf den Weg zur Höhle gemacht hat, sind Sie ihr gefolgt, Frau Drechsler.«

Hans warf Agnes einen erstaunten Seitenblick zu, den sie nicht erwiderte. Stattdessen sah sie Lene mit ausdrucksloser Miene an.

»In der Höhle haben Sie sie gestellt und ihr etwas gesagt, was das Mädchen so verstört hat, dass sie weggelaufen ist.«

»Wie bitte?« Hans' laute Stimme hatte einen drohenden Unterton angenommen.

»Ich wollte bloß, dass sie endlich mit ihrer Schnüffelei aufhört«, versuchte Agnes sich zu rechtfertigen. »Ich habe –«

Hans schüttelte ihre Hände von seinem Arm. »Was hast du ihr gesagt, Agnes?«

Agnes schwieg.

Lene räusperte sich. »Dass Julias Vater Wolfgang ein Verhältnis mit seiner Schwester Resa hatte.«

Einundzwanzig, zweiundzwanzig, dreiundzwanzig, zählte Lene im Geiste. Zu vierundzwanzig kam sie nicht mehr.

Hans stieß Agnes rüde von sich. »Bist du jetzt völlig übergeschnappt?« Er sprang auf, hämmerte mit der Faust auf den Tisch, der unter dieser Behandlung bebte. Agnes zuckte zusammen.

»Wie kommst du dazu?«, brüllte er sie an und hob die Hand, als wollte er sie ohrfeigen. »Was denkst du dir dabei? Wie kannst du Julia –«

»Hinsetzen!«, donnerte Lene dazwischen. Zu allem Überfluss auch noch Zeugin einer Körperverletzung zu werden, darauf verspürte sie im Moment nicht die geringste Lust.

Hans sank auf seinen Platz auf der Eckbank zurück, darauf bedacht, Abstand zu Agnes zu halten, die zusammengekauert neben ihm saß und sich nicht regte. Auch Sabina war in eine Art Starre verfallen, die Miene versteinert, die knotigen Hände haltsuchend ineinander verschlungen.

Nur Agnes' leises Schluchzen tönte in die Stille. »Ich wollte doch nur, dass sie endlich Ruhe gibt. Es kann doch keiner ahnen, dass sie schnurstracks zur Polizei läuft und …« Resigniert brach sie ab.

»Genau das hat Julia aber letztlich für richtig gehalten«, erwiderte Lene voller Dankbarkeit dafür, dass die junge Frau Vertrauen zu ihr gefasst hatte. »Und nun interessiert mich natürlich der Wahrheitsgehalt Ihrer Aussage, Frau Drechsler.«

Agnes atmete tief ein, dann wandte sie den Kopf zur Seite und fixierte den Kachelofen. »Das war nur so dahingesagt«, stammelte sie. »Eine erfundene Behauptung, um –«

»Das Mädel auszubremsen«, fiel Hans ihr ins Wort.

Moritz sah die beiden ungläubig an. »Sie sind eine ziemlich schlechte Lügnerin, Frau Drechsler.«

Das hatte der Kleine ganz treffend bemerkt.

»Weshalb ausbremsen, Herr Bauernfeind?«, wandte Lene sich an Hans. »Wenn es nichts aufzudecken gibt, spricht doch auch nichts gegen Julias Forscherdrang.«

Sie griff nach ihrer Kaffeetasse, stellte sie jedoch wieder zurück, als sie den weißen Grund der Tasse durch die bräunliche Flüssigkeit hindurchschimmern sah. »Also, hatten Ihr Bruder und Ihre Schwester ein Verhältnis miteinander? Ja oder nein?«

Hans seufzte, dann warf er seiner Mutter, die noch immer schreckensstarr neben ihm saß, einen fragenden Blick zu. Sie reagierte nicht, dennoch rang er sich schließlich zu einer Antwort durch. »Vermutlich«, räumte er mit fester Stimme ein.

Endlich. Alles andere hätte Lene dem Verhalten der drei vor ihr sitzenden Personen nach auch außerordentlich erstaunt. »War das der eigentliche Grund, weshalb damals Gäste hier auf Öd nicht gern gesehen waren?«

Statt zu antworten, starrte Sabina hinauf zum Kreuz, das über dem Eingang zur Stube hing.

Der ist schon lange tot, dachte Lene. Unwahrscheinlich, dass er dir zu Hilfe kommt.

Im Gegensatz zu seiner Mutter schien Hans seinen Seelenfrieden nicht in christlichen Gedanken zu suchen, stattdessen sah er Agnes immer noch aufgebracht an.

Lene nickte Moritz zu, dann erhob sie sich. »Ich bringe Sie jetzt zur Tür, Frau Drechsler. Sie alle können Ihre Unstimmigkeiten später klären.« Der Mohr hatte seine Schuldigkeit getan.

Agnes wirkte zugleich unglücklich und erleichtert, die Stube verlassen zu dürfen. Ungewohnt gebückt und unsicher folgte sie Lene auf den Hausflur und zog mit Nachdruck die Stubentür ins Schloss.

»Was ich nicht verstehe …« Nachdenklich öffnete Lene die Haustür. »Haben Sie Julia wirklich nur von diesem Verhältnis erzählt, weil Sie hofften, das Mädchen würde dann die Nachforschungen einstellen?«

»Ja«, erwiderte Agnes trotzig. »Ich dachte, auch sie würde den Ruf ihres Vaters schützen wollen. Gerade sie.« Mit schlecht verhohlener Wut starrte Agnes an Lene vorbei nach draußen. »Und vielleicht wollte ich auch, dass der Wolfgang endlich mal Probleme bekommt, wenn auch nur mit seiner eigenen Tochter. Er hat schließlich nie gebüßt für seine Sünden, wissen Sie?«

Abrupt drehte sie sich um, riss den Autoschlüssel aus ihrer Hosentasche und ließ Lene stehen, die nach einem tiefen Durchatmen wieder in die Stube zurückkehrte.

Seltsamerweise sahen Moritz, Hans und Sabina ihr entgegen, als wären sie selbst eine lahmarschige Partygesellschaft und Lene der lang ersehnte Alleinunterhalter. Nun, Unterhaltung konnten sie haben. »Also, haben Sie deshalb versucht, die Leute von hier fernzuhalten?«, wandte sie sich erneut an Sabina. »Damit Wolfgang und Resa nicht auffliegen?«

»Frau Wagenbach, bitte.« Hans' Stimme klang ungewöhnlich sanft. Mit einem Seitenblick und einem Kopfschütteln deutete er an, dass Sabina mit diesem Thema verschont werden sollte. »Meine Eltern hatten wohl immer Angst, die Leute könnten zu reden anfangen«, fuhr er fort. »Auch wenn das nie klar gesagt wurde.«

Bei diesen Worten brach Sabina in Tränen aus. »Können Sie sich vorstellen, was das für eine Schande ist? Und wie verzweifelt wir versucht haben, die beiden voneinander fernzuhalten?« Sie schluchzte auf, die tiefen Falten in ihrem Gesicht verzerrten sich vor Schmerz. »Aber das Mädel …«

»Hier, Mama.« Hans zog ein säuberlich gefaltetes, gebügeltes Stofftaschentuch aus seiner Brusttasche und reichte es seiner Mutter.

»Die Resa hat dem Wolfgang einfach keine Ruhe gelassen.« Sabina schnäuzte sich lautstark, dann fuhrwerkte sie mit dem zusammengeknüllten Taschentuch in ihrem Gesicht herum, da beständig neue Tränen nachströmten. »So war das Mädel, schon von Anfang an. Ein Arzt hat damals gesagt, diese Anhänglichkeit hängt mit den Schwierigkeiten bei ihrer Geburt zusammen. Sie hat sich jedem an den Hals geworfen, aber außer uns war ja niemand da. Und beim Wolfgang ...« Hilflos zuckte sie die Achseln.

»Ist sie damit auf Gegenliebe gestoßen«, stellte Lene fest.

»Das haben wir zumindest immer befürchtet, ja.« Sabina lehnte sich erschöpft an die Schulter ihres Sohnes. »Wir haben alles versucht, wirklich. Aber man kann nun mal niemanden rund um die Uhr beaufsichtigen. Bei der vielen Arbeit hier auf dem Hof erst recht nicht. Und dann wurden die zwei immer größer, und man kann sie ja nicht einsperren, und ...« Ihre Stimme brach, der Rest des Satzes ging in ihrem Schluchzen unter.

»Der Vater wollte die Resa ins Heim geben«, ergänzte Hans. Unter den gegebenen Umständen war klar, dass auch der Sohn Hans diese Entscheidung begrüßt hätte.

Sabina warf ihrem Sohn einen entschuldigenden Seitenblick zu, bevor sie sich wieder an Lene wandte. »Ich hab's nicht übers Herz gebracht«, flüsterte sie. »Sie konnte doch nichts dafür.« Sie tastete nach der Hand ihres Sohnes, der sie ihr bereitwillig überließ. »Wahrscheinlich hab ich alles falsch gemacht.«

»Haben Sie mit Resa und Wolfgang je offen darüber gesprochen?«

Während Hans entschieden verneinte, traten in Sabinas Augen die nächsten Tränen. »Es gab ein paar Situationen«, sagte sie. »Zur Resa hab ich einmal gesagt, dass sie ihren Bruder nicht *so* lieb haben darf. Aber das hat sie nicht verstanden. Oder vielleicht doch, aber es war ihr egal. Wahrscheinlich hätte ich auch mit dem Wolfgang deutlicher werden müssen, aber –«

»Das hätte nichts genützt, Mama«, beschwichtigte Hans sie. »Er hat gewusst, dass er Unrecht tut. Und trotzdem nicht aufgehört.«

»So einfach war das nicht, Hans. Der Bub hat drunter gelitten. Aber er hat es einfach nicht geschafft, sich von ihr fernzuhalten.«

»Also war aus Ihrer Sicht Resa die treibende Kraft?«, hakte Moritz nach und warf Lene einen schnellen Blick zu.

Sabina nickte. »Ich glaub schon.«

So wie sich die Dinge darstellten, konnte man also getrost ausschließen, dass Wolfgang Resa gegen deren Willen missbraucht hatte. Wobei auch dieser Tatbestand, dem kruden deutschen Rechtssystem sei Dank, zwischenzeitlich längst verjährt wäre, dachte Lene mit einem Anflug von Bitterkeit.

»Unschuldig war der Wolfgang auch nicht.« Auch Hans klang bitter. »Kannst du dich erinnern, als er nicht nach Cham wollte?«

»Ja«, sagte Sabina, und Lene registrierte erstaunt, dass der Bann des Schweigens durch die Aufdeckung des lange verwahrten Geheimnisses nun wohl endlich gebrochen war. Als helfe es, sich dieses verbotene Verhältnis, das das Leben der Familie so lange Zeit bestimmt hatte, von der Seele zu reden.

»Wir haben immer gedacht, wenn wir nicht darüber reden, dann …« Sabina seufzte, und Lene dachte spontan an die drei allzu bekannten Affen. Nichts sehen, nichts hören, nichts sagen. Wenn man etwas nicht thematisierte, dann war es auch nicht da. Nicht schön, aber leider ziemlich menschlich.

»Aber einmal«, fuhr Sabina fort, »ist der Hans, also mein Mann, recht deutlich geworden. Der Wolfgang sollte nach der Ausbildung nach Cham ziehen, aber er wollte nicht weg von Öd. Da hat mein Mann gesagt, wenn er nicht wegzieht, geht er höchstpersönlich zur Polizei und zeigt ihn an.«

»So weit kam es aber nicht«, stellte Lene fest.

»Nein. Daraufhin hat der Wolfgang eingewilligt und ist umgezogen. Und ich glaube, nach kurzer Zeit war er darüber sogar selbst erleichtert. Irgendwann ist er nicht mehr oft heimgekommen, der Bub.«

Obwohl Hans seiner Mutter einen skeptischen Blick zuwarf, war es genau diese Aussage Sabinas, über die Lene nachsann. Wenn Wolfgang sich damals erleichtert darüber gezeigt hatte, Resa entkommen zu sein, welche Bedeutung hatte das für Resas Tod?

※※※

»Niederschmetternde Neuigkeiten«, fasste Lene zwei Stunden später das Ergebnis ihres Gesprächs mit Josefa Schnabels behandelndem Arzt zusammen und legte den Hörer auf.

Moritz, gerade noch tief über eine Akte gebeugt, sah auf.

»Es sind wohl große Hirnareale betroffen.« Die Hoffnung darauf, dass Josefa ihnen eines Tages berichten könnte, wer ihr all das angetan hatte, hatte sich soeben ein für alle Mal zerschlagen. »Man beginnt derzeit, sie vorsichtig von der Beatmung zu entwöhnen, das stellt sich aber als recht schwierig dar. Sollte sie wirklich wieder aufwachen, wird sie wohl ein Pflegefall bleiben. Mit massiven geistigen Beeinträchtigungen. Wahrscheinlicher ist jedoch …«

»Dass sie stirbt?«, fragte Moritz schockiert.

Dass man diese Möglichkeit selbst dann immer weit von sich schob, wenn man von Berufs wegen beinahe täglich mit dem Tod zu tun hatte, war wohl der Grund, weshalb man nicht in Depressionen versank. Oder wenigstens nicht immer. Lene nickte vorsichtig. »Die Verletzungen sind zu massiv.«

Moritz stand auf und sah nachdenklich hinaus auf den vollen Parkplatz. »Sie hatte Resas Knochen«, sagte er mehr zu sich selbst. »Sie wusste mehr, als sie mir verraten hat.«

Er ging zu der Akte zurück und blätterte zu dem Gesprächsprotokoll, das er nach seinem Besuch bei Josefa angefertigt hatte. »Da«, sagte er und stach mit spitzem Finger auf das Blatt ein. »Sie ging davon aus, dass Resa sich ihr anvertraut hätte, wenn sie verliebt gewesen wäre. Die Frage nach einer heimlichen Affäre Resas hat sie mit einer Gegenfrage beantwortet – wer denn Interesse an der ›Behinderten vom Einödhof‹ gehabt haben soll. Resa habe sich an jeden gehängt, der ihr Interesse entgegengebracht habe. Aber das sei eben nur ihre Familie gewesen. Und: Wolfgang war ihr Lieblingsbruder.« Er sah auf. »Ich war mir erst nicht sicher, aber jetzt … Sie hat davon gewusst!«

»Gut möglich.« Und der Fund der Halswirbel in Josefas Haus deutete darauf hin, dass sie auch gewusst hatte, was mit Resa nach ihrem Verschwinden geschehen war. Und jetzt war es zu spät, Josefa würde die Wahrheit auf ewig für sich behalten. Verdammt.

Moritz ließ sich mit grimmigem Blick auf Lenes Schreibtisch nieder. »Wir müssen Wolfgang Bauernfeind mehr unter Druck setzen. Fragt sich nur, wie.«

»Das lass mal meine Sorge sein.« Lene war überzeugt davon, dass sie nur dann eine Chance hatten, wenn sie Wolfgang Bauernfeind bei seinen Emotionen packten. Er hatte eine enge, sogar zu innige Bindung zu seiner Schwester gehabt, sie geliebt oder es zumindest nicht geschafft, ihr zu widerstehen. So verquer das auch sein mochte, waren diese Gefühle doch der Schlüssel. Dem entgegen standen die Angst um seine Ehe und sein solides Leben, die Angst vor gesellschaftlicher Ächtung und vielleicht – dieser Gedanke war es, der Lene seit dem Gespräch auf Öd nicht mehr losließ – die Angst vor der Aufdeckung noch weit schlimmerer Geheimnisse.

»Glaubst du, er hat Resa damals umgebracht?« Also dachte Moritz in die gleiche Richtung.

»Das ist im Augenblick wohl das Naheliegendste.«

»Und im Gegensatz zu Inzest –«, begann Moritz triumphierend.

»Verjährt Mord nicht.«

»Ihr habt ihm einen Anwalt angeboten?«, fragte Henning, der vor dem soeben über die Bühne gehenden Büro-Umzug geflüchtet und dankbar zu Lene und Moritz gestoßen war.

»Er sagt, das sei nicht nötig«, antwortete Moritz.

Henning warf einen Blick auf die geschlossene Tür des Vernehmungsraums. »Wie lange wartet er schon?«

»Eine halbe Stunde.« Lene klemmte sich ihre Mappe unter den Arm und winkte die Herren heran. »Das sollte reichen.«

»Haben wir eigentlich eine Strategie?«, flüsterte Moritz, als könne Wolfgang Bauernfeind sie durch die massive Tür hören.

»Du meinst, so etwas wie ›Guter Cop, böser Cop‹?« Mit einem Schmunzeln drehte Lene sich zu ihm um und schüttelte den Kopf. »Henning macht den Zaungast und wir unsere Arbeit. Ich fange an. Danach lassen wir es einfach laufen.«

Stirnrunzelnd sah Moritz auf sie hinunter. »Mein Ausbilder an der Akademie hat immer gesagt, Vernehmungen sind wie Urin.«

»Wie bitte?«

»Einfach laufen lassen geht meistens in die Hose.«

»Ich hoffe, er trug Windeln«, schloss Lene das Gespräch und öffnete mit einem entschlossenen Ruck die Tür zum Vernehmungsraum.

Wolfgang Bauernfeind saß wie das sprichwörtliche Häufchen Elend im hochoffiziellen Vernehmungsraum und starrte wie schon beim letzten Gespräch konsequent auf die Tischplatte, die dieses Mal nicht aus heimeligem Holz, sondern aus kühl-grauem Resopal bestand. Er war zusammengezuckt, als Lene den Raum betreten hatte, nahm jedoch im Bruchteil einer Sekunde wieder die angestammte Position ein, mit stoisch nach unten gerichtetem Gesicht und ineinander verschlungenen Händen auf dem Schoß.

»Sie brauchen sich noch nicht in Arme-Büßer-Haltung zu begeben«, eröffnete Lene das Gespräch und ließ sich direkt gegenüber von Wolfgang am Tisch nieder, während Moritz neben ihr und Henning auf dem freien Stuhl an der Wand Position bezog. »Auch wenn mittlerweile klar ist, dass Sie mich angelogen haben.«

»Ach ja?« Wolfgang sah nicht auf, aber sein Ton klang reichlich trotzig.

»Allerdings. Und ich verstehe auch Ihre Beweggründe.« Lene öffnete die mitgebrachte Mappe und entnahm ihr das obenauf liegende Foto. Es war stark vergrößert, dennoch war die Qualität vergleichsweise gut. Resa Bauernfeinds flächiges, offenes Gesicht mit den schönen braunen Augen strahlte Lene entgegen. Auf ihrer linken Wange zeigte sich ein charmantes Grübchen. »Sehen Sie bitte her«, sagte Lene und legte das Foto auf den Tisch.

Natürlich musste er sich zwischenzeitlich innerlich gewappnet haben. Dennoch wurde sein Blick weich, als er auf das Foto starrte.

»Sie waren wirklich in sie verliebt«, sagte Lene leise.

»Sie irren sich.« Der sanfte Ausdruck in Wolfgangs Augen verlor sich, stattdessen sah er Lene herausfordernd an. »Wie kommen Sie auf diesen Blödsinn?«

»Hören Sie auf zu lügen.« Lene griff nach dem zweiten Bild in der Mappe. »Ihre Mutter und Ihr Bruder haben uns den Sachverhalt zwischenzeitlich bestätigt.« Sorgsam legte sie das zweite Foto vor Wolfgang auf den Tisch. »Auch das ist Resa.«

Sie hatte dieses Bild bewusst gewählt, weil es von allen Fotos, die nach Auffinden des Skeletts in der Hütte gemacht worden waren, das gruseligste war. Das Scheinwerferlicht fiel so, dass man den in der Hütte aufgewühlten Staub deutlich sah, zugleich beleuchteten die Scheinwerfer aber das Skelett nicht optimal, sodass der zarte Grauschleier es düster wirken ließ. Durch die Schatten sah es außerdem vergilbt, an manchen Stellen gar bräunlich aus, obwohl es das in Wahrheit kaum gewesen war. Durch die Perspektive, von den Füßen nach oben fotografiert, wirkte das Fehlen des Kopfes zudem außerordentlich grotesk.

Zuerst befürchtete Lene, das Foto verfehle seine Wirkung. Wolfgang starrte dumpf auf das Bild, dann schwenkte sein Blick zurück zu Resas lächelndem Gesicht. Und dann, endlich, verzog sich sein Gesicht zu einer schmerzvollen Grimasse.

»Ihre Mutter und Ihr Bruder haben uns alles erzählt«, wiederholte Lene.

»Ja, mein Gott …« Wolfgang presste für einen Augenblick die bebenden Lippen aufeinander. Wieder sah er auf das Foto des Skeletts, legte unwillkürlich in einer zärtlichen Geste seine Hand darauf. »Sie haben recht.« Eine einzelne Träne stahl sich aus seinem linken Auge und bahnte sich den Weg zum Mundwinkel. Er wischte sie nicht weg.

»Wir machen eine kurze Pause«, kündigte Lene an, erhob sich und ignorierte Moritz' entgeisterten Blick, der ihr ziemlich deutlich klarmachte, dass er sie für übergeschnappt hielt. »Fassen Sie sich, wir sind bald zurück.«

***

Die Stimme des Mannes schwoll an, dann wurde sie wieder leiser, und Josefa glaubte zu wissen, dass sie nur träumte, denn wenn er wirklich da war, wenn es wirklich dieser Mann war, der zuerst freundlich zu ihr sprach, aber dann plötzlich sein wahres Gesicht zeigte, weshalb glänzte die glatte Oberfläche der Knochen noch immer in der Finsternis? Er war doch gekommen, um sie sich zu holen, um die Wahrheit für immer zu vernichten.

Jetzt, wo sie irgendwo gefangen war an einem dunklen Ort, den sie nicht kannte, sah sie Resa wieder. Zuerst hatte sie ihre Anwesenheit nur gefühlt, war sich nicht sicher gewesen. Nun aber sah sie sie vor sich, neben sich, um sich herum. Sie hatte sich kaum verändert, ihre Augen blitzten noch immer vor Unternehmungslust und Fröhlichkeit, dabei wusste Josefa doch, dass sie ein Trugbild sah. Sehen musste. Die Knochen gehörten Resa, sie war längst tot.

Und doch verloren die Knochen an Bedeutung. Dabei durften sie das nicht! Sie verrieten, was Resa angetan worden war. Aber wenn Josefa fassen wollte, was geschehen war, verflüchtigte sich die Erinnerung wieder. Es war viel schöner, sich auf Resa zu konzentrieren, deren Lächeln die Kälte vertrieb.

***

»Das musst du mir jetzt aber wirklich erklären.« Kaum im Besprechungsraum angekommen, in den sie sich zurückgezogen hatten, baute Moritz sich beinahe erbost vor Lene auf, ohne Rücksicht darauf, dass Henning neben ihnen stand. Querelen zwischen den Ermittlern wurden normalerweise so ausgetragen, dass der gemeinsame Feind in den eigenen Reihen, der zuständige Staatsanwalt, davon nichts mitbekam.

»Ganz einfach.« Lene zog sich einen Stuhl heran. »Ich möchte, dass er mir von damals erzählt. Ich möchte diese Beziehung mit Resa verstehen. Dann kann ich mir vielleicht daraus erschließen, was geschehen ist.«

»Aber du hattest ihn.« Moritz raufte sich die Lockenpracht. »Wenn du jetzt weitergebohrt hättest, wenn du ihn direkt gefragt hättest, ob er Resa umgebracht hat, wäre er vielleicht eingebrochen und hätte alles gestanden, was es zu gestehen gibt.«

»Oder er hätte sofort wieder dichtgemacht«, warf Henning ein.

Lene dankte es ihm mit einem huldvollen Nicken. »Er schweigt schon seit vielen Jahren. Und er hat gerade etwas zugegeben, wofür er sich offensichtlich sehr schämt. Das muss er erst einmal einen Moment verdauen, denke ich. Schritt für Schritt.«

»Ich versteh's trotzdem nicht.« Auch Moritz zog sich mit einem resignierten Seufzen einen Stuhl heran.

»Dann sieh's doch einfach als Zermürbungstaktik«, erwiderte Lene. »Würdest du gerne an seiner Stelle in diesem Kämmerlein sitzen? Warten, ohne zu wissen, wie lange? Allein mit deinen Gedanken?«

»Gott bewahre.« Moritz verzog angeekelt das Gesicht. »Das ist doch alles einfach abartig, oder?«

Wie so oft fand Lene, dass er es sich mit seinem schnellen Urteil zu einfach machte. Auch Henning schien diese Meinung zu teilen, immerhin neigte er abwägend den Kopf.

»Vielleicht ist es das«, antwortete Lene. »Von außen betrachtet sogar ziemlich sicher. Aber er scheint unter dem Verhältnis gelitten zu haben. Er wusste, dass er etwas tut, was er moralisch nicht vertreten kann. Deshalb –«

»Und deshalb geht das für dich klar, oder was?«

Himmel, Moritz schien wegen des unterbrochenen Verhörs unter beträchtlichen Aggressionen zu leiden.

»Weil er ein schlechtes Gewissen hat, ist er plötzlich keine perverse Sau mehr? Obwohl er seine eigene Schwester flachgelegt hat?«

»Immer mit der Ruhe«, funkte Henning dazwischen. »Ich glaube, Lene meint, dass man es sich nicht so einfach machen kann. Haben Sie noch nie etwas getan, von dem Sie wussten, dass es eigentlich falsch ist? Zu viel getrunken? Geraucht?«

»Das kann man doch wohl wirklich nicht vergleichen! Damit schade ich schließlich nur mir selbst.«

»Und wem hat Wolfgang geschadet?«, versuchte Lene erneut, ihre Sicht der Dinge darzustellen. »Resa ja anscheinend nicht, wenn man das berücksichtigt, was ihre Mutter erzählt hat.«

»Aber der Familie«, entgegnete Moritz ziemlich lahm.

Henning nickte. »Das war aber doch wohl eher ein unglücklicher Kollateralschaden, den Wolfgang und Resa wahrscheinlich sogar gern verhindert hätten.«

»Das Problem ist einfach«, Lene hoffte, die Wogen zu glätten und Moritz zu seinem halbwegs kühlen Kopf zurückzuverhelfen, »dass Wolfgang und Resa ein gesellschaftliches Tabu gebrochen haben, das natürlich ganz zu Recht ein Tabu ist. Wenn dich das persönlich anekelt, dann ist das okay. Ich meine allerdings, dass wir uns in unserem Job ständig mit dem Bruch gesellschaftlicher Tabus herumschlagen, in den allermeisten Fällen allerdings, weil jemand anderem mutwillig geschadet wurde. Und genau das sehe ich hier nicht. Es war falsch und Unrecht, auch und vor allem nach dem Gesetz. Aber sich in seine Schwester zu verlieben, das ist doch nicht bösartig! Weshalb sollte ich also einen Menschen, der darunter auch noch offensichtlich gelitten hat, so entschieden verachten?«

Lene fing Hennings zustimmenden Blick auf. »Das mache ich erst, wenn ich ihn des Mordes überführt habe«, schloss sie.

»Und es ist doch so«, sagte Henning, »dass man oft genug machtlos ist, wenn man sich zu jemandem hingezogen fühlt.« Er schlug Moritz in einer kumpelhaften Geste auf die Schulter.

Lene grinste in sich hinein. Wenn diese unerwartete Verbrüderung der machtlosen Jungs gegen die manipulativen Frauen ihnen half, sollte sie ihr recht sein.

»Natürlich überschreitet das Grenzen, die nicht überschritten werden dürfen«, fuhr Henning fort. »Natürlich hätten Wolfgang und Resa sich dem entziehen müssen. Aber wie schwer das sein muss, noch dazu, wenn man unter dem gleichen Dach lebt und beide diese Anziehung spüren, kann sich doch jeder der hier Anwesenden vorstellen. Oder?«

Ja, so in etwa sah Lene das auch. Irgendwie verstand sie Moritz' offensichtlichen Ekel. Sie selbst jedoch, die sich das tägliche Leben auf Öd ausmalte, die Blicke und die Nähe zwischen den Geschwistern, konnte und wollte Wolfgang nicht verurteilen. Nicht deshalb. Und insgeheim war sie sogar froh darüber, dass das Gesetz jetzt, drei Jahrzehnte nach der »Tat«, keine Handhabe mehr hatte.

»Ich bleibe dabei«, antwortete Moritz trotzig, aber bei Weitem nicht mehr so aufgebracht wie gerade eben. »Das ist abartig.«

»Dann ist hier jetzt die Strategie, die dir vorhin gefehlt hat.« Lene erhob sich von ihrem Stuhl. »Halt dich zurück.«

»Ich habe nur eine Bitte.« Wolfgangs Stimme klang rau, er räusperte sich angestrengt. »Sagen Sie meiner Frau nichts davon.«

Die Zeit, die er allein in dem kahlen, schlecht beleuchteten Raum verbracht hatte, hatte ihn demütig gemacht. Von Trotz oder Auflehnung war in diesem Augenblick nichts mehr zu spüren, stellte Lene zufrieden fest. »Das müssen wir leider. Ich kann Ihnen nur anbieten, dass Sie uns zuvorkommen und es ihr selbst sagen.«

Wolfgang war zusammengezuckt wie unter einem Peitschenhieb, jetzt nickte er schicksalsergeben. Sehr gut. Er war bestimmt mürbe genug, um weitere Details preiszugeben.

»Wie lange hatten Sie dieses Verhältnis mit Ihrer Schwester, Herr Bauernfeind?«

Zögerlich setzte er zu sprechen an. »Das hat sich … na ja … langsam angebahnt. Zuerst war das nur eine Spielerei, verstehen Sie? Resa wollte küssen üben. Wie erwachsene Leute sich küssen, hat sie gesagt.« Er lächelte schmerzerfüllt, und Moritz wandte sein Gesicht ab, um sein Grauen zu verbergen. »Damals war ich fünfzehn, Resa muss also dreizehn gewesen sein.«

»Und wann wurde aus der Spielerei Ernst?«

Für einen Moment barg Wolfgang Bauernfeind sein Gesicht in den Händen, dann sah er Lene wieder an. »Ich kann nicht genau sagen, ab wann. Aber irgendwann –«

»Hatte sich das Spiel verselbstständigt«, schloss Lene seinen Satz. »Und wann kam es dann zu einem Ende?«

»Als ich nach Cham gezogen bin«, antwortete Wolfgang. »Mit neunzehn.«

»Das ist eine lange Zeit«, stellte Moritz fest. »Wurde Resa nie schwanger?«

Wolfgang Bauernfeind sah Moritz an, als nähme er seine Anwesenheit erst jetzt zur Kenntnis. »Ich habe gewusst, wenn das passiert, dann ist alles aus.« Mit einer nervösen Geste kratzte er sich über den Blauschatten, der sich auf seinen Wangen abzeichnete. »Dann schmeißen sie uns raus, oder wenigstens die Resa, und …« Er schüttelte erstaunt den Kopf, als könne er selbst nicht glauben, dass er so offen über die damalige Zeit sprach.

»Vielleicht bin ich Abschaum, weil ich mit meiner eigenen Schwester geschlafen habe.« Er erwiderte Moritz' Blick beinahe herausfordernd. Anscheinend spürte er, wie Moritz über ihn dachte. »Aber dumm bin ich nicht.«

»Sie haben versucht, diese Beziehung geheim zu halten.«

»Ja, ich schon«, erwiderte Wolfgang. »Ich wusste ja, was ich tat. Und dass ich genau das nicht tun durfte. Resa hingegen … Sie hat nicht wirklich verstanden, was eigentlich dagegenspricht. Deshalb hat sie sich wohl schwergetan damit, mich vor der restlichen Familie nicht anders zu behandeln als die anderen Brüder. Und sie hat immer davon geredet, wegzugehen, irgendwohin, wo uns keiner kennt, wo ihr niemand verbietet, ihren Bruder zu lieben.« Bei der Erinnerung daran schlichen sich Zweifel in seinen Blick.

»Aber das wollten Sie nicht?«

»Nein«, antwortete er entschieden. »Eigentlich wollte ich nur ein ganz normales Leben.«

Was ihm letztlich gelungen war. Auch wenn die langen Schatten der Vergangenheit jetzt drohten, genau dieses Leben zu zerstören. Henning, der erneut von dem abseitigen Stuhl an der Wand aus das Geschehen verfolgte, bedachte Wolfgang mit einem bedauernden Blick.

»Was mich noch interessieren würde …« Moritz fixierte Wolfgang unverwandt. Anscheinend überwog die Neugier endlich den Ekel. »Wo sind Sie Ihrem … äh … munteren Treiben denn nachgegangen? Immerhin wollten Sie ja wahrscheinlich nicht … währenddessen ertappt werden.«

Lene beschloss, Moritz später zu sagen, dass er stotternd und mit roten Ohren recht niedlich aussah.

»Es gab nur ein paar Orte, wo wir uns treffen konnten.« Wolfgang war mit einem Mal wieder wortkarg.

»Welche?«

Wolfgang zögerte, dann resignierte er. »Die Waldhütte vom alten Oswald zum Beispiel.«

»Und sonst?«

»Verschiedene andere Verstecke im Wald.«

»Herr Bauernfeind«, sagte Moritz mit beträchtlicher Ungeduld.

Wolfgang räusperte sich wieder. »Die Höhle.«

»Dieselbe Höhle, die Julia im Wald gesucht hat?«

Wolfgang murmelte zustimmend.

Das war ein bisschen zu auffällig, um als Zufall verbucht zu werden. Lene tauschte einen schnellen Blick mit Henning, der verhalten nickte, und wandte sich dann wieder an Wolfgang. »Ihre Liebesbeziehung endete also, als Sie nach Cham gezogen sind?«

»Na ja, nicht sofort«, räumte Wolfgang ein. »Das ging eher schleichend. Ich bin nach und nach immer besser damit klargekommen, Resa kaum mehr zu sehen. Meine Arbeit hat mir Spaß gemacht, ich habe Freunde gefunden, schließlich Lydia kennengelernt. Ich musste endlich keine Angst mehr haben, entdeckt zu werden, und keine Schuldgefühle mehr, weil ich etwas Verbotenes tue.« In einer beinahe entschuldigenden Geste hob er die breiten Schultern.

»Wie ist Resa mit der Trennung klargekommen?«, fragte Moritz.

Wolfgang seufzte. »Natürlich wäre es ihr anders lieber gewesen. Aber sie hat wohl auch gewusst, dass sie mich nie ganz verlieren würde, schließlich war ich ihr Bruder.«

»Hat sie weiterhin Annäherungsversuche gemacht?«

»Ab und an, ja.« Er strich sich den fein perlenden Schweiß von der Stirn. »Aber als sie gemerkt hat, dass ich dann noch seltener nach Hause komme, hat sie aufgegeben.«

Das passte nicht unbedingt zu dem Bild, das Lene sich von Resa gemacht hatte. Und genau an diesem Punkt wollte sie ansetzen. »Kommen wir zu jenem Sonntag, an dem Resa verschwunden ist. Wie hat sie auf die Nachricht Ihrer Verlobung reagiert?«

Mit einem Ausdruck der Gleichgültigkeit starrte Wolfgang auf seine breiten Pranken hinab. »Gar nicht.«

»Ich habe eine andere Theorie, Herr Bauernfeind. Die auch erklärt, weshalb Sie mir jetzt plötzlich nicht mehr in die Augen sehen.«

»Und die wäre?«, fragte er und starrte Lene an.

»Ich glaube, dass Resa zu diesem Zeitpunkt noch immer versucht hat, Sie umzustimmen. Sie wieder für sich zu gewinnen. Und ich glaube auch, dass Sie es nicht geschafft haben, sich ihr zu entziehen. Für Sie gab es also nur einen Ausweg.« Lene beugte sich vor, ohne den Blickkontakt mit Wolfgang zu unterbrechen. »Resa musste sterben.«

Hatte Lene Entsetzen erwartet, so wurde sie enttäuscht. Stattdessen saß Wolfgang mit unbewegter Miene vor ihr. Nur sein beschleunigter Atem war in der Stille zu hören. »Das ist nicht Ihr Ernst, oder?« Er schüttelte den Kopf. »Resa war meine Schwester!«

»Leider nicht nur«, unkte Moritz neben Lene.

»Ich habe meine Meinung geändert«, erwiderte Wolfgang tonlos. »Lassen Sie mich sofort meinen Anwalt anrufen.«

»Das war zu erwarten«, stellte Henning draußen auf dem Flur fest, während Moritz den gewünschten Anwalt organisierte. »Was hast du jetzt vor?«

»Nichts anderes als bisher.« Lene lehnte sich an die Wand. Das Gespräch hatte sie erschöpft, ohne dass sie selbst so genau wusste, weshalb. »Ihn nochmals zu den genauen Vorgängen am Tag von Resas Verschwinden befragen. Und ihn mit dem Verbrechen an Josefa konfrontieren. Er hat nun mal das beste Motiv. Ob mit Anwalt oder ohne, das macht keinen großen Unterschied.«

Vielleicht würde der Jurist Wolfgang dazu raten, auf die eine oder andere Frage keine Antwort zu geben, aber eine grundlegende Verweigerung der Aussage würde er ihm wohl nicht empfehlen. Schließlich käme das mehr oder weniger einem Schuldeingeständnis gleich.

»Aber zuvor lasse ich noch jemand anderen hier antanzen«, fuhr Lene fort. Auch sie hatte ein dringendes Telefonat zu führen.

»Jetzt machst du's aber spannend.« Henning lächelte auf sie herunter. Anscheinend genoss er den »Live-Tatort«, der ihm hier geboten wurde, über alle Maßen.

»Wolfgang Bauernfeind darf wie versprochen seiner Frau selbst erzählen, weshalb er derzeit unsere Gastfreundschaft genießt«, sagte Lene und wandte sich zur Tür. »Allerdings in meinem Beisein.«

ELF

Lydia Bauernfeind saß auf einem der Wartestühle im Flur und kaute an ihren Fingernägeln. Zum Glück hatte sie an diesem Tag keinen Dienst im Krankenhaus, sodass es unproblematisch gewesen war, sie so schnell wie möglich in die Dienststelle zu beordern.

Hatte Lene gedacht, dass nichts auf dieser Welt Wolfgangs Frau so aufbringen konnte wie das Verschwinden ihrer Tochter, so wurde sie nun eines Besseren belehrt.

»Was ist passiert?« Lydia sprang auf, kaum dass sie Lene am Ende des Flurs auf sich zukommen sah. »Weshalb halten Sie meinen Mann fest?«

»Von Festhalten kann bisher keine Rede sein.« Lene legte automatisch ihre Hand auf Lydias Oberarm, doch zum ersten Mal schien Julias Mutter nicht dankbar für diese Form des Trostes. Ruppig zog sie ihren Arm weg.

»Wir sind mitten in der Vernehmung und warten auf den Anwalt Ihres Mannes.«

»Anwalt? Was hat Wolfgang getan?«

»Das wissen wir nicht«, antwortete Lene vage. »Er möchte Ihnen aber in jedem Fall etwas sagen. Deshalb sind Sie hier.« Und um danach meine Fragen zu beantworten, fügte Lene in Gedanken hinzu.

Sie ging voraus durch die Gänge der Dienststelle und wunderte sich darüber, dass Lydia geflissentlich Abstand hielt. Bisher war ihr Wolfgangs Frau offen erschienen, zugänglich, kommunikativ. Jetzt aber behandelte sie Lene, als habe diese Wolfgang nicht nur vernommen, sondern ihn gleichzeitig noch gefoltert und schließlich zum Tod durch Vierteilen verurteilt. Als sie aber vor der Tür zum Vernehmungsraum ankamen, stellte Lene fest, dass Lydias argwöhnische Haltung einer plötzlichen Nachdenklichkeit gewichen war.

»Er hat nichts Schlimmes getan, oder?«, fragte sie.

»Sprechen Sie einfach selbst mit ihm.« Lene verzichtete dieses Mal darauf, ihre Hand auf Lydias Oberarm zu legen. Stattdessen öffnete sie die Tür und ließ Lydia vor sich eintreten.

Entgegen Lenes Erwartung sprang Wolfgang sofort auf, als er seine Frau eintreten sah. Von der verdrucksten Haltung, die Lene als ein Zeichen seiner Scham gewertet hatte, war in diesem Augenblick nichts zu sehen, stattdessen ging er seiner Frau mit ruhigen Schritten entgegen. Lydia hingegen blieb wie angewurzelt stehen, sodass Lene hinter ihr gerade so mit in den Raum schlüpfen konnte. Um den beiden wenigstens halbwegs das Gefühl zu vermitteln, unter sich zu sein, zog sie ihren Stuhl an die Wand, bevor sie sich setzte.

»Was ist passiert?«, flüsterte Lydia, ohne gegen die Tränen anzukämpfen, die ihr plötzlich übers Gesicht rollten. Anscheinend hatte ihr der Anblick ihres Mannes, sichtlich erschöpft in diesem kahlen, düsteren Vernehmungszimmer, den Rest gegeben.

Wolfgang räusperte sich und griff nach ihren Händen. »Es gibt etwas, was du nicht weißt«, sagte er und sah seine Frau beschwörend an. Als wollte er sie hypnotisieren, schoss es Lene durch den Kopf. Ob er glaubte, Lydias Schock, der zweifellos folgen würde, auf diese Weise mildern zu können?

Sie sah ihn an, ohne ihre Hände zu lösen und sich die Tränen vom Gesicht zu wischen.

»Resa …«, setzte er an, brach dann jedoch ab und starrte zu Boden.

»Ja?«, fragte Lydia kaum wahrnehmbar.

»Resa und ich«, fuhr er fort und sah seiner Frau fest in die Augen. Als wollte er ihr nur mit Blicken sagen, was ihm mit Worten so schwerfiel. »Bitte reg dich nicht auf«, stammelte er. »Das war lange, bevor wir beide uns kennengelernt haben.«

Natürlich hatte er keine andere Wahl, als in Lenes Beisein diese Behauptung zu wiederholen.

Lydia erwiderte seinen intensiven Blick, der zu fragen schien, ob sie verstanden hatte. Sie jedoch fragte mit erstickter Stimme: »Was? Wovon redest du?«

»Resa war eine Zeit lang nicht nur eine Schwester für mich«, gestand er schließlich ein. »Wir …«

Zu Lenes Erstaunen bedachte Wolfgang sie mit einem hilfesuchenden Blick. Sie schüttelte den Kopf. An dieser Stelle wollte sie beim besten Willen nicht eingreifen.

»Wir«, wiederholte er und senkte schamerfüllt die Augen, »wir hatten eine Beziehung.«

»Was?« Lydia stand mit einem Mal völlig starr, auch der Tränenstrom war versiegt. »Was sagst du da? Das ist nicht dein Ernst.«

»Es tut mir leid«, flüsterte er, ohne sie anzusehen. »Aber das hat nichts mit uns zu tun, das musst du mir glauben! Es war längst vorbei, als –«

»Darüber muss ich nachdenken«, fiel sie ihm ins Wort, löste ihre Hände aus seinen und gebot ihm mit erhobener Hand Einhalt. Die Wimperntusche-Schlieren in ihrem Gesicht hoben ihre Blässe noch mehr hervor, dennoch schien sie nicht so nah am Zusammenbruch zu sein, wie Lene befürchtet hatte.

Wolfgang streckte wieder die Hände nach ihr aus, aber Lydia entzog sich ihm. »Lass mich«, sagte sie, dann wandte sie sich an Lene. »Ich muss hier raus.«

Lene erhob sich. Dennoch: Die gewünschte Zeit, um die Neuigkeit sacken zu lassen, konnte sie Lydia im Augenblick leider nicht zugestehen.

✺✺✺

Julias Hand zitterte, als sie die Nummer der Kommissarin wählte. Es war seltsam. Zunächst hatte sie den Gedanken an Agnes' Behauptung kaum ertragen. Langsam aber begann diese zunächst schier unvorstellbare Beziehung zwischen ihrem Vater und seiner eigenen Schwester zur Realität zu werden. Ob Frau Wagenbach mittlerweile die Wahrheit herausgefunden hatte? Und … Julias Herz stockte. Ob auch Mama inzwischen davon wusste?

Ach, Mama. Ich würde so gern mit dir reden.

»Man gewöhnt sich an alles«, war einer von Mamas Lieblingssprüchen, wenn sich eine neue Entwicklung in Julias Leben auftat, die Julia so gar nicht schmeckte. Stimmte das? Vielleicht. Der Gedanke an Papa und Resa war immer noch grauenvoll, aber er war nicht mehr undenkbar.

Das Freizeichen ertönte, und Julia hielt unwillkürlich den Atem an. Sie musste wissen, was zu Hause vor sich ging, und gleichzeitig hatte sie Angst davor. Angst vor dem Leid ihrer Mama, Angst davor, dass das Leben, so wie sie es kannte, auseinanderbrechen würde. Und dass sie selbst es gewesen war, die mit ihrer verdammten Neugier dieses Auseinanderbrechen herbeigeführt hatte.

»Kripo Regensburg, Klara Leitmayer«, meldete sich eine energische Frauenstimme am anderen Ende der Leitung.

»Ich … äh … Julia Bauernfeind hier«, stammelte sie. »Ich würde gern mit Frau Wagenbach sprechen.«

»Haben Sie neue Hinweise?«, fragte die Frau forsch.

»Nein. Ich wollte nur wissen –«

»Frau Wagenbach ist im Gespräch und darf nicht gestört werden.«

Verdammt.

»Soll sie Sie zurückrufen? Sind Sie unter der angezeigten Nummer erreichbar?«

Julia nickte. Dann erst fiel ihr ein, dass die Frau das nicht sehen konnte. »Ja, bitte. Es ist dringend.« Würde sie auch später noch den Mut aufbringen, sich dem, was Frau Wagenbach zu sagen hatte, zu stellen?

»Ich werde es ihr ausrichten. Danke für Ihren Anruf.« Mit diesen Worten legte die Frau auf und ließ Julia mit ihrer Unruhe allein.

Sie stand auf, wanderte durch das Zimmer, setzte sich neben ihren Rucksack und ließ die Hand hineingleiten. Das Gefühl des kühlen, glatten, unversehrt die Jahre überdauernden Knochens beruhigte sie, auch wenn sie das selbst reichlich makaber fand. Sie hatte es vermieden, über diesen Schädelknochen nachzudenken, aber auch das funktionierte nun nicht mehr. Tante

Resas Schädelknochen fehlte, sie hatte einen Schädelknochen gefunden. In einer Höhle, die Resa gekannt hatte. Die Schlussfolgerung lag auf der Hand.

Wer hatte Resas Schädel dort hingelegt, in diese Nische, die, das war Julia klar, für die Bauernfeind-Kinder damals das perfekte Versteck gewesen sein musste? Ihr fiel der Zettel in diesem Kinderbuch ein, der ja überhaupt erst der Auslöser für ihre Expedition gewesen war. Hatte Resa sich dort also mit Papa getroffen?

Erneut hielt Julia die Luft an. Wenn dieser Ort für Papa und Resa von Bedeutung gewesen war, dann hatte vielleicht Papa den Schädel dort …

Als hätte sie sich verbrannt, zog Julia ihre Hand aus dem Rucksack.

※※※

»Sie müssen selbstverständlich nichts sagen, was Ihren Mann belasten kann«, klärte Lene Lydia auf und nickte ihr aufmunternd zu.

»Das ist doch Unsinn!«, fuhr Lydia sie an. »Es gibt nichts, was meinen Mann belasten könnte. Er hat nichts getan!«

»Zumindest im Hinblick auf das Verhältnis zu seiner Schwester ist das leider nicht richtig.« Auch wenn sie Lydias Reflex der Verdrängung durchaus nachvollziehen konnte, hier ging es nun einmal um Tatsachen.

»Sie haben doch gesagt, dass er dafür nicht mehr belangt werden kann.« Lydia bedachte sie mit einem erstaunlich kühlen Blick.

»Richtig«, räumte Lene ein. »Das ändert aber nichts daran, dass er damals das Gesetz gebrochen hat. Wie dem auch sei, ich möchte nur, dass Sie Ihre Rechte kennen, Frau Bauernfeind.«

»Das tue ich.« Lydia atmete tief durch. »Wir haben nichts zu verbergen.«

Lene wunderte sich über die plötzlich wieder offen zur Schau getragene Feindseligkeit. Vielleicht war diese aber auch dem Schock zuzuschreiben, unter dem Lydia zweifellos stand. Wirklich angekommen waren die Neuigkeiten über das Verhältnis zwischen ihrem Mann und Resa bei Lydia Bauernfeind offenbar noch nicht.

»Ich würde gerne nochmals die Ereignisse am Tag von Resas Verschwinden mit Ihnen Revue passieren lassen«, kam Lene zum Punkt.

»Wie oft denn noch?« Lydia Bauernfeind hob in einer Geste der Verzweiflung die Hände. »Das hätte eigentlich ein glücklicher Tag sein sollen. Stattdessen hängt Resas Verschwinden seither wie ein finsterer Schatten über meinem ganzen Leben!«

»Jetzt, wo wir wissen, dass Ihr Mann mit seiner Schwester ein inzestuöses Verhältnis hatte, haben sich die Vorzeichen geändert«, erklärte Lene und mühte sich, ruhig zu bleiben. Lydias Widerstand fing an ihr auf die Nerven zu gehen. Konnte diese Frau denn nicht enttäuscht und schockiert vor sich hinschluchzen, wie es wahrscheinlich die meisten anderen entsetzten Ehefrauen an ihrer Stelle getan hätten? »Ich kann Ihnen das nicht ersparen.«

Als hätte Lydia ihre Gedanken gelesen, verschwand die Wut aus ihrem Gesicht. Stattdessen traten wieder Tränen in ihre Augen, die sie mit dem Handrücken eilig fortwischte. »Nun gut«, sagte sie mit einem resignierten Seufzen.

»Zu welcher Uhrzeit sind Sie an diesem Tag auf Öd angekommen?«

»Das war so gegen drei viertel zwölf.« Lydia fing sich wieder, das Zittern ihrer Unterlippe ließ nach. Mit einer energischen Geste streifte sie sich das üppige Haar hinter die Schultern. »Wir waren ein bisschen spät dran, die anderen saßen schon beim Essen.«

»Wie ging es dann weiter?«

»Wir haben gegessen, danach sind Hans und Konrad zum Bahnhof aufgebrochen. Auch sie waren in Eile, weil Konrad Angst hatte, den Zug zu verpassen und noch länger auf Öd festzusitzen.« Ein verständnisvolles Lächeln deutete sich auf ihrem Gesicht an.

»Wann haben Sie und Ihr Mann von Ihrer geplanten Hochzeit erzählt?« Tatsächlich hatte Lene hierzu noch keinen Vermerk gefunden.

»Beim Kaffee«, antwortete Lydia knapp, fügte dann jedoch hinzu: »Eigentlich wollten wir das nach dem Essen tun, aber weil Hans und Konrad so eilig gefahren sind, haben Wolfgang und ich uns entschlossen, bis zum Nachmittag zu warten.«

»Und wie sind die Reaktionen der einzelnen Familienmitglieder ausgefallen?«, bohrte Lene weiter. »Fangen wir mit Ihrer Schwiegermutter an.«

»Sabina hat sich gefreut«, antwortete Lydia lapidar. »Und eine Flasche Sekt aufgemacht. Der hat leider gekorkt, falls Sie auch das wissen möchten. Scheint aber außer mir niemanden gestört zu haben.«

»Sie brauchen nicht schnippisch zu werden.« Lene bemühte sich um einen behutsamen Tonfall. »Ich tue hier nur meinen Job. Und ich habe alle Hebel in Bewegung gesetzt, um Ihre Tochter zu finden. Dass ich die Ermittlungen nicht abbrechen kann, nur weil für Sie das Wichtigste erledigt ist, müsste Ihnen eigentlich klar sein.«

Lydia Bauernfeind sah sie einen Augenblick an. »Entschuldigen Sie.« Sie versuchte sich an einem versöhnlichen Lächeln. »Das ist mir momentan alles ein bisschen zu viel.«

»Das verstehe ich.« Lene erwiderte ihr Lächeln. Wenn es bloß immer so einfach wäre, den Kontakt zu einem wichtigen Zeugen wiederherzustellen. »Bitte versuchen Sie dennoch Ihr Bestes. Können Sie sich noch an die Reaktion Ihres Schwiegervaters erinnern?«

Lydia zögerte einen Augenblick, dann sagte sie: »Mein Schwiegervater war kein besonders herzlicher Mensch, das hatte ich ja schon erwähnt. Auch nicht im Umgang mit seiner Frau und den Kindern.« Sie legte die Stirn in Falten. »Selbst wenn er sich gefreut hätte, hätte man ihm das wahrscheinlich nicht angemerkt. Aber er schien zumindest nichts gegen unsere Verlobung zu haben.«

»Wie steht es mit Resa? Wie hat sie reagiert?«

Natürlich musste Lydia ahnen, dass es genau diese Frage war, die Lene am meisten auf der Seele brannte.

»Mir ist nichts Außergewöhnliches aufgefallen«, antwortete Lydia beinahe beiläufig. »Sie hat uns gratuliert, höflich und freundlich.«

»Wie genau? Per Handschlag?«

Sie sah nachdenklich aus dem Fenster, als versuchte sie verzweifelt, die Erinnerung hervorzukramen. Dann wandte sie sich wieder Lene zu. »Um ehrlich zu sein, ich weiß es nicht mehr genau. Aber ich vermute, sie hat ihren Bruder umarmt. Alles andere hätte ich wohl ungewöhnlich gefunden und mir gemerkt. Und mir, wir kannten uns ja nicht gut, hat sie die Hand gegeben, wenn ich mich richtig erinnere.«

»Hatten Sie also nicht das Empfinden, sie störte sich an der bevorstehenden Hochzeit?«

Voller Überzeugung verneinte Lydia. »Dann schon eher Hans. Also, meinen *Schwager* Hans meine ich.«

»Ach ja? Weshalb?«

»Das habe ich zunächst auch nicht so ganz verstanden. Mir ist nur aufgefallen, dass er eben nicht besonders erfreut gewirkt hat. Vor allem seine Gratulation an Wolfgang fiel recht spärlich aus. Aber Wolfgang hat es mir dann später erklärt.«

»Was genau?«

»Na ja, das mit der Agnes. Diese Beziehung haben ja letztlich meine Schwiegereltern auf dem Gewissen.« Lydia schüttelte den Kopf, als verstünde sie nicht, wie Eltern sich derartig in das Liebesleben ihrer Kinder einmischen konnten.

»Man kann über die Agnes sagen, was man will, aber der Hans und sie, die haben sich wirklich gemocht. Tun sie ja immer noch. Und sie haben sich an meinen Schwiegereltern die Zähne ausgebissen.« Sie seufzte. »Und dann komme ich daher, lasse mich kaum auf Öd blicken und werde dennoch als zukünftige Ehefrau gutgeheißen. Das hat den Hans natürlich gewurmt.«

»Verständlicherweise«, stellte Lene fest und versuchte nachzuvollziehen, was an diesem Tag in Hans vorgegangen sein musste. An einem Tag, wo er selbst im Begriff stand, die Liebe seines Lebens zu verlieren, während der eigentliche Verursacher all seiner Probleme mit einer hübschen Frau in ein vermeintlich sorgenfreies Leben durchstartete.

»Weshalb waren Ihre Schwiegereltern gegen eine Hochzeit von Hans und Agnes? Was glauben Sie?«

»Angeblich war die Agnes bekannt dafür, alles weiterzutratschen. Ich kann mir darüber kein Urteil erlauben, aber das ist im Wald nichts Besonderes. Wo so wenig geboten ist, ist die Tratscherei nun mal das liebste Mittel gegen Langeweile. Ich persönlich glaube eher, es ging ums Geld. Wahrscheinlich haben sie gehofft, dass sich der Hans eine andere sucht, die von daheim eine ordentliche Mitgift kriegt, sodass sie die marode Hütte sanieren können. Tja.« Mit schlecht verhohlener Schadenfreude zuckte sie die Achseln.

»Sie haben also die Gratulationen entgegengenommen, Sekt und Kaffee getrunken, Kuchen gegessen«, fasste Lene zusammen. »Es kam währenddessen zu keiner Eskalation? Es gab keinen Streit?«

»Nein. Alles in bester Ordnung. Abgesehen vom Kaffee des Grauens, den meine Schwiegermutter braut.«

Lene erinnerte sich an die durchscheinende Brühe, in deren Genuss sie erst am Vortag gekommen war, und konnte sich ein Grinsen nicht verkneifen. »Was ist danach passiert?«

»Wie schon damals zu Protokoll gegeben.« Lydia sprach mit einem dezent genervten Unterton. »Wir sind spazieren gegangen.«

»Wohin?«

»In den Wald«, antwortete Lydia knapp, besann sich dann aber eines Besseren. »Es war heiß an diesem Tag, da bietet sich das ja an.«

»Zur Hütte?«

Lydia bedachte sie mit einem aufrichtig entsetzten Blick. »In der Resa gefunden wurde? Nein.« Sie schüttelte heftig den Kopf, dann fügte sie hinzu: »Ich kenne diese Hütte nicht.«

»Sind Sie auf Ihrem Spaziergang Resa begegnet?«

»Nein.«

Anscheinend hatte sich Lydias Gesprächigkeit nun wieder erschöpft. Lene konnte nachvollziehen, dass sie unter den neuen Umständen noch weniger Lust als sonst verspürte, über ihre tote Schwägerin zu sprechen. »Wann haben Sie sie zuletzt gesehen?«, bohrte sie dennoch weiter.

Betont gleichgültig sagte Lydia: »Das weiß ich nicht mehr genau. Auf jeden Fall noch auf Öd selbst. In der Stube. Oder vor dem Haus. Keine Ahnung …«

»Haben Sie sich während des Nachmittags von Ihrem zukünftigen Mann getrennt? Wenn auch nur für ein paar Minuten?«

Die Feindseligkeit, die Lene schon vom Beginn des Gesprächs kannte, schlich sich wieder in Lydias Blick. »Worauf zielen Sie ab?«

»Das tut nichts zur Sache. Bitte antworten Sie.«

»Nein«, sagte Lydia entschieden. »Wir waren die ganze Zeit zusammen.«

Ein vorsichtiges Klopfen ertönte, dann steckte Moritz seinen Lockenkopf herein. »Herr Bauernfeind hat sich mit seinem Anwalt besprochen. Wir können weitermachen.«

Schon bei ihrer Rückkehr in den Vernehmungsraum wurde Lene klar, dass mit diesem Anwalt, der sich als Dr. Wellenbrink vorstellte, behutsam umgegangen werden musste. Er hatte die breitbeinige, nach penetranter Selbstgefälligkeit stinkende Aura um sich, die Männer über fünfzig so häufig ausstrahlten, wenn sie ein Leben lang vom Erfolg verwöhnt gewesen waren. Anmaßung und Arroganz strömten aus jeder Pore seines massigen Körpers. Hier war also leider Diplomatie gefragt, wenn sie schlussendlich triumphieren wollte.

Mit einem leisen Stich des Bedauerns sah sie auf den zwischenzeitlich leeren Sitzplatz an der Wand. Henning war von einer völlig aufgelösten Mitarbeiterin in sein neues Büro beordert worden, nachdem die Umzugsfirma aus unerfindlichen Gründen die Hälfte der ursprünglich in den Kisten verstauten Unterlagen und Arbeitsmaterialien lose anschleppte. Ein ermutigender Blick von ihm hätte ihre aufkeimende Nervosität sicherlich abgemildert. Egal, Lene. Nichts anmerken lassen.

»Was genau werfen Sie meinem Mandaten vor?«, raunzte Wellenbrink.

»Bisher nichts«, antwortete sie leichthin. »Ich stelle lediglich Fragen.«

»Mein Mandant hat mir gerade etwas anderes erzählt.« Wellenbrink lehnte sich breitbeinig zurück.

»Hat er dafür Beweise?«, fragte Lene.

Wellenbrink bedachte sie mit einem gleichgültigen Blick.

Trotzdem, eins zu null für sie. Lene nahm kurzen Blickkontakt mit Moritz auf, der sich bereit erklärt hatte, die Rolle der Schreibkraft zu übernehmen, nachdem sich die anderen Kollegen nach und nach in den Feierabend verabschiedeten. Moritz deutete ein Nicken an.

»Kommen wir zurück zu jenem Sonntag, an dem Ihre Schwester Resa verschwunden ist«, sagte Lene an Wolfgang Bauernfeind gewandt und lehnte sich nun ihrerseits vermeintlich entspannt zurück. »Sie haben gesagt, Ihre Schwester habe auf die Nachricht Ihrer Verlobung gar nicht reagiert. Können Sie diese Aussage präzisieren?«

»Das ist fast dreißig Jahre her!«, fuhr er sie an. »Soll ich das heute noch so genau wissen?«

»Nun«, Lene konnte sich einen herausfordernden Blick nicht verkneifen, »angesichts Ihrer gemeinsamen *Vorgeschichte* ist es naheliegend, dass die Reaktion Ihrer Schwester durchaus von Interesse für Sie war. Hat sie Ihnen gratuliert?«

»Kann schon sein«, brummte Wolfgang, ohne sie anzusehen.

»Wann haben Sie Resa an diesem Tag zuletzt gesehen?«

»Nach dem Kaffeetrinken. Das habe ich bereits vor Jahrzehnten ausgesagt.«

»Und wo? In der Stube? Vor dem Haus?« Lene sah ihn eindringlich an. »Oder vielleicht doch am Waldrand?«

»Irgendwo am oder im Haus. Auch das weiß ich nicht mehr so genau. Darauf achtet man doch nicht!«, begann er sich sofort wieder zu ereifern. »Kein Mensch konnte damit rechnen, dass –«

»Auch das halte ich für seltsam.« Lene blieb freundlich. »Wenn ein Angehöriger spurlos verschwindet, weiß man doch im Normalfall sehr genau, wann man diese *geliebte Person* zuletzt angesehen hat.«

»Das Verschwinden seiner Schwester war für meinen Mandanten außerordentlich belastend«, stellte Wellenbrink fest. »Jeder reagiert auf solche Schicksalsschläge anders, meinen Sie nicht?«

»Natürlich«, antwortete Lene liebenswürdig. »Ich stelle nur fest, dass ich persönlich diese Gedächtnistrübung sehr ungewöhnlich finde.« An Wolfgang gewandt fuhr sie fort. »Sie sind dann also mit Ihrer jetzigen Frau spazieren gegangen. Wohin?«

»In den Wald.«

»Geht das genauer? Oder wissen Sie das auch nicht mehr?«

Wolfgang funkelte sie an. »Soll ich Ihnen hier die Route erklären?«

»Ja«, erwiderte Lene. »Das wäre toll.«

Wolfgang schnaubte. »Das ist doch albern. Wir sind einfach ein Stück in den Wald reingegangen, dann haben wir wieder umgedreht und sind zurück nach Öd.«

»Wenn wir gemeinsam dorthin fahren, können Sie mir die zurückgelegte Strecke dann zeigen?«

»Das halte ich nicht für angezeigt«, schaltete sich Wellenbrink ein.

»Ach?« Lene zuckte die Schultern. »Ich schon, sofern mir Herr Bauernfeind den Weg nicht ohne Ortsbegehung erklären kann.«

Wolfgang seufzte, als hätte man ihn zu einer besonders unangenehmen Arbeit verdonnert. »Wir sind eigentlich die ganze Zeit auf dem Weg geblieben, der quer durch das Waldstück führt.«

»Also kein Abstecher zur Waldhütte? Oder zur Höhle?«, fragte Lene, nur um sicherzugehen. Im Grunde fände sie es ziemlich dreist, wenn Wolfgang seine zukünftige Frau zu den Orten geführt hätte, wo er sich zuvor mit Resa verlustiert hatte.

»Nein«, antwortete Wolfgang mit fester Stimme.

»Haben Sie den ganzen Wald durchquert?«

Wellenbrink wollte wieder das Wort ergreifen, aber Wolfgang war schneller. »Nein«, fuhr er Lene an. »Das habe ich doch gerade schon gesagt. Wir sind vielleicht bis zur Hälfte gegangen, dann sind wir umgedreht.«

Es war an der Zeit, einen kleinen Trumpf aus der Tasche zu ziehen. »Sie haben damals ausgesagt, und das wurde auch von den anderen Familienmitgliedern bestätigt, dass Sie gegen fünfzehn Uhr aufgebrochen und erst gut zwei Stunden später zurückgekehrt sind.«

Lene erinnerte sich an ihre Waldbegehung mit Henning, die, wenn man den Abzweig zur Hütte einberechnete, mindestens den doppelten Weg umfasst hatte. Dafür hatte sie mit Henning knapp drei Stunden gebraucht, und das, obwohl sie bei der Hütte eine halbe Stunde das Gestrüpp abgesucht hatten. Wolfgangs Rechnung ging nicht auf. »So lange dauert der von Ihnen beschriebene Spaziergang nicht. Also, was hat Sie aufgehalten?«

Wolfgang stutzte einen Moment, dann zeichnete sich ein süffisantes Grinsen auf seinem Gesicht ab. »Ich war mit meiner Verlobten unterwegs«, antwortete er. »Was glauben Sie, was könnte wohl passiert sein?«

Anscheinend hoffte er, Lene damit in Verlegenheit zu bringen. Aber, das war der Vorteil dieses Jobs, nach fünfundzwanzig Dienstjahren gab es nur noch wenige Dinge, die das schafften. »Aktenzeichen XY … ungelöst« zum Beispiel. Sex im Wald aber definitiv nicht.

»Sie hatten also Geschlechtsverkehr?«

Wellenbrink hob die Hand. »Das geht zu weit«, donnerte er. »Ich glaube nicht, dass dieser Teil der Privatsphäre meines Mandanten für Ihre Ermittlungen eine Rolle spielt.«

»Ach, nicht? Dann helfe ich Ihnen gern auf die Sprünge«, antwortete Lene betont freundlich. »Ihr Mandant hatte eine sexuelle Beziehung zu seiner eigenen Schwester. Ihr Mandant hat den im Wald erfolgten Geschlechtsverkehr soeben selbst zur Sprache gebracht. Und die Dauer sowie der genaue Ablauf des *Spaziergangs* sind schon allein deshalb wichtig, weil seine Schwester in diesem Zeitfenster verschwunden ist.«

Nach einem kurzen Nicken an die Adresse des erfolgreich zum Schweigen gebrachten Anwalts wandte sie sich wieder Wolfgang zu. »Also?«

»Ja«, sagte er.

»Wo?«

Einen Augenblick überlegte er, dann sah er sie unverwandt an. »Ein paar Meter abseits des Weges, auf einer kleinen Lichtung. Aber die Stelle ist mittlerweile bestimmt zugewachsen.«

»Natürlich«, erwiderte Lene. »Kann Ihre Frau das bestätigen?«

Wolfgang räusperte sich und wischte sich wie nebenbei über die Stirn, auf der sich feine Schweißperlen gebildet hatten. »Ich denke doch«, antwortete er mit einem leisen Anflug dieses männlichen Ich-bin-der-geilste-Hengst-Humors, den Lene auf den Tod nicht ausstehen konnte.

»Sie sind Ihrer Schwester im Wald nicht begegnet?«, änderte sie nun die Richtung.

Wolfgang schüttelte den Kopf.

»Oder besteht vielleicht doch die Möglichkeit, dass Resa Sie bei Ihrem Schäferstündchen mit der Verlobten entdeckt hat?« Das wäre zumindest ein Grund für eine nachfolgende Eskalation gewesen.

»Nicht dass ich wüsste.« Wolfgang gab sich unbeeindruckt.

Zeit für einen erneuten Richtungswechsel. Sie fing einen bestätigenden Blick von Moritz auf, und Lene entspannte sich ein wenig. »Was sagt Ihnen der Name Josefa Schnabel?«

Wolfgangs Lider flatterten kaum merklich, dann kratzte er sich beiläufig am Kinn. »Josefa war Resas Freundin«, sagte er. »Resas einzige Freundin.«

»Wissen Sie, was Josefa heute macht?«

Wolfgang zog es vor, gleichgültig die Schultern zu heben. Wellenbrink allerdings fixierte Lene wie das sprichwörtliche Kaninchen die Schlange.

»Ich verrate es Ihnen«, begann sie und lehnte sich wieder zurück. »Josefa Schnabel liegt derzeit im tiefen Koma im Krankenhaus der Barmherzigen Brüder, nachdem sie am vergangenen Freitag in ihrem Haus überfallen und minutenlang gewürgt worden ist. Seither ist sie dem Tod näher als dem Leben.«

Wolfgangs Augen hatten sich geweitet, der Anwalt jedoch starrte Lene unter argwöhnisch gesenkten Lidern hervor an.

»Hatten Sie seit dem Tag von Resas Verschwinden irgendeine Form von Kontakt zu Frau Schnabel?«

Wellenbrink griff nach Wolfgangs Arm, wohl um ihn zu erinnern, mit seinen Aussagen vorsichtig zu sein.

Wolfgang ignorierte sowohl ihn als auch Lene, sah auf seine Hände hinab, sah wieder auf. »Nein«, sagte er entschieden. Auf seiner Stirn hatten sich neue Schweißperlen gebildet.

»Wo waren Sie am vergangenen Freitagnachmittag und -abend?«

»Bis zwei in der Firma, dann zu Hause«, entgegnete Wolfgang trotzig. »Weshalb wollen Sie das wissen?«

»Ich habe meine Gründe.«

»Aber vielleicht«, setzte Wolfgang an, »war ja jemand von Öd zu dieser Zeit nicht daheim?«

»Wie meinen Sie das?« Lene wunderte sich über seinen herausfordernden Ton. Immerhin war er im Moment nicht in der Position, ihr mit dieser überlegenen Attitüde hilfreiche Tipps für ihre Ermittlungen zu geben.

»Ganz einfach«, sagte Wolfgang und schüttelte die Hand des Anwalts ab, die sich erneut in einer beschwichtigenden Geste auf seinen Arm gelegt hatte. »Sie versuchen mir hier etwas anzuhängen. Oder glauben Sie, dass ich das noch nicht kapiert habe? Aber wer hat Ihnen eigentlich von meinem Verhältnis mit Resa erzählt?«

Lene schwieg, diesen Ausbruch wollte sie nicht bremsen.

»Lassen Sie mich raten: mein lieber Bruder Hans? Oder doch seine Agnes? Richtig?« Er lachte triumphierend auf. »Und jetzt überlegen Sie bitte, warum.«

»Verraten Sie es mir doch einfach. Was wollen Sie damit andeuten?«

Er zuckte die Achseln, als wollte er seine Aussage schon im Vorfeld relativieren. »Es wäre doch praktisch, jeglichen Verdacht auf mich zu lenken. Oder nicht?«

Lene hatte keine Wahl, für den Moment musste sie sich geschlagen geben. »Ich verstehe«, sagte sie und stand auf. Sie nickte den beiden Herren noch einmal zu, gab Moritz einen Wink, ihr zu folgen, und verließ den Vernehmungsraum.

»Und jetzt?«, fragte Moritz, kaum dass die Tür hinter ihnen ins Schloss fiel.

»Ruf bitte in der Schreinerei und bei Lydia Bauernfeind an. Falls sich die Aussagen zum Freitagsalibi und zur damaligen Freiluftnummer auf der Lichtung mit denen ihres Mannes decken, lass die beiden hier noch zwanzig Minuten schmoren. Dann schick sie nach Hause.«

»Was?«

»Wir können ihn nicht festhalten.«

»Kannst du nicht mit dem Staatsanwalt …«, sagte Moritz und erinnerte Lene dabei an ein uneinsichtiges Kleinkind. »Ihr seid doch so dicke, du und dein Henning.«

»Wir sind nicht dicke, wir sind realistisch.«

»Aber ich glaube, dass er lügt«, startete Moritz einen letzten verzweifelten Versuch, die Situation zu drehen.

»Ich auch«, erwiderte Lene. »Aber das müssen wir leider erst beweisen.«

ZWÖLF

Moritz sah in etwa so müde aus, wie Lene sich fühlte. Er stützte den Kopf schwer auf die Hand und änderte seine Position nur, wenn er ebendiese Hand benötigte, um sie vor seinen vom Gähnen sperrangelweit geöffneten Mund zu halten. Auch Lene hatte den Großteil der Nacht wach gelegen und sich den Kopf darüber zerbrochen, wie sie Wolfgang der Lüge überführen konnte. Denn daran, dass er in einem oder mehreren wichtigen Punkten log, hatte sie kaum Zweifel.

»Die Schwierigkeit ist«, sagte Lene und wiederholte damit das einzige Ergebnis, zu dem sie in der Nacht gekommen war, »Beweise zu finden für eine Straftat, die dreißig Jahre zurückliegt.«

»Langsam glaube ich, das wird nichts mehr.« Moritz unterdrückte ein weiteres Gähnen.

Lene stand auf und stellte sich ans Fenster. »Wir müssen zuerst Josefas Angreifer überführen.«

»Klar, nichts leichter als das. Haben wir ja bis jetzt noch nicht versucht.«

Lene bedachte Moritz mit einem ernsten Blick. »Wahrscheinlich nicht engagiert genug.«

»Und was schwebt dir vor?« Er nahm einen großen Schluck Kaffee, wohl in der Hoffnung, damit endlich seine Lebensgeister zu wecken.

»Fürs Erste teilen wir uns auf«, sagte Lene. »Du schnappst dir noch einmal diese Anna Gruber. Sie soll dir alles sagen, was Josefa in den letzten Monaten von sich gegeben hat. Ausnahmslos alles.«

»Und du?«

»Ich fahre nach Öd. Tatsächlich können auch Hans und Agnes einen guten Grund haben zu lügen.«

Moritz neigte zweifelnd den Kopf, widersprach aber nicht.

»Danach treffen wir uns in Josefas Haus.« Lene freute sich

über ihren plötzlich erwachten Tatendrang, den sie nach dieser Nacht gar nicht erwartet hätte. »Wie weit sind die dort?«

»Fast fertig. Der verweste Müll liegt im Container, der restliche Kram wird heute abtransportiert.«

»Damit sollen sie warten, bis wir uns alles angesehen haben.«

Moritz salutierte und griff schon nach dem Telefonhörer, als Klara ins Büro geeilt kam und Lene einen Notizzettel reichte.

»Julia«, stellte Lene nach einem Blick darauf fest. »Wann hat sie angerufen?«

»Gestern«, antwortete Klara freiheraus.

»Und warum erfahre ich das erst jetzt?«

»Sie waren im Gespräch«, antwortete Klara. »Und danach haben wir uns nicht mehr gesehen.«

Lene schluckte die Belehrung hinunter, die ihr auf der Zunge lag. Sollten sich zukünftig andere Kollegen darum kümmern. Sie brauchte all ihre Energie dafür, endlich diesen enervierenden Fall vom Tisch zu kriegen.

✳✳✳

Julia zuckte zusammen, als das Telefon klingelte. Dann hörte sie Laras schnelle Schritte, den leisen Klang ihrer Stimme, gefolgt von einem lauteren »Julia! Ein Anruf für dich!«, und schließlich das Klopfen an ihrer Tür.

Die Angst vor dem, was Frau Wagenbach ihr sagen würde, schnürte ihr die Kehle zu. Trotzdem hatte sie keine Wahl. Sie stand auf, öffnete die Tür und nahm das schnurlose Telefon entgegen. Lara sah sie fragend an, aber Julia winkte ab, sah ihr zu, wie sie wieder auf den Flur hinauseilte, und schloss die Tür.

»Ja?«, sagte sie zögerlich.

»Hallo, Julia, hier ist Lene Wagenbach«, tönte die energische Stimme der Kommissarin aus dem Hörer. »Wie geht es dir?«

»Na ja«, stammelte Julia. »Es geht so.«

»Ich habe versprochen, offen zu dir zu sein«, fuhr Frau Wagenbach fort. »Und ich gebe zu, es fällt mir schwer. Lieber würde ich dir etwas anderes sagen.«

»Aber?« Julia hörte selbst, wie zittrig ihre Stimme klang.

»Was Agnes gesagt hat, ist wahr. Dein Vater hatte ein Verhältnis mit Resa.«

Nein!, schrie alles in Julia. Nein, nein, nein, das darf nicht wahr sein! Und dennoch wusste sie insgeheim schon längst, dass es stimmte. Schnell weiterreden. Nicht nachdenken. Nicht überlegen, ob sie ihrem Vater jemals wieder gegenübertreten konnte. Wollte. »Und jetzt?«, fragte sie.

»Jetzt versuchen wir herauszufinden, was damals geschehen ist«, antwortete die Kommissarin behutsam.

Panik ergriff Julia. Was hatte sie da bloß ins Rollen gebracht? Ob Frau Wagenbach glaubte, dass …

»Fällt dir noch etwas ein, was uns helfen könnte?«

Sie hörte die Anspannung in der Stimme der Kommissarin. Und die Hoffnung. »Was meinen Sie?«, fragte Julia ein wenig schroff. Dabei wusste sie, dass Frau Wagenbach lediglich ihren Job erledigte. Und dass sie keine andere Wahl hatte, als sie zu fragen.

»Ich frage mich, ob du uns alles erzählt hast, was du weißt. Es gibt so viele Dinge, die noch unklar sind. Es gibt so vieles, was wir noch suchen.«

Zum Beispiel Resas Kopf. Julia sah hinüber zu ihrem Rucksack. Nein, sagte sie sich. Erst in Ruhe nachdenken. Sie hatte mit ihren übereifrigen Nachforschungen schon genug angerichtet, für ihre Familie und sich selbst. In Zukunft würde sie sehr genau abwägen, was sie tat. Was sie erzählte. Und woran zu denken sie sich selbst erlaubte.

»Ich habe nichts mehr zu erzählen«, sagte sie schließlich.

»Du hast sehr lange gezögert«, stellte Frau Wagenbach ohne Groll in der Stimme fest. »Falls dir doch noch etwas einfällt, ruf mich bitte wieder an. Und …« Sie zögerte nun ihrerseits einen Augenblick. »Bitte melde dich bei deiner Mutter. Ich glaube, sie braucht dich jetzt.«

Ausgerechnet der Hinweis auf Mama war es, der Julias gerade wiedererlangte Fassung zum Einsturz brachte.

Sie hatte den Gedanken an das belauschte Gespräch zwischen ihren Eltern bisher konsequent von sich geschoben, jetzt aber drängte er sich plötzlich auf, klar und deutlich. Papas Verzweiflung stand ihr ebenso lebendig vor Augen wie die unerwartete und bis dato unbekannte Kühle Mamas, die Papa ihre Hilfe verweigerte. Schlimmer noch, ihn aufforderte, sich gefälligst selbst um die Angelegenheit zu kümmern. Welche Angelegenheit hatte sie gemeint?

Julia beendete das Gespräch und legte auf. Versuchte, die Erinnerung wegzuschieben, und sah sich doch sofort selbst wieder im dunklen Flur stehen, den Blick auf den schmalen Spalt in der Wohnzimmertür gerichtet, mit angehaltenem Atem. Worüber hatten Papa und Mama gesprochen? Und wann genau war das überhaupt gewesen? Irgendwann letzte Woche. Es kam ihr wie eine Ewigkeit vor. Wie ein früheres Leben.

Es musste der Donnerstag gewesen sein, der Abend, bevor sie heimlich nach Öd aufgebrochen war, fiel ihr ein. Der Abend, bevor Tante Resas Freundin so schwer verletzt worden war. Wieder stockte Julia der Atem. Eilends sprang sie auf, lief aus dem Zimmer. Sie musste sich ablenken. Sie durfte den Gedanken nicht zulassen.

»Lara!«, rief sie. Ein Stadtbummel. Ein Kinobesuch. Irgendetwas, das ihrem Kopf ein paar Stunden Pause gönnte.

✶✶✶

»Vielen Dank noch mal, dass Sie sich beide so schnell hier eingefunden haben«, eröffnete Lene das Gespräch und legte ihre Hände auf den abgeschabten Holztisch der Stube. Den angebotenen Kaffee hatte sie heute wohlweislich abgelehnt.

Hans Bauernfeind junior und seine Agnes saßen gegenüber auf der Eckbank, weder feindselig noch freundlich, vielmehr milde interessiert, was es nun schon wieder zu besprechen gab. Sabina Bauernfeind hatte sich in das Nebenzimmer zurückgezogen, in dem ihr Mann lag, aber Lene war sich sicher, dass sie die Ohren gespitzt hatte.

»Können Sie mir nochmals erklären«, setzte Lene an und

bedachte Agnes mit einem prüfenden Blick, »weshalb Sie Julia schließlich das erzählt haben, was die gesamte Familie Bauernfeind, einschließlich Ihres Lebensgefährten, seit Jahrzehnten zu verheimlichen versucht?«

»Na ja«, murmelte Agnes. »Das war als eine Art Schocktherapie gedacht. Ich habe gehofft, sie kapiert dann endlich, dass die Schnüffelei nicht gut ist.« Sie legte ihre Hände ebenfalls auf den Tisch, dann ballte sie sie zu Fäusten. »Das war ja schon fast krankhaft, diese Neugier! Sie sollte einfach einsehen, dass es oft genug einen guten Grund gibt, etwas zu verschweigen.«

»Indem sie von einem Geheimnis erfährt, das ihre eigene Familie zerstören könnte«, fasste Lene zusammen.

Agnes nickte betrübt, und Hans tätschelte beruhigend ihre Schulter. Anscheinend hatten sich die Querelen zwischen den beiden wieder gelegt.

»Es gibt also noch mehr Dinge, die verschwiegen werden?«

»Wie meinen Sie das?« Agnes kniff misstrauisch die Augen zusammen.

»Nachdem Sie Julia von weiterer Schnüffelei abhalten wollten, liegt dieser Verdacht nahe«, stellte Lene fest.

»So habe ich das nicht gesagt.« Agnes' argwöhnischer Gesichtsausdruck verstärkte sich. »Und auch nicht gemeint.«

Lene winkte ab. »Sie haben kürzlich angedeutet, dass Sie mit dem Verrat des Geheimnisses Wolfgang auch strafen wollten. Richtig?«

»Mei, irgendwie …«, sagte Agnes unbestimmt und neigte, ebenso wie Hans, abwägend den Kopf. »Schauen Sie, wir zwei durften nicht heiraten, weil der Hans nicht vom Hof wegkonnte und ich nicht her. Als die Resa verschwunden ist, war's für uns schon zu spät, aber davor, mit dem Mädel auf dem Hof, hätten die Eltern vom Hans nie zugestimmt. Weil sie immer Angst gehabt hätten, dass doch noch was rauskommt. Auch, als der Wolfgang schon längst in Cham gewohnt hat. Wir waren also die Leidtragenden, und der Wolfgang konnte trotzdem sein Leben leben, so wie er es wollte. Und manchmal, das muss ich zugeben, hab ich deswegen immer noch eine Scheißwut im Bauch.«

Was durchaus verständlich war. Im Geiste dankte Lene Agnes dennoch für die Steilvorlage. »Kommen wir zu Ihnen, Herr Bauernfeind.«

Hans hob den Blick, wenn auch ohne jegliche Begeisterung.

»Sie wussten ja damals, an besagtem Sonntag, zuerst nicht, dass es schon zu spät für Sie und die Frau Drechsler war, sondern erst nach Ihrem nachmittäglichen Gespräch. Und dann waren Sie in denkbar schlechter Stimmung, nehme ich an?«

Für einen Moment wirkte er ertappt, aber dann zuckte er die Achseln. »Allerdings.«

»Zunächst die Verlobung Ihres Bruders, der aus Ihrer Sicht mitschuldig daran war, dass Sie selbst nicht schon längst mit Ihrer Freundin verheiratet waren, dann das endgültige Ende der Beziehung mit Frau Drechsler, nun ihrerseits verlobt und schwanger von einem anderen Mann. Obwohl Sie an diesem Tag bereit waren, alles für Sie aufzugeben«, fasste Lene die Ereignisse wenig schonend zusammen. »Da kann man schon mal in Wut geraten.«

»Ich war in erster Linie …«, sagte er, brach dann aber ab.

»Ja?«

»Traurig«, gestand er ein. »Traurig und schockiert.«

Hans und Agnes tauschten einen Blick, sie lächelte ihn entschuldigend an.

»Mir ist eine Lücke in der alten Akte aufgefallen«, sagte Lene. »Sie haben damals beide zu Protokoll gegeben, dass Ihre Unterredung an diesem Nachmittag gegen halb fünf beendet war. Auf Öd sind Sie allerdings erst um kurz nach halb sechs wieder eingetroffen. Wo waren Sie in der Zwischenzeit?«

»Ich bin noch ein bisschen herumgefahren«, erklärte Hans. »Musste den Kopf wieder freibekommen. Und dann bin ich den Kreuzweg zur Waldkapelle bei Hötzing raufgegangen.« Er sah Lene unverwandt an. »Die Ruhe da oben hilft manchmal.«

»Gibt es dafür Zeugen?«

Hans' Augen weiteten sich. »Weshalb brauche ich dafür Zeugen?«, zischte er.

»Beantworten Sie bitte meine Frage.«

Agnes sah eindeutig mindestens ebenso erschrocken aus wie Hans, bei dem sich die Überraschung, sich selbst nun anscheinend im Fokus der Ermittlungen wiederzufinden, jedoch mehr in Ärger denn in Verschüchterung niederschlug.

»Natürlich gibt es keine Zeugen«, blaffte er Lene an. »Gut Hötzing stand damals leer. Weit und breit keine Menschenseele. Ebendas war der Grund, ich wollte ja allein sein! Wagen Sie es bloß nicht, mir daraus jetzt einen Strick zu drehen!«

»Ich drehe keine Stricke«, erwiderte Lene knapp. »Ich ermittle.«

»Aber nicht mehr hier.« Hans sprang auf und sah Lene erbost an. »Raus!«

Agnes versuchte, ihn zu beschwichtigen, doch Lene erhob sich ebenfalls. Angesichts von Hans' Entrüstung kostete es sie tatsächlich ein wenig Überwindung, die letzte Karte auszuspielen. »Resas Freundin Josefa Schnabel wurde vergangene Woche angegriffen und sehr schwer verletzt.«

Hans ließ keine Reaktion erkennen, Agnes, die nun auch aufgestanden war, schlug sich die Hand vor den Mund.

»Sie kennen sie auch, Frau Drechsler?«, fragte Lene, nur um sicherzugehen.

»Natürlich. Bei uns kennt jeder jeden. Aber ich hab sie seit Jahren nicht mehr zu Gesicht bekommen.«

»Haben Sie schon davon gehört, was ihr zugestoßen ist?«

Ertappt zog Agnes den Kopf ein. »So was spricht sich schnell rum«, sagte sie. »Wie geht es ihr?«

Lene entschied sich spontan zu einer Finte. Josefa lag auf der Intensivstation, dort kam niemand unbemerkt hinein. »Besser«, erwiderte sie. »Wir hoffen, dass sie bald aus dem Koma erwacht und uns dann erzählen kann, was vorgefallen ist.«

Sollte diese Aussicht Agnes und Hans schockieren, so verbargen sie ihre Reaktion hervorragend. Also gut, dann eben auf dem direkten Weg. »Wo waren Sie beide am vergangenen Freitag?«

Moritz wartete bereits vor Josefa Schnabels Haus, als Lene nach Schorndorf zurückkehrte. Sie stellte den Wagen ab und lief auf ihn zu. Das drängende Gefühl, das sie seit dem Vortag nicht mehr losließ, die Hoffnung, jetzt endlich kurz vor einer entscheidenden Entdeckung zu stehen, trieben sie zur Eile an. Und zur Ungeduld. An irgendeinem Punkt musste irgendwer doch einen Fehler gemacht haben, verdammt!

»Und?«, fragte Moritz, kaum dass sie ihn erreicht hatte.

Nun gut, dann würde eben erst sie ihre Ergebnisse zum Besten geben. »Hans hat kein stichhaltiges Alibi für den Sonntag, an dem Resa verschwunden ist, und auch keines für vergangenen Freitag. Übrigens auch Agnes nicht. Er war am Nachmittag und Abend angeblich stundenlang allein in der Scheune, sie zu Hause.« Lene lehnte sich an Josefas Gartenzaun.

»Die Kollegen damals haben ganz schön geschludert.« Wie immer gefiel es Moritz offensichtlich, den fehlerresistenten Profi raushängen zu lassen.

»Hans stand damals nicht im Fokus der Ermittlungen.«

»Ja, und warum nicht?« Moritz lieferte die Antwort gleich selbst. »Weil sie Agnes und ihn nicht gründlich genug befragt haben. Du denkst also wirklich, Hans könnte Resa umgebracht haben? Und sich jetzt auch an Josefa vergriffen haben?«

Lene zögerte einen Augenblick. »Ich weiß es nicht«, sagte sie schließlich. »Er hat für die Ermordung seiner Schwester nicht das beste Motiv. Aber immerhin, er hat eines. Frust. Hass. Enttäuschung. Als ihm klargeworden ist, worauf ich abziele, hat er mich rausgeworfen.«

Ob das ein Zeichen dafür war, dass sie sich endlich auf der richtigen Fährte befand?

»Aber jetzt zu dir.«

»Ich habe mit Anna allein gesprochen. Ihre Mutter war damit einverstanden«, sagte Moritz. »Anscheinend haben sie und Josefa doch den einen oder anderen längeren Plausch gehalten.«

»Und?«, fragte Lene hoffnungsvoll.

»Anna sagt, sie habe nur über langweilige Altweiberkram gesprochen. Und ihr ihre Sperrmüllsammlung – Pardon, Schätze – gezeigt.«

»Shit«, entfuhr es Lene. Warum lief sie bei diesem Fall eigentlich ständig ins Leere?

»Allerdings«, fuhr Moritz fort, »habe ich erfahren, dass Josefa das Mädchen für die ausgedehnteren Plauderstündchen recht üppig bezahlt hat.«

»Was?«

»Nachdem Annas Mutter das wohl nicht gutheißen würde, hat das Mädel natürlich zuerst nichts davon gesagt«, erklärte Moritz. »Jetzt war sie aber ziemlich froh, sich dieses Geheimnis endlich von der Seele reden zu können. Fünfzig Euro hat Josefa ihr für jedes halbe Stündchen Zuhören zugesteckt – kein schlechter Stundensatz, oder?«

Allerdings. Vor allem für jemanden in Annas Alter. Das erklärte auch, weshalb das Mädchen gar so heiß auf den Job bei Josefa gewesen war. »Wie häufig kam das vor?«

»So an die hundertfünfzig bis zweihundert Euro im Monat hat Anna damit verdient.« Moritz nickte anerkennend.

Wie einfach und schnell Anna an ein paar Scheine gekommen war, schien ihn zu beeindrucken. Vielleicht überlegte er schon, ob er in der Nachbarschaft eine einsame ältere Dame hatte, der er diesen Deal vorschlagen konnte.

»Am Monatsanfang war Josefa spendabler«, sagte er, »gegen Ende des Monats waren dann meist keine längeren Gespräche mehr drin.«

»Mich wundert ehrlich gesagt, dass Josefa überhaupt Geld dafür erübrigen konnte«, stellte Lene fest. »Wie ging das, mit ihrem mickrigen Hartz-IV-Satz? Zweihundert Euro im Monat?«

Moritz zog die Stirn in Falten. »Du hast recht. Rein rechnerisch ist das eigentlich nicht möglich.«

»Es sei denn«, sagte Lene nachdenklich, »es gab jemanden, der ihr finanziell unter die Arme gegriffen hat.« Sie suchte in Moritz' Gesicht nach der Bestätigung des Gedankens, der in ihrem Kopf Form annahm. »Ob nun freiwillig oder unfreiwillig.«

»Du denkst, sie hat jemanden erpresst?«, fragte er. »Klar!

Sie wusste von dem Verhältnis. Und sie hatte die Knochen, die beweisen, woran Resa gestorben ist. Jetzt, wo Resas Skelett gefunden wurde und die Polizei wieder im Spiel ist, ist die Sachlage natürlich umso brisanter.« Triumphierend sah er auf Lene herunter. »Ob Josefa ihre Forderungen erhöht hat?«

»Möglich«, sagte Lene. »Wenn es wirklich Zahlungen gab –«

»… finden wir dafür vielleicht einen Beweis«, schloss Moritz den Satz. »Und dann haben wir ihn.«

✳✳✳

Resa war jetzt oft bei ihr, und Josefa fühlte sich wohl in ihrer Gegenwart. Alles um sie herum fühlte sich heller, lichter, wärmer an, wenn sie Resas vor Fröhlichkeit blitzende Augen sah.

Die bedrohlichen Stimmen waren verschwunden, sosehr Josefa auch lauschte, sie hörte sie nicht mehr. Die Knochen hatten sie mitgenommen, aber auch wenn Josefa sich manchmal darüber wunderte, so machte es ihr nichts aus. Sie fühlte sich frei. Leicht. Unbeschwert. Wie schon seit langer Zeit nicht mehr.

Hätte Josefa eine Stimme gehabt, hätte sie Resa so vieles zugeflüstert. Nimm mich mit. Lass mich immer bei dir sein. Hier ist es schön. Ich will nicht zurück. Aber die Stimme fehlte ihr, ebenso wie die Hände, der Körper, alles, was doch früher unverzichtbar gewesen war.

In dieser neuen Welt, in der Josefa sich befand, schien nichts davon nötig zu sein. Resa lächelte, dann sah sie Josefa in die Augen. Sie nickte, als hätte sie auch ohne Worte verstanden. Helligkeit durchflutete Josefa.

Sie würde nie wieder zurückkehren müssen.

✳✳✳

»Ich dachte nicht, dass ich einmal dankbar dafür sein würde, dass diese Frau wirklich überhaupt nichts weggeworfen hat«, frohlockte Moritz und stieß seine linke Faust in bester Boris-Becker-Manier gen Himmel. Mit der rechten Hand hielt er die Plastiktüte mit den Briefumschlägen umklammert, als hätte er Angst, die wertvolle Trophäe könne wie durch Zauberhand durchs geschlossene Autofenster davonfliegen.

Auch Lene war froh, dass Josefa jeden noch so wertlosen Besitz über die Jahre hinweg gehortet hatte. Mit der vagen Ahnung, wonach zu suchen wäre, war es dieses Mal ganz leicht gewesen. Über dreißig Briefumschläge hatten sie unter den sichergestellten Verwahrstücken gefunden, alle aufgerissen und ohne Inhalt, alle jeweils zu Beginn eines neuen Monats in Regensburg abgestempelt, alle mit Josefas Anschrift in handgeschriebenen Druckbuchstaben versehen, aber ohne Absenderadresse. Mit einem Quäntchen Glück war dies der ersehnte Volltreffer, auf den sie seit Tagen mit zunehmender Ungeduld wartete.

Die Wolken hingen tief über Regensburgs Straßen, als Lene den Dienstwagen von der Autobahn lenkte. Zu ihrer Rechten lag das Krankenhaus der Barmherzigen Brüder, doch außer einem kurzen Gedanken an Josefa gestattete sich Lene keine Sentimentalitäten. Stattdessen bog sie nach links in die Prüfeninger Straße ein, hielt sich für ein kurzes Stück stadtauswärts und folgte dann der Scharnhorststraße, wo inmitten zahlreicher anderer Betriebe auch Wolfgang Bauernfeinds Schreinerei ansässig war.

Vor dem mehrstöckigen Firmengebäude stellte sie den Wagen auf dem Kundenparkplatz ab und registrierte das interessierte Gesicht einer bebrillten Dame, die am Vorhang vorbei aus einem Fenster im Erdgeschoss spähte. Das musste Wolfgang Bauernfeinds Bürokraft sein. Sei's drum. Sie würden wahrscheinlich gleich noch viel mehr Aufsehen erregen.

Moritz folgte ihr durch den gläsernen Hauseingang und stellte sich neben sie, als sie an die geschlossene Tür mit der Aufschrift »Büro« klopfte. Hinter den Flurwänden hörte

Lene das lautstarke Kreischen einer Säge sowie arrhythmische Klopfgeräusche. Logisch, wenn der Chef anwesend war, wurde schließlich in jedem Handwerksbetrieb gewerkelt, was das Zeug hielt.

»Ja«, erahnte sie die Stimme der bebrillten Dame mehr, als dass sie sie hörte. Lene warf Moritz einen Blick zu, dann trat sie ein.

»Bitte?«, sagte die Dame freundlich. »Was kann ich für Sie tun?«

»Kripo Regensburg. Wagenbach, und das ist mein Kollege Lochbihler. Ist Ihr Chef zu sprechen?«

»Einen Moment bitte«, sagte die Dame stirnrunzelnd und eilte durch eine Verbindungstür in die angrenzende Werkstatt, die durch die Glaswand, die sie vom Büro abtrennte, voll einsehbar war.

Wolfgang stand mit zwei Mitarbeitern an der Kreissäge und trug Kopfhörer gegen den Lärm. Als die Dame ihn antippte und auf das Büro wies, sah er kaum auf. Lene glaubte jedoch, ihn reichlich genervt die Augen schließen zu sehen. Er folgte der Dame ins Büro.

»Schon wieder«, sagte er, kaum dass er die Tür zur Werkstatt hinter sich geschlossen hatte. Dann setzte er sich auf einen Besucherstuhl, ohne Lene und Moritz Platz anzubieten, und fragte übertrieben freundlich: »Was kann ich denn heute Schönes für Sie tun?«

Lene bedeutete ihm, dass es nicht nötig sei, sich gemütlich niederzulassen. »Sie sagen doch, Sie haben nichts zu verbergen, Herr Bauernfeind?« Ohne auf seine Bestätigung zu warten, sprach sie weiter. »Ich hätte gern eine Schriftprobe von Ihnen.«

»Das ist wirklich albern«, schnaubte er und griff nach einem Kugelschreiber, der einsam und verlassen auf dem Besprechungstisch lag. Dann nahm er einen Notizzettel vom sich unter Unterlagen biegenden Schreibtisch der Dame und kritzelte etwas darauf.

»Das ist wirklich albern«, entzifferte Lene kopfüber die fitzelige Männerschrift. »Und jetzt schreiben Sie bitte noch den Namen ›Josefa Schnabel‹. In Druckbuchstaben.«

»Herrgott noch mal«, fluchte Wolfgang. Sein flächiges Gesicht färbte sich in einem gleichmäßigen Rotton. »Glauben Sie, ich habe nichts Besseres zu tun?« Trotzdem schrieb er den Namen wie gewünscht, verzichtete jedoch nicht auf ein paar unsinnige Schlenker, die dem O einen Hauch von Magersucht und dem S das Aussehen einer windschiefen Schlange verpassten.

So einfach mache ich es dir nicht, Freundchen. »Moritz«, sagte Lene bloß.

Moritz schnappte sich das Blatt, zog die Plastiktüte mit den Briefen aus seiner Umhängetasche und ließ seinen Blick von den Umschlägen zum Notizzettel und wieder zurück schweifen. »Ja, doch«, sagte er. »Ich würde es zur Sicherheit zwar einem Profi vorlegen, aber ich denke, wir haben eine Übereinstimmung.«

War Wolfgang eben noch hochrot im Gesicht gewesen, so hatte ihn der Anblick der Briefumschläge aller Farbe beraubt. Wie betäubt war er auf den Besucherstuhl zurückgesunken, von wo er ungläubig auf die Plastiktüte starrte.

»Gibt es hier eine Firmenkasse?«, fragte Lene mit schneidender Stimme.

»Natürlich«, antwortete die Sekretärin beflissen. Sie hatte anscheinend erkannt, dass es ihrem Chef fürs Erste die Sprache verschlagen hatte.

»Dürfte ich die Kassenbucheinträge der vergangenen Monate sehen?«

Lenes forscher Tonfall schien die Dame zu verunsichern, fragend sah sie zu ihrem Chef.

»Natürlich nicht«, antwortete er bestimmt. Er hatte sich gesammelt. »Das geht Sie nichts an.«

»Ich bin mir sicher, der Herr Staatsanwalt sieht das anders.« Lene zückte ihr Handy. »Dann warten wir eben auf den Durchsuchungsbeschluss. Aber ich sage Ihnen eines, Herr Bauernfeind: Unverdächtiger macht Sie das nicht gerade.«

Fast klang es, als gäbe Wolfgang ein Knurren von sich. »Bitte«, sagte er bloß und machte eine auffordernde Handbewegung in Richtung des Regals an der rückwärtigen Bürowand. Anscheinend hatte er endlich kapiert, dass die Schlacht verloren war.

Moritz nahm den Ordner an sich, den ihm die Sekretärin reichte, und blätterte sich hektisch durch die ersten Blätter.

Bitte, lass meinen Verdacht zutreffen, flehte Lene in Gedanken. Bitte, mach, dass meine Vermutung stimmt. Verdammt noch mal, warum spannte der Jungspund sie denn bloß gar so auf die Folter? Sie mühte sich, äußerlich gelassen zu bleiben, aber insgeheim hätte sie Moritz den Ordner am liebsten aus der Hand gerissen.

»Volltreffer«, erbarmte er sich schließlich und sah mit einem triumphierenden Grinsen auf. »Wir haben hier immer mal wieder Barentnahmen. Aber nur eine wiederholt sich in perfekter Regelmäßigkeit.«

Er warf einen erneuten Blick auf den Notizzettel, dann glich er Wolfgangs Handschrift mit dem handschriftlichen Eintrag im Kassenbuch ab. »Sie selbst, Herr Bauernfeind, haben jeden Monatsersten dreihundert Euro aus der Kasse entnommen.«

Halleluja. Lene konnte sich nicht entscheiden, ob für sie die Erschütterung überwog oder die Erleichterung, endlich einen Schritt weitergekommen zu sein. Sie suchte Wolfgang Bauernfeinds Blick, doch er hatte sich abgewandt und starrte in die Werkstatt. »Ich denke, das reicht«, sagte sie an Moritz gewandt. »Herr Bauernfeind, ich darf Sie bitten, mitzukommen.«

❊❊❊

Lara breitete die soeben erworbenen Schätze auf dem Küchentisch aus, setzte den knallroten Schlapphut auf, posierte damit vor Julia und warf ihrem Spiegelbild im Flur bei einer eleganten Drehung eine Kusshand zu. Julia grinste automatisch, auch wenn ihre Gedanken mit anderen Dingen beschäftigt waren.

»Ach Mensch, Jule«, sagte Lara. »Entweder du erzählst mir jetzt, weshalb du die ganze Zeit so abwesend bist, oder du schaust endlich ein bisschen fröhlicher drein.« Sie nahm den Hut ab und hielt ihn Julia vor die Nase. »Ich leih dir für die Party auch meinen neuen Hut.«

Julia winkte ab. Es wäre zu schön, wenn die Dinge so einfach wären. Noch immer rumorten die belauschten Gesprächsfetzen ihrer Eltern in ihrem Kopf. Ich weiß nicht, was ich tun soll. Das ist einzig und allein deine Angelegenheit. Wage es nicht, das Glück meiner Kinder zu zerstören. Sollte sie die Kommissarin anrufen und davon erzählen?

Und ihre Familie damit noch weiter ins Unglück stürzen? Nein.

»Ich muss telefonieren«, sagte sie, eilte hinaus in den Flur und holte das Telefon. Dann ging sie schnellen Schrittes in ihr Zimmer und schloss die Tür hinter sich. Sie spürte, wie ihr Laras verwirrter Blick folgte.

Julia ließ sich auf der Ausziehcouch nieder und wählte die Nummer. Bitte lass sie zu Hause sein. Bitte lass sie nicht zu Hause sein. Bitte lass sie zu Hause sein. Bitte lass sie nicht zu Hause sein. Bitte …

»Bauernfeind?«

»Mama, ich …«, sagte Julia, dann schluchzte sie auf. Sie wusste selbst nicht mehr, was sie eigentlich hatte sagen wollen, aber sie hätte ohnehin kein Wort zustande gebracht.

»Mein armer Schatz.« Am Zittern von Mamas Stimme erkannte Julia, dass sie ebenfalls mit den Tränen kämpfte. »Mein armer, lieber Schatz.«

Der warme Klang ihrer Stimme – wie hatte Julia es so lange ausgehalten, nicht mit Mama zu sprechen? »Mama«, schluchzte sie wieder. »Es tut mir leid –«

»Dir muss nichts leidtun, Schatz. Ich kann mir vorstellen, wie es dir geht. Aber bitte, komm jetzt nach Hause.« Mama rang um Fassung, das war klar. »Soll ich dich holen? Wo bist du?«

Noch nie hatte Julia sich so sehr danach gesehnt, sich in

Mamas Arme zu flüchten. Wieder klein zu sein. Beschützt zu werden. Vor allem. »Aber Papa –«

»Ich weiß. Das ist lange her, mein Schatz«, antwortete Mama, und Julia fragte sich, woher sie ihre Stärke nahm. »Wir sind eine Familie, hörst du?«, fuhr Mama fort. »Was früher war, ist egal. Du, Stefan, Papa und ich, wir halten zusammen. Okay?«

Meinte Mama das ernst? Oder sagte sie das nur, um ihre aufgelöste Tochter zu beruhigen? Wahrscheinlich wusste sie das selbst nicht so genau. »Ich habe euch gehört, Mama«, sagte Julia leise.

»Was hast du gehört?«

»Dich und Papa. Am Donnerstag.«

»Ich weiß nicht, was du meinst.«

Konnte das tatsächlich sein? War dieses Gespräch viel belangloser gewesen, als Julia es empfunden hatte? Oder versuchte Mama nur, sie zu beruhigen?

»Im Wohnzimmer. Papa hat gesagt, er weiß nicht, was er tun soll. Und du hast gesagt, dass das seine Sache ist.« Julia schluckte und lauschte auf die Reaktion ihrer Mutter. »Und dass er es nicht wagen soll, unser Glück zu zerstören.«

Eine Sekunde herrschte Stille, dann lachte Mama auf.

Wie zum Teufel konnte sie in dieser Situation lachen, mit dem Wissen um Papa und Resa, mit ihrer sich offensichtlich grämenden Tochter am anderen Ende der Telefonleitung? Als wäre Mama das in diesem Moment auch bewusst geworden, brach sie ab.

»Entschuldige«, sagte sie. »Es ist nur so … Ich glaube, du fängst an, Gespenster zu sehen, Mäuschen. Papa hat Ärger mit einem Kunden, es geht um viel Geld. Und du weißt, dass ich mich in die Angelegenheiten der Schreinerei aus Prinzip nicht einmische.«

Nur zu gern wollte Julia ihr glauben. »Und was hat das mit unserem Glück zu tun?«, fragte sie.

»Nun, euer Glück hängt schon auch ein wenig mit Papas Einkommen zusammen, meinst du nicht?«

Julia sah Mamas nachsichtiges Lächeln vor sich. Ach, Mama. Bitte lüg mich nicht an. »Ist das die Wahrheit?«, fragte sie.

»Natürlich, mein Schatz. Was hast du dir denn Abenteuerliches zusammengereimt?«

Julia antwortete nicht. Schließlich war die Enthüllung vom vergangenen Freitag abenteuerlicher gewesen, als sie es sich je hätte zusammenreimen können.

»Du fehlst mir, mein Spatz«, sagte Mama, als Julia nicht antwortete. »Komm nach Hause.«

»Ja, Mama«, antwortete Julia. »Bald.«

✳✳✳

Wolfgang Bauernfeind hatte sich kaum gewehrt, als Lene ihn in den Fond des Dienstwagens verfrachtet und vor der Dienststelle wieder ausgeladen hatte. Natürlich hatte er erneut nach seinem Anwalt verlangt, ansonsten war aber kein weiteres Wort über seine Lippen gekommen. Weil er genau weiß, dass wir ihn jetzt haben, dachte Lene grimmig und starrte hinaus auf den sich leerenden Parkplatz.

Wieder einmal würde sie, abgesehen von den Kollegen vom KDD, die Letzte sein, die die Dienststelle an diesem Abend verließ, aber heute war es ihr das wert. Außerdem war Marek versorgt und interessierte sich zurzeit sowieso ausschließlich für sein Fresschen. Wahrscheinlich spürte er sehr genau, dass sie ihre Energie für die Arbeit brauchte, und ließ sie deshalb lieber gleich in Ruhe. Sie hatte also alle Zeit der Welt, Wolfgang Bauernfeind endlich die Wahrheit zu entlocken.

»Das Problem ist nur«, sagte Henning, der das schlimmste Durcheinander in seinem neuen Büro zwischenzeitlich gelichtet hatte, »je länger er jetzt Zeit hat, sich mit seinem Anwalt zu besprechen, umso besser stehen die Chancen, dass er eine neue Möglichkeit findet, sich herauszuwinden.«

Lene drehte sich zu ihm um. »Stimmt. Aber ich will trotzdem erst die Einschätzung des Schriftexperten.«

»Dir ist aber bewusst, dass auch das kein handfester Beweis ist?«, unkte Henning und schlug ein Bein über das andere.

»Immerhin ein Beweis dafür, dass er gelogen hat. Schon

wieder.« Lene ging zurück zu ihrem Schreibtisch, konnte sich aber nicht entschließen, sich zu setzen. »Und viele Indizien sind immerhin fast so gut wie ein Beweis, oder? Außerdem haben wir immer noch die Chance, dass wir an Josefas Möbeln irgendwas finden, was belegt, dass Wolfgang vor Ort war. Das Labor wertet noch aus.«

»Es gab keine Fingerabdrücke. Es gab noch nicht einmal an Josefa selbst irgendwelche Spuren, die auf den Täter hinweisen. Was gedenkst du also zu finden?«, fragte er.

»Du bist aber heute auch so was von negativ«, rügte Lene ihn mit einem Augenzwinkern. »Keine Ahnung. Vielleicht hat er in eine durchwühlte Schublade geniest. Oder ein Haar verloren.«

»Die Chance, in Josefas Saustall ein schütteres Altmännerhaar zu finden, halte ich für vergleichsweise gering.«

»Wolfgang Bauernfeind ist knapp über fünfzig und hat volles Haar, du alter Schwarzseher.« Mit dem Kopf wies Lene auf seine zuckende Brusttasche. »Außerdem vibrierst du.«

Henning zog sein Smartphone aus der Brusttasche, sah einen Augenblick irritiert auf das Display und meldete sich dann mit einem zackigen »Adam«. Er runzelte die Stirn, und Lene ging wieder zurück zum Fenster. Wenn nur Moritz endlich das Ergebnis des Schriftabgleichs brächte.

»Ja«, sagte Henning. »Ja, der bin ich … Ja … Ich verstehe … Vielen Dank für die schnelle Information, Herr Dr. Möllendorf.«

Möllendorf? Hatte so nicht der unfreundliche Oberarzt geheißen, mit dem Lene an dem Tag telefoniert hatte, an dem Josefa verletzt aufgefunden worden war? Warum rief dieser Typ den Staatsanwalt an? Natürlich hatte er sämtliche Kontaktdaten übermittelt bekommen, aber im Normalfall hielt man sich doch in solchen Fällen an die Ermittler. Es sei denn, man war ein störrischer Wichtigtuer. Was auf Dr. Möllendorf gut zutreffen konnte.

»War das dieser Arzt von den ›Barmherzigen Brüdern‹?« Lene drehte sich um. »Gibt es Neuigkeiten von Josefa?«

Insgeheim hatte sie gehofft, es würde ein Wunder geschehen. Josefa würde aufwachen, die Schäden wären kleiner als befürchtet, sie könnte ihr Leben wieder aufnehmen oder zumindest ein noch lebenswertes weiterführen. Doch als sie in Hennings Gesicht sah, wusste sie, dass sie diese Hoffnung ein für alle Mal begraben musste.

Er nickte mit betroffener Miene. »Keine guten, leider.«

Nein. Verdammt.

»Sie ist tot«, sagte Henning.

Für einen Augenblick barg Lene ihr Gesicht in den Händen. Das durfte einfach nicht sein. Nein, nein, nein, bitte! Hatte Josefas Verletzung sie bis jetzt weit weniger erschüttert als das Verschwinden von Julia und vor allem der rätselhafte Tod Resas, so brach jetzt die Verzweiflung umso heftiger über sie herein. Gepaart mit schlechtem Gewissen, gerade weil Josefas Schicksal sie bisher nicht wirklich berührt hatte. Natürlich, sie hatte sie nicht persönlich kennengelernt. Dennoch, wenn ihre Theorie zutraf, dann hatte Josefas Tod nur dem einen Zweck gedient, nämlich, die Ermittlungen der Polizei, Lenes Ermittlungen, zu erschweren. Und das war ein wirklich unglücklicher Grund, um sein Leben zu verlieren.

Die Möglichkeit, Josefa könnte tatsächlich sterben, hatte sie nicht wirklich an sich herangelassen, wider besseres Wissen. Da war er wieder gewesen, dieser Reflex, sich selbst zu schützen und an das Bestmögliche zu glauben. Vergeblich, die Realität holte einen zuverlässig doch immer wieder ein.

Lene hatte nicht gemerkt, dass Henning zu ihr getreten war. Erst jetzt, als er seine Hand auf ihren Arm legte, sah sie auf. In einer zärtlichen Geste, die Lene unter anderen Umständen sofort zurückgewiesen hätte, wischte er ihr eine einzelne Träne von der Wange. Seine Hand fühlte sich warm an.

»Da entschwindet es, das Herz aus Stahl«, sagte er und zog sie behutsam in seine Arme.

Einen Moment nur, beschwichtigte Lene sich. Nur einen Moment lang nicht stark und allein sein müssen. Sie erlaubte sich, die Augen zu schließen und die Wärme seiner Umarmung zu fühlen. Selbst wenn sie umfiele, wäre es für diesen unerschütterlichen Baum von einem Mann ein Leichtes, sie aufzufangen. Er würde nicht einmal ins Wanken geraten.

Nein, diese Umarmung machte Josefa nicht wieder lebendig. Aber ihre Wärme und Festigkeit erinnerten Lene deutlich daran, dass ihr eigenes Leben weiterging. Dass sie eine Aufgabe hatte. Dass es nun, da Josefa tot war, mindestens einen Mord aufzuklären galt. Und, das war vielleicht die beste Erkenntnis, dass sie nicht allein mit ihrer Aufgabe war. Sie löste sich ein wenig und schaffte es tatsächlich, Henning nicht wegzustoßen, sondern anzulächeln.

»Anscheinend hast du das Herz aus Stahl also für die Lebenden reserviert«, sagte er mit einem Lächeln und ließ sie los. »Schade.«

Ohne dass sich an ihrer grundlegenden Haltung etwas geändert hätte, fühlte sie sich Henning dennoch plötzlich näher als noch vor ein paar Minuten. Nicht auf eine romantische Art und Weise, damit hatte sie wirklich nichts mehr am Hut. Aber die bisherige Sympathie entwickelte sich zur Zuneigung. Und das wollte sie nicht durch falsche Erwartungen zerstören. »Was genau, lieber Henning«, fragte sie, »führst du eigentlich im Schilde, wenn du solche Dinge sagst?«

»Nichts«, sagte er und sah auf sie hinunter. »Das ist alles rein freundschaftlich.« Als wäre er nie auch nur ansatzweise auf eine andere Idee gekommen, streckte er in einer Geste der Unschuld die Hände von sich.

»Kann ich mich darauf verlassen?« Dagegen hatte sie mittlerweile, erstaunlich schnell für ihre Verhältnisse, nichts mehr einzuwenden.

»Klar«, antwortete er. »So ist das nun mal mit der Sympathie, oder? Manche Menschen bringen in einem irgendwas zum Klingen. Und dann«, er zuckte die breiten Schultern, als hätte er diesbezüglich keinerlei Wahl, »dann möchte man halt mehr davon.«

»Mehr Freundschaftliches?«, fragte Lene.

»Ganz genau.«

»Das ist gut. Ich stehe nämlich sowieso auf jüngere Männer«, flunkerte sie. Nur um sicherzugehen. Dennoch, es war ein gutes Gefühl, die Fronten geklärt zu haben.

»Wie jung?«, fragte Henning.

»Jung eben.«

»So jung wie dein Bewunderer Lochbihler?«

»Noch jünger«, antwortete Lene, ohne eine Miene zu verziehen.

»Aha.« Henning nickte ernst. »Somit ist klar, dass du lügst. Aber du wirst schon deine Gründe dafür haben.«

Als hätte er sein Stichwort gehört, platzte Moritz ins Büro und wedelte mit den Schriftproben. Einen Moment stutzte er, als er sie beide gerade mal einen Schritt voneinander entfernt am Fenster stehen sah, aber dann besann er sich auf den Grund seines Wedelns. »Ich habe eine erste Einschätzung«, sagte er triumphierend. »Das hieb- und stichfeste Gutachten vom LKA dauert aber natürlich noch.«

»Mach's nicht so spannend«, erwiderte Lene ruppig, überlegte aber gleichzeitig, wie sie ihm schonend beibringen sollten, dass es nun im Falle Josefas nicht mehr um versuchten Totschlag, sondern um Mord ging.

»Wir haben alles richtig gemacht«, sagte er, sichtlich zufrieden mit seiner Arbeit. »Es handelt sich mit hoher Wahrscheinlichkeit um den gleichen Verfasser.«

Lene hatte Wolfgang Bauernfeind und seinen Anwalt, wieder einmal einträchtig im kargen Vernehmungsraum sitzend, mit der Faktenlage konfrontiert. Hatte sie bisher versucht, ihn bei seinen Gefühlen für Resa zu packen, so würde sie sich jetzt voll und ganz auf Josefa konzentrieren. Nur deren Tod hatte sie vorläufig noch für sich behalten.

Zu ihrem Erstaunen sah sie sich nun einem störrisch dreinsehenden Dr. Wellenbrink und einem bemerkenswert gleichgültig wirkenden Hauptverdächtigen gegenübersitzen.

»Also ist es jetzt amtlich«, sagte Lene. »Sie hatten Kontakt zu Josefa Schnabel. Sie haben offensichtlich schon wieder gelogen. Warum?«

»Er ist nicht dazu verpflichtet, Angaben zu machen, mit denen er sich selbst belasten könnte.« Wellenbrink beugte sich herausfordernd nach vorn. »Und es ist doch vollkommen klar, dass Sie ihm hier so einiges in die Schuhe schieben wollen.«

Lene tauschte einen schnellen Blick mit Moritz. Leider war seine aufgebrachte Miene nicht dazu angetan, sie zu besänftigen.

»Ihr Mandant wäre vielleicht nicht verdächtig, wenn er von Anfang an die Wahrheit gesagt hätte. So aber ist meine logische Schlussfolgerung natürlich, dass er etwas zu verbergen hat.« Mit einem warnenden Blick fügte sie hinzu: »Das sieht übrigens auch der Staatsanwalt so.«

»Sie haben Josefa Schnabel also jeden Monat dreihundert Euro geschickt.« Moritz ließ den Anwalt links liegen und wandte sich direkt an Wolfgang. »Richtig?«

Es war Wolfgangs abwägendem Gesichtsausdruck deutlich anzusehen, dass er am liebsten schon wieder geleugnet hätte. Angesichts der erdrückenden Beweislage entschied er sich allerdings dagegen. Vielleicht hatte ihm dazu aber auch der nervtötende Wellenbrink geraten. »Richtig«, räumte er zögerlich ein.

»Weshalb?«

Wolfgang zuckte die Achseln, und in Lene stieg heiße Wut auf. Was bildete sich dieser verdammte Sturschädel eigentlich ein?

»Jetzt langt's mir, Herr Bauernfeind. Ich habe es zigmal im Guten versucht.« Die Beweislage reichte noch nicht, das war Lene klar. Zeit, zu bluffen. Sie erhob sich und wandte sich mit energischen Schritten zur Tür. »Aber jetzt ist meine Geduld mit Ihnen wirklich am Ende.«

Moritz blieb für einen Augenblick verblüfft sitzen, dann sprang er ebenfalls auf und schickte sich an, ihr zu folgen.

»Was haben Sie vor?«, fragte Wellenbrink.

»Ich lasse Sie dem Haftrichter vorführen.« Lene ignorierte den Anwalt und fixierte Wolfgang.

»Sie haben nichts in der Hand!«, donnerte der Anwalt.

Innerlich schüttelte es Lene. Wie sie Typen wie diesen Wellenbrink hasste! Feist, aufgeblasen und arrogant, in der festen Überzeugung, mit ihrer Art alle sie Umgebenden einschüchtern zu können. Nicht mit ihr. »Deshalb wird es gemeinhin auch *Untersuchungs*haft genannt, verehrter Herr Anwalt.« Sie legte ihre Hand auf die Klinke.

»Warten Sie!«, ertönte der ersehnte Ruf von Wolfgang Bauernfeind.

Nur mäßiges Interesse vorgebend, drehte Lene sich um. »Ja?«

»Sie hat mir leidgetan.«

»Wie bitte?«, fragte Lene.

Wolfgang winkte sie mit der Hand heran und warf ihr einen bittenden Blick zu. Gnädig ließ Lene sich wieder am Tisch nieder, und Moritz tat es ihr gleich.

»Sie hat mir leidgetan«, wiederholte Wolfgang und seufzte. »Ich habe Josefa vor ein paar Jahren zufällig getroffen. Hatte beruflich in Roding zu tun und bin danach noch zum Metzger nach Schorndorf gefahren, wegen der guten Fleischpflanzerl. Auf der Straße bin ich ihr dann über den Weg gelaufen.«

»Und?«, fragte Lene barsch.

»Sie hat ziemlich verwahrlost ausgesehen. Und auf die Frage, wie es ihr geht, hat sie eigentlich nur gejammert, dass das Geld hinten und vorne nicht reicht. Also …« Er fuhr sich angestrengt über die schweißnasse Stirn. Obwohl es in diesem abgedunkelten Raum sogar vergleichsweise kühl war, fiel Lene auf.

»Also habe ich ihr angeboten, sie ein wenig zu unterstützen«, fuhr Wolfgang fort.

Verdammt. Lene glaubte ihm kein Wort, aber was konnte sie tun, um diese Erklärung zu entkräften? »Reine Nächstenliebe also, ja?« Ihre Stimme triefte vor Hohn, das hörte sie selbst. »Gibt es für dieses Gespräch Zeugen? Hat sie irgendjemand zusammen gesehen?«

Er schüttelte den Kopf, ohne Lene anzusehen.

»Warum erstaunt mich das nicht, Herr Bauernfeind?« Lene sah ihn herausfordernd an. »Haben Sie denn wenigstens Ihrer Frau von Ihrem edlen Tun erzählt?«

»Nein«, antwortete er. »Josefa war schließlich Resas beste Freundin. Und ich wollte meine Frau nicht mit dem Gedanken an Resa belasten.«

»Wieso hätte sie dieser Gedanke belasten sollen?«, fragte Lene. »Sie wusste doch nichts von Ihrem intimen Verhältnis zur eigenen Schwester?« Sie betonte jedes Wort, als würde sie Wolfgang Bauernfeind verbale Ohrfeigen verpassen, und spürte Moritz' anerkennenden Seitenblick.

»Lassen Sie mich raten«, fuhr sie fort. Die Wut im Bauch brauchte sie nicht zu spielen, die hatte sie dieses Mal wirklich. »Ihre Frau weiß nichts von Ihren milden Gaben, weil sie nämlich nicht besonders milde waren. Im Gegenteil: Josefa Schnabel hatte Sie in der Hand. Sie hatten keine andere Wahl, als ihr die monatlich geforderten dreihundert Euro zu geben.«

»Das können Sie nicht beweisen!«, polterte Wellenbrink wieder los.

»Das lassen Sie mal meine Sorge sein«, erwiderte Lene verächtlich und beugte sich vor, ohne den Blick von Wolfgang zu lösen. »Nur, Herr Bauernfeind«, sagte sie und wartete, bis Wolfgang sie endlich ansehen musste, um keinen völlig gestörten Eindruck zu machen, »was ist vor dem vergangenen Freitag passiert? Wollte Josefa Schnabel mehr Geld? Oder hat sie doch damit gedroht, zur Polizei zu gehen?«

»Weshalb hätte sie das tun sollen?«, fragte Wellenbrink.

»Weil sie geheimes Wissen über Resas Tod hatte, zum Beispiel?« Lene lächelte den Anwalt triumphierend an. Es war Zeit, die Katze aus dem Sack zu lassen. »In Josefa Schnabels Besitz wurden Knochen gefunden. Menschliche Knochen.« Sie wandte ihren Blick Wolfgang zu. »Resas Knochen.«

»Sie können Frau Schnabel ja diesbezüglich verhören, wenn sie wieder aus dem Koma erwacht«, sagte Wellenbrink und kratzte sich die dicke Wange.

»Das wird sie nicht«, erwiderte Lene. »Frau Schnabel ist heute an den Folgen des Angriffs vom vergangenen Freitag gestorben.«

Wolfgang, der sich wieder in sein Schneckenhaus zurückgezogen hatte, sah auf. Die Schweißperlen auf seiner Stirn hatten sich vergrößert und begannen auf die buschigen Augenbrauen zu tropfen, obwohl er sich äußerlich ruhig verhielt.

»Wir ermitteln hier nicht mehr wegen versuchten Totschlags«, ließ Lene ihn wissen.

»Es geht um Mord«, fügte Moritz mit eiskalter Stimme hinzu. Die Nachricht von Josefas Tod hatte ihn getroffen. Umso mehr Wut schien er jetzt auf Wolfgang Bauernfeind zu entwickeln.

Wolfgang räusperte sich, schüttelte den Kopf, räusperte sich wieder. Wellenbrinks Stirn hatte sich in sorgenvolle Speckfalten gelegt. Endlich schien er den Ernst der Lage zu verstehen.

»Möchten Sie noch etwas dazu sagen?«, fragte Lene an die beiden gewandt, nachdem Wolfgang sich anscheinend nicht aufraffen konnte.

Endlich nickte er. »Sie suchen an der falschen Stelle.«

»Was meinen Sie damit?«, fragte Moritz ruppig.

»Da müssen Sie schon selbst drauf kommen.« Wolfgang fixierte weiterhin Lene. »Aber glauben Sie nicht, dass fast meine ganze Familie froh drum gewesen wäre, die Resa los zu sein? Bis auf die Mama.« Er zuckte die Achseln. »Mehr möchte ich dazu nicht sagen.« Mit einer entschlossenen Bewegung wischte er sich den Schweiß von der Stirn.

»Können wir jetzt gehen?«, raunzte Wellenbrink Lene an.

Sie erhob sich, bedeutete Moritz, es ihr gleichzutun, und hoffte, dass Henning ihre Maßnahme abnicken würde.

»Nein«, sagte sie. Dieses Mal war es kein Bluff. »Ihr Mandant hat nicht zum ersten Mal für das Ermittlungsverfahren wichtige Informationen zurückgehalten.« Sie versuchte erneut, Blickkontakt zu Wolfgang herzustellen, aber er wandte den Kopf ab.

»Herr Bauernfeind, aufgrund der bisherigen Ermittlungsergebnisse stehen Sie im Verdacht, Josefa Schnabel getötet zu haben. Sie sind vorläufig festgenommen.«

DREIZEHN

Henning hatte Lenes Maßnahme abgenickt, aber auch sehr klar und deutlich ihre eigene Einschätzung bestätigt, dass es bei der derzeitigen Sachlage nicht allzu viel Sinn machte, einen Haftbefehl beim zuständigen Ermittlungsrichter zu beantragen.

Während also Moritz und ein paar eilig hinzugezogene Kollegen seit dem frühen Morgen in der Dienststelle rotierten, um doch noch den entscheidenden Beweis zu finden und Wolfgang zu überführen, bevor er mit Ablauf des Tages wieder aus dem polizeilichen Gewahrsam entlassen werden musste, lenkte Lene ihren Wagen völlig automatisch über Regensburgs Straßen, die sich im aufkommenden Berufsverkehr langsam füllten.

Die Zeit drängte, heute mehr denn je. Und sie hatte einiges vor. Weshalb sie auch auf ihren Morgenlauf verzichtet hatte, wieder einmal, und das, obwohl die Temperaturen immer noch ungewöhnlich frisch für die Jahreszeit waren und die Morgenluft in der Stadt, vor allem am Donauufer, derzeit so klar war wie selten.

Wie Wolfgang wohl die Nacht in Unfreiheit verbracht hatte? Wie sie ihn einschätzte, würde er nur noch verstockter sein als zuvor, aber – darauf hoffte Lene insgeheim – sie hatte in solchen Situationen auch schon oft genug Überraschungen erlebt. Täter, an die es trotz stundenlanger Befragungen kein Herankommen gab, die sich nach einer Nacht hinter Gittern aber plötzlich zu einem Geständnis durchrangen. Was sie im Übrigen nie verstanden hatte, schließlich musste die Sehnsucht nach Freiheit nach einer solchen Nacht doch umso größer sein. Aber wie so oft blieb die Psyche des Menschen in solchen Extremsituationen ein Rätsel.

Ob auch Wolfgangs renitente Hinweise auf seine Verwandtschaft, der Versuch, mit wohldosierten Andeutungen den Verdacht von sich selbst weg und nach Öd zu lenken, dem Druck und der extremen Situation geschuldet waren, in der er sich befand? Oder gab er diese Hinweise mit Kalkül? Lag ihm so wenig an seinen Angehörigen, dass er ohne Skrupel in Kauf nahm, ihnen zu schaden, um seine eigene Haut zu retten? Wohl ja. Auch wenn Lene es nicht verstand, weil sie selbst, allen Unterschieden zum Trotz, wahrscheinlich bis zuletzt und unabhängig von der Wahrheit versuchen würde, ihre eigene Schwester zu ent- statt zu belasten. Aber sie hatte schließlich im Laufe ihrer Polizeikarriere schon ganz andere Skrupellosigkeiten erlebt.

Oder, das war natürlich die letzte Option, Wolfgang war wirklich unschuldig, schwieg so hartnäckig, um seinen Angehörigen auf Öd nicht wirklich zu schaden, wollte Lene aber dennoch auf die richtige Spur bringen, jetzt, wo sich die Schlinge um seinen eigenen Hals enger zog, ohne offene Denunziation, eben nur mit vorsichtigen Hinweisen.

Lene parkte den Wagen am Straßenrand vor dem Haus der Bauernfeinds und seufzte müde. Es fühlte sich schrecklich an, so nah vor der Wahrheit zu lauern und sie trotzdem nicht aufzudecken.

Reiß dich zusammen, Lene. Halt durch. Du bist nah dran.

Die Selbstmotivation funktionierte, trotz der Müdigkeit nach einer weiteren schlaflosen Nacht in ihren Gliedern. Eilig stieg sie aus, passierte im Laufschritt die nur angelehnte Gartentür, drückte im Vorbeilaufen die Klingel und wartete schließlich ungeduldig vor der hölzernen Haustür.

Es dauerte eine Weile, bis sich die Tür einen vorsichtigen Spaltbreit öffnete und Lydia Bauernfeind herausspähte. Das füllige Haar hing ihr strähnig über die Schultern, sie war ungeschminkt, trug einen Jogginganzug und hatte dunkle Ringe unter den Augen. Es gab wohl einige Leute, die die vergangene Nacht schlaflos verbracht hatten.

»Guten Morgen«, sagte Lene und schickte ein vorsichtiges Lächeln hinterher. »Haben Sie kurz Zeit für mich?«

»Habe ich denn eine Wahl?«, antwortete Lydia, öffnete aber die Tür und ging voraus ins Wohnzimmer, wo sie sich auf der

Couch niederließ und sich der Jahreszeit zum Trotz in eine flauschige weinrote Wolldecke hüllte.

Lene ließ sich ihr gegenüber auf dem Sessel nieder. »Ich möchte Ihnen nochmals sagen«, begann sie und fragte sich im gleichen Moment, ob diese Form der Rechtfertigung angebracht war, »dass ich Ihnen und Ihrer Familie nichts Böses will. Aber es ist mein Job, die Wahrheit herauszufinden.«

»Das ist mir klar«, erwiderte Lydia, ohne sie anzusehen. Sie griff nach der Tasse auf dem hölzernen Couchtisch und trank einen Schluck. »Es ändert nur nichts daran, dass Sie meiner Familie und mir mit Ihrer Suche nach der Wahrheit das Leben derzeit zur Hölle machen.«

Dem konnte Lene nichts entgegensetzen. »Dann helfen Sie mir doch einfach. Meinem Kollegen haben Sie bereits erzählt, dass Ihr Mann am vergangenen Freitag ab dem Nachmittag zu Hause war. Können Sie das präzisieren? Was genau haben Sie getan? Gemeinsam zu Abend gegessen? Ferngesehen?«

»Ich habe mit dem Anwalt meines Mannes gesprochen, und er hat mir geraten, keine weiteren Aussagen zu machen. Insofern müssen Sie sich wohl damit abfinden: Wolfgang und ich, wir waren beide zu Hause. Punkt.«

»Sie sind informiert darüber, dass auf Resas Freundin Josefa am vergangenen Freitag ein tödlicher Angriff verübt worden ist?«

»Ja«, antwortete Lydia abweisend. »Und ich weiß mittlerweile auch, dass Wolfgang ihr finanziell unter die Arme gegriffen hat. Warum ihn das jetzt zum Täter macht, ist mir allerdings nicht klar.«

Lene stellte zufrieden fest, dass sich Lydia anscheinend doch zu ein paar Worten hinreißen ließ, wenn man den richtigen Nerv traf. »Wir haben in Josefa Schnabels Haus belastendes Material gefunden. Knochen. Die ihrer verstorbenen Schwägerin gehören.«

»Und was hat das mit Wolfgang zu tun?« Lydia blieb kühl.

»Wir gehen davon aus, dass derjenige, der Josefa angegriffen hat, von ihr mit der Existenz dieser Knochen erpresst wurde.

Und da Ihr Mann ihr monatlich eine stattliche Summe geschickt hat ...« Lene ließ den Satz mit Absicht unvollendet. Lydia sollte ihre eigenen Schlüsse ziehen.

»Unsinn«, tat Lydia die Ausführungen unwirsch ab. »Sie suchen an der falschen Stelle.«

»Genau das«, antwortete Lene, »hat Ihr Mann auch gesagt. Wen haben Sie im Verdacht, in die Sache verwickelt zu sein?«

Lydia winkte ab und strich sich mit plötzlich zurückkehrender Energie eine Strähne hinter die Schulter, bevor sie sich aus ihrer halb liegenden Position in die Senkrechte schwang. »Ich habe niemanden im Verdacht. Aber es ist zum Beispiel kein Geheimnis, dass mein Schwiegervater die Resa immer loswerden wollte.«

»Ihr Schwiegervater ist aber nicht in der gesundheitlichen Verfassung, Josefa Schnabel zu überwältigen«, entgegnete Lene.

»Um das zu erledigen, würde er schon einen Handlanger finden, meinen Sie nicht?« Lydia beugte sich vor. Der bedeutungsschwangere Blick, mit dem sie Lene fixierte, ließ nur einen Schluss zu. »Die auf Öd, die halten doch alle zusammen.«

Wie bei jeder Ankunft auf Öd hoffte Lene verzweifelt, dass es endlich die letzte war. Sie klopfte an die Haustür, wartete einen Moment, klopfte ein weiteres Mal, etwas lauter. Nichts regte sich. Dabei stand Hans' rostiger Golf wie eh und je auf dem angestammten Parkplatz zwischen Scheune und Traktor.

Die Tigerkatze hatte sich angeschlichen und umstrich Lenes Beine. Unter anderen Umständen hätte Lene sich dieser Annäherung nicht entziehen können und die Katze ausgiebig gestreichelt, heute fehlte dafür aber schlichtweg die Zeit. Trotzdem wertete sie das plötzliche Zutrauen des Tieres als gutes Zeichen.

Sie zögerte einen Augenblick, überlegte, ob sie das Haus einfach so betreten sollte, entschied sich dann aber, es erst einmal zu umrunden. Seufzend stapfte sie durch das verwilderte, aber immerhin weitgehend platt getretene Gras und hielt Ausschau nach Sabina, während sie sich dem Hühnergehege näherte. Nichts. Zwar zeichnete sich bei den Viechern angesichts der nahenden Schritte eine gewisse Aufregung ab, aber von ihrer Versorgerin war weit und breit nichts zu sehen.

»Na gut«, sagte Lene in das wilde Gegacker, griff in den kleinen Plastikeimer, der an einem Zaunpfahl hing, und warf eine Handvoll Körner in das Gehege. Sofort brach Tumult aus.

In das lautstarke Gackern und Flattern mischte sich ein Hämmern, das zweifellos aus der Scheune kam. Sehr gut. Würde sie sich eben direkt in die Höhle des Löwen wagen.

Eilig trabte sie auf den windschiefen Holzbau zu, neben dem ein in den Boden eingelassener Metallring mit rostigen Relikten einer Kette von der früheren Existenz eines solchermaßen gehaltenen Hofhundes zeugte. Grausam.

Schnell ging sie zur Seitentür der Scheune weiter und sah Hans inmitten eines Chaos aus Werkzeugen und nicht genauer zu definierenden Gerätschaften an einer Werkbank stehen und mit dem Hammer auf ein gebogenes Metallteil eindreschen. Endlich hielt er inne und fixierte das Teil zufrieden.

»Grüß Gott«, sagte Lene in die plötzliche Stille.

Hans fuhr herum und beäugte sie feindselig. »Was gibt's?«, fragte er und wandte sich wieder seiner Werkbank zu.

Lene nahm das als Aufforderung, betrat die Scheune und stellte sich neben Hans, der zu einem dünnen Holzbrett und zur Stichsäge griff.

»Ich hab zu tun«, sagte er und setzte die Säge an der angezeichneten Stelle an.

»Ich auch«, antwortete Lene und nahm ihm die Säge aus der Hand. »Also helfe ich Ihnen. Und Sie helfen mir.« Sie griff nach dem Holzstück und begann zu sägen.

Hans, den sie im besten Fall mürrisch, im schlechtesten Fall unverschämt erlebt hatte, grinste. »Da bin ich ja mal gespannt«, sagte er, wischte sich den Staub vom Ärmel seines braun karierten Hemdes und lehnte sich an die Werkbank.

Wenn Moritz und Henning sie jetzt sehen würden, würden sie sie einen Kopf kürzer machen, das war Lene klar. Während die beiden selbst hektisch Akten und Paragrafen wälzten, sägte sie nun also in Seelenruhe an einem Stück Holz. Andererseits:

Wenn es half, Licht ins Dunkel zu bringen, hätte man sie zu diesem Zeitpunkt noch nicht einmal vom Kuhstallmisten abgehalten. Wobei sie froh darüber war, dass es hier auf Öd keinen Kuhstall mehr gab.

Sie löste die Säge, betrachtete zufrieden ihr bisheriges Werk und setzte an der Querseite des Holzstücks wieder an. Dann sägte sie fein säuberlich die von Hans aufgezeichnete Ecke heraus. Erst als sie fertig war, sah sie wieder zu ihm auf und reichte ihm mit dem Anflug eines Lächelns das Holzstück.

»Nicht schlecht«, sagte er. »Hätte ich Ihnen gar nicht zugetraut.«

»Ich hab früher oft meinem Vater geholfen.« Lene wies mit dem Kopf auf zwei umgedrehte Getränkekisten, die als einzige Sitzgelegenheit in der Scheune neben der Werkbank standen. »Bitte.«

Durch ihre handwerklichen Fähigkeiten anscheinend versöhnlich gestimmt, nickte Hans und ließ sich neben Lene auf einer der Kisten nieder. »Also, was wollen Sie schon wieder?«, fragte er nicht unfreundlich.

»Es geht um Ihren Bruder Wolfgang«, sagte Lene. »Wir haben Indizien gefunden, die darauf hindeuten –«

»Sag ich doch«, unterbrach Hans sie. »Ich hab mit alledem nichts zu tun.«

Lene zuckte die Achseln, um ihre Unschlüssigkeit zu betonen. »Leider behaupten Ihr Bruder und Ihre Schwägerin etwas anderes.«

Hans erbleichte, der Blauschatten in seinem Gesicht wirkte so nur noch dunkler. »Was?«, zischte er mehr, als dass er es sagte. »Was behauptet Wolfgang?«

»Leider nichts Konkretes«, erwiderte Lene mit bemüht ruhiger Stimme. »Er streitet allerdings jede Schuld ab und sagt, ich müsste auf Öd nach dem Täter suchen.«

»Und auf Öd bin nur ich«, erwiderte Hans bitter.

»Und Ihr Vater«, fügte Lene hinzu. »Dem man natürlich eine Verwicklung in den Angriff auf Josefa Schnabel nicht unterstellen kann. Aber –«

Hans' Hände zitterten, als er sie hob, um Lene Einhalt zu gebieten. »Aber die Schuld an Resas Tod? Und ich bin für diese Josefa verantwortlich, oder wie?« Er schüttelte ungläubig den Kopf. »Ist es das, was Wolfgang behauptet?«

»Er macht nur Andeutungen«, beschwichtigte Lene ihn.

»Aus denen Sie aber das schließen sollen, was ich gerade gesagt habe, richtig?« Er sprang auf, das flächige Gesicht eine hassverzerrte Maske. Mit einer schnellen Bewegung trat er gegen einen verbeulten Blecheimer, der scheppernd gegen eine Metallkiste prallte.

Lene war klar, dass sich Hans' Wut dieses Mal nicht gegen sie selbst richtete.

Mit immer noch zitternden Händen ließ er sich wieder neben ihr nieder. »Ich verstehe das nicht«, sagte er. »Reicht es ihm immer noch nicht? Ich bin doch sein Bruder!«

»Herr Bauernfeind«, setzte Lene an und legte ihre Hand auf seinen breiten Oberarm, aber er schüttelte sie ab.

»Aber mir reicht es jetzt«, fuhr er sie an. »Mir reicht es endgültig! Warum sollte ich ihn noch länger schützen, wenn er sogar versucht, mich an seiner Stelle in den Knast zu bringen, hä? Er hat doch schon mein Leben kaputtgemacht! Meine Freiheit gebe ich für dieses Schwein nicht auch noch auf!«

»Das erwartet auch niemand«, erwiderte Lene, um ihn am Reden zu halten. »Was wissen Sie?«

Er barg für einen Moment sein Gesicht in den Händen, dann sah er wieder auf. »Nur einer von uns weiß, was damals vorgefallen ist.« Er seufzte, aber dann beschritt er den Weg weiter, den er eingeschlagen hatte. »Und mein Vater ist es nicht. Natürlich wär ihm eine fleißige Tochter, die später irgendeinen reichen Bauern heiratet, lieber gewesen. Und natürlich hat er seine Kinder – uns alle! – nicht gerade mit Liebe überschüttet. Aber«, er sah Lene unverwandt an, um jeden Zweifel auszuräumen, »er war anständig, immer. Und hat, nachdem die Resa weg war, oft genug ein schlechtes Gewissen gehabt, weil er sich genau das manchmal gewünscht hat: dass sich die Sorge um dieses Kind einfach in Luft auflöst. Aber als es dann passiert war …

Der Vater hat sie am verzweifeltsten von uns allen gesucht, ist monatelang immer wieder in den Wäldern rumgelaufen, hat die Leute in Cham und Roding befragt, auch Jahre später noch. Eigentlich, bis er nicht mehr konnte.«

Plötzlich unruhig, stand er auf und begann, vor Lene auf und ab zu gehen. »Er hat mit Resas Tod nichts zu tun«, sagte er mehr zu sich selbst als zu ihr. »Die Mutter sowieso nicht, die hat ihr kleines Mädchen am meisten lieb gehabt von allen Kindern. Und ich …« Er hielt inne, horchte in sich hinein, als versuchte er, die Gefühle dieses Sonntags vor beinahe dreißig Jahren heraufzubeschwören. »Ich war fertig. Einfach nur fertig, verstehen Sie? Nicht wütend, weder auf die Resa noch auf die Agnes. Nicht einmal auf den Wolfgang. Und selbst wenn der Drechsler vor mir gestanden wär, hätt mir die Kraft gefehlt, ihm etwas anzutun.«

»Wollen Sie damit sagen, dass nach dem Ausschlussprinzip also nur Ihr Bruder Wolfgang übrig bleibt?«, fragte Lene und versuchte, nicht allzu enttäuscht zu klingen.

»Das ist nicht alles. Ich weiß nicht, warum«, sagte er und sah Lene wieder an, »aber der Wolfgang hat gewusst, dass die Resa tot ist.«

»Wie kommen Sie darauf?«

»Ich hab ein Gespräch mitbekommen.« Er sah beinahe verlegen zur Werkbank hinüber. »Zwischen dem Wolfgang und der Mutter, aber die beiden haben mich nicht bemerkt. Die Resa muss damals vielleicht so zwei oder drei Jahre weg gewesen sein.«

»Und worüber wurde gesprochen?«

»Es war nicht nur das Sprechen«, antwortete Hans. »Es waren auch die Blicke. Als würden sie das eine sagen, aber das andere meinen, verstehen Sie?«

Erstaunt stellte Lene fest, dass ausgerechnet der bisher eher ungehobelte Hans versuchte, ihr die Existenz von Zwischentönen zu erklären.

»Die Mutter hat den Wolfgang gefragt, ob er glaubt, dass die Resa tot ist«, sagte er zögerlich.

»Und was hat Ihr Bruder geantwortet?«

»›Ja‹, hat er gesagt und die Mama bedeutungsvoll angesehen. ›Ja, Mama. Ganz sicher ist sie tot. Ich weiß es.‹« Hans kratzte sich an der Nase und sah Lene unverwandt an. »Das hat er gesagt.«

Vom offenen Scheunentor ertönte ein leiser Aufschrei, dann sah Lene eine taumelnde Gestalt in braun-oranger Kittelschürze, die sich gerade noch am Türrahmen festkrallte. Hans war bereits aufgesprungen, um seiner Mutter zu Hilfe zu eilen, aber als er sie erreichte, vertrieb sie ihn mit einem unkoordinierten Schlag und kreischte: »Wie kannst du das erzählen, Hans? Der Wolfgang ist doch dein Bruder!«

Hans sah seine Mutter erschüttert an, dann aber regte sich sein Widerspruchsgeist. »Ja, mein Bruder, Mutter. Ein feiner Bruder, der sich irgendwas aus den Fingern saugt, damit ich mich auch noch für ihn in den Knast setz!«

»Was redest du da?«, fragte Sabina, die noch bleicher aussah als ihr Sohn. Das schüttere graue Haar hing heute offen herab und ließ sie noch älter wirken.

»Jetzt schiebt er mir alles in die Schuhe!«, schrie Hans. »Und dem Vater! Das lass ich mir nicht gefallen!«

»Dann sag doch einfach gar nichts«, antwortete Sabina in einem flehenden Ton. »Du kannst doch nicht deinen Bruder –«

»Oh doch, Mutter. Der Wolfgang hat alles! Er hat die Resa gehabt, ohne darüber nachzudenken, was das für uns bedeutet. Und jetzt hat er eine Frau, Kinder, ein Haus und eine eigene Firma.«

Erst jetzt verstand Lene, wie viel Frust sich wirklich in ihm angestaut hatte.

»Und was hab ich? Einen Scheißdreck hab ich.« Mit diesen Worten sank er wieder neben Lene auf die Getränkekiste.

»Du hast Öd«, antwortete Sabina mit ruhiger Stimme.

Hans lachte bitter auf. »Aber das wollte ich nie, Mutter.«

Er hatte Lene ihre Ermittlungen die ganze Zeit außerordentlich schwer gemacht, doch jetzt fühlte sie nur eines für ihn. Mitleid. Weil er das Gefühl, dass die Umstände, Öd und seine Familie, der er sich verhaftet fühlte, sein Leben verwirkt hatten, wohl niemals loswerden würde.

»Können Sie das bestätigen?«, wandte sie sich an Sabina. »Stimmt es, dass Wolfgang Ihnen gesagt hat, Resa sei tot?«

Sabina nickte und steckte die runzligen Hände in die Kittelschürze.

»Wie haben Sie das verstanden?«, fragte Lene. »Als bloße Information? Als Eingeständnis, Resa getötet zu haben? Haben Sie sich denn nicht gefragt, weshalb er so sicher ist?«

Sabina nahm die Hände wieder aus den Taschen und knetete darauf herum. Als sie den Blick hob, glitzerten Tränen in ihren Augen. »Ich wollt nicht weiter drüber nachdenken«, flüsterte sie. »Es hat mich nur beruhigt, zu wissen, dass die Resa da, wo sie jetzt ist, nicht leiden muss.«

***

Julia hörte das Klingeln des Telefons draußen auf dem Flur und zog die Bettdecke über den Kopf.

Zum Glück war Lara am Morgen in die Uni gefahren, und auch die anderen beiden waren ausgeflogen, sodass sie nicht erklären musste, weshalb die Anrufe dieser Regensburger Telefonnummer unter keinen Umständen angenommen werden durften.

Das Läuten verklang. Fürs Erste. Aber Julia wusste, dass Mama bald wieder versuchen würde, sie zu erreichen.

Dabei lagen die Dinge so: Selbst wenn Julia gewollt hätte, hätte sie es nicht geschafft, die Anrufe entgegenzunehmen. Sie lag starr, den Blick an die Decke gerichtet, und erlaubte sich kein Denken. Nur Leere, nur ein Dahindämmern, ohne der Erinnerung an ihre Familie Raum zu geben.

Wie ihr das gelang, wusste sie selbst nicht so genau, aber es funktionierte. Vielleicht hing es damit zusammen, dass sie sich erschöpft fühlte. Dabei hatte sie nichts wirklich Anstrengendes getan. Es war wohl anstrengend genug, sich mit der Vergangenheit der eigenen Familie zu beschäftigen. Wenigstens in ihrem Fall, dachte sie bitter.

Ob es Oma genauso ergangen war? Verdrängen, verschweigen, sich keinen Gedanken erlauben, aus Angst oder Erschöpfung, weil man sich nicht auseinandersetzen konnte oder wollte, es einfach nicht schaffte?

Ein zärtliches Gefühl für ihre Großmutter stieg in ihr auf. Sie dachte an die knotigen, runzligen Finger, die ein Leben lang geschuftet hatten, an das liebevolle Lächeln, das sie für ihre Enkeltochter, aber auch für Resa reserviert hatte, wenn sie doch einmal über sie sprach. Schob man weg, sah man weg, schwieg man, weil man es nicht ertrug? So wie Julia ihre eigenen Gedanken im Moment nicht ertragen konnte?

Ein bisschen verstehe ich dich, Oma. So schlimm das auch ist. Jetzt fange ich an zu verstehen.

✻✻✻

Mit einem freundlichen Nicken in die Runde betrat Lene, gefolgt von Moritz, den Vernehmungsraum. Auch die Schreibkraft saß bereit und wartete auf den Anpfiff.

»Zunächst danke für den Tipp, auf Öd weitere Erkundigungen einzuziehen.« Nur äußerlich gelassen ließ Lene sich am Tisch nieder. »Wir haben jetzt eine hilfreiche Aussage Ihrer Mutter.«

Sie hatte beschlossen, Hans komplett aus dem Spiel zu lassen, um zu verhindern, dass sich die Brüder weiterhin gegenseitig die Schuld in die Schuhe schoben. Hans bot mit seiner Enttäuschung und seiner aufgestauten Wut einfach zu viel Angriffsfläche. Im Gegensatz zu Sabina.

Gespannte Erwartung zeichnete sich auf Dr. Wellenbrinks Gesicht ab, Hoffnung auf Wolfgangs Gesicht. Anscheinend rechnete er nicht damit, dass seine Mutter ihn jemals belasten würde. Was sie auch nicht getan hätte, wäre Hans nicht endgültig der Kragen geplatzt.

»Ihre Mutter sagt, Sie hätten ihr wenige Jahre nach dem

Verschwinden Ihrer Schwester versichert, dass Resa tot sei. Wortwörtlich hat sie gesagt ...« Lene senkte den Blick auf ihre Aufzeichnungen, obwohl sie den Wortlaut auswendig konnte.

»›Der Wolfgang hat auf jeden Fall gewusst, dass die Resa nicht mehr lebt. Und weil er gesehen hat, wie ich mich gräm, wollte er mir diese Gewissheit auch geben. Ich hab es aber nicht gewagt, weiter nachzufragen. Ich hab zu große Angst gehabt vor dem, was er mir dann vielleicht erzählt hätt.‹« Lene sah auf und in Wolfgangs ungläubige Augen.

Offensichtlich hatte er die Ausdrucksweise seiner Mutter in diesen Worten erkannt.

»Wir sollten uns besprechen«, sagte Wellenbrink und legte seine Hand auf Wolfgangs Arm.

Wolfgang jedoch schüttelte ihn ab. »Nein«, sagte er bloß. »Nein.«

»Bestimmt hat mein Mandant das damals nur gesagt, um seine Mutter zu beruhigen«, erkannte Wellenbrink sofort den Schwachpunkt in Lenes Beweisführung.

Das war nicht anders zu erwarten gewesen. Aber auch darauf war Lene vorbereitet. »Ich vertraue in diesem Punkt auf das Gespür einer Mutter, die ihr eigenes Kind kennt. Sabina Bauernfeind ist sich sicher, dass Ihr Mandant damals von einer Tatsache gesprochen hat. Von einer Tatsache, die ihm schon länger bekannt war und die er seiner Mutter nicht mehr verheimlichen wollte.«

Wellenbrink zuckte die Achseln, um anzuzeigen, was er von Sabinas Gespür und dessen Stichhaltigkeit hielt.

»Können Sie sich an dieses Gespräch mit Ihrer Mutter erinnern, Herr Bauernfeind?«

»Wir sagen nichts mehr«, funkte Wellenbrink aggressiv dazwischen.

Wolfgang jedoch nickte, was ihm einen entsetzten Blick von Wellenbrink einbrachte. »Ja«, sagte er.

»Gut«, erwiderte Lene. »Es gibt nämlich Zeugen.«

Als hätte er sie nicht gehört, fuhr Wolfgang fort: »Weshalb hat Ihnen meine Mutter jetzt davon erzählt?«

»Vielleicht ist sie des Lügens und Verschweigens müde«, erwiderte Lene. »Sie nicht auch, Herr Bauernfeind?«

»Ja«, sagte er und sah dabei seinen Anwalt mit versteinertem Gesicht an. »Ja. Ich möchte jetzt die Wahrheit sagen.«

Wellenbrink rang nach Luft, setzte wieder an, Wolfgang ins Wort zu fallen, doch der gebot ihm Einhalt.

»Ich weiß nicht, was Sie jetzt erzählen wollen. Aber ich bin mir nicht sicher, ob ich dann noch etwas für Sie tun kann«, zischte Wellenbrink.

Hoffentlich nicht, dachte Lene im Stillen. »Also? Die Wahrheit.«

»Ich wusste, dass Resa tot ist, weil …« Wolfgang atmete tief ein, als müsste er sich erst sammeln. »Ich habe sie damals gefunden.« Er atmete aus. »Resa hat sich an diesem Sonntag erhängt.«

»Wie bitte?«

Wolfgang nickte, ohne Lene in die Augen zu sehen.

»Ihre lebenslustige, fröhliche Schwester hat sich umgebracht?«

Der Blick, den Moritz ihr zuwarf, spiegelte Lenes Gedanken wider. Nein. Niemals. Das passte in keiner Weise zu allem, was sie bisher über Resa erfahren hatten.

»An diesem Sonntag«, sagte Wolfgang mit heiserer Stimme und räusperte sich, »war sie nicht lebenslustig und fröhlich. Ich wusste, dass ihr meine Verlobung zusetzt. Aber ich habe nicht geahnt, wie sehr.« Er hob den Blick und sah Lene bedeutungsvoll an. Wieder glitzerten auf seiner Stirn zarte Schweißperlen.

Wellenbrink, der sich anscheinend einstweilen mit seiner Position als überflüssiger Sidekick abgefunden hatte, ließ ein leises »Na bitte« vernehmen. »Selbstmord also. Mein Mandant hat nichts damit zu tun.«

»Das werden wir noch sehen«, sagte Lene mit schneidender Stimme. »Sie behaupten also, Sie haben Ihre Schwester gefunden. Wann und wo?«

Wolfgang räusperte sich. »Mir hat ihr Verschwinden natürlich, wie dem Rest der Familie auch, keine Ruhe gelassen. Und ich hab ein schlechtes Gefühl dabei gehabt, eben wegen der Verlobung und allem.« Beinahe hilfesuchend sah er Lene an. »Also bin ich noch einmal nach Öd gefahren, montagnachts, um sie selbst zu suchen. Ich bin in den Wald gegangen. Die Polizei hat zu diesem Zeitpunkt natürlich schon dort gesucht, war aber noch nicht besonders weit gekommen.«

»Wo, Herr Bauernfeind?«, fragte Moritz ungeduldig.

»In der Hütte.« Als würde er vom Schmerz überwältigt, schlug Wolfgang die Hände vors Gesicht. »In der Jagdhütte vom alten Oswald. Sie hat sich mit einem Seil am Dachbalken aufgehängt.«

Alles schien immer wieder auf diese Hütte hinauszulaufen. Lene rief sich die Örtlichkeiten ins Gedächtnis und erinnerte sich an den robusten Dachbalken in mit Hilfe eines Stuhls gut erreichbarer Höhe. Ohne sich ihre Zweifel anmerken zu lassen, wandte sie sich wieder an Wolfgang. »Weshalb haben Sie nicht die Polizei informiert?«

Wolfgang schluckte, dann zeichnete sich auf seinem Gesicht ein mitleidheischender Ausdruck ab. »Ich stand unter Schock. Ich habe Resa doch geliebt! Und ich hatte Schuldgefühle, hab mir gedacht, ich hätte ihr die Verlobung mit Lydia schonender beibringen müssen.« Mit vor den Mund gepresster Hand brach er ab.

Lene dachte nach. Selbst wenn es so war, selbst wenn er die Wahrheit sagte, wie passte dann die Ermordung Josefas ins Bild? Konzentration, Lene. Wenn er lügt, macht er vielleicht einen Fehler.

»Was haben Sie dann mit Resas Leichnam getan?« Sie zog das Foto von Resas Skelett aus der Mappe. Als sie es vor Wolfgang auf den Tisch legte, wandte Wellenbrink erschreckt den Blick ab.

Wolfgang hingegen starrte auf das Foto, seine Augen begannen sich mit Tränen zu füllen. »Ich habe sie vergraben. Ich konnte sie doch nicht einfach so an diesem Balken hängen lassen!«

»Haben Sie sie an der Stelle vergraben, an der wir das Goldkettchen gefunden haben?«, fragte Moritz.

Lene zückte das Foto der Fundstelle und zwang sich selbst dazu, nicht über die Absonderlichkeit von Wolfgangs Verhalten nachzudenken. Einfach zuhören. Schließlich würde es noch weitaus absonderlicher werden.

Wolfgang nickte und wischte sich eine Träne aus den Augen.

»Haben Sie irgendwem davon erzählt?«, fragte Lene, obwohl sie die Antwort schon zu kennen glaubte.

»Natürlich nicht.«

»Da also nur Sie von diesem Ort wussten, haben auch Sie selbst den Leichnam wieder ausgegraben, nehme ich an?«

Wolfgang erschrak, als hätte er diese Schlussfolgerung noch nicht bedacht. Seine Hände zitterten leicht, als er sich zögernd zu einem Nicken durchrang.

»Wann? Und weshalb?«

»Rund fünf Jahre später«, antwortete er leise, dann fuhr er mit leidender Stimme fort: »Ich wollte sie nicht dort liegen lassen, so anonym, an diesem bedeutungslosen Ort, verscharrt und versteckt, verstehen Sie?«

Nein, gestand Lene sich ein und nickte Wolfgang beschwichtigend zu. Wellenbrink hingegen verfügte nicht über die Fähigkeit, seine wahren Gedanken zu verschleiern. Er bedachte Wolfgang mit einem entsetzten Seitenblick.

»Zum Teil hat man sie noch erkannt«, flüsterte Wolfgang.

Für einen Augenblick schloss Lene die Augen. Der Verwesungsprozess einer vergrabenen Leiche hing von der Luftdurchlässigkeit des Bodens ab. Im kühl-feuchten Klima des Bayerischen Waldes, wo der Boden häufig einen hohen Lehmgehalt aufwies, konnte der Vorgang je nach Bodenbeschaffenheit durchaus gebremst worden sein. In welchem Zustand sich Resas Leichnam also bei dieser kuriosen Exhumierung befunden hatte, mochte Lene sich lieber nicht so genau vorstellen.

»Sie sah so schmutzig aus«, fuhr Wolfgang mit leiser Stimme fort. »So dreckig und braun und kaputt. Und die Kleidung hing in Fetzen.«

»Also haben Sie was gemacht?« Lene bemühte sich um Neutralität. Jetzt, wo er die weitere Bearbeitung des Leichnams eingestand, wirkte Wolfgang endlich aufrichtig. Was seine Schilderungen nur noch kurioser machte.

Er hatte aufgehört zu schwitzen, eine einsame Träne rollte über seine Wange und verfing sich in den dunklen Bartstoppeln. »Ich habe sie wieder in die Hütte gebracht. Und einen großen Gaskocher. Und dann hab ich sie ausgezogen und nach und nach mit einem Messer gesäubert und ausgekocht. So lange, bis ich irgendwann nur noch saubere Knochen hatte.«

»Wo sind die Reste der Kleidung?«

»Die habe ich verbrannt.« Wolfgang schloss schmerzerfüllt die Augen. »Der Rock mit den Blumen war ihr liebster.«

Wellenbrink, dem mehr und mehr die Gesichtszüge entgleisten, warf Lene einen hilflosen Blick zu. Beinahe tat er ihr leid. Aber nur beinahe.

»Dann haben Sie die Knochen gebleicht«, ergänzte sie.

»Ja«, räumte Wolfgang ein. »Auch das. Ich wollte, dass Resa wieder schön aussieht.«

Lene fühlte die Gänsehaut auf ihren Unterarmen, schenkte ihr jedoch keine weitere Beachtung. »Ihr Skelett war dann also wieder auf Hochglanz poliert«, sagte sie und schalt sich selbst für diese flapsige Formulierung. Andererseits wusste sie, dass diese Art, mit Abgründen umzugehen, für sie selbst und die meisten Kollegen wohl die heilsamste war. »Was haben Sie dann damit gemacht?«

»Ich habe Resa in die Höhle gebracht.«

Die Höhle? Immer wenn Lene glaubte, es konnte nicht mehr abstruser werden, setzte Wolfgang noch eins drauf.

»In die Höhle«, wiederholte Moritz irritiert. »Und weshalb?«

»Resa und ich«, sagte Wolfgang und unterdrückte ein Schluchzen, »wir waren in der Höhle, damals, es war ein schöner Tag. Und …« Jetzt schluchzte er auf. »Sie hat an diesem Tag zu mir gesagt, wenn sie mal tot ist, will sie hier beerdigt werden. Weil es so friedlich ist. Und so ruhig.«

Lene gestattete sich keine Reaktion, auch wenn ihr das zunehmend schwerfiel. »Was ich mich frage«, sagte sie und sah zunächst Wellenbrink, dann Wolfgang eindringlich an. »Wie sind die Knochen dann wieder in die Hütte gekommen? Und zum Teil in Josefas Gewahrsam?«

Wellenbrink hatte es anscheinend endgültig die Sprache verschlagen, er saß zurückgelehnt wie ein Theaterbesucher und folgte dem Wortwechsel reglos.

»Das weiß ich nicht«, antwortete Wolfgang. Der Tränenstrom versiegte.

Moritz sah ihn ungläubig an. »Wussten Sie, dass Josefa im Besitz der Knochen ist?«

»Natürlich nicht. Und ich weiß auch gar nicht, weshalb Sie jetzt wieder damit anfangen«, sagte er und zwang sich mit einem theatralischen Schnaufer zur Ruhe. »Mit Josefa Schnabels Tod habe ich nichts zu tun.«

»Wo ist Resas Schädelknochen?«

Die Erwähnung des Namens seiner Schwester reichte, um ihn wieder aus der Fassung zu bringen. Er verschränkte die zitternden Hände ineinander. »Ich habe ihn damals in die Höhle gelegt. Wenn er dort nicht mehr ist …« Mit einem erschöpften Schulterzucken brach er ab.

»Der Punkt ist der«, Lene erhob sich, ohne Wolfgang Bauernfeind, der wie das personifizierte Elend auf seinem Stuhl kauerte, aus den Augen zu lassen, »hätten Sie all das von Anfang an zu Protokoll gegeben, hätte ich Ihnen vielleicht sogar geglaubt. So krank Ihr Verhalten, und da dürfte mir sogar Ihr Anwalt recht geben, auch sein mag.«

Wellenbrink schaffte es nicht, sich ein zustimmendes Nicken zu verkneifen.

»Jetzt aber«, fuhr Lene fort, »mit Ihrem nachgewiesenen Kontakt zu Josefa Schnabel und Ihren ständigen Teilgeständnissen, den Lücken in Ihren Erklärungen und den kaum nachvollziehbaren Aktivitäten rund um das Skelett, bin ich der festen Überzeugung, dass Sie lügen.« Sie wandte sich zum Gehen, drehte sich aber auf halber Strecke erneut um. »Sie bleiben weiterhin in Gewahrsam.«

Wellenbrink schien endlich auch geistig ins Geschehen zurückzukehren. Er schüttelte in stummem Entsetzen den Kopf, dann räusperte er sich. »Bei allem, was mein Mandant getan hat, handelt es sich nicht um Vergehen, die nach dreißig Jahren noch strafbar sind. Auch wenn es … etwas absonderlich ist. Mit dieser Beweislage kommen Sie nicht durch.«

Damit hatte er wohl recht. So nah dran, und trotzdem fehlten ihr schon wieder handfeste Beweise, um Wolfgangs Behauptungen zu widerlegen.

»Fuck«, sagte Moritz, als sie die Tür hinter sich geschlossen hatten. »Warum kann dieser verdammte Halswirbel nicht so gebrochen sein, dass man einen Suizid zweifelsfrei ausschließen kann?«

Das war exakt die gleiche Frage, die auch Lene sich voller Verbitterung stellte. Sie schaffte es nicht, zu antworten. Mit Wucht trat sie gegen den Stuhl, der für wartende Besucher im Flur bereitstand. Polternd krachte er zu Boden.

VIERZEHN

Lene konnte nicht leugnen, dass sich in ihr, langsam, aber stetig, eine gewisse Ernüchterung breitmachte. Ernüchterung und Resignation.

Marek sprang zu ihr auf die Couch und umschmeichelte ihre Füße, bevor er sich auf ihrem Schoß niederließ. Sie kraulte seinen Nacken, schließlich mochte er das besonders gern, aber die vertraute Berührung und sein monotones Schnurren hatten heute ausnahmsweise keine beruhigende Wirkung auf sie.

Ihr Blick fiel auf die aufgeklappte Akte auf dem noch immer staubigen Couchtisch. Gleichermaßen angeekelt von Staub und Akte schloss sie die Augen.

Ihr Gefühl sagte Lene, dass Wolfgang log. Nicht hinsichtlich seiner Geständnisse rund um die Skelettbearbeitung, schließlich deckten die sich mit allem, was Lene auch selbst in der Zwischenzeit herausgefunden hatte. Aber dass Resa, die lebensfrohe und wohl auch etwas manipulative Resa, sich selbst aus Kummer getötet haben sollte, daran glaubte sie nicht. Im Gegenteil, vielmehr erschien doch Wolfgang als so gefangen in Resas Fesseln, dass es für ihn nur eine Lösung gegeben haben musste, sich vermeintlich zu befreien. Vermeintlich, denn endgültig war ihm dies nicht gelungen.

Wer es nicht schaffte, einen Leichnam ruhen zu lassen, hatte sich noch immer nicht richtig verabschiedet, das war Lene klar. Umso überzeugter war sie davon, dass sich im Vorfeld eine klassische Beziehungstat ereignet haben musste.

Noch ein weiterer Punkt sprach gegen Wolfgangs Behauptung: Sein Geständnis, sofern man das so nennen wollte, lieferte immer noch keine Erklärung für Josefas Tod. Wie war sie in den Besitz der Halswirbel gekommen? Wie hatte das Skelett einen Umzug von der Höhle in die Jagdhütte bewerkstelligt? Sosehr Lene sich den Kopf zerbrach, die Sicht wurde nicht klarer.

Marek intensivierte sein Schnurren und bedachte Lene mit einem zärtlichen Blick.

»Marek, hast du die Lösung?«, fragte sie.

Marek wandte den Blick ab und rollte sich wieder zusammen.

Vielen Dank auch. Lene griff nach dem Smartphone auf dem Tisch. Prompt sah der Kater sie strafend an. »Sorry, Kleiner«, sie tätschelte seinen Rücken, »ich muss mit jemandem reden.«

Marek maunzte widerwillig.

»Mit jemandem, der antwortet«, fügte sie entschuldigend hinzu. »In deutscher Sprache und ganzen Sätzen.« Mit fliegenden Fingern tippte sie »Wo wohnst du?« und schickte die Nachricht ab.

Die Antwort ließ nicht lange auf sich warten. Sie nahm Marek behutsam von ihrem Schoß, was er mit einem Fauchen und einem beleidigten Abgang in Richtung Küche quittierte, schlüpfte eilends in ihre Sneakers und verließ die Wohnung.

Zehn Minuten später stand Lene vor der schnieken vierstöckigen Stadtvilla in der Prebrunnallee, drückte auf die chromglänzende Klingel und lächelte entschuldigend in die Haustürkamera.

Das Haus wirkte außerordentlich gepflegt und passte in die hochherrschaftliche Gegend am Rande der Innenstadt mit Ausblick auf den Herzogspark. Nur der Garten hinter dem Haus, den Lene mit einem schnellen Blick beim Betreten des Grundstücks gescannt hatte, hatte wohl schon bessere Tage gesehen, die umgekippte Plastikrutsche und der leere Sandkasten setzten bereits Moos an und waren bestimmt schon geraume Zeit nicht mehr genutzt worden.

Es dauerte eine Weile, bis das Summen des Türöffners ertönte. Sie drückte die Tür auf und lief die mit einem schweren roten Teppich ausgelegte Treppe nach oben. Der Herr Staatsanwalt residierte standesgemäß, so viel war sicher.

Er erwartete sie, mit nichts bekleidet als einem um die Hüften geschlungenen Badetuch, an der Wohnungstür im ersten Stock.

»So bekommt das Wort ›Adamskostüm‹ plötzlich eine weitaus tiefere Bedeutung«, stellte Lene anstatt eines Grußes fest und mühte sich, ihm ins Gesicht zu sehen.

»Wenn ich gewusst hätte, dass ›Wo wohnst du?‹ gleichbedeutend ist mit ›Ich bin in zehn Minuten bei dir‹, dann hätte ich mir etwas angezogen.« Skeptisch sah Henning an sich hinunter. »Eine Mütze oder einen Schal vielleicht«, fügte er mit einem Grinsen hinzu. »Was kann ich für dich tun?« Mit einer raschen Handbewegung bat er sie in die Wohnung.

Lene achtete darauf, ihn nicht zu berühren, als sie sich an ihm vorbei in die Wohnung schlängelte und aus den Schuhen schlüpfte. »Dieser Fall macht mich wahnsinnig. Ich will Wolfgang Bauernfeind nicht heute Nacht laufen lassen. Und ich brauche dringend ein zweites Gehirn.«

Der erlesene Eindruck, den das Haus von außen machte, setzte sich im Inneren der Wohnung fort. Geschmackvoll, stilsicher, ein wenig steril. Abgesehen vom vergleichsweise sehr geringen Staubgehalt erinnerte sie das Interieur im Eingangsbereich durchaus an ihre eigene Wohnung.

»Bist du auf dem Weg in die Dusche?«, fragte sie. »Ich kann warten.«

»Badewanne«, antwortete Henning und bedeutete ihr, ihm zu folgen. »Aber wenn jemand mein Gehirn braucht, geht das vor.«

»Lass dich von mir nicht abhalten. Ich hab schon mal einen nackten Mann gesehen«, sagte sie ein wenig beiläufiger, als ihr zumute war. Insgeheim stellte sie fest, dass sie hoffte, er würde auf ihren Vorschlag eingehen. Nur, um ihre Neugier zu befriedigen.

»Ernsthaft?«, fragte er und drehte sich halb zu ihr um. »Stört dich nicht?«

Sie schüttelte den Kopf und musterte beeindruckt den breiten, bis in die letzte Faser muskulösen Rücken vor ihr. »Warum bist du eigentlich gar so ein …« Für einen Moment suchte sie nach dem richtigen Wort, dann fiel ihr die Bezeichnung ihrer Schwester Maria für Männer dieser Kategorie ein. »... so ein Viech?«

Henning betrat die hochmoderne und ebenfalls blitzsaubere Küche am Ende des breiten Flurs. An der Existenz einer Putzperle gab es angesichts des Zustands dieser Räumlichkeiten nun wirklich keinen Zweifel mehr.

»Viech?«, fragte er mit hochgezogener Augenbraue und öffnete das hochglänzende cremefarbene Türchen eines Hängeschranks.

»Na, so ...« Lene machte einen breitbeinigen Schritt auf die Kochinsel zu und plusterte ihre Arme in Bodybuilder-Manier auf.

»Ich boxe.«

Kopfschüttelnd sah Lene ihm zu, wie er mit seinen riesigen Pranken einen kristallenen Weißweinkelch aus dem Schrank nahm. »Du bist wirklich der seltsamste Staatsanwalt, den ich kenne.«

»In erster Linie bin ich Henning. Erst danach Staatsanwalt.« Er hielt das Glas prüfend ins Gegenlicht, dann reichte er es ihr. »Und jetzt auch noch Viech.«

Wieder lief Lene hinter ihm her, als er die Küche verließ und die vom Flur ausgehende Treppe ein Stockwerk höher stieg. Den finanziellen Gegenwert einer zweistöckigen Wohnung in diesem Anwesen mochte sie sich lieber nicht vorstellen. Besser den Ausblick genießen. Auch wenn das Handtuch die ganz intimen Körperteile verdeckte, gab es aus Lenes Perspektive genug zu sehen.

Mit einem Grinsen folgte sie ihm ins Badezimmer und konnte endgültig ihr Erstaunen über den Anblick, der sich ihr bot, nicht länger verbergen. Mit einem anerkennenden Pfiff sah sie sich um. Die offene Dusche mit goldenen Armaturen, der hochmoderne Doppelwaschtisch mit einem Spiegel, der sich über die komplette Wand zog, Toilette, Pissoir und Bidet – in der Präsidentensuite im Adlon war das Badezimmer sicher nicht besser ausgestattet. Wo war sie denn hier hingeraten?

Die nierenförmige, in Fliesen mit Granit-Optik eingelassene Wanne hätte Lene eher als Mini-Pool bezeichnet. Natürlich, Henning war ziemlich groß geraten. In dieses Ungetüm, in dem sich der Schaum bereits türmte, hätte allerdings selbst er problemlos zweimal hineingepasst.

Beinahe verlegen griff Henning zu der Weinflasche, die in einem Kühler auf der Ablage der Badewanne stand, nebst einem weiteren Weißweinglas, einem Aschenbecher, auf dem eine Zigarre ruhte, einem Feuerzeug und diversen extradicken Stumpenkerzen, die den abgedunkelten Raum in ein schummriges Licht tauchten.

»Du erwartest aber niemanden?«, fragte Lene milde irritiert und deutete auf das romantische Kerzen-Arrangement.

»Nein, ich mache das immer so.« Ohne sie anzusehen, schenkte er Wein in das mitgebrachte Glas und gab es ihr zurück. »Ist eine Art Hobby.«

Vor wenigen Minuten hatte Lene sich selbst noch zu ihrer vermeintlichen Coolness gratuliert. Jetzt jedoch, angesichts dieser überaus privaten Situation, in die sie da so unsensibel geplatzt war, machte sich in ihr das Gefühl der Beschämung breit. Warum zum Henker hatte er sie nicht einfach abgewimmelt? Und warum badete dieser Kerl eigentlich nicht wie ein normaler Mensch? Irritiert ließ sie sich auf der Wäschebox am Fuß der Wanne nieder, sprang jedoch auf, als sie etwas Hartes unter ihrem Hintern fühlte.

»Leg es einfach auf den Boden«, sagte Henning und schenkte sich selbst ein. »Ist nicht wichtig.«

Lene nahm das großformatige Notizbuch und den Füller – kein Montblanc, immerhin – und tat, wie ihr geheißen. »Störe ich wirklich nicht?«, fragte sie. »Musst du irgendwelche Aufzeichnungen machen?«

Falls sie geglaubt hatte, Henning könne sie nicht noch mehr erstaunen, belehrte er sie eines Besseren. »Das ist nicht brisant«, sagte er und winkte ab. »Manchmal, wenn mir ein Fall nahegeht, schreibe ich Gedichte.«

Gedichte? Henning entpuppte sich als eine Ansammlung

von Klischees. Die, das musste sie ihm zugestehen, immerhin nicht zueinanderpassten.

»Aber ich ziehe es jederzeit vor, den Fall zu lösen, anstatt ihn lyrisch zu verarbeiten«, fuhr er mit der gebotenen Selbstironie fort. »Also dann, wollen wir mal.«

Lene war sich nicht sicher, ob er damit sie und das gemeinsame Nachdenken meinte oder doch vielmehr sich selbst motivierte, endlich das Handtuch abzulegen.

Lene, nicht hinsehen. Du willst schließlich nicht wissen, ob auch der kleine Henning ziemlich groß geraten ist, oder?

Mit einer erstaunlichen Nonchalance entledigte er sich seines Lendenschurzes und ließ sich in die Wanne gleiten.

Nicht schlecht. Gar nicht schlecht. Ach, verdammt. Komm schon, Lene. Schluss jetzt. Du bist hier, um diesen Fall zu lösen. Hektisch nippte sie an ihrem Wein, verschluckte sich prompt und rang nach Luft.

»Schockiert?«, fragte Henning, lehnte sich grinsend in seinem Schaumberg zurück, griff nach seinem eigenen Glas und prostete ihr zu. Jetzt, wo er sich mit den prominenten Körperteilen unter Wasser befand, hatte er anscheinend wieder Oberwasser.

Auf dieses Spielchen würde sie sich nicht einlassen. »Kommen wir zum Punkt«, sagte sie forsch und stellte das Glas neben der Wäschebox ab. »Ich bin mir sicher, dass Wolfgang Bauernfeind lügt, aber ich kann es ihm nicht beweisen.«

»Denkst du, dass seine Mutter mehr weiß, als sie sagt?« Henning griff nach dem Zigarrenschneider und widmete sich mit Hingabe dem Kopf seiner Zigarre.

»Selbst wenn«, Lene legte die Arme um die angezogenen Beine, »sie wird es nicht zugeben.«

»Was ich durchaus verstehe.« Mit nachdenklichem Gesichtsausdruck brachte Henning die Zigarre zum Glimmen. »Sie wird zerrieben zwischen ihren Kindern und dem Bedürfnis, sie alle zu schützen.« Er lächelte Lene zu. »Insofern bin ich froh, nur eines zu haben.«

»Was würdest du tun, wenn du wüsstest, dass deine Tochter ein Verbrechen begangen hat?«

»Lügen. Wie gedruckt«, antwortete er, ohne zu zögern. »Oder ihr zur Flucht verhelfen. Was ein moralisches Desaster ist, vollkommen klar. Trotzdem: Ich würde alles tun, um Laura eine zumindest halbwegs glückliche Zukunft zu ermöglichen.«

»Vielleicht sollte ich noch einmal mit Julia sprechen.« Lene griff erneut nach dem Weinglas. Irgendwo musste sie sich schließlich festhalten. »Ich bin mir sicher, dass sie etwas verschweigt.«

»Bei Julia scheint mir das Problem zu sein, dass sie heillos überfordert ist.« Mit einem halb genüsslichen, halb besorgten Gesichtsausdruck zog Henning an seiner Zigarre. »Denk an Lochbihlers entsetzte Reaktion auf das Bruder-Schwester-Verhältnis. Vielleicht sind wir beide altersgemäß einfach schon ein bisschen abgebrühter? Aber Julia ist das mit Sicherheit nicht. Und jetzt stell dir vor, du findest heraus, dass dein eigener Vater …« Henning hob die breiten Schultern. »Sie ist nicht nur körperlich weggelaufen, denke ich. Sie tut das auch im Kopf. Weil sie es ansonsten nicht aushält.«

Lene konnte nicht umhin, ihm angesichts seiner Empathie einen erstaunten Blick zuzuwerfen. Auch wenn sie ihr kein Stück weiterhalf. Sie zog die Beine wieder an und wischte sich den Schweiß von der Stirn. Die sich dank der immer noch dampfenden Wanne ausbreitende tropische Hitze war nicht dazu angetan, ihre Konzentrationsfähigkeit zu fördern.

Henning bedachte sie mit einem mitleidigen Blick. »Falls es dir da draußen zu ungemütlich wird: Hier drinnen ist noch Platz.«

Lene winkte ab. Bestimmt nicht. »Irgendwo gibt es Grenzen, Henning.«

»Höchst interessant, wo du diese Grenzen ziehst«, gab er mit einem Grinsen zurück. »Wie sieht es mit Lydia aus? Sie bleibt dabei, dass ihr Mann am Freitag mit ihr zu Hause war?«

Lene nickte. »Felsenfest. Findest du das normal? Ich meine, Wolfgangs Verhältnis mit Resa müsste sie doch eigentlich am allermeisten stören, oder?«

»Das ist alles lange her, Resa ist tot, die Sache ist für sie wohl einfach abgehakt«, antwortete Henning. »Und ansonsten geht es ihr, denke ich, um den Schutz des Vaters zum Wohle der Kinder.« Er lehnte sich behaglich zurück. »Meine Ex-Frau wünscht mir wahrscheinlich die Pest an den Hals. Aber wenn Lauras Wohl davon abhinge, würde sie bestimmt versuchen, mich zu schützen.«

»Und du?«, fragte Lene.

»Ähnlich. Ich weiß, dass Laura ihre Mutter braucht.«

»Aber was«, spann Lene den Gedanken weiter, »wenn deine Ex-Frau *wüsste*, dass du ein schreckliches Verbrechen begangen hast? Würde sie dann nicht versuchen, dich in den Knast zu bringen und deinen Einfluss auf Laura zu reduzieren?«

Nachdenklich sah Henning sie an. »Doch«, antwortete er schließlich. »Wahrscheinlich würde sie das.«

»Also warum gibt Lydia ihm dann ein Alibi, verdammt?« Lene schlug frustriert auf die unschuldige Wäschebox ein. Im nächsten Augenblick schlich sich ein Gedanke in ihren Kopf, der so ungeheuerlich war, dass sie für den Bruchteil einer Sekunde hoffte, er würde sich wieder im Nirwana unnützer Geistesblitze auflösen wie so viele zuvor. Stattdessen biss er sich fest.

Es musste etwas geben, das die beiden Eheleute aneinanderschweißte. Mehr als das Offensichtliche. Etwas, das in Kombination mit der Liebe zu den gemeinsamen Kindern erklärte, weshalb sich die beiden an ihren Aussagen so unverbrüchlich festklammerten, allen Ermittlungsergebnissen zum Trotz.

»Vielleicht«, setzte Henning an und trommelte nervös mit den Fingern auf der Ablage herum, sodass sich die Asche von der Zigarre löste und die makellos reinen Fliesen versaute. Es schien ihn nicht zu stören. »Vielleicht …«

Erst jetzt bemerkte Lene, dass sie Henning wie paralysiert fixierte. »Ja«, sagte sie. »Genau. Ich muss los.« Sie sprang auf, stürzte aus dem Badezimmer, hörte Hennings Ruf, ließ ihn jedoch unbeantwortet und sprintete die Treppen nach unten.

Schon als sie die Haustür hinter sich ins Schloss zog, kam ihr der nächste Gedanke. Mutterliebe. Der Schutz der Kinder. Dies schien der Schlüssel zu allem zu sein. Eigentlich hatte sie sich auf direktem Weg zu Lydia Bauernfeind begeben wollen, aber jetzt beschloss sie, erst einmal sicherzugehen. Gab es einen weiteren Hinweis, ein weiteres Indiz?

Im gestreckten Galopp spurtete sie am Herzogspark und dem Naturkundemuseum vorbei, durch die Gassenlandschaft der Westnerwacht und über den Arnulfsplatz, auf dem sich der Autoverkehr und die Stadtbusse, die hier einen ihrer Knotenpunkte hatten, ständig ineinander verkeilten. Beim Versuch, einem lärmenden Pulk Jugendlicher auszuweichen, stolperte ihr ein älterer Herr vor die Füße, der seiner Bierfahne nach zu urteilen den bisherigen Tag ausschließlich beim »Kneitinger« verbracht hatte. Lene würgte seine Entschuldigung ab und lief weiter.

Endlich zurück in der Glockengasse, hetzte sie das Treppenhaus nach oben, rannte die junge Frau aus der WG im zweiten Stock über den Haufen, entschuldigte sich nun ihrerseits und sperrte, oben angekommen, die Tür auf. Mit einem schnellen Blick auf die Armbanduhr stellte sie fest, dass seit ihrem Aufbruch bei Henning keine fünf Minuten vergangen waren.

Sie stürzte zu der Akte, die immer noch auf dem Wohnzimmertisch lag. Mit fliegenden Fingern blätterte sie zu den erfassten Daten der Familie Bauernfeind.

Hier! Stefan Bauernfeind. Geboren im Jahr nach Resas Verschwinden. Anfang Mai. Konzentrier dich, Lene! Dass sie trotz ihres wild pochenden Herzens und ihrer dem Sprint geschuldeten Atemlosigkeit schnell zu einem rechnerischen Ergebnis kam, erstaunte sie kaum noch.

Sie zückte das Handy und wählte schon im Aufstehen die Kölner Nummer. Geh ran, flehte sie in Gedanken und trabte aus der Wohnung.

»Ja?«, meldete Julia sich mit zaghafter Stimme.

Ganz ruhig, beschwor Lene sich selbst. Verschreck das arme Mädchen nicht. »Lene Wagenbach hier. Ich habe nur eine kurze Frage«, sagte sie mit für ihre eigenen Ohren erstaunlich ruhig klingender Stimme. »Dein Bruder Stefan … kam er eigentlich zu früh zur Welt?«

»Keine Spur.« Julia lachte, anscheinend dankbar angesichts dieser harmlosen Frage. »Mama scherzt heute noch darüber, dass Stefan damals schon so pünktlich war wie heute. Im Gegensatz zu mir, ich war eine gute Woche zu spät.«

Mit einem verhaltenen Dank beendete Lene das Gespräch, trat auf die Glockengasse hinaus, sperrte ihren Audi auf und stieg ein. Einen Augenblick zögerte sie. Wollte sie die Erkenntnis, die zunehmend an Klarheit gewann, wirklich zulassen?

Mit Tränen in den Augen startete sie den Motor. Ihr blieb keine Wahl. Die Wahrheit war ihr Job.

✻✻✻

Es dämmerte bereits, als Lene vor dem Haus der Bauernfeinds ankam. Aus dem Wohnzimmerfenster schien das warme Licht einer Lampe.

Lenes Atem hatte sich beruhigt, ihr Herzschlag aber nicht. Wie würde sie Lydia vorfinden? Und wie würde Lydia sich verhalten, wenn Lene ihr nun das sprichwörtliche Messer auf die Brust setzte?

Genug gegrübelt. Sie stieg aus und drückte wie schon am Morgen im Vorbeigehen den Klingelknopf. Genug gegrübelt für den ganzen restlichen Sommer, fand sie.

Lydia Bauernfeind öffnete die Tür, und Lene hatte ihre liebe Mühe, sich ihr Erschrecken nicht anmerken zu lassen. Bei jeder neuen Begegnung sah Julias Mutter schlechter aus, älter, und jetzt zudem irgendwie entrückt. Als wäre sie nur körperlich anwesend, der Geist aber an einem anderen Ort, wo nichts sie erreichte.

Ohne ein Wort zu sagen, drehte Lydia sich um und ging voraus ins Wohnzimmer, das, abgesehen von der fehlenden Tasse, die zwischenzeitlich gegen ein volles Rotweinglas ausgetauscht worden war, genauso aussah wie am frühen Morgen. Der Fernseher lief, allerdings ohne Ton, und Lydia setzte sich wieder auf die Couch, wo sie sich wie ein verwundetes Tier unter der Wolldecke verkroch.

»Julia hat gerade angerufen«, sagte sie leise, als Lene sich ihr gegenübersetzte. »Sie macht sich Sorgen, was hier vor sich geht. Und sie hat Angst, mit ihren Nachforschungen ihre Familie zerstört zu haben.« Bitter lachte sie auf, mit Tränen in den Augen. Für einen Moment sah sie Lene an, aber dann wandte sie beinahe beschämt den Blick ab.

»Es ist nicht Julias Schuld«, antwortete Lene bloß.

Lydia sah sie wieder an, dann starrte sie stumm auf das Weinglas vor sich.

»An dem Tag, an dem Resa verschwand«, setzte Lene vorsichtig an, »da wussten Sie schon von Ihrer Schwangerschaft, oder?«

Lydia betrachtete einen Augenblick nachdenklich ihre zitternden Hände, dann nickte sie.

Hennings Stimme hallte in Lenes Kopf nach: Ich würde alles tun, um Laura eine zumindest halbwegs glückliche Zukunft zu ermöglichen. Sie war sich sicher, dass auch Lydia Bauernfeind alles für ihr ungeborenes Kind getan hatte.

»Was ist damals wirklich passiert, Frau Bauernfeind? Was haben Sie schon damals verschwiegen, um Ihr Baby zu schützen und vor Leid zu bewahren?«

»Warum lassen Sie uns nicht einfach in Ruhe?«, fragte Lydia müde, aber dann setzte sie sich gerade hin. Als bäumte sich der erlahmende Kampfgeist ein letztes Mal auf. »Sie haben diese Halswirbel doch bei Josefa Schnabel gefunden! Warum soll sie es nicht gewesen sein, die Resa auf dem Gewissen hat?«

Für einen Augenblick schloss Lene die Augen. Die Gewissheit sollte eigentlich ein Triumph sein, aber dieser Triumph schmeckte bitter. »Woher wissen Sie, dass wir bei Josefa Halswirbel gefunden haben?«, fragte sie. »Ich habe sowohl Ihnen als auch Ihrem Mann nur von Knochen erzählt.«

Lydia riss schockiert die Augen auf, dann entrang sich ein gequälter Laut ihrer Kehle. Erschrocken presste sie ihre Faust vor den Mund. Sie setzte zu einer Antwort an, aber Lene kam ihr zuvor.

»Es ist vorbei, Frau Bauernfeind«, sagte sie so eindringlich wie möglich. Trotzdem wusste sie nicht, ob sie Lydia wirklich erreichte. »Es ist so viel Unglück geschehen. Sagen Sie mir endlich die Wahrheit.«

Die Tränen, die aus Lydias Augen strömten, sprachen ihre eigene Sprache. Sie schluchzte auf, neigte den Kopf, ihre Schultern bebten. »Es war doch ein Unfall«, murmelte sie zwischen den einzelnen Schluchzern hindurch. »Ich wollte das nicht. Es war ein Unfall.«

Lene griff nach der Kleenex-Box auf dem Beistelltisch und setzte sich neben Lydia Bauernfeind auf die Couch. Trotz der tränenblinden Augen bemerkte sie Lydias Erstaunen, als sie ihr ein Papiertuch reichte und ihr dann in einer etwas hilflosen Geste die Hand auf den Arm legte.

Lydia Bauernfeind schüttelte sie dieses Mal nicht ab, unterdrückte ein weiteres Schluchzen und wischte sich das Gesicht trocken. »Sie müssen mir glauben«, sagte sie beschwörend. »Es war keine Absicht. Wirklich nicht.«

»Was genau war keine Absicht?«

Für einen Augenblick wandte Lydia den Blick ab und sah auf die Studioaufnahme der ganzen Familie, die über dem Sideboard hing. Mama, Papa, zwei Kinder. Vermeintlich glücklich. Von dem dunklen Schatten, der über ihnen lag, war auf dem Foto nichts zu erahnen.

»An diesem Sonntag«, setzte Lydia mit bebender Stimme an und wandte sich Lene zu, »war zunächst alles so, wie es sein sollte. Wolfgangs Familie, die ich nicht besonders gut kannte, hat sich mit uns gefreut. Oder wenigstens kam es mir so vor. Aber als wir dann zu unserem Spaziergang aufgebrochen sind …« Mit einer fahrigen Geste wischte sie die neuerlichen Tränen weg.

»Resa wollte sich uns anschließen, aber Wolfgang war dagegen. Er hat sich ziemlich ruppig verhalten, und Resa ist am Waldrand zurückgeblieben. Sie hat mir leidgetan. Ich wusste ja damals nicht …« Sie verstummte und starrte dumpf auf das Weinglas.

»Sie wussten nichts vom Verhältnis der beiden?«, fragte Lene.

»Natürlich nicht.« Lydia presste ihre Hand vor den Mund, um ein Aufschluchzen zu unterdrücken. »Ich fand es nicht schön, wie er seine Schwester abgewimmelt hat, und ich habe sie verteidigt. Können Sie sich das vorstellen? Können Sie sich vorstellen, wie dumm ich war?« Fassungslos schüttelte sie den Kopf.

Beschwichtigend streichelte Lene Lydias Arm. »Sie konnten nicht ahnen –«

»Nein, das konnte ich wirklich nicht«, fiel Lydia ihr ins Wort. »Wolfgang und ich sind weitergegangen, aber ziemlich in Streit geraten, eben wegen Resa. Mir war es wichtig, dass seine Familie mich mag, verstehen Sie? Ich wollte nicht, dass Resa sich ausgeschlossen fühlt.«

Lene nickte. »Was ist dann passiert?«

»Wolfgang hat völlig überreagiert«, sagte sie. »Er war außer sich, hat mich angeschrien, ich wüsste nicht, wie Resa ist, und ich solle mich da raushalten. Also hab ich ihn im Wald stehen lassen und bin umgedreht.« Lydia atmete tief ein. Langsam schien sie ihre Fassung zurückzuerlangen.

»Wie ging es weiter?«

Sie zuckte die Achseln. »Manches weiß ich bis heute nicht genau. Vermutlich ist Resa uns damals heimlich gefolgt. Auf dem Rückweg nach Öd bin ich ihr allerdings nicht begegnet. Ich war schon fast wieder am Waldrand, als ich mich anders entschieden habe. Unser Streit war so albern, und ich hatte ein schlechtes Gewissen, mich in Wolfgangs Familienangelegenheiten eingemischt zu haben, verstehen Sie? Also bin ich zurückgegangen, um ihn zu suchen.«

»Haben Sie ihn gefunden?«, fragte Lene, nahm ihre Hand von Lydias Arm und wischte sich die schweißnasse Innenseite an der Jeans ab.

»Ich bin wieder dem Trampelpfad gefolgt, den wir zuvor schon eingeschlagen hatten. Und schließlich …« Wieder sah sie zu dem Familienfoto, ihr Blick verdüsterte sich.

»Welcher Trampelpfad?«, fragte Lene. »Führte er zur Jagdhütte?«

»Ja. Die Tür war nur angelehnt, also wollte ich nachsehen, ob Wolfgang dort drinnen ist. Aber da habe ich sie schon gehört.«

»Wolfgang und Resa?«

Lydia presste die zu Fäusten geballten Hände an die Schläfen. Als verursache ihr die Erinnerung immer noch Schmerzen. Wahrscheinlich tat sie das auch.

»Zuerst wusste ich nichts damit anzufangen«, fuhr sie mit einer beinahe unheimlichen Leere im Blick fort. »Resa hat ihm geschmeichelt. ›Nur noch einmal‹, hat sie gesagt. ›Zum Abschied. Du willst es doch auch, ich weiß es.‹« Heftig schüttelte Lydia den Kopf, schaffte es aber offensichtlich nicht, dem vermeintlich bösen Traum, der doch vielmehr bittere Realität war, zu entfliehen.

»Und dann habe ich sie gesehen. Resa, die sich an ihn gepresst hat. Und Wolfgang, der sich erst noch gewehrt hat. Aber dann …« Sie sah Lene an, als könne sie es immer noch nicht glauben. »Dann hat er sich auf sie gestürzt. Mit einer Leidenschaft, die ich nicht von ihm kenne.«

Flehend sah sie Lene an. »Ich war völlig schockiert, das müssen Sie mir glauben!«, sagte sie aufgebracht. »Ich konnte nicht mehr klar denken. Der Vater meines Babys, mit seiner eigenen Schwester! Kaum dass ich ihm den Rücken zugedreht habe …«

»Das verstehe ich«, sagte Lene wahrheitsgemäß. »Haben die beiden sie bemerkt?«

»Ja. Ich weiß nicht mehr genau, was ich gesagt habe, ob ich geschrien habe oder nur tief Luft geholt, jedenfalls haben sie mich gehört. Wolfgang wollte noch so tun, als sei nichts gewesen, aber Resa …« Ein gequältes Stöhnen entrang sich ihrer Kehle. Mit schmerzvoll verzerrtem Gesicht griff sie nach dem Rotweinglas und trank einen Schluck. »Resa hat mich angelächelt. Triumphierend. Da bin ich auf die beiden losgegangen.«

»Und dann ist es passiert?«, fragte Lene. Die tragischste aller Möglichkeiten. Irgendwie hatte sie es geahnt.

»Ja. Ganz genau kann ich mich nicht mehr erinnern, die Bilder verschwimmen in meinem Kopf. Und es ging so schnell.« Lydia stellte das Glas zurück auf den Tisch. »Es kam zu einem

Handgemenge, und Wolfgang hat Resa, die mich plötzlich voller Hass ansah, erst zurückgehalten. Sie hat sich ihm entwunden, dann habe ich sie gestoßen.«

Ihr Blick fiel erneut auf das Foto, als suchte sie bei ihrem Mann und ihren Kindern nach Absolution. »Sie ist mit der Seite gegen Wolfgang geprallt, aber er hatte keine Chance, sie noch aufzufangen. Es ging einfach viel zu schnell«, wiederholte sie und schloss die Augen. »Dann ist sie gestürzt, voller Wucht mit der Stirn gegen die Kante der Pritsche. Es sah schrecklich aus.«

Sie öffnete die Augen und sah Lene unverwandt an. »Resa war sofort tot.«

Was Lene nicht erstaunte. Die Fraktur des Halswirbels war also durch den heftigen Rückstoß des Kopfes verursacht worden. Das konnte Resa nicht überlebt haben.

Mit einem Mal schien sich ein Gefühl der Ruhe in Lydia auszubreiten. Sie lehnte sich zurück und schloss die Augen. Die Qual war aus ihren Gesichtszügen verschwunden. Nur die Erschöpfung war geblieben. Als hätte es sie besänftigt, sich alles von der Seele zu reden.

Dabei war dies erst der Anfang. »Was haben Sie dann getan?«, fragte Lene.

»Wir waren beide völlig verstört«, sagte Lydia tonlos. »Wir haben versucht, uns zu fassen. Wolfgang … Er hat sich die Schuld gegeben, und ich habe ihm nicht widersprochen. Dann haben wir beschlossen, Stillschweigen zu bewahren. Für unser Baby.«

Zärtlich sah sie auf Stefan, der von dem Foto spitzbübisch auf sie herunterlächelte. »Wolfgang hat mich beschworen, mich zu beruhigen, und mir versprochen, dass er sich um alles kümmern würde. Er hat mich zurückgeschickt, ich sollte am Waldrand auf ihn warten.«

Sie atmete stoßweise und sah auf ihre nunmehr ruhigen Hände. »Ich vermute, er hat Resas Leiche irgendwo versteckt. Einen Tag später ist er dann nachts noch einmal nach Öd gefahren, um sie zu vergraben. Danach haben wir lange nicht mehr darüber gesprochen. Sehr lange. Bis vor Kurzem.«

»Was hat das Schweigen gebrochen?«, fragte Lene.

»Resas Skelett in der Hütte«, antwortete Lydia leise. »Jahrzehntelang war es für mich, als wäre nichts geschehen. Wirklich. Ich habe alles verdrängt, und wenn der Gedanke an Resa und diesen Sonntag doch einmal hochkam, dann habe ich in die lachenden Gesichter meiner Kinder gesehen und mich so auf sie konzentriert, dass alles andere bedeutungslos war. Aber dann wurde das Skelett gefunden.«

»Das Sie immer noch tief im Wald vergraben glaubten?«

»Richtig«, antwortete Lydia. »Zuerst habe ich es nicht gewagt, aber dann habe ich Wolfgang zur Rede gestellt.« Sie seufzte schwer. »Es war kein schönes Gespräch, wie Sie sich vielleicht denken können.«

Lene nickte.

»Er hat mir erzählt, dass er schon vor drei Jahren einen Brief bekommen hat.«

»Von Josefa?«

Lydia nickte. »Sie hat darin geschrieben, sie habe die Reste von Resas Leiche kurz zuvor zufällig in Resas Höhle gefunden. Wolfgang hat versucht, sich zu rechtfertigen, und gesagt, er habe nicht gewusst, dass irgendjemand außer den Bauernfeind-Kindern die Höhle kannte, aber das habe ich zuerst gar nicht richtig kapiert.« Ausdruckslos starrte sie Wolfgangs Gesicht auf dem Familienfoto an.

»Jedenfalls hat Josefa geschrieben, sie habe Resas Knochen jetzt an einem sicheren Ort versteckt. Und sie wüsste, an welcher Verletzung Resa gestorben ist.« Sie schlang die Hände ineinander. »Ich habe Wolfgang natürlich gefragt, weshalb die Knochen denn nun in dieser Höhle gelegen hätten, denn meines Wissens hatte Wolfgang sie ja im Wald vergraben.«

»Da hat Ihr Mann Ihnen gestanden, dass er Resas Knochen ein paar Jahre nach ihrem Tod selbst wieder ausgegraben und in die Höhle gebracht hat?«

»Ja«, erwiderte Lydia. »Und damit hat er letztlich sich – und uns – verraten. Josefa schrieb, dass Wolfgang mit Resas Tod zu tun haben müsse, denn wer sonst hätte Resas Skelett in die

Höhle gebracht? Ich bin natürlich … Ich war wütend und angewidert von Wolfgangs Verhalten und …« Erneut füllten sich ihre Augen mit Tränen, aber sie wischte sie entschlossen beiseite. Zum ersten Mal an diesem Tag blitzte die Tatkraft durch, die Lydia immer ausgestrahlt und dann so plötzlich verloren hatte.

»Schon wieder brachte er uns in Schwierigkeiten, verstehen Sie? Weil er einfach nicht von Resa lassen konnte! Selbst nach ihrem Tod nicht.« Fröstelnd zog sie die Schultern nach oben. »Dabei glaube ich jetzt: Als Josefas erster Brief ankam, ging es ihm wie mir. Er wollte sich nicht damit auseinandersetzen. Er hatte auch keine Wahl, wenn er mich wie versprochen aus der Angelegenheit heraushalten wollte. Also hat er eben gezahlt und ansonsten versucht, nicht daran zu denken.«

»Bis das Skelett in der Hütte gefunden wurde?«

»Wolfgang war wie in Schockstarre«, erklärte Lydia. »Hätte er geahnt, dass Josefas angeblich *sicherer Ort* die Hütte ist –«

»Hätte er die Knochen verschwinden lassen, meinen Sie?«, fiel Lene ihr ins Wort. Ja, wahrscheinlich hätte er das. Es war nur die logische Konsequenz aus dem Verhalten des Ehepaars. »Ich glaube, Josefa wollte, dass die Knochen eines Tages gefunden werden. Deshalb hat sie sie überhaupt erst von der Höhle in die Hütte gebracht.«

»Das denke ich mittlerweile auch. Schon ein paar Tage nach dem Fund hat sie Wolfgang einen weiteren Brief geschickt. Sie wusste, dass das gefundene Skelett unvollständig ist. Und sie hat geschrieben, dass sich die Halswirbel, die alles beweisen, in ihrem Besitz befinden.«

Lydias nachdenklicher Blick ruhte auf dem Weinglas. »Sie wollte mehr Geld. Aber Wolfgang war klar, dass wir in der Falle sitzen, selbst wenn er in Zukunft mehr bezahlt.« Sie suchte erneut Wolfgangs Gesicht auf dem Foto. Der eben noch erstaunlich offene Gesichtsausdruck verschloss sich. »Er hat versucht, mit mir darüber zu reden. Er wollte gemeinsam mit mir überlegen, was wir tun können.«

»Aber das haben Sie abgelehnt?«, fragte Lene, obwohl sie die Antwort längst kannte.

»Zuvor war es mir gelungen, alles zu verdrängen. Aber nachdem ich wusste, dass Wolfgang Resa wieder ausgegraben hatte, funktionierte das nicht mehr. Ich konnte ihn nicht mehr mit den gleichen Augen sehen wie früher, aber zugleich konnte ich der Situation nicht entfliehen. Also habe ich ihm gesagt, dass das allein seine Angelegenheit ist. Und dass ich nicht bereit bin, noch mehr Last als Sühne für seine Verfehlungen zu tragen. Ich war hart. Aber für mich war es die einzige Lösung.«

»War Ihr Mann am vergangenen Freitag wirklich zu Hause?«, kam Lene zum Punkt.

»Nein«, erwiderte Lydia. »Er ist am späten Nachmittag weggefahren und kam erst gegen zehn Uhr zurück.«

»Haben Sie ihn gefragt, wo er war?«

Lydia senkte den Blick. »Ich habe es nicht gewagt. Wir sprechen nicht, wenn es sich vermeiden lässt. Schon seit damals nicht mehr. Seit Resas Tod. Aber er war völlig apathisch. Verstört. Da wusste ich, dass etwas Schlimmes passiert sein musste.«

»Der Punkt ist der«, sagte Lene und konnte sich nicht entscheiden, ob ihr Bedauern oder ihre Wut überwog. »Wenn Sie damals gestanden hätten, hätten Sie mildernde Umstände bekommen. Es war eine Körperverletzung mit Todesfolge, das ja. Aber in einem extremen Gefühlszustand. Kein Richter hätte das über die Maßen streng sanktioniert!«

Lydia antwortete nicht. Stattdessen füllten wieder Tränen ihre Augen.

»Ich verstehe sogar, was Sie damals getan haben. Wenigstens im Hinblick auf das ungeborene Baby. Aber jetzt …« Lene schüttelte ungläubig den Kopf, als ihr das ganze Ausmaß dieses Dramas bewusst wurde. »Sie wissen, dass Ihre Tat längst verjährt ist? Sie können dafür nicht mehr belangt werden, Frau Bauernfeind.«

»Ich konnte nicht heraus, verstehen Sie doch«, flüsterte Lydia zwischen zwei Schluchzern. »Dieses ganze Konstrukt, meine Familie –«

Ja, Lene verstand. Aber das hatte das Ganze umso sinnloser gemacht. »Josefa Schnabels Tod wäre vermeidbar gewesen. Wenn Sie gestanden hätten. Aber jetzt wird sich Ihr Mann für Josefas Tod verantworten müssen.« Lene erhob sich und sah reichlich ernüchtert auf Lydias nunmehr bebende Schultern hinab. »Ihr Konstrukt ist gescheitert, Frau Bauernfeind.«

Lene hatte gewonnen. Aber wie eine Siegerin fühlte sie sich nicht.

✳✳✳

»Alles im Alleingang«, sagte Moritz missbilligend. »Warum hast du mich eigentlich nicht angerufen?«

Lene zuckte die Achseln und tauschte einen schnellen Blick mit Henning, der sich wieder einmal auf dem Besucherstuhl niedergelassen hatte. »Manche Gespräche führt man lieber von Frau zu Frau.«

»Auf jeden Fall gute Arbeit«, sagte Henning anerkennend.

Wolfgang Bauernfeind hatte, konfrontiert mit den Aussagen seiner Frau, am Vormittag endlich vollumfänglich gestanden. Er hatte zu Protokoll gegeben, dass er nicht mit der Absicht, Josefa zu töten, nach Schorndorf gefahren war, sondern lediglich das verbliebene Beweismaterial an sich hatte bringen wollen, und Lene glaubte ihm. Obwohl er einräumte, tatsächlich Handschuhe getragen zu haben, um keine Spuren zu hinterlassen, falls es nötig geworden wäre, etwas anzufassen. Dass die Situation durch seine eigene Nervosität und Josefas Sturheit eskaliert war, dass er nach dieser Eskalation billigend Josefas Tod in Kauf genommen hatte, dass er alles versucht hatte, um die verräterischen Halswirbel zu finden, und letztlich nur wegen des Chaos in Josefas Haus gescheitert war, das bestritt er nicht.

»Besten Dank, Herr Staatsanwalt«, erwiderte Lene mit einem Grinsen und blendete den Gedanken an Henning Adam im Adamskostüm angestrengt aus. »Das kann ich nur zurückgeben.«

Nur eines war nach wie vor ungeklärt: der Verbleib von

Resas Schädel. Lene begann sich damit abzufinden, dass dies wohl auf ewig ein Geheimnis bleiben würde.

»Vielleicht sollten wir in Zukunft sämtliche Teambesprechungen in meinem Badezimmer abhalten?«, schlug Henning vor. »Herr Lochbihler?«

»Versteh ich nicht«, brummte Moritz und sah mit gerunzelter Stirn von Henning zu Lene.

»Nicht wichtig«, antwortete Lene und schickte sich an, ihren PC herunterzufahren. Sie musste ein wenig zur Ruhe kommen. Verdauen, welch schreckliche Folgen dieses unglückliche Familiengeheimnis nach sich gezogen hatte. Den Kopf freibekommen, ob nun mit Tinder oder ohne.

»Ab ins Wochenende«, sagte Moritz und erhob sich aus seinem Drehstuhl. »Was hast du vor?«

Henning stand ebenfalls auf und streckte seine langen Glieder.

»Mal sehen«, antwortete Lene.

Endlich Staub wischen. Ja, das auf jeden Fall. Und sie würde versuchen, morgen Abend im »Storstad« einen Tisch zu bekommen. Wein, Essen, der Blick auf den Dom, das war es, was sie brauchte. Vielleicht auch Auto fahren, allein, und James auf voller Lautstärke röhren lassen. Und sie würde Björn, das Skelett, wieder grüßen, wenn sie die Buchhandlung passierte. Er konnte schließlich nichts dafür.

Zwei Wochen später

Julia sah die Kommissarin aus dem Wagen steigen und den Gehsteig entlanglaufen, lange bevor diese sie selbst entdeckte. Ihr Herz klopfte, als sie ihre Hand auf den Rucksack legte und Tante Resas Schädel durch den festen Stoff spürte.

Sie saß auf den Stufen vor dem Haus, dessen Anschrift sie online gefunden hatte, und wartete. Schon seit zwei Stunden. Ein paar Passanten und Leute, die im gleichen Haus wohnten wie Frau Wagenbach, hatten sie irritiert angesehen, aber das war Julia egal. Vieles war ihr egal, seit der Strudel der Ereignisse ihre Familie mitgerissen hatte. Seither fühlte sich alles an, als hätte sie eine schwere Grippe überstanden. Sie war noch schwach, matt und erschöpft, aber langsam kehrte die Ruhe zurück. Und erfüllte sie prompt mit einem schlechten Gewissen. Durfte sie Ruhe fühlen, wo doch für andere das Leben in Scherben lag?

»Julia!«, sagte Frau Wagenbach überrascht, als sie näher kam. »Wartest du auf mich?«

Julia nickte. »Ich habe etwas für Sie.«

»Wie geht es dir?«, fragte die Kommissarin mit sorgenvoll gekräuselter Stirn.

»Ich fühle mich immer noch ein bisschen betäubt«, antwortete Julia wahrheitsgemäß. Ja, genau das traf es. Der Aufruhr war vorbei und einem Gefühl der beinahe schon erholsamen Lähmung gewichen. »Ich war noch nicht bei Papa«, fügte sie leise hinzu und stand auf.

»Lass dir Zeit«, antwortete Frau Wagenbach.

»Und auch noch nicht bei Oma.« Ja, auch der Gedanke an Oma schmerzte. Und der an ihre eigene Blindheit.

»Ich dumme Kuh habe die Sprachlosigkeit in meiner Familie darauf zurückgeführt, dass alle so traurig sind. Dabei …« Mit einem hilflosen Achselzucken brach sie ab. Nur mit Mama war es nicht so schwierig, wie sie geglaubt hatte. Im Gegenteil: Mama schien seltsam erleichtert. Schuldbewusst, schockiert, traurig, das ja. Aber endlich aufrichtig und offen. Vielleicht würde sie sich Mama sogar bald näher fühlen als zuvor. Wenigstens hoffte Julia das.

»Versuch, Verständnis zu haben. Für deine Mutter. Und für deine Oma. Wenigstens auf sie trifft das mit der Traurigkeit auch zu. Die Wahrheit ist schlimm. Aber –«

»Sie ist immerhin die Wahrheit«, unterbrach Julia sie. »Endlich.«

Frau Wagenbach nickte vorsichtig. »Magst du mit reinkommen?«

»Nein, ich …« Julia öffnete den Rucksack und nahm Resas Schädel heraus.

Die Kommissarin riss die Augen auf, dann sah sie sich ein wenig verschreckt um. Vielleicht war es doch nicht die beste Idee gewesen, den Schädel mitten in der Regensburger Altstadt zu überreichen.

»Woher?«, fragte sie leise und nahm den Schädelknochen entgegen.

»Er lag in der Höhle«, erklärte Julia. »Stimmt es, dass die Tante dort begraben werden wollte?«

»Ja.« Frau Wagenbach sah nachdenklich auf den Schädel in ihren Händen. »Wahrscheinlich hat das auch Josefa Schnabel gewusst. Sie muss ihn dort liegen gelassen haben. Vielleicht wollte sie den Wunsch deiner Tante wenigstens zum Teil erfüllt wissen.« Sie bedachte Julia mit einem Lächeln. »So hart hat sie die Einsamkeit also doch nicht gemacht.«

»Ist mit dem Schädel das Skelett wieder komplett?« Julia wusste selbst nicht, weshalb ihr das plötzlich so wichtig war.

»So gut wie. Der Staatsanwalt wird es jetzt bestimmt guten Gewissens freigeben.«

»Vielleicht findet die Tante dann endlich Frieden«, sagte Julia, winkte Frau Wagenbach noch einmal zu und wandte sich zum Gehen.

Und vielleicht finden wir anderen ihn irgendwann auch.

Mein herzlicher Dank geht an:

– Mike, für ungebrochene Begeisterung angesichts meines schriftstellerischen Treibens sowie für kritisch-wohlwollendes Probelesen meiner literarischen Ergüsse.

– die Omas Sigrid und Anneliese, für passionierte Enkelbetreuung in der Zeit, in der ich somit passionierte Autorin sein kann.

– Tante Resi sowie Tamara und Thomas für ihren Einsatz bei der Suche nach dem perfekten Handlungsort.

– Lydia und Markus. Ersterer danke ich für akribisches Probelesen, konstruktive Kritik und das schönste Kompliment, das man als Autorin angesichts eines neuen Manuskripts bekommen kann: leuchtende Leser-Augen. Zweiterem gebührt Dank für genaueste Recherche und Erklärungen medizinischer Sachverhalte. Und beiden danke ich natürlich für die hervorragende Bewirtung: Antipasti und Wein machen so einen schnöden Genickbruch dann doch weitaus angenehmer.

– alle, die bereitwillig auf meine Rechercheanfragen eingegangen sind und mit kurzen oder auch umfangreicheren Auskünften dazu beigetragen haben, dass die fiktive Geschichte in diesem Roman auf einem soliden Fundament fußt. Besonders Frau Angela Gleißner vom Bürgerservice der Gemeinde Schorndorf hat mir, sowohl vor Ort als auch später per E-Mail, sehr weitergeholfen.

– meine Lektorin Hilla Czinczoll und das Team des Emons Verlags für die wie immer gute Zusammenarbeit.

Alle Titel von Sonja Silberhorn:

Krimis mit den Kriminalkommissaren
Sarah Sonnenberg und Raphael Jordan:

Herzstich
ISBN 978-3-89705-802-6

Regenwalzer
ISBN 978-3-89705-962-7

Donaugrund
ISBN 978-3-95451-192-1

Mordsdult
ISBN 978-3-95451-381-9

Regenteufel
ISBN 978-3-7408-0211-0

www.emons-verlag.de